AMSER I GEISIO

Amser i Geisio

Janet Davies

GOMER

Argraffiad cyntaf—Mai 1997

ISBN 1 85902 493 9

ⓗ Janet Davies, 1997

Cedwir pob hawl. Ni chaniateir atgynhyrchu unrhyw ran o'r cyhoeddiad hwn na'i gadw mewn cyfundrefn adferadwy na'i drosglwyddo mewn unrhyw ddull na thrwy unrhyw gyfrwng, electronig, electrostatig, tâp magnetig, mecanyddol, ffotogopïo, recordio, nac fel arall, heb ganiatâd ymlaen llaw gan y cyhoeddwyr, Gwasg Gomer, Llandysul, Ceredigion.

Dymuna'r cyhoeddwyr gydnabod cymorth Adrannau Cyngor Llyfrau Cymru.

Argraffwyd gan Wasg Gomer, Llandysul, Ceredigion

RHAGAIR

Chwythai'r gwynt oer dros ddŵr y gamlas gan siffrwd drwy ddillad y gwylwyr. Syllodd Humphrey Gethin ar yr wybren. Roedd yr haul wedi hen ddiflannu y tu ôl i'r cymylau, a gwres y dydd gydag ef. Ond doedd hynny ddim yn syndod; noswyl Nadolig oedd hi, wedi'r cwbl. Fe ddeuai glaw, neu eira hyd yn oed, cyn bo hir. Ped arhosent lawer yn hwy, fe fyddai'n dywyll arnynt yn dychwelyd i Henblas; diweddglo addas i ddiwrnod di-fudd, meddyliodd Humphrey, gan hiraethu am ei ystafell gysurus, a'r gadair wrth y tân a'r silffoedd llyfrau'n gyfleus wrth law.

'Wel, Humphrey, rwy'n falch dy weld ti yma ar achlysur mor bwysig.' Gwenodd John Harris yn llawen arno, ond doedd Humphrey ddim mewn hwyliau i wenu'n ôl.

'Achlysur pwysig, John? Ai dyna'r enw iawn amdano? Does gen i fawr o ffydd yn y fenter. Mae diwrnod tywyll, diflas fel hwn yn gweddu i'r dim i'r peth.'

'Paid â siarad dwli, Humphrey. Be sy a wnelo'r tywydd â'r peth? Dwyt ti 'rioed yn disgwyl i fi gredu fod gen ti ffydd mewn argoelion, wyt ti, a ninne'n byw mewn oes wyddonol? Meddylia, Humphrey! Yma'n llifo wrth ein traed mae cysylltiad newydd ag ardal y gweithie. A beth sy'n digwydd yn yr ardal honno? Dynion yn heidio i'r gweithfeydd haearn, ac angen bwyd ar bob un ohonyn nhw, mwy o fwyd o lawer nag sy ar gael yn y parthe llwm hynny.'

'A pham mae hynny'n bwysig yn d'olwg di?'

'O, fe fydda i'n sicir o elwa ar y datblygiad. Fe fydd angen cyfreithiwr ar rywun, dw i ddim yn ame hynny. Ond fe ddaw manteision sylweddol iawn i ti hefyd yn sgil y gamlas, Humphrey; marchnad i gynnyrch dy fferm, cludiant hwylus i'r calch ar gyfer dy feysydd, glo i dy dane di. Ugen milltir o ddŵr sy'n cynrychioli dyfodol newydd i Henblas, dyna beth yw'r gamlas, Humphrey. Mae hi'n addas ein bod ni yma ar drothwy canrif newydd. Y bedwaredd ganrif ar bymtheg—ac fe ddaw â manteision mawr i Aberhonddu. Dere ymla'n, Humphrey, ti'n gwybod fy mod i'n dweud y gwir. Pam felly rwyt ti'n sefyll fan hyn a golwg mor ofidus ar dy wyneb di?'

'Pam ddylwn i ddeisyfu dyfodol newydd i Henblas?' gofynnodd

Humphrey. 'Rwy'n hollol fodlon â'r sefyllfa fel y mae hi. Pam ddylen ni gryfhau'r cysylltiad rhyngon ni ag ardal y gweithie? Falle y gwnewn ni elwa ryw ychydig, er bod pawb yn disgw'l gormod, yn 'y marn i, ond mae peryg inni ga'l ein tynnu mewn i helyntion y gweithfeydd haearn. Mae'r meistri haearn yn ddynion teilwng yn eu ffordd, debyg iawn, a'u gweithwyr hefyd, ond dy'n nhw ddim yn cyfranogi o'n hegwyddorion ni.'

'Falle wir,' cytunodd John Harris. 'Ac i ddweud y gwir, dw i ddim yn cyfranogi o'th ffydd di yn nheilyngdod pobol y gweithie haearn. Rwy i wedi gweld pethe—ond dyw hynny ddim o bwys i ni.'

'Nag yw e? A thithe'n dadle o blaid cysylltiad agosach â'r lle?'

'Does neb yn bwriadu dod â'r gweithwyr haearn i 'B'ronddu,' meddai John Harris. 'Darparu bwyd ar 'u cyfer, ac ychwanegu swm bach teilwng o arian at goffre ffermwyr yr ardal—dyna'r amcan, a dim ond dyn penstiff, henffasiwn fydde'n gwrthwynebu.'

'Dyna beth rwyt ti'n feddwl ohona i, fy mod i'n benstiff a henffasiwn?'

'Ie, ac nid ynglŷn â'r gamlas yn unig chwaith. Rwy i wedi dy glywed di'n taranu yn erbyn yr holl ymwelwyr sy'n dod i 'B'ronddu.'

'Bai'r rhyfel yw'r cwbwl,' meddai Humphrey'n sur. 'Ar y Cyfandir y bydde'r holl bobol sy'n dod i Aberhonddu, oni bai am Bonaparte a'i weithgaredde, a ninne'n ca'l ein harbed rhag y poen o wrando ar 'u sylwade anwybodus ar ein tre a'n harferion.'

'Rwyt ti'n cymryd popeth ormod o ddifri, 'nghyfaill i. Pa ddrwg bod ambell ymwelydd yn dweud 'i farn am ein hen adeilade, neu'n mynyddoedd? Ffasiwn yw hynny. Wnaiff e ddim para'n hir.'

'Mae'n ddatblygiad newydd, fel y gamlas, ac rwy'n ame newidiade.'

'Rwy'n synnu dy fod ti 'di dod yma heddi, os mai dyna dy farn di.'

'Lewis y mab wnath ddwyn perswâd arna i. Roedd e'n awyddus i weld y bad cynta'n cyrra'dd Aberhonddu.'

'Llanc ifanc addawol yw Lewis.' Edrychodd John Harris o'i gwmpas. 'Dw i ddim yn 'i weld e'n unman. Ble ma' fe?'

'Wedi mynd 'da William 'i gefnder i gwrdd â'r sgraff. Dyma nhw ar y gair.'

'A'r bad hefyd,' meddai John Harris yn fodlon.

Rhedodd Lewis Gethin tuag at y dynion.

'Nhad! Weles ti'r sgraff, Nhad? Ma' hi 'di cludo glo o bentre yn ardal y gweithie.'

'Rwyt ti'n anfoesgar, Lewis,' atebodd Humphrey'n siarp. 'Sylwest ti ddim bod Mr Harris yn siarad â fi?'

'Mae'n flin gen i, Mr Harris. Dydd da i chi. On'd yw hi'n gyffrous bod y gamlas wedi'i chwpla o'r diwedd?'

'Dyw hi ddim wedi'i chwpla, 'machgen i. Ma' 'na gryn dipyn o waith i'w 'neud o gwmpas y Fenni.'

'Wy'n gw'bod 'ny, ond mae'n rhan ni 'di'i chwpla o leia.' Trodd Lewis i edrych unwaith eto ar yr ysgraff, a oedd wedi cyrraedd y lanfa. 'Fyddwn i'n hoffi teithio'n ôl arni hi.'

'Falle y g'nei di ryw ddydd,' dywedodd John Harris. 'Beth amdanat ti, William? Wyt ti am fentro hefyd?'

Gwenodd William yn swil. 'Dw i ddim yn meddwl. Ma' gen i gynllunie er'ill. Wna i ad'el y gamlas i Lewis.'

'Fe fydd y fferm 'da Lewis,' meddai Humphrey Gethin, 'ac yno y bydd e'n aros, gobeithio. Ddaw dim budd o ymgymryd â mentre byrbwyll—a dyna beth yw'r gamlas, yn fy marn i. Fe fydd y cysylltiad ag ardal y gweithie'n newid Aberhonddu—ac nid er gwell.'

'Er gwell, er gwaeth, mae'r gamlas wedi cyrraedd. Hen ddynion y'n ni, ond fe wneith Lewis a William weld newidiade yn ei sgil.'

'Ac fe fydda i'n elwa o'r newidiade,' meddai Lewis yn hyderus. 'Rwy'n bwriadu . . .'

'Geiff dy fwriade aros am y tro,' ebe Humphrey. 'Fe ddaw'r blynydd-oedd â mwy o synnwyr iti, gobeithio. Ond mae'n bryd mynd os y'n ni am gyrraedd Henblas erbyn amser swper. A Lewis, dim gair arall am y gamlas 'na.'

'Fe glywch chi hen ddigon amdani cyn hir,' meddai Lewis rhwng ei ddannedd gan ddilyn ei dad drwy'r gwyll.

1

i

'Dyn a aned o wraig fydd fyr o ddyddiau, a llawn o helbul.'

Ymdoddodd llais y ficer i sŵn y glaw. Bore o Ionawr oedd hi, ond doedd yr wybren fawr goleuach nag y bu adeg y wawr. Ymdrwythai'r glaw i garreg gochlyd yr eglwys, a'i throi'n ddu. Sathrai esgidiau'r galarwyr y borfa brin, gan droi'r tir yn fôr o laid. Symudodd Margaret Powell ei phwysau o un droed ddideimlad i'r llall. Buasai'n ddigon oer yn yr eglwys, ond o leiaf roedd rhywfaint o gysgod yno. Pe bai'r glaw'n parhau fel hyn, dŵr, ac nid pridd, fyddai'n llanw'r bedd. Yn uwch na sŵn y glaw a llais y ficer ceid rhu'r afon. Fe fyddai'r dolau dan ddŵr erbyn hyn. Cafwyd llifogydd tebyg flwyddyn yn ôl ac roedd pob argoel y byddai 1804 hyd yn oed yn fwy gwlyb. O bosibl, petai hi'n oeri, fe fyddai'r dolydd yn rhewi. Roedd Margaret yn dwlu ar sglefrio.

Neidiodd wrth deimlo penelin ei mam yn ei hystlys. Roedd popeth wedi dod i ben, a chyn bo hir fe fydden nhw'n medru ymadael. Safodd Margaret yn sidêt wrth ochr Rachel Powell, gan wrando ar gyflogwr ei thad yn mynegi ei gydymdeimlad. Ond diolch byth doedd ganddo ddim llawer i'w ddweud. Gorau po gyntaf y bydden nhw'n cael eu gwres o flaen y tân, a heddiw, am unwaith, roedd 'na dân dechau yn y tŷ. Deuai ambell gysur yn sgil profedigaeth—rhoddion o fwyd, a hyd yn oed danwydd. Ceisiodd Margaret, yn ofer, gofio i bwy yr oeddent yn ddyledus am y coed tân. Bendith arnyn nhw, beth bynnag.

ii

'O'r diwedd! Rwy'n falch cael eu gwared nhw!'

Caeodd Rachel Powell y drws â chlec mwy siarp na'r hyn a ystyrid yn weddus mewn tŷ galar, cyn dod yn ôl i eistedd gyferbyn â'i merch. Gorweddai Margaret yn gysglyd yn ei chadair; roedd wedi bwyta mwy na'i siâr o fwyd y galarwyr.

'Ti'n gysurus?' gofynnodd Rachel. 'Mwynha dy hun tra bod cyfle gen ti. Fe fydd 'na dipyn llai o fwyd a gwres 'ma o hyn ymlaen, cred ti fi. Nid bod y tŷ hwn wedi cynnig fawr o gysur erioed.' Edrychodd yn ddirmygus o gwmpas yr ystafell. 'Beth allen i fod wedi'i neud, dwêd, gyda'r arian roedd dy dad yn ennill? Pan wy'n cofio shwt roedd pethe gartre ar y ffarm, tane hanner y ffordd lan y simne, y ford bron syrthio dan bwyse bwyd—ond 'na fe, y fi fynnodd briodi clerc i gyfreithiwr heb ddime goch.'

'Pam y'ch chi am i fi gymryd Joseph Edwards, 'te?' holodd Margaret. 'Clerc i gyfreithiwr yw e hefyd. Does dim disgw'l iddo fe ddod ymla'n yn well na 'nhad.'

'Faint o ddewis sy gen ti? Pan o'n i'n ferch ifanc, roedd gen i gyfle i ddewis a dethol o blith holl feibion ffermwyr y Pandy. Ro'n i'n nabod pob un, ac fe fuase mwy nag un wedi bod yn falch 'y nghael i'n wraig iddo fe. Ond 'na fe, roedd gen i ben yn llawn syniade gwirion am fyw yn y dre! Mwy o gyffro yn y Fenni—siope, ymwelwyr ffasiynol, a dwn i ddim beth!' Chwarddodd. ''Swn i ond wedi sylweddoli be fydde diwedd y cwbwl! Byw yn y rhacsyn o dŷ 'ma, a'r plastar yn cw'mpo o'r welydd, llwydni yn y corneli a'r tamprwydd yn taro i fêr yr esgyrn!' Crynodd Rachel. 'Fyddwn ni ddim yma lawer hwy, ta beth.'

'Beth?' Sythodd Margaret yn ei chadair. 'Ddim yma? Pam?'

'Mae'n rhaid i ni fynd. Meddylia, Margaret! Cael a chael oedd hi arnon ni hyd yn oed â dy dad yn dod â'i gyflog i'r tŷ. Heb 'i enillion e, does dim gobaith 'da ni.'

'Ond i ble'r ewn ni?'

'Mae'n dibynnu. Ystyria, Margaret. Dwyt ti ddim mewn sefyllfa i wneud sbort am ben Joseph Edwards. Dyw e ddim yn gymar delfrydol, rwy'n cydnabod, ond does neb arall yn cynnig. Ti'n meddwl dy fod ti'n rhy dda iddo fe, on'd wyt ti? Wel, rwyt ti'n ddigon pert, yn debyg i fi'n ifanc, i beri i ddynion gymryd ffansi atat ti. Ond peth arall yw priodi merch heb geiniog i'w henw. Gwell iti feddwl yn ddwys cyn gwrthod Joseph.'

'Does dim angen i fi feddwl o gwbwl, Mam. Un o'r pethe cynta wy'n gofio yw'ch clywed chi'n cwyno am yr ychydig arian ro'ch chi'n gael 'da Dada. Dim i sbario i wella'r tŷ, neu i brynu dillad, neu hyd yn oed i gael bwyd o bryd i'w gilydd. Ie, a Dada'n dost, cyn amled â pheido, a dim arian o gwbwl yn dod i'r tŷ.'

'Ma' Joseph Edwards mor gryf â phaffiwr ffair.'

'Ydy, a beth ddaw o hynny? Babi bob blwyddyn, mwy na thebyg.'

'Cywilydd arnat ti, Margaret! Gwylia di, 'merch i, ma' siarad fel 'na'n ddigon i godi ofan ar unrhyw ddyn sy'n chwilio am wraig. Ie, ac fe fydd y trefniant arall sy gen i mewn golwg yn amhosib hefyd, os na wnei di ffrwyno'r tafod siarp 'na sy gen ti. Dw i ddim am fynd â ti 'da fi os oes 'na beryg i fi gochi bob tro rwyt ti'n colli dy dymer.'

'Trefniant arall? Pa drefniant? Ydyn ni'n mynd at f'ewyrth yn y Pandy? O Mam, rwy'n cofio'r storis ro'ch chi'n adrodd pan o'n i'n fach, ac ro'n i'n dyheu am weld y fferm.'

'Na, does dim cwestiwn o fynd i'r Pandy. Doedd Walter 'y mrawd ddim am i fi briodi dy dad, a ta beth, fe briododd e Anne Morris Tŷ Pica. Un falch ofnadw yw hi, sy'n meddwl bod ei theulu hi'n well na phawb arall. Dw i ddim am rannu fy hen gartre gydag Anne Morris, cred ti fi! Alla i 'i chlywed hi nawr, yn dweud wrtha i beth i 'neud a shwt i ymddwyn. A finne wedi fy ngeni yn y lle.'

Torrodd Margaret ar draws sylwadau ei mam. 'Wel, beth y'n ni'n mynd i 'neud 'te?'

'*Ni?* Wedi penderfynu yn erbyn Joseph Edwards, wyt ti? Wel, paid â 'meio i os nad yw'r canlyniade'n dy bleso di. Ni'n mynd i fyw at Modryb Mary.'

'Modryb Mary? Pwy yw hi?'

'Chwaer dy dad-cu. Fe briododd hi gigydd yn Aberhonddu. Gweddw yw hi nawr, ond dyw hi ddim yn brin o arian. Mae'n cwyno braidd am 'i hiechyd.'

'Ond Mam, fydd hi eisie i ni fyw 'da hi? Wedoch chi nad oedd y teulu o blaid eich priodas chi.'

'Twt, doedd Modryb Mary byth yn hido dim am weddill y teulu. Un llet'with o'dd hi erio'd, yn ôl dy dad-cu; eisie tynnu'n gro's bob cyfle. Peth da i ni, cofia. Sgrifennes i ati hi pan gafodd dy dad 'i daro'n wael, a dweud shwt oedd pethe. Ges i ateb wythnos yn ôl a ma' hi 'di cynnig llety i ni, ond iddi hi ga'l dweud beth yw beth.'

Eisteddodd Rachel Powell yn ôl yn ei chadair gan edrych yn fyfyriol ar ei merch. Byddai gymaint yn haws pe bai Margaret yn fodlon aros yn y Fenni a phriodi Joseph Edwards. Merch benderfynol, benstiff yn wir, oedd Margaret, a phe bai hi'n ffromi Modryb Mary, dyn a ŵyr beth fyddai'n digwydd.

'Meddylia am y peth. Bywyd tawel fydd hi yn Aberhonddu, dim galifanto, dim sbort. Rhaid iti fod yn ystyrlon a dangos parch at Modryb Mary, neu fe fydd hi'n pwdu 'da ti—a 'da fi 'fyd, debyg iawn. A chofia di, 'merch i, nid ni yw'r unig dlodion yn y teulu. Ma' 'na sawl un na fydde ond yn rhy falch o ga'l lle yn nhŷ fy modryb. Wel? Dechre meddwl bod 'na rywbeth i ddweud dros Joseph Edwards wedi'r cwbwl?'

'Na! Os brioda i e, dyna ddiwedd arna i! Yma fydda i wedyn, mewn tŷ tebyg i hwn. Rwy'n bwriadu g'neud yn well na hynny, Mam, rhyw ffordd neu'i gilydd. O, peidiwch poeni, wna i ddim ffromi Modryb Mary, ond rwy'n benderfynol o ddod ymla'n yn y byd.'

'O'r gore, 'weda i ddim rhagor, ond cofia, fe rybuddies i di. Paid â 'meio i os eith pethe o chwith.'

iii

'Present arms!'

Atseiniodd y geiriau yn yr awyr a disgleiriodd haul y gwanwyn ar fetel arfau a botymau. Golygfa drawiadol oedd bataliwn cyntaf y Loyal Brecon Volunteers. Golygfa galonogol hefyd i'r dinasyddion oedd wedi ymgynnull yn y cae i'r de o'r dre.

'Ma'n nhw'n edrych yn dda, Mr Gethin.'

'Debyg iawn.' Edrychodd Humphrey Gethin ar y rhengoedd. 'Yn 'y marn i, ma'n nhw'n llawer mwy bodlon 'u byd nawr fod ganddyn nhw'r hawl i ad'el y fataliwn pryd y mynnan nhw. Faint ohonyn nhw fydde'n debygol o ddal 'u tir pe bai 'na ymladd o ddifri?'

'Braidd yn sinigaidd, Mr Gethin.' Rhoddodd Theophilus Jones, dirprwy-gofrestrydd archddiaconiaeth Aberhonddu, broc i asennau ei gydymaith. 'Mae gan Aberhonddu draddodiad milwrol hir, wyddoch chi. Mae hanes y garsiwn yn mynd yn ôl at y Rhufeiniaid.'

'Rwy'n siŵr eich bod chi'n iawn, ond does gen i fawr o hyder yn y milwyr rhan-amser 'ma. Fe wnân nhw'r tro os bydd rhyw helynt lleol, debyg iawn.'

'Nawr, Mr Gethin, fe ddatganodd y Barnwr Hardinge yn bendant yn y Sesiwn Fawr na fydde'r Volunteers byth yn ca'l 'u defnyddio yn erbyn eu cyd-wladwyr. Na, mae'n amlwg bod rhaid wrth ryw baratoade er mwyn amddiffyn y wlad. Wedi'r cwbwl, mae Bonaparte, yn ôl bob golwg, ar fin ymosod arnon ni. Fyddech chi ddim am weld y Ffrancwyr yn Henblas?'

Gwenodd Humphrey Gethin yn egwan. 'Na fyddwn, wrth gwrs, ond mae'n anodd gen i gredu y bydden nhw'n ca'l eu rhwystro gan ddynion o Aberhonddu sy'n esgus bod yn filwyr.'

'Wel, gwell inni beidio dadlau. Mae'r bechgyn gennych chi heddi, rwy'n gweld. Ma'n nhw'n bâr golygus, yn fwy fel dau frawd na dau gefnder. Nid bod hynny'n syndod, a chithe a Richard druan yn efeilliaid, a'u mame'n ddwy chwaer, wrth gwrs.' Gwenodd yn atgofus cyn ychwanegu, "Chydig yn ôl, llancie oedd y ddau, a nawr ma'n nhw'n ddynion ifainc.'

'Chi'n iawn, Mr Jones. Mae'r blynyddoedd wedi carlamu a dod â digon o newidiade yn eu sgil.'

'O? Ydyn nhw am hedfan o'r nyth—ne briodi, falle?'

'Ddim am wn i—er rwy'n gobeitho gweld Lewis yn dod â gwraig yn ôl i Henblas cyn hir hefyd. Braidd yn wyllt yw e ar hyn o bryd. Fe fydde priodi'n 'i dawelu e, ac rwy i am weld etifedd i Henblas. Er nad yw'r hen dŷ'n ddim i'w gymharu â rhai yn yr ardal, mae fy nheulu wedi byw yno ers amser. Ond na . . . William sy'n cymryd cam newydd mewn bywyd, Mr Jones.'

'Ym mha ffordd, felly?'

'Dere 'ma, William! Mae William am fod yn llyfrwerthwr yma yn Aberhonddu. Ry'n ni heddi'n cwblhau'r trefniade ar gyfer prynu tŷ pwrpasol yn High Street.'

'Felly wir. Rwy'n falch iawn clywed. Mae pawb wedi teimlo'r bwlch oddi ar i'r hen Evan Evans roi'r gorau i'w fusnes. Fe fydda i ymhlith eich cwsmeried mwya selog, William Gethin.'

'Rydych yn garedig iawn, Mr Jones,' atebodd William. 'Fe fydd nawdd awdur mor nodedig yn gefnogaeth werthfawr i fi.' Oedodd am foment. 'Os ga i ofyn . . . eich *History of the County of Brecknock*, Mr Jones . . . o's 'na obaith y bydd e'n cael ei gyhoeddi cyn hir?'

'Rhaid i chi aros am ychydig eto, rwy'n ofni,' atebodd Theophilus Jones.

Wrth iddo fanylu ar anawsterau ysgrifennu hanes, achubodd Lewis Gethin ar y cyfle i ddianc. Doedd ganddo ddim diddordeb mewn llyfrau, ac roedd nifer dda o bobl wedi ymgasglu i weld y Volunteers; cynigiai'r dyrfa bosibiliadau llawer mwy difyr iddo na storïau Theophilus Jones.

iv

Taflodd Margaret Powell gipolwg sydyn ar ei mam, oedd yn sgwrsio â'r fenyw yn ei hymyl. Yna aeth Margaret ymhellach ac ymhellach oddi wrth y Volunteers. Roedd hi'n dyheu am fod ar ei phen ei hun, i anghofio trafferthion ei bywyd yn Silver Street; Rachel yn ymgecru ac yn llawn gofidiau, ac yn ofni o hyd y byddai rhywbeth yn cynhyrfu Modryb Mary. Teimlodd Margaret don o anobaith yn llifo drosti. Roedd ei chartre newydd mor dawel nes iddi bron â difaru peidio derbyn cynnig Joseph Edwards wedi'r cwbl. Roedd e'n dwlu arni; fe fyddai wedi rhoi tragwyddol heol iddi pe bai'n wraig iddo, ac fe fyddai ganddi ei haelwyd ei hun. Ochneidiodd, gan edrych unwaith eto ar ei mam a bwrw Joseph o'i meddwl. Gwelodd ŵr ifanc yn cerdded ati, dyn gwahanol iawn i Joseph a phawb arall o'i chydnabod. Roedd yntau wedi sylwi arni hithau hefyd, ond doedd dim golwg ei fod yn mynd i aros. Camodd Margaret ymlaen, gan ollwng gafael ar ei siôl.

'Lwc i mi afael ynddi cyn iddi hi gyrraedd y llawr. Mae'r borfa'n wlyb o hyd ar ôl y llwydrew.' Gwenodd arni. 'Ga i gyflwyno fy hun? Lewis Gethin, yma i'ch gwasanaethu.'

'Margaret Powell, syr. A diolch i chi am achub fy siôl rhag y llaid.'

'Croeso, Miss Margaret. Yma i gefnogi'n hamddiffynwyr dewr y'ch chi, ife? Fe fydd presenoldeb un mor frwdfrydig ac mor brydferth yn siŵr o droi pob un yn arwr.'

Methodd Margaret ddod o hyd i ateb a theimlodd ryddhad pan fwriodd Lewis yn ei flaen.

'Dw i ddim wedi ca'l y pleser o'ch gweld chi yn Aberhonddu cyn heddi, ydw i? Fyddwn i ddim wedi anghofio,' pwysleisiodd.

'Newydd ddod yma o'r Fenni ydw i, syr.'

'O'r Fenni, ife? Rwy'n gyfarwydd iawn â'r lle. Dewch, Miss Margaret, mae'n rhy oer i chi sefyll fan hyn; fe gewch chi annwyd. Dewch o gwmpas y cae am dro. Mae'r Fenni yn dre hyfryd, ond rwy'n gobeithio bod Aberhonddu'n fwy at eich chwaeth chi.'

Trawodd Margaret olwg sydyn arno. 'Rwy inne'n gobeith'o hynny, syr.'

Chwarddodd Lewis. 'Rhaid i mi geisio'ch perswadio i ystyried fod y dre'n lle dymunol. Y'ch chi'n hoff o gerdded, Miss Margaret? Fe ddewch chi o hyd i nifer o lefydd hyfryd iawn i gerdded ynddyn nhw; ar lannau afon Wysg a thrwy goed y Priordy, er enghraifft. Mae pob teithiwr o chwaeth sy wedi ymweld ag Aberhonddu yn 'u canmol nhw. Y'ch chi wedi bod yn cerdded, Miss Margaret?'

'Ddim eto, syr. Newydd gyrraedd y dre mae fy mam a fi. Roedd modryb fy mam, Mrs Mary Hughes, Silver Street, am gael rhywun i fyw gyda hi. Mae'n hen ac yn fregus ei hiechyd ac ry'n ni wedi ymgymryd â'r ddyletswydd.'

'Ond camgymeriad fydde cadw merch mor ifanc ac mor brydferth â chi'n gaeth i'r tŷ drwy'r dydd,' protestiodd Lewis. 'Mae angen awyr iach a rhywfaint o ymarfer ar bawb. Fe fyddwn i'n ei ystyried yn fraint cael dangos gogoniannau'r dre i chi.'

'Chi'n garedig iawn, syr. Fe fyddwn i'n falch, hynny yw, os bydd fy mam yn fodlon.'

'Fe fydd eich mam yn awyddus i chi fanteisio ar y cyfle i ddod i nabod Aberhonddu, rwy'n siŵr. Fe fydda i yn y dre eto fory. Gaf i alw yn nhŷ Mrs Hughes?'

'O na . . . na, peidiwch â g'neud hynny. Mae Modryb Mary . . . mae ganddi hi syniade henffasiwn; hynny yw, dyw hi ddim yn hoffi ca'l 'i styrbio. Fe fydde'n well i ni gwrdd rhywle arall. Yn y bore . . . mae'r bore'n haws, yn fwy cyfleus, i fi.'

'O'r gore. Ar bwys eglwys Sant Ioan, am un ar ddeg o'r gloch.'

'Fe fydda i yno.' Edrychodd Margaret yn bryderus dros ei hysgwydd. Roedd Rachel i'w gweld yn y pellter, yn cerdded tuag atyn nhw. 'Rhaid i fi fynd nawr.'

'Tan fory 'te.'

Syllodd Lewis arni'n brysio i ffwrdd. Cyfarfod boddhaol iawn, a lwc iddi hi wrthod ei gynnig i ddod i dŷ ei modryb. Doedd dim cyffro mewn cyfarfod parchus felly. Roedd cwrdd yn gyfrinachol yn fwy cyffrous o'r hanner. Chwibanodd wrth gerdded yn ôl at ei dad a'i gefnder.

V

'Lewis Gethin, wir!' Edrychodd Mary Hughes yn ddirmygus at Margaret. 'Teulu da, wrth gwrs, rhy dda i ti, 'merch i, ond fel rwy'n deall, dyw'r Lewis ifanc 'na ddim yn destun clod iddyn nhw. Gwell iti gadw llygad ar Margaret, Rachel. Mae'n ddigon pert, gyda'r gwallt melyn a'r llyged mawr, glas yna, a dyw priodas ddeche ddim tu hwnt i'w chyrraedd hi, ond does dim synnwyr mewn gwastraffu amser gyda Lewis Gethin! Wneith e ddim cynnig 'i phriodi hi, ac fe fydd ca'l 'i gweld yn 'i gwmni'n g'neud niwed i'w henw da hi.'

'Fe fydd Margaret yn ofalus, Modryb Mary, rwy'n siŵr,' atebodd Rachel Powell. 'Mae'n ferch dda, ac yn deall ein sefyllfa ni.'

Edrychodd Margaret yn ddig ar ei mam. Roedd hi'n derbyn bod gan Rachel hawl i wybod enw'r gŵr ifanc oedd wedi bod yn siarad â'i merch, ond doedd dim hawl ganddi i arllwys ei chwd wrth Modryb Mary. Amddiffyn ei hun yr oedd hi, meddyliodd Margaret, rhag ofn i'r hen fenyw ddod i glywed am y peth, ac roedd hi fel petai'n gwybod popeth oedd yn digwydd yn Aberhonddu. Doedd dim rhyddid iddi yn y tŷ, hyd yn oed yn y parlwr bach hwn, a Modryb Mary yn lletchwith drwy'r amser ac yn hawlio sylw cyson. Fe fyddai'n anodd dianc bore fory, ond roedd yn benderfynol o wneud hynny. Daeth i'w chof ddarlun o Lewis, â'i wallt cyrliog tywyll a'i lygaid gwyrdd, llawn direidi. Efallai—ie, efallai bod pethau'n dechrau gwella o'r diwedd. Ar ôl wythnosau gyda Modryb Mary roedd hi wedi dod i deimlo bod cyffro a hapusrwydd y tu hwnt i'w chyrraedd, ond nawr . . . Diflannodd gweddill y diwrnod fel breuddwyd.

2

i

Pwysodd Lewis ar baraped pont Llan-faes, ei lygaid ar y dŵr brown a lifai rhwng y pileri. Doedd e ddim yn awyddus i dynnu sylw John Harris y cyfreithiwr a ddeuai i'w gyfeiriad. Cymerodd gip cyflym, gofalus. Roedd yn mynd heibio, diolch byth. Dim ond creu trafferth fyddai rhoi cyfle iddo gario clecs i Humphrey, a hwnnw'n meddwl bod Lewis yn helpu William yn ei siop newydd yn High Street.

Croesodd yr heol yn hamddenol, gan edrych at y castell. Cwrddasai â John Harris ddwywaith o'r blaen wrth aros am Margaret, ond roedd wedi llwyddo bob tro i gael gwared ar yr hen ddyn siaradus cyn iddi ymddangos. Ochneidiodd. Roedd pawb yn gwybod busnes pawb arall yn Aberhonddu, a phawb yn ei adnabod. Pe bai e'n mentro ymwneud â menywod—wel, menywod llai na pharchus—fe fyddai Humphrey yn siŵr o glywed am hynny. Ac roedd merched parchus mor awyddus i frysio at yr allor. Doedd ei dad ddim yn deall ei broblemau. Dymuniad Humphrey oedd i Lewis briodi a chael etifedd i Henblas. Byddai'n rhaid iddo briodi rywbryd, wrth gwrs, ond elwa ar fod yn ddibriod oedd ei fwriad am dipyn.

Edrychodd unwaith eto at y castell. Dyna Margaret o'r diwedd, yn edrych yn ddeniadol mewn boned las. Brysiodd ati.

'Ro'n i'n dechre ofni nad oeddet ti'n bwriadu dod,' meddai.
'Doedd pethe ddim yn hawdd.' Gwenodd Margaret yn hapus arno. 'Mae Modryb Mary'n mynd yn fwy llet'with bob dydd, a Mam yn ame bod 'na ryw ddirgelwch yn rhywle. Rwy i wedi bod o'r tŷ heb gwmni gryn dipyn yn ddiweddar, a Modryb Mary'n dweud y drefn bob tro. Dyw hi ddim yn hawdd cael esgusodion dros fynd i'r dre. Nawr, rhaid i fi brynu poteled o ddŵr lafant cyn mynd adre. Dyna'r esgus. Mae Modryb Mary'n defnyddio galwyni o'r stwff, i leddfu cur pen.'

'Well inni beido anghofio, 'te,' cytunodd Lewis. 'Ma' dy fodryb yn swno'n grintachlyd iawn, ond fydde hi ddim am i ti 'lychu wrth wneud 'i negeseuon hi.'

'Na. Mae'n poeni am iechyd pawb am y galle unrhyw anhwylder fod yn angheuol iddi hi! Syndod iddi ganiatáu i mi ddod allan y bore 'ma, a glaw ar y ffordd. Ond drwy lwc fe dorrodd Mam ddisgil, ac roedd Modryb Mary mor grac fel na sylwodd hi ddim ar y cymyle glaw.'

'Ffodus iawn,' meddai Lewis, 'ond erbyn hyn mae'n 'i harllwys hi. Dere, awn ni i chwilio am gysgod.'

Dilynodd Margaret ef yn ufudd at stablau Thomas Rees. Doedd neb yn y golwg, sylwodd Lewis yn hapus. Gobeithio i Dai Rees bach gofio datfolltio drws y daflod.

'Heibio i'r gornel 'ma,' meddai. 'Fe fyddwn ni o'r golwg wedyn. 'Sdim angen i dy fodryb glywed am y lle 'ma.'

'Ma' hi'n clywed am bopeth bron,' atebodd Margaret, gan chwerthin yn nerfus. 'Ma' ganddi sbiwyr ym mhob man.'

'Ti'n meddwl 'i bod hi'n gweithio i Boney? Dere, fe ewn ni'r ffordd hon.'

'Mynd? Ble?'

'Lan fan 'co, a thrwy'r drws bach.'

'Ond mae e mor uchel.'

'Mae'n ddigon hawdd.' Dringodd Lewis yn sionc ar ben casgen ddŵr gyfleus ac estyn at ddrws y daflod. Agorodd hwnnw'n hawdd, a neidiodd i lawr i roi help llaw i Margaret. 'Does dim ofn arnat ti, oes e?'

'Na . . . na, dim ofn, ond . . .'

'Popeth yn iawn, 'te. Brysia. Ni'n glychu fan hyn.'

Doedd dim modd gwadu hynny. Ofnai Margaret y byddai'n socian at ei chroen pe bai'n mynd i siopa, a doedd hi ddim wedi gweld Lewis ers dau ddiwrnod. Edrychodd arno. Roedd yn gwenu ac yn estyn ei law i'w helpu. Cydiodd Margaret ynddi ac ymhen ychydig eiliadau roedd y ddau'n ddiogel yng ngwair y daflod.

'Dyna ni, mae'n sych ac yn gynnes fan hyn, a chyda'r holl wair, fe fyddwn ni'n ddigon cysurus.'

'Beth yw'r sŵn 'na?' gofynnodd Margaret yn anniddig.

'Dim ond y ceffyle odanon ni. 'Sdim angen becso amdanyn nhw. Dere, eistedda.'

Eisteddodd Margaret, gyda Lewis wrth ei hochr.

'Hwn yw'r tro cynta i ni fod ar ein penne'n hunain,' dywedodd wrthi. 'Diolch i'r glaw am roi'r cyfle inni. Dere, gorwedda, mae'r gwair yn gwynto'n hyfryd. Pwy a ŵyr pryd y cawn ni gyfle fel hyn eto?'

'Ddylen ni ddim . . .'

'Ddylen ni ddim beth? Bod yma 'da'n gilydd? Pam lai? Nag wyt ti'n hapus yma 'da fi, Marged?'

'Ti'n gwybod 'y mod i.'

''Na'r unig beth sy'n bwysig,' atebodd Lewis.

ii

Ychydig yn ddiweddarach, gosodai Lewis lyfrau ar silffoedd yn ôl cyfarwyddiadau William, gan wenu wrtho'i hun 'run pryd. Roedd e'n gweld eisiau Wil yn Henblas, ond roedd yn rhaid cydnabod bod cael cefnder yn llyfrwerthwr yn Aberhonddu'n ddefnyddiol hefyd. Heb yr esgus fod angen help ar William, gweithio gartre fyddai ffawd Lewis, ac roedd yna ddigon i'w wneud yno hefyd, a'r gwanwyn ar y trothwy. Gwelodd fod sylw William wedi ei hoelio ar ryw gyfrol neu'i gilydd.

'Be sy gen ti, Wil?' gofynnodd.

'Y *Cambrian Itinerary*. Newydd 'i gyhoeddi.'

'O, ie?'

Methodd Lewis feddwl am sylw arall a throdd ei feddyliau at ei ddiddordebau ef ei hun unwaith eto, yn bennaf cyd-gerdded â Margaret ar lannau afon Wysg. Blinodd ar y llyfrau.

'Well i fi fynd, Wil. Ma' pethe'n dod i drefn, on'd y'n nhw?'

'Ydyn wir,' atebodd William, 'diolch i ti.'

Craffodd Lewis ar ei gefnder. Oedd e . . . ? Na, roedd e'n gwenu'n ddidwyll.

'Fyddi di yma fory?' gofynnodd.

'Gobeith'o,' atebodd Lewis, 'a derbyn nad yw 'nhad yn gweld f'angen ar y fferm.'

'Fe alwodd f'ewyrth heddi,' ebe William. 'Fe 'wedes i dy fod ti wedi mynd gyda hen gyfaill o ddyddie ysgol i gael golwg ar geffyl addawol.'

'A beth ddywedodd 'nhad?'

'Nad oedd angen ceffyl arall arnat ti.'

'Ga i bregeth heno, debyg. Well i fi fynd adre a chlywed y gwaetha. Fe ddo i eto ddydd Gwener yn ddi-ffael. Paid â gweithio'n rhy galed.'

iii

Dydd Gwener, meddyliodd Lewis, wrth iddo farchogaeth at Henblas, byddai'n cwrdd â Margaret eto. Er gwaethaf llu o amheuon a phryderon, roedd yn gwybod mai cwrdd â hi y byddai.

Croesodd y bont gul dros afon Wysg, a ffrwyno'r ceffyl wrth i Henblas ddod i'r golwg. Roedd y ffermdy'n dyddio o'r ail ganrif ar bymtheg, ond ychwanegwyd ato o genhedlaeth i genhedlaeth. Y tu ôl iddo ac o'i gwmpas ymestynnai'r caeau, yn ddi-liw dan olau'r lleuad, eu patrwm wedi ei ddiffinio gan ddüwch y cloddiau a'r coed. Daeth ton o foddhad drosto wrth iddo edrych ar yr olygfa. Doedd anturiaethau caru yn Aberhonddu yn ddim o'u cymharu â hyn. Rhyfedd bod William yn gallu bodloni ar fywyd stryd, ar ôl byw yn Henblas. Symudodd rhywbeth yn nhywyllwch iard y stablau, gan godi peth braw ar Lewis.

'Wel, 'machgen i,' dywedodd llais cyfarwydd, 'wedi bod wrthi ymhlith y llyfrau? Ma' Wil yn ddiolchgar, gobeith'o, am yr holl gymorth mae'n 'i ga'l.'

Disgynnodd Lewis oddi ar ei geffyl, gan roi'r ffrwyn i Josh Rees y gwas. Trodd ac edrych yn ansicr ar berchennog y llais: Milbrew Griffiths a fu'n byw yn Henblas ers i'w nith, gwraig Humphrey Gethin, farw ar enedigaeth plentyn. Roedd ganddi feddwl chwim a thafod miniog, a hi a gadwai drefn yn Henblas, gan adael Humphrey i'w lyfrau.

'Ma' Wil yn cofio atoch chi,' meddai Lewis, gan osgoi testun ei ymdrechion yn y siop lyfrau. 'Mae'n gobeith'o'ch gweld chi yn 'i gartre newydd cyn hir.'

'Annhebygol iawn,' atebodd Milbrew, 'yn arbennig nawr, gyda'r helynt yma'n codi. Fe fydda i'n ddigon prysur am ddyddie.'

'Be sy wedi digwydd?'

'O, fe gei di wybod yn ddigon buan, 'machgen i. Ma' dy dad am dy weld ti ar unwaith.'

iv

Doedd e byth yn teimlo'n gysurus yn ystafell ei dad. Cymaint o lyfrau ym mhob man, a'r sgwrs bron byth yn bleserus. Doedd yr achlysur hwn ddim yn debyg o fod yn wahanol, a barnu wrth yr olwg ar wyneb Humphrey Gethin.

'Y bore 'ma, Lewis,' dechreuodd, 'fe ges i reswm annisgwyl dros fynd i Aberhonddu. Yn naturiol, fe ymweles â thŷ newydd William. Doedd dim sôn amdanat ti yno. Roedd gan William eglurhad, wrth gwrs, er ei fod naill ai'n anfodlon neu'n analluog i ddweud wrtha i ble'r oeddet ti. Ond fe ddois ar draws sawl un yn y dre oedd yn fwy na pharod i ddweud.'

Daliodd Lewis ei anadl. Pwy oedd yn gwybod am Margaret, a beth roedden nhw'n ei wybod? Am y cyfarfodydd diniwed yn y goedwig ynteu'r ymweliad â'r daflod?

'Rwy'n deall, Lewis, dy fod ti wedi cael dy weld yn aml yn y Dolphin, tafarn ac iddi enw drwg. Gwaeth na hynny, roeddet yn gadael y lle ychydig wedi toriad gwawr beth amser yn ôl.'

Dyna'r cyfan a wyddai felly. Tawelodd anadl Lewis. Diolch byth, doedd hysbysydd Humphrey ddim wedi clywed y straeon diweddaraf. Roedd wythnos, o leiaf, wedi mynd heibio ers iddo alw yn y Dolphin.

'Wel? Wyt ti'n gwadu'r peth?'

'Nac ydw.'

'Fe gest ti rybudd y tro diwetha beth fydde'r canlyniade pe bait ti'n mynnu cadw at yr arferion aflan yna. Mae gen i fwriad sgrifennu at Thomas Williams, cefnder dy fam, yn Abertawe. Fe ges i air ag e ynglŷn â'r mater beth amser yn ôl. Felly fydd e'n synnu dim—er rwy'n siŵr y bydd yn achos tristwch iddo glywed fy mod i wedi penderfynu d'anfon di ato am gyfnod. Wel? Oes gen ti rywbeth i' ddweud?'

'Pa bryd y bydda i'n gadael?'

'Drennydd. Fe wnaiff dy fodryb Milbrew drefnu dy ddillad. Fe wnaiff gwaith caled o dan oruchwyliaeth Thomas Williams les i ti, gobeithio. Fe fydd dysgu am fyd busnes yn fanteisiol i ti pan ddaw Henblas yn eiddo i ti. Dyn call, llewyrchus yw Thomas, asiant ers blynyddoedd i un o'r prif gwmnïe copor yn Abertawe. Pan ddaw Henblas i d'ofal di, Lewis, fe fyddi di, rwy'n mawr obeithio, wedi datblygu'n ddyn o gymeriad cadarn. Dyw'r argoelion ddim yn addawol ar hyn o bryd.'

V

'Pe bai mymryn o synnwyr cyffredin gen ti, Rachel, fyddet ti ddim yn gadael i Mag symud o'r tŷ. Rwy'n dweud wrthyt ti nawr, os daw hi â gwarth arnon ni, fydd dim croeso iddi hi yma. Cerdded yng nghoed y Priordy, wir. Rwy'n gw'bod beth ddaw o hynny!' Pwysodd Mary Hughes yn ôl yn ei chadair a chau ei llygaid. 'Ewch o 'ma nawr. Rhaid i fi geisio gorffwyso. Dyw helynt fel hyn yn gwneud dim lles i fi. Beth oedd yn dy ben di, ferch? Lewis Gethin, o bawb. Bydde babi newydd 'i eni'n gw'bod yn well.'

Aeth Rachel a Margaret i lawr i'r parlwr.

'Glywest ti beth 'wedodd hi,' meddai Rachel. 'Mae'n deall ei phethe, ti'n gw'bod, ond sa i'n siŵr dy fod ti mor glyfar ag wyt ti'n feddwl. Wel, gwell i fi fynd i'r gegin i weld beth mae Nan yn gwneud â'r cawl cyw iâr. Does 'da'r fenyw 'na ddim syniad shwt i goginio, ond dim ond hi sy'n g'neud y tro i Modryb Mary.'

Diflannodd i'r gegin, gan adael Margaret i fyfyrio. Roedd yn deall safbwynt ei mam. Pe derbyniai hi gynnig priodas gan Lewis, fe fyddai Rachel yn ymffrostio am y peth. Pe na ddeuai'r fath gynnig, fe allai Rachel wadu iddi wneud dim i annog ei merch yn ei ffolineb. Gosododd Margaret ei boned yn ofalus ar ei phen. Roedd Lewis yn ei charu; rhaid ei fod am ei phriodi. Ond ble'r oedd e? Pam nad oedd e wedi dod i gwrdd â hi ger y bont echdoe, fel y trefnwyd? Ai hi oedd wedi camgymryd? Efallai mai heddiw oedd y diwrnod. Neu a oedd e . . . a wnaeth e . . . y diwrnod hwnnw yn y daflod wair . . . na, doedd hi ddim am gredu'r fath beth! Hi oedd wedi gwneud camgymeriad ynglŷn â'r dyddiad. Fe fyddai ger y bont erbyn hyn, yn awyddus i egluro a chael maddeuant. Cochodd wrth feddwl sut y dangosai iddo ei bod wedi llwyr faddau iddo, ac aeth yn dawel o'r tŷ.

Awr yn ddiweddarach cefnodd ar y bont a cherdded ar hyd Ship Street ac i mewn i High Street. Rhaid iddi ddarganfod beth oedd wedi digwydd, a dim ond un person a fedrai ddweud wrthi. Aeth i'r siop lyfrau i chwilio am William Gethin.

Roedd hwnnw wedi bod yn disgwyl amdani ers i'w gefnder alw i ffarwelio. Edrychodd yn bryderus arni.

'Bore da.' Llyncodd Margaret, mewn ymgais i atal y cryndod yn ei llais. 'Margaret Powell ydw i.'

'Rwy'n gwybod . . . hynny yw, ro'n i'n meddwl . . . soniodd Lewis . . .'

'Amdana i?'

'Do.'

'Beth ddywedodd e? Ble mae e?'

'Ma' Lewis wedi mynd i Abertawe.'

'Abertawe? Chlywes i'r un gair am Abertawe. Ro'n i wedi trefnu cwrdd, i fynd am dro. Fydd e i ffwrdd yn hir?'

'Wel . . .' petrusodd William. 'Mae'n anodd dweud. Blwyddyn, fan lleia, yn ôl f'ewyrth. Mae e wedi trefnu i Lewis aros gyda pherthynas i ni, iddo ddysgu beth yw trefn busnes. Ma' f'ewyrth wedi bod yn ystyried y cynllun ers amser, rwy'n deall, a dyma'r amser priodol, yn 'i farn e.'

Trodd Margaret oddi wrtho. Roedd hi'n methu credu geiriau herciog William. Doedd bosib bod Lewis wedi mynd heb ddweud wrthi.

'Mae'n flin gen i,' meddai William o'r diwedd. 'F'ewyrth—wel, unwaith ma' fe'n dod i benderfyniad, does dim modd dadle ag e.'

Roedd Modryb Mary wedi bod yn llygad ei lle drwy'r amser. Fe fyddai wrth ei bodd gyda'r stori hon, ac unwaith y gwyddai'r gwir . . . Daliai William i siarad ac ymdrechodd Margaret i wneud synnwyr o'i eiriau.

'Mae'n ddrwg gen i—beth wedoch chi?'

'Meddwl ro'n i—fyddech chi'n fodlon i fi fynd â chi gartre?'

'Sa i eisie mynd gartre.'

Cododd Margaret yn sydyn. Cyn i William gael cyfle i'w rhwystro, rhedodd o'r siop.

3

i

'Be sy'n bod ar y ferch, dwêd, yn pwdu yn y cornel o hyd? Pe bawn i wedi ymddwyn fel Mag, Rachel, cael y strap 'da Mam fydde 'nhynged i. Roedd wyneb gen ti wir, yn sgr'ennu i ganu clodydd dy ferch. Drycha arni! Dyw hi'n g'neud dim o gwmpas y tŷ!'

'Dyw hi ddim yn teimlo'n dda iawn y bore 'ma, Modryb Mary,' eglurodd Rachel Powell yn ofalus.

'Roedd hi'n ddigon da i galifanto 'da Lewis Gethin. O, ti'n gwrando arna i nawr, wyt ti, Mag, a finne'n sôn am dy Lewis annwyl di? Wel, fe 'wedes i ddigon. Ffolineb oedd disgwyl i etifedd Humphrey Gethin Henblas fod o ddifri ynglŷn â rhywun yn dy safle di.'

'O, whare teg nawr, Modryb Mary,' dechreuodd Rachel, ond torrodd Mary'n ddiamynedd ar ei thraws gan droi at Margaret.

'Nawr mae e wedi d'adael di a mynd i Abertawe, yn ôl yr hyn ddywedodd Nan wrtha i. Fydd e ddim yn hiraethu ar d'ôl di yno, gei di fod yn siŵr o hynny. A beth yw d'ymateb di? Eistedd yn y cornel, a'r hen wep hir 'na arnat ti. Ro'n i'n disgwyl iti ddangos mwy o falchder, o'n wir. Oes arnat ti ddim cywilydd, ferch? Drycha arnat ti, yn datgan i'r byd dy fod ti wedi cael dy dwyllo gan rapscaliwn diegwyddor. A sôn am dwyllo, wnest ti ddim gad'el iddo fe fynd yn rhy bell, gobeith'o. Nid ar whare bach y cafodd Lewis Gethin enw drwg. Wyt ti ddim yn disgwyl, wyt ti?'

'Nag yw,' meddai Rachel yn gyflym. 'Y pastai cwningen gawson ni ddoe sy ar fai. Fe roddodd Nan sleisen o borc ynddo fe, ac mae Margaret yn amal yn ca'l trafferth 'da phorc.'

'A finne hefyd. Beth oedd ym mhen Nan, yn 'neud y fath beth? Mae'n gw'bod na fydda i byth yn cyffwrdd â'r stwff.'

'Ma'n nhw'n dweud bod ychydig o borc yn gwella pastai cwningen,' eglurodd Rachel yn ofidus.

'O, wela i. Dy syniad di oedd e. Wel, dw i ddim am i ti ymyrryd, Rachel, diolch yn fawr. Ma' Nan yn gw'bod pa fath o fwyd sy'n 'y mhleso i.'

Dechreuodd Rachel ymddiheuro, ac achubodd Margaret ar y cyfle i ddianc i'r llofft.

ii

Mae Mam yn gwybod, meddyliodd, gan ddisgyn ar y gwely. Mae hi wedi sylwi. Ro'n i wedi gobeithio'i thwyllo hi. Dim ond unwaith dw i wedi colli, wedi'r cwbl, ond dw i byth yn colli. A Modryb Mary wedyn; mae'n amau, ac unwaith y caiff hi sicrwydd, beth wedyn? Fe fydda i mas ar y ffordd, a Mam gyda fi. Mae hi'n iawn hefyd, yr hen ast. Fe ges i fy nhwyllo'n llwyr gan Lewis a'i eiriau teg.

Cododd ymhen ysbaid a cherdded at y ffenest. Roedd hi wedi sefyll yno ddiwrnod ar ôl diwrnod, yn disgwyl gweld Lewis, yn disgwyl neges o leiaf. Ymsythodd. Roedd rhywun yn cerdded i lawr y stryd. William Gethin. A oedd neges ganddo'r tro hwn? Trodd, yn barod i redeg lawr y stâr, ond daeth pwl o dostrwydd trosti. Roedd hi'n mynd i gyfogi.

iii

'Iste' lawr, ferch, a rho dy ben rhwng dy benglinie.'

Safodd Rachel drosti, pryder a llid yn gymysg yn ei hwyneb. 'Well nawr? Da iawn. Nawr 'te, cer i 'molchi ac i dacluso dy wallt, a wedyn dere lawr llawr. Mae ymwelydd gen ti.'

'William Gethin,' sibrydodd Margaret. 'Oes neges ganddo fe?'

'Pa neges oeddet ti'n disgw'l?'

'Lewis . . .'

'Paid â bod mor dwp, ferch. Bob tro ma' William yn galw, rwyt ti ar bige'r drain; a pham? Am dy fod ti'n hiraethu am ddyn sy wedi anghofio amdanat ti. Nawr 'te, ma' William 'di galw 'to. Mae'n amlwg 'i fod e'n mwynhau dy gwmni di. Dyn ifanc caredig yw e. Rwy'n gobeithio fod gen ti ddigon o synnwyr cyffredin i'w werthfawrogi e.'

Edrychodd Margaret yn syn arni. 'Beth y'ch chi'n feddwl, Mam?'

'Mae'n amlwg beth wy'n feddwl, Margaret. Rwyt ti mewn sefyllfa let'with, ac ma' Mr William Gethin, os gelli di ga'l dy af'el arno fe, ymhell y tu hwnt i dy haeddiant di. Fe wnâi ŵr deche iawn.'

'Ond Mam . . . Lewis . . . sa i mo'yn . . .'

'Nawr gwranda di arna i, Margaret Powell! Dw i ddim eisiau clywed gair arall am Lewis Gethin, a thithe yn y fath gyflwr. O gwn, fe wn i'n iawn pa fath o lanast rwyt ti wedi'i 'neud o bethe, a does dim i'w ennill drwy siarad yn neis-neis. 'Styria nawr! Ti wedi g'neud argraff ffafriol ar

William Gethin, ac mae'n rhaid i ti ddefnyddio hynny gymaint ag y gelli di. Dw i ddim yn addo y g'nei di lwyddo. Iddo fe, cam i lawr fydde dy briodi di. Ma' William hefyd yn perthyn i deulu Henblas, a dim ond un dyn gwyllt sy rhyngddo fe a'r etifeddi'eth. Pe bait ti'n ca'l d'af'el ynddo fe, fydd dim rheswm gen ti dros gonan.'

'Ond Mam, sa i'n 'i garu e!'

'Nag wyt, ti'n caru Lewis, a pha les yw hynny, dwêd? Ro'n i'n caru dy dad—roedd e'n fachan golygus, cred ti neu beidio—ac felly fe wnes i wrthod dyn oedd yn berchen ar ffarm yn ymyl 'y nghartre i. Fe wyddost beth o'dd diwedd y peth, ond o leia ro'n i'n briod pan gest ti d'eni. Wel? Meddylia am y cyfan fel her, Margaret. Fe fyddi di'n ddigon balch os llwyddi di, a dychmyga'r olwg ar wyneb Modryb Mary pe bait ti'n priodi Gethin Henblas.'

Syllodd Margaret yn ddiflas ar ei mam.

'Wna i 'ngore,' meddai.

iv

'Yn falch 'ych gweld chi eto mor fuan, Mr Gethin. Rhaid 'ych bod chi'n brysur hefyd. D'wedwch wrtha i, ydy'r llyfr newydd roeddech chi'n sôn amdano wedi cyrraedd? Beth oedd ei enw hefyd?'

Roedd William wedi crybwyll cynifer o lyfrau, gan glodfori rhai a beirniadu eraill, nes ei bod wedi drysu'n llwyr. Doedd hi erioed wedi cael fawr o flas ar ddarllen. Chwiliodd yn ofer am y teitl, gan deimlo'n ffŵl. Pam na ddywedai'r twpsyn rywbeth?

'Mae'n flin gen i.' Baglodd William dros ei eiriau. Mor euraidd oedd gwallt Margaret, a mor las oedd ei llygaid, ac mor weddaidd oedd ei chorff. Sylweddolodd ei bod hi'n edrych yn ddryslyd arno. 'Rhaid i chi faddau i mi, Miss Margaret; ma' gen i rywbeth sy'n pwyso ar fy meddwl i.'

'O? Dy'ch chi ddim mewn unrhyw drafferth, gobeith'o, Mr Gethin?'

'Ma' hynny'n dibynnu arnoch chi,' atebodd William.

'Arna i? Dw i ddim yn deall.'

'Mae'n dibynnu ar ba ateb gaf i i gwestiwn. Dydyn ni ddim wedi nabod ein gilydd yn hir, rwy'n derbyn hynny, ond ro'n i mor hy â gobeithio y byddech chi'n cytuno.'

'Cytuno i beth, Mr Gethin? Dw i ddim yn eich deall chi.'

'Ddim yn deall?'

'Nac ydyw. Ro'ch chi'n sôn am ryw gwestiwn.'

'Mae'n flin gen i. Rwy'n meddwl am y peth drwy'r amser, chi'n gweld, ac mae'n anodd i fi sylweddoli . . . Miss Margaret, wnewch chi 'mhriodi i?'

Caeodd Margaret ei llygaid am foment. Roedd e wedi cynnig, a rhaid oedd penderfynu. Na, roedd hi wedi penderfynu. Doedd dim troi'n ôl i fod. Roedd William yn ddihangfa rhag Modryb Mary a phroblemau llawer gwaeth. Fe fyddai ganddi safle parchus yn y dref, ynghyd â gŵr caredig ac ystyriol. Gwenodd arno ac meddai,

'Annwyl William, fe fyddwn i'n falch o ga'l bod yn wraig i ti.'

V

Eisteddai William Gethin wrth y tân. Symudodd fysedd ei law chwith yn araf yn ôl ac ymlaen dros fraich ei gadair. Edrychodd Milbrew Griffiths yn ddiamynedd arno ac yna ar ei ewythr. Doedd Humphrey ddim wedi dweud fawr ddim amser cinio, a doedd William ddim wedi ymdrechu i'w ddiddanu—dim gair am glecs diweddara Aberhonddu, dim ond atebion cwta i gwestiynau Milbrew. Roedd Henblas fel bedd y dyddiau hyn, a phawb yn gweld eisiau Lewis. Roedd ganddo ei feiau, ond lle diflas oedd ei gartref yn ei absenoldeb. Rhyfedd meddwl ei fod yr un oed â William, oedd yn barod mor sobr a phwyllog â Humphrey ei hun. Lewis oedd wedi'i arwain oddi ar y llwybr cul pan oedden nhw'n blant, a William oedd wedi becso am y canlyniadau. Cofiai Milbrew sut yr eisteddai ar ymyl ei sedd, yn olrhain patrymau â'i fysedd ar freichiau'r gadair. Ond dyna a wnâi'n awr. Roedd rhywbeth yn ei boeni.

'Shwt ma' pethe'n mynd yn y siop, Wil?' gofynnodd.

'Popeth yn iawn, diolch, Modryb Milbrew.'

'Dim trafferthion? Dim byd i'w drafod gyda d'ewyrth a fi?'

'Na, dim byd ynglŷn â'r siop lyfre.' Oedodd William am foment. 'Ma' 'na r'wbeth arall. Dw i 'di teimlo ers amser . . . a nawr ma'r siop gen i, a phethe'n disgw'l yn eitha gobeithiol . . . beth dw i am ddweud yw hyn: rwy'n mynd i briodi.'

'Priodi?' Edrychodd Milbrew'n syn arno. 'Priodi pwy, os ga i ofyn?'

Symudodd William yn anesmwyth yn ei gadair. 'Miss Margaret

Powell; nith Mrs Mary Hughes, Llan-faes. Chi'n gw'bod amdani hi, f'ewyrth, rwy'n siŵr. Mae pawb â gair da iddi.'

'Does 'da Mary Hughes yr un gair da i'w ddweud am neb yn Aberhonddu,' atebodd Milbrew'n sych, 'ac mae'n gw'bod am bob stori annymunol sy yno. Ddaw dim budd o briodi i'w theulu hi. Well i ti anghofio am y peth, William. Ti'n rhy ifanc i briodi, ta beth.'

'Dyna beth o'n i am 'i ddweud,' ategodd Humphrey. 'Wrth gwrs, ma' dynion iau na thi'n priodi bob dydd, ond dwyt ti ddim ond ar drothwy pethe eto. Fe gymerith dy fusnes amser i ennill 'i blwyf. Cam gwag fydde ychwanegu gwraig at dy gyfrifoldebe di.'

'Ble cwrddest ti â'r groten?' holodd Milbrew. 'Elli di ddim bod wedi 'i nabod hi'n hir.'

'Ddim yn hir,' addefodd William. 'Gwrddes i â hi yn y siop. Ma' ganddi ddiddordeb yn 'y musnes i. Fe fydd hi'n gymorth mawr i fi, rwy'n siŵr.'

'Diddordeb yn y busnes, wir!' Chwarddodd Milbrew. 'Diddordeb mewn priodi'n dda, ti'n feddwl. Dwy'n ame dim nad yw hi'n g'neud 'i gore i d'argyhoeddi *di* 'i bod hi'n addas i fod yn wraig i ti. Chware teg i'r ferch am sylweddoli taw llyfre yw'r ffordd i dy galon di, William. Humphrey, rwy'n credu y dylech chi wahardd y briodas.'

Edrychodd Humphrey ar William. 'Rwy'n gofyn iti ailystyried. Nid hon yw'r briodas y mae gen ti—a ninne—hawl i'w disgwyl.'

'Rwy'n ffodus i gael fy nerbyn gan Margaret,' meddai William yn benderfynol.

'Twt lol,' atebodd Milbrew. 'Humphrey, dwedwch wrtho. Defnyddiwch eich awdurdod!'

'Does gen i ddim awdurdod yn y mater,' meddai Humphrey. 'Dyw William ddim yn fab i fi.'

'Rwy'n hoff iawn ohonoch, Ewyrth Humphrey,' dywedodd William yn anhapus. 'Chi'n gw'bod hynny'n iawn.'

'A finne ohonot ti. Ond yn y mater hwn, dyw fy ngair i'n cyfri dim. Wyt ti'n benderfynol o briodi'r ferch?'

'Ydw. Mae'n flin gen i os yw hyn yn achos poen i chi a Modryb Milbrew, ond fe fydda i'n priodi Margaret, hyd yn oed heb eich cydsyniad chi.'

'Does dim i'w ennill o ddweud rhagor, felly. Fe fydde'n well inni dderbyn y sefyllfa.'

'Diolch,' meddai William. 'Fe fyddwch chi'n deall, unwaith y dowch chi i nabod Margaret. Nawr, os esgusodwch chi fi, fe af i'w gweld, er mwyn dweud wrthi eich bod wedi rhoi'ch caniatâd. Ry'n ni'n awyddus i briodi'n fuan. Trwydded arbennig. Ac, wrth gwrs, mae cymaint i'w drefnu yn y tŷ, iddo fod yn barod i groesawu Margaret.'

'Pam yr holl frys?' holodd Milbrew. 'Ti'n ofni y bydd hi'n newid ei meddwl, neu y byddi di'n g'neud hynny?'

'Nac ydw,' atebodd William yn urddasol. 'Mae'n hollol syml. Ry'n ni am fwynhau hapusrwydd y stad briodasol cyn gynted â phosib.'

vi

'Hapusrwydd y stad briodasol, wir', meddai Milbrew. Safodd hi a Humphrey wrth y ffenest, yn gwylio William yn marchogaeth i Aberhonddu. 'Beth y'ch chi'n feddwl, Humphrey? Oes 'na reswm am yr holl frys, tybed?'

'O na, alla i ddim credu hynny,' atebodd Humphrey. 'Nid yn achos William. Pe bai Lewis . . .'

'Yn union,' torrodd Milbrew ar ei draws, 'nid trafod Lewis ydyn ni. Ma' William wedi bod yn boenus o barchus erioed, ond mae'n gas gen i'r syniad o drwydded arbennig, Humphrey. Mae'n rhoi argraff wael a chyfle i bob clepar yn Aberhonddu. Fe a' i i weld y ferch a'i theulu, rwy'n credu.'

'Gwnewch chi fel y mynnoch chi,' meddai Humphrey, 'ond dyw hi ddim yn hawdd cael William i newid ei feddwl.'

'Falle wir,' atebodd Milbrew, 'ond mae Miss Margaret Powell yn fater arall. Fe a' i bore fory i gael golwg arni hi.'

vii

Cerddodd Margaret yn aflonydd o gwmpas ei hystafell. Fe fyddai'r glaw'n cadw William gartre yn y siop, diolch byth. Roedd e'n brysur yn paratoi'r tŷ yn High Street, ond gan ei fod yn awyddus i glywed barn Margaret cyn newid dim, roedd e'n galw byth a beunydd. Roedd hithau wedi clywed hen ddigon am ei thŷ newydd a syniadau William ynglŷn ag e. Syllodd ar y glaw heb ei weld, cyn troi ac eistedd ar y gwely. Bu cynnig William yn fuddugoliaeth iddi, un ddigon hawdd, i fod yn onest, a William mor frwd ynglŷn â'r peth. Chwarddodd

Margaret wrth gofio wyneb Modryb Mary pan glywodd hi'r newyddion. Ond nawr roedd popeth wedi newid. Ers y bore, fe wyddai nad oedd hi'n cario plentyn Lewis.

Cododd Margaret ac ailgerdded o gwmpas yr ystafell. Heb y perygl o roi genedigaeth i blentyn siawns, fyddai hi ddim wedi ystyried priodi William; ond gyda phopeth wedi'i drefnu, fe fyddai'n anodd torri addewid. Roedd teulu William wedi cytuno, er mawr syndod i Modryb Mary. Fe fyddai ganddi ddyfodol sicr pe bai'n priodi William; dim rhagor o fyw fan hyn yn berthynas tlawd i Mary Hughes. Roedd William yn welliant ar Joseph Edwards, yr unig un arall i gynnig amdani hi. Doedd dim diben meddwl am Lewis. Hyd yn oed petai'n dychwelyd i Aberhonddu'n ddibriod, a hithau'n ddibriod hefyd, ffolineb fyddai meddwl am hynny.

Daeth sŵn curo ar y drws. William, mae'n debyg. Roedd y glaw wedi peidio, a heulwen wan, ddyfrllyd wedi ymddangos. Wedi dod i ofyn iddi fynd i High Street yr oedd e, mae'n siŵr, ond fyddai dim angen iddi fynd yno byth eto. Hanner awr o anesmwythyd, ac wedyn dim William, dim llyfrau, dim cadw tŷ yn High Street, dim neithior. Crynodd Margaret. Mor debyg, ac eto mor annhebyg, oedd William a Lewis.

'Fe rof i derfyn ar y cyfan nawr,' penderfynodd. 'Fe fydd Mam yn grac, a Modryb Mary'n credu taw William dorrodd y dyweddïad, ond rhaid i fi fyw 'da hynny. Rwy'n mynd i roi loes i William, ar ôl iddo fod mor garedig, ond fyddwn ni byth yn hapus gyda'n gilydd. Af i lawr nawr, a dweud wrtho.'

Agorodd drws siambr Margaret. Safai Rachel Powell yno, a golwg bryderus arni.

'Dere lawr ar unwaith,' meddai. 'Ma' Miss Milbrew Griffiths, Henblas, yma i dy weld ti.'

viii

Aeth Margaret at y parlwr bach. Cymhlethdod annisgwyl oedd ymweliad Milbrew Griffiths. Fe fyddai'n lletchwith derbyn llongyfarchion honno a'r dyweddïad ar fin cael ei dorri. Ond wnâi hi mo'r tro i ddweud y gwir wrth fodryb William cyn iddi gael cyfle i ddweud wrth William ei hun. A beth am Modryb Mary, yn eistedd fel delw yn ei chadair? Fe fyddai'n anodd derbyn cerydd Mary Hughes o flaen person dieithr.

'Dere mewn, dere mewn, i fi ga'l dy weld ti.' Torrodd llais Milbrew Griffiths ar draws ei meddyliau wrth iddi fynd trwy'r drws. 'Paid ag esgus bod yn swil. Dyw swildod ddim yn perthyn i ferch sy'n cytuno i briodi ddim ond wythnose ar ôl cwrdd â dyn ifanc. Ie wel, ti'n globen o ferch, on'd wyt ti? Mwy at ddant Lewis, fyddwn i'n meddwl. Rwy'n nabod William, ac nid hwnnw yw'r dyn i ti. Wel, dwêd rywbeth, ferch! Ma' gen ti dafod, debyg. Wyt ti'n meddwl o ddifri y gwnei di wraig foddhaol i'm nai i?'

'Bore da, Miss Griffiths. Ches i ddim cyfle i ddweud dim hyd yn hyn. I ateb eich cwestiwn, mae'n anodd i un person w'bod beth sy'n debyg o blesio person arall. Ma' gan bawb hawl i ddewis drosto'i hunan.'

'O, dyna dy farn di, ife? Wyt ti'n meddwl mai doethineb ar ran William oedd dy ddewis di'n wraig iddo fe?'

'William sydd i benderfynu ynglŷn â hynny,' atebodd Margaret. 'Fy musnes i yw gofalu 'mod i'n ddoeth i ddewis William.'

'Am hyfdra! Ti, heb geiniog i'th enw, i bwyso a mesur a ddylet ti dderbyn cynnig un o deulu'r Henblas neu beidio.'

'Ma' 'nheulu i'n uchel ei barch, Miss Griffiths,' datganodd Mary Hughes yn sarrug.

'Falle'n wir, ond dyw e ddim i'w gymharu â'n teulu ni.'

'Dyn busnes yw William,' atebodd Mary Hughes.

'Ond mae'n dod o dras fonheddig. Iddo fe, mae gwerthu llyfre'n broffesiwn. Ysgolhaig yw e, a does gan dy nith di mo'r hawl i ddisgw'l 'i briodi.'

'O? A pam, ys gwn i?'

'Am mai gwas bach i ryw gyfreithiwr ceiniog a dime oedd 'i thad hi, hyd y gwela i, ac mae pawb yn Aberhonddu'n gw'bod taw byw 'da chi o achos prinder arian y ma' hi a'i mam.'

'O, mae pawb yn gw'bod, ydyn nhw?' dechreuodd Mary Hughes, ond torrodd Margaret ar ei thraws.

'Pam y daethoch chi yma, Miss Griffiths? Ai dim ond i'm sarhau i a'm teulu?'

'Fy mwriad, 'y merch i, oedd gweld y sguthan oedd wedi rhwydo fy nai!'

'Mae eich nai a'i ewyrth yn fodlon. Wela i ddim bod 'da chi hawl i ymyrryd.'

'Paid ti â thrio swnio'n ddiniwed. Mae'n ddigon plaen mai wedi cael ei hudo gan wyneb pert y mae William druan. Ac ro't ti'n sôn am ei ewyrth wedyn. Wel, dyw hwnnw'n becso fawr ddim y naill ffordd na'r llall. Petai dyfodol Lewis yn y fantol, fe fydde hi'n fater gwahanol, ond William! Na, wneith Humphrey Gethin ddim byd. Fi sy'n gwarchod buddianne William, a dyna'r rheswm pam y des i yma heddiw i holi ambell gwestiwn.'

'Pam?' gofynnodd Margaret. 'Mae'n amlwg eich bod chi'n gw'bod popeth am 'y nheulu a'm hamgylchiade personol i'n barod.'

'Ddim popeth. Pam ma' 'na shwt hast arnoch chi'ch dau?'

'Y'ch chi'n awgrymu,' gofynnodd Mary Hughes, 'fod fy nith i a'ch nai chi . . .'

'O, na, nid William,' torrodd Milbrew ar ei thraws. 'Rwy'n nabod William, a does dim bai arno fe, fe alla i'ch sicrhau chi o hynny; ond beth am dy nith? Ydy hi'n bwriadu tadogi plentyn siawns arno fe?'

'Modryb Milbrew!' Doedd neb wedi sylwi ar William wrth y drws. 'Shwt gallech chi ddweud y fath beth? Well i chi fynd nawr. Dw i ddim am i chi ddod yn agos at fy nyweddi a fi byth eto. Fe eglura i'r sefyllfa wrth f'ewyrth. Pan fyddwch chi 'di ca'l cyfle i feddwl, dw i'n gobeith'o y bydd c'wilydd arnoch chi.'

'A gobeith'o na fydd gen ti reswm dros ddifaru am i ti wrthod gwrando arna i nawr,' atebodd Milbrew. Gwgodd ar Margaret. 'Amser a ddengys. Mrs Hughes, bore da.'

'Wel,' meddai Mary Hughes, wedi iddi fynd, 'dw i ddim am ddweud dim byd angharedig am eich perthnase chi, William, ond . . .'

'Rwy'n gw'bod, Mrs Hughes, ac rwy'n ymddiheuro,' atebodd William yn frysiog. 'Margaret, wyt ti'n iawn? Dwyt ti ddim yn edrych yn dda, a does dim rhyfedd. Dere i orwedd ar y setl.'

'Paid â ffysian, William,' meddai, gan suddo i gadair a chau ei llygaid.

'Mae'n wyn fel y galchen,' meddai William wrth ei mam. 'O's 'na rywbeth fedrith hi gymryd?'

'Fydda i'n well yn y man,' meddai Margaret, 'os ga i iste fan hyn yn dawel.'

'Well i ni ad'el llonydd iddi,' awgrymodd Rachel Powell.

'Wel, am ffwdan!' meddai Mary Hughes. 'Fe ges i'n sarhau lawn cymaint â Mag, ond wedes i'n ddigon plaen wrth y Milbrew Griffiths 'na . . .'

'Do, do, Mrs Hughes, o'ch chi'n wych,' cytunodd William, gan ei harwain at y drws ac amneidio ar Rachel i'w dilyn. Wedi i'r tri fynd allan sythodd Margaret yn ei chadair.

Damia'r fenyw, meddyliodd, yn dod fan hyn cyn i fi gael gair â William! Alla i wneud dim nawr. Fe fydd hi'n meddwl taw hi sydd wedi codi ofn arna i. Gwenodd yn gam. Roedd Milbrew wedi dod i Silver Street i setlo'r mater, ac wedi gwneud hynny. Doedd gan Margaret ddim dewis bellach. Fe fyddai'n priodi William.

4

i

'Priodas dwll a chornel yw hon, os bu un erio'd,' cwynodd Mary Hughes. 'Dim ond ti a'r hen Humphrey Gethin yno fel tystion, wir. Beth oedd yn dy ben di, Rachel, i gytuno i'r cyfan? Mae'n dwyn gwarth ar ein teulu fod Mag yn priodi ar y slei.'

'Teimlo ro'n i mai priodas dawel fydde ore, dan yr amgylchiade,' eglurodd Rachel. 'Fe ddaw popeth yn iawn yn y diwedd, gobeith'o, ond ar hyn o bryd mae 'na anawstere.'

'Pa anawstere?' gofynnodd Mary Hughes yn ddig.

'Wel, meddyliwch am wahodd lot o bobol heb gynnwys Milbrew Griffiths, modryb y priodfab a'r un a'i fagodd e. Fe fydde hynny'n 'i sarhau hi.'

'A pham lai, dwêd, ar ôl beth 'wedodd hi wrtha i a Mag? Fe ddylen ni fod wedi cynnal parti mawr, heb 'i gwahodd hi. Wedyn fe fydde pawb yn gw'bod beth ry'n ni'n feddwl ohoni.'

'Wel, mae'n rhy hwyr i newid y trefniade nawr. Ble mae Margaret? Mae'n hen bryd i ni fynd.'

Teimlai Rachel yn annifyr. Roedd ei merch wedi bod yn ymddwyn yn rhyfedd yn ddiweddar. Yna, agorodd y drws a daeth Margaret i mewn. Rhoddodd Rachel ochenaid o ryddhad.

'Rwyt ti'n edrych yn brydferth iawn, 'nghariad i. Mae'r foned yn gweddu i'r dim. Ro'n i'n iawn i fynnu addurnau plu alarch. Y'ch chi'n cytuno, Modryb Mary?'

'Fe wneith hi'r tro,' atebodd honno'n swrth. 'Nawr 'te, os y'ch chi'ch dwy'n barod, bant â chi i'r eglwys. Thalith hi ddim i gadw'r priodfab i aros gormod, rhag ofan iddo fynd.'

'Mae William yn dwlu ar Margaret,' protestiodd Rachel.

'Y ffordd ore o wneud yn siŵr ohono yw peido rhoi esgus iddo fe. Greda i yn y briodas pan wela i'r fodrwy ar fys Mag.'

'Dere, Margaret,' meddai Rachel yn ddig, 'ma'r cerbyd yn disgwyl.'

ii

Dwysaodd pryderon Rachel wrth iddi eistedd wrth ochr ei merch ar y siwrnai fer i'r eglwys. Doedd Margaret ddim wedi dweud gair oddi ar iddi ddechrau gwisgo ar gyfer y seremoni. Roedd golwg arni fel pe na bai'n gwybod ble roedd hi. Dim ond i bopeth fynd yn iawn, meddyliodd Rachel. Fe fydd hi'n teimlo'n well pan fydd y cyfan drosodd, a gorau i gyd po gynta. Fe fyddai'n pryderu llai pe na bai Modryb Mary wedi codi amheuon. Ond roedd yn gysur meddwl y byddai Margaret yn barchus ac yn gysurus ei byd cyn bo hir, a Lewis wedi mynd yn angof.

Roedd yr eglwys yn oer. Crynai Margaret wrth gerdded at yr allor. Dadebrodd ei synhwyrau yn yr awyrgylch rhewllyd, gan fygwth y tawelwch bregus oedd wedi ei hamgylchynu ers iddi benderfynu priodi William. Edrychodd arno'n disgwyl amdani wrth reiliau'r allor. Dyma ei chyfle olaf i newid ei meddwl. Os na redai o'r eglwys nawr, fe fyddai'n wraig briod cyn pen dim, a byddai'n rhaid iddi wneud y gorau o'r sefyllfa. Sythodd Margaret a cherdded yn ei blaen, gan beri rhyddhad mawr i Rachel, oedd wedi sylwi ar yr oedi.

iii

'Aeth popeth yn dda iawn.' Gwenodd William ar ei wraig. 'Ti ddim yn cytuno, Margaret?'

'Ydw.'

'Yn 'y marn i, ma' priodas dawel yn well nag un fawr, ffasiynol, lle mae disgwyl i'r pâr ifanc siarad â llu o westeion, a gwrando ar areithie.'

'Digon gwir.'

'Dyma ni wedi medru mynd adre ar unwaith,' meddai William gan edrych o'i gwmpas. 'Rwy'n gobeith'o bod y trefniade yma yn High Street yn dy bleso di, Margaret annwyl.'

'Ydyn, wir.'

'Ma' Martha'n arbennig o ofalus ynglŷn â phopeth, ac ma' Sara'n forwyn dda iawn, ond os wyt ti am newid rhywbeth . . .'

'Alla i ddim dweud eto, William.'

'Na, na, rwy'n deall yn iawn.' Symudodd William yn aflonydd. 'Dyw'r trefniade yn y siop ddim cystal. Fawr o brofiad gan Hugh Pritchard.'

'Falle y dylet ti fynd i ga'l golwg arno,' awgrymodd Margaret.

'Na, na, 'nghariad i. Alla i ddim meddwl am d'ad'el di ar ddydd ein priodas.'

'Paid â becso am hynny. Well gen i w'bod dy fod ti'n dawel dy feddwl ynglŷn â'r siop.'

'Rwyt ti'n ystyriol tu hwnt, Margaret. Rwy'n ofidus braidd, rhaid cyfadde.'

'Bant â ti, 'te.'

'Wel, os wyt ti'n berffeth siŵr. Rwy'n hynod ffodus ynot ti, Margaret. Oes 'na rywbeth wyt ti am drafod cyn i fi fynd?'

'Na, William. Diolch i ti.'

'Mae gan Hugh gymaint i'w ddysgu am waith siop. Rwy'n teimlo'n anesmwyth pan na fydd neb gydag e. Fe ddywedodd wrth Hugh Bold yr wythnos ddiwetha y bydde'n amhosib dod o hyd i gopi o *Scenery and Antiquities of South Wales* Benjamin Malkin, a phan fentrodd Mr Bold ddadle ag e, doedd Hugh ddim yn gwrtais iawn. Nerfus oedd e, debyg, ac yn ofan gwneud dim o'i le.'

'Does dim angen i ti egluro wrtha i, William,' meddai Margaret, oedd yn ysu am weld ei gefn e. 'Cer di i'r siop.'

Cydiodd William yn ei llaw a'i chusanu. 'Madde i mi am siarad gormod. Heddiw yw diwrnod hapusa 'y mywyd i, ond gan 'y mod i nawr yn ddyn priod, ma' cyfrifoldeb mawr arna i i sicrhau llwyddiant y busnes. Gyda thi'n gefen i fi, fe fydd hynny'n rhwydd.'

'Dim a thithe'n mynnu oedi a chlebran 'da fi,' meddai Margaret yn sychlyd.

'Ti'n iawn, fel arfer. Do'n i ddim ond am w'bod dy fod ti mor hapus â fi. Garet ti fynd i ffwrdd am wythnos neu ddwy?'

'Well gen i fynd yn y gwanwyn. Fe fydd y tywydd yn well pryd 'ny.'

'Digon gwir. Wel, fe a' i at Hugh. Beth wyt ti'n mynd i 'neud? Ma' croeso iti ddod i'r siop 'da fi.'

'Braidd yn gynnar i hynny, ti ddim yn meddwl?'

'Wrth gwrs, wrth gwrs, do'n i ddim yn 'styried. Ti sy'n gw'bod ore. Ond beth wnei di, ar dy ben dy hun?'

'Edrych dros y tŷ. Paid â phoeni amdana i, William. Cer di i weld y siop.'

iv

Ymlaciodd Margaret yn ei chartre newydd wedi i William fynd. Gobeithiai mai lleihau fyddai ei ofal poenus amdani. Diolch bod y seremoni drosodd. Doedd hi ddim wedi anghofio'r olwg sur ar Humphrey Gethin, fel pe bai wedi cnoi lemwn; fe deimlai'n union yr un fath â Milbrew Griffiths ynglŷn â'r briodas, roedd hynny'n amlwg. Roedd ymateb ei mam yn wahanol: yn falch bod Margaret wedi priodi'n dda ond yn gofidio, mae'n siŵr, y byddai'n gorfod gofalu am Mary Hughes heb gymorth ei merch. Cofiodd Margaret mor anodd y bu Modryb Mary ar ôl ymweliad Milbrew Griffiths, gan ei cheryddu hi a Rachel byth a beunydd am dynnu'r fath brofiad anhyfryd i'w phen.

Ond mwyach gallai anghofio. Ei cham nesaf oedd edrych yn drylwyr ar ei chartre newydd. Trueni fod y siop a'r stordy yn mynd â chymaint o'r llawr gwaelod, ond roedd stafelloedd y llawr cynta'n bur helaeth, er eu bod yn orlawn o gelfi tywyll, henffasiwn. Rhai derw bob un, a'u coesau'n rhy drwchus i'w chwaeth hi, a'r addurniadau'n anghelfydd braidd. Cerddodd at un o ffenestri hir y parlwr mawr. Gallai ei dychmygu'i hun yn eistedd ar ei phwys wrth fwrdd-sgrifennu wedi'i lunio yn y dull newydd o bren rhosyn, â droriau bas hawdd eu hagor a choesau cain. Oedd, roedd gan y tŷ bosibiliadau, er iddo gael ei adeiladu yn ystod yr hen ganrif. Roedd William wedi dweud pryd yn union, ond methai Margaret gofio'r dyddiad. Ond wedi i'r siop ddechrau llwyddo—a pham na lwyddai, a chofio am bopeth a wyddai William am lyfrau—fe allen nhw symud i breswylfa mwy addas i'w statws. Doedd hi ddim wedi priodi ag un o deulu Gethin Henblas i'w chael ei hun yn byw uwchben y siop. Crychodd ei thalcen wrth feddwl am yr anawsterau a godai petai hi'n gwahodd rhai o ddinasyddion blaenllaw Aberhonddu i ginio. Dim neuadd helaeth, dim grisiau urddasol. Byddai'n rhaid i bethau newid. Ymgollodd yn ei breuddwydion a neidiodd pan agorodd y drws.

'Fe wedodd Mr William eich bod chi am weld y tŷ.' Safai Martha o'i blaen, yn ei llygadu â chwilfrydedd a dicter yn gymysg â'i gilydd.

Doedd Margaret ddim yn rhy awyddus i dreulio gormod o amser yn ei chwmni.

'Rwy i wedi'i weld e'n barod,' meddai'n swta.

'Fel ymwelydd. Dyw hynny ddim yr un peth o gwbwl. Nawr 'te, dewch 'da fi, a 'newn ni ddechre 'da'r cwpwrdd llieinie, ac wedyn fe awn ni ymla'n i'r gegin.'

Ystyriodd Margaret wrthod, ond penderfynodd y byddai'n well iddi fynd i weld y tŷ yng nghwmni Martha nag eistedd a hel meddyliau ar ei phen ei hun.

'Mae'n well i chi gael rhyw syniad o shwt ma'r tŷ'n ca'l 'i redeg. Ffindiwch chi fawr ddim o'i le, alla i warantu hynny. Ces i f'addysgu mewn tai o safon. Fe allwch chi ddibynnu arna i i gadw trefn, a wy'n gw'bod shwt ma' Mr William yn mo'yn pethe. Ro'dd e'n fregus 'i iechyd yn grwt, chi'n gw'bod. Fi fagodd e. Wyddech chi hynny?'

'Na.'

'Nyrs i'r ddwy Miss Probert o'n i. Fe briododd yr hyna, Miss Esther, â Mr Humphrey Gethin, ac fe gymerodd 'i chwa'r fach, Miss Abigail, 'i frawd, Mr Richard.'

'Oedden nhw'n byw yn Henblas i gyd?'

'Na, na, ro'dd gan Mr Richard swydd yn Llunden 'da'r llywodra'th— wnes i 'rioed ddeall beth—ac fe es i 'da nhw, i ofalu am Miss Abigail. Fydde hi byth wedi dod i ben hebdda i mewn lle fel 'na. Un fregus oedd hi hefyd, a chafodd hi ddim iechyd yn Llunden. Fe fu Mr Richard a hithe farw o ryw dwymyn chwe mis ar ôl i William bach ga'l 'i eni. Lle peryglus yw Llunden. Dyna lle ro'n nhw un w'thnos, yn hapus ac yn iach fel coge, a'r wythnos wedyn, y ddau ohonyn nhw 'di mynd. Des i â'r un bach 'nôl i Henblas, i'w godi 'da'i gefnder.'

'Gyda Lewis,' meddai Margaret, gan ildio i'r temtasiwn i ynganu ei enw.

'Ie. Rapscaliwn os buodd un erio'd, mewn rhyw helynt byth a beunydd ac yn tynnu William ar 'i ôl e. Fe fuodd 'i fam farw'n ifanc hefyd, wrth roi genedigaeth. Meistres Milbrew oedd yn cadw trefen ar Henblas wedyn. Modryb i Esther ac Abigail. Hi fagodd Mr Lewis, gan ad'el William i fi.'

'Un gwyllt oedd Mr Lewis?' gofynnodd Margaret.

'Gwyllt, wedoch chi?' Caeodd Martha'i llygaid. 'Doedd dim dal beth 'nele fe nesa. Roedd e'n ddigon drwg fel bachgen bach, ond roedd e'n waeth ar ôl iddo fe dyfu. Do'dd dim un croten bert yn saff.

Fe fydde rhywun wedi disgw'l i ferched fod yn fwy gwyliadwrus. Ro'dd pawb yn gw'bod digon am Lewis Gethin. Ond 'na fe, ro'dd ganddo fe'r gallu i'w hudo fel adar o'r coed, credwch chi fi. Mae'n mwynhau'i hun nawr yn Abertawe, dw i ddim yn ame. Gobeith'o nad yw 'i dad yn clywed gormod, oherwydd un parchus dros ben yw Mr Humphrey Gethin, ac ma' fe wedi cael digon o reswm dros fecso ynghylch Mr Lewis yn barod.' Syllodd ar Margaret. 'Ma' golwg bell arnoch chi. Fy mai i, yn 'ych cadw i sefyll. Dewch at y tân. Fe allwn ni fynd o gwmpas y tŷ nes ymla'n.'

'Rwy'n iawn,' protestiodd Margaret gan eistedd.

'Ma' hi wedi bod yn ddiwrnod hir,' meddai Martha. 'Nawr 'te, 'na welliant, ontefe? Does dim angen i chi bryderu. Dyw Mr William ddim byd tebyg i Mr Lewis. Roedd e mor ystyriol yn blentyn, yn barod i roi help llaw i unrhyw un, a dyw e ddim wedi newid. Dyn egwyddorol yw e. Nawr 'te, eisteddwch chi fan hyn a gorffwys am ychydig. Wneith Mr William ddim madde i fi os na wna i 'ngore drostoch chi. Fe a' i i nôl diod i chi.'

Diflannodd drwy'r drws, gan adael Margaret gyda'i meddyliau. Ond ddeuai dim budd o ail-fyw digwyddiadau'r gorffennol. Ei thasg mwyach oedd gwneud y gorau o'r bywyd newydd o'i blaen.

5

i

'Ewyrth Humphrey!' Ni cheisiodd William guddio'i syndod. 'Dyn dierth y'ch chi.'

'Ddes i 'ma dair wythnos yn ôl,' atebodd Humphrey, 'a rhyw wythnos cyn hynny hefyd.'

'Dau ymweliad yn y tri mis ers i Margaret a fi briodi.'

'Ie wel, mae'n sefyllfa anodd, William. Shwt ma' pethe? Ma' gen ti ddigon o gwsmeried, hyd y gwela i.' Chwifiodd Humphrey ei law i gyfeiriad yr hanner dwsin o ddynion oedd yn pori ymhlith y silffoedd llyfrau.

'Ma' cryn nifer yn galw 'ma,' cytunodd William. 'Ma' siop lyfre fel siop goffi, wyddoch chi, yn tynnu pobol i sgwrsio a chwrdd â'u cyfeillion. Ond ma' 'na wahani'eth hefyd. Rhaid talu am le mewn siop goffi, ond yma . . . wel, edrychwch.' Pwyntiodd at ddyn oedd ar fin gadael heb brynu.

'Ond dyw pethe ddim yn ddrwg arnat ti?' gofynnodd Humphrey. 'Fe rybuddies i di ynghylch ymgymryd â chyfrifoldebe newydd.'

'Ma' Margaret yn trefnu'n rhagorol,' meddai William yn gyflym. Doedd e ddim am gyfaddef mai i Martha roedd y diolch am drefniant y tŷ.

'Rwy'n falch o glywed hynny.' Cododd Humphrey lyfr heb edrych arno. 'Y cweryl 'ma yn y teulu, William—rwy'n awyddus i roi terfyn ar y cyfan. Fe fydde'n rhoi pleser i fi dy weld ti a dy wraig yn Henblas. Ddewch chi?'

'Ar bob cyfri,' meddai William. 'Ond Ewyrth Humphrey, chi'n gw'bod fod 'na un amod. Rhaid i Margaret ga'l ymddiheuriad gan Modryb Milbrew.'

'Twt, William, paid â gwamalu. Hen fenyw yw Milbrew, ac mae'n siarad yn finiog ar adege heb feddwl am ffromi neb. Dim ond i ti egluro hyn wrth Margaret . . .'

'Egluro taw peth bach oedd ei chyhuddo o 'mhriodi i er mwyn rhoi tad i blentyn rhywun arall?'

'Ie, ond Milbrew . . . Ma' hi 'di hen anghofio'r cwbwl, mae'n siŵr gen i. A shwt ma' disgw'l i ddynes o oedran a safle Milbrew ymddiheuro i ferch ifanc fel Margaret? Trafoda'r peth gyda dy wraig. Dyw hi ddim yn un i ddal dig. Fe ges i groeso cynnes ganddi'r ddau dro y bues i yma.'

'Mae hynny'n wahanol.'

'Rwy i am eich gweld chi yn Henblas, William. Ma' Lewis i ffwrdd, a thithe'n cadw draw. Mae'r tŷ fel y bedd y dyddie hyn. Rwyt ti'n g'neud gormod o'r cweryl, 'machgen i. Ro'n i'n meddwl dy fod ti'n teimlo mwy o hoffter tuag ata i. Fe a' i nawr, ond rwy'n erfyn arnat ti—dere i Henblas.'

ii

Gwyliodd William Humphrey'n diflannu yn y pellter. Roedd yn dal i sefyll wrth y drws pan ddaeth llais o'r tu ôl iddo.

'Pam na ddest ti â d'ewyrth lan stâr i'm gweld i, William?' Ni chafodd Margaret ateb ac aeth hi ymlaen yn flin. 'Doedd e ddim yn mo'yn 'y ngweld i, debyg. Ydy e'n dal i deimlo cywilydd am i'w nai briodi islaw 'i statws?'

'Dyna ddigon, Margaret! Fe drafodwn ni'r mater yn y tŷ.'

'Be sy i'w drafod? Ma' agwedd Humphrey Gethin yn ddigon plaen. Ma' fe 'di galw ddwywaith, mae'n wir, ond dyw e ddim yn bwriadu gwneud hynny mwyach, na'n gwahodd ni i Henblas. Ma' pawb yn y dre'n siarad am y peth.'

'Ti'n anghywir, Margaret. Ma' f'ewyrth am ein gweld yn Henblas.'

Goleuodd wyneb Margaret. 'Ydyn ni'n mynd 'te? O, William, pryd? O, wy'n disgw'l ymla'n. Dw i mo'yn gweld y tŷ; dw i 'di clywed cym'int amdano 'da Martha. Ac wedi inni ymweld â Henblas, fe ddaw gwahoddiade eraill, oddi wrth bobol bwysig fel teulu Meyrick.'

'Margaret, fe wrthodes i'r gwahoddiad,' meddai William.

'Gwrthod? Ond pam? Ti'n gw'bod 'mod i mo'yn mynd yno. Wyt ti ddim yn sylweddoli shwt rwy'n teimlo, a finne'r peth nesa i garcharor yn y tŷ 'ma? A phan ddaw cyfle fel hwn, dyma ti'n gwrthod heb ofyn am 'y marn i.'

'Er dy fwyn di y gwrthodes i,' atebodd William yn ddig. 'Wyt ti 'di anghofio y bydd Modryb Milbrew yn Henblas? Ystyria mor anodd fydde siarad yn gwrtais â hi, a hithe wedi g'neud y fath ensyniade amdanat ti.'

'Hen stori yw honno. Os dw i'n fodlon cwrdd â hi, pam y dylet ti greu anawstere?'

'Ddylet ti ddim fod yn fodlon cwrdd â hi. Ble ma' dy hunan-barch di, ferch?'

'Ma' gen i ormod o hunan-barch i fodloni ar gael fy nghadw yma, fel pe bai cywilydd arnat ti ad'el i fi fynd o'r tŷ. Dwyt ti ddim yn mo'yn i fi gwrdd â dy ffrindie, na mwynhau fy hunan na . . .'

Eisteddodd Margaret yn sydyn yn y gadair agosaf ati, gan guddio'i hwyneb yn ei dwylo.

'Beth yn y byd wyt ti'n 'neud, Mr William?' Brysiodd Martha i'r ystafell a mynd at Margaret i'w chysuro. 'Wyt ti ddim yn gw'bod digon i beid'o â dadle â menyw yn 'i chyflwr hi? Dewch nawr, 'merch i, peid'wch â becso. Twpsod yw dynion, hyd yn oed y gore ohonyn nhw. Peid'wch chi â chymryd dim sylw ohono fe. Dyw e ddim yn gw'bod yn well. Mas â ti nawr, Mr William.'

'Ie . . . ond . . . beth wyt ti'n feddwl, Martha, yn sôn am gyflwr Margaret? Dyw hi ddim 'di bod yn dost.'

'Dyw hi ddim yn dost, ond mae'n disgw'l, ac yn naturiol ddigon mae'n teimlo'n isel. Fe fydd hi'n iawn ar ôl mis neu ddau.'

'Dim ond tri mis sy er y briodas.'

'Hen ddigon o amser i ti, mae'n amlwg, a phaid ag edrych mor syn. Gad ti Meistres Margaret i fi, a chofia, paid â dadle â hi. Os mai ymweld â Henblas sy'n mynd â'i bryd hi, i Henblas y dylech chi fynd.'

iii

Trwy ddrws agored y gegin, clywodd Margaret lais Sara'r forwyn yn siarad â Martha. Roedd Martha wedi ei dewis hi yn ffair hurio Aberhonddu y mis Tachwedd blaenorol, ond doedd Margaret ddim wedi cymryd ati o gwbl. Un fach haerllug ydoedd, ym marn meistres y tŷ, a derbyniai ormod o faldod gan Martha. Am ryw reswm roedd yr hen fenyw'n dwlu arni. Ond câi weld. Fyddai hi ddim yn cael aros tan ddiwedd ei blwyddyn, beth bynnag a ddywedai Martha. Hi, Margaret, biau'r gair olaf. Oedodd ger y drws i glustfeinio ar Sara'n siarad.

'Peth od bod y feistres mor flin o hyd. Oedd hi mo'yn priodi Mr Gethin tybed?'

'Wrth gwrs,' atebodd Martha'n siarp. 'Gwylia di be ti'n ddweud, 'y mechan i. Nid dy le di yw clebran am y teulu.'

'Weda i ddim gair, Martha, wir. Ond ma' pobol yn siarad.'

'Ddim o 'mla'n i!' mynnodd Martha.

Tawelodd y ddwy am ychydig. Roedd Margaret ar fin agor y drws pan ddywedodd Martha,

'Wel, beth ma'n nhw'n 'weud, 'te?'

'Dweud bod Mr William wedi priodi'r feistres yn groes i ddymuniade'r teulu. Ma' fe'n dwlu arni, medden nhw, ond dyw'r teulu ddim yn fodlon siarad â hi.'

'Ti'n gw'bod taw anwiredd yw hynny, a Mr Gethin yma echddoe.'

'Ond dyw'r meistr a'r feistres ddim yn mynd i Henblas, a ma' 'na beth arall sy'n ca'l ei ddweud hefyd.'

'Beth?'

'Bod Mr Lewis a'r feistres yn gweld 'i gilydd ar un adeg, ac iddi hi droi at Mr William ar ôl i hwnnw fynd i Abertawe.'

'Sara Rowlands, wyt ti'n mo'yn colli dy le? Dyna dy haeddiant, yn ailadrodd storïau maleisus fel 'na. Pwy wyt ti i farnu'r feistres? Nawr, dim un gair arall.'

'Mae'n flin gen i, Martha. Do'n i ddim yn mo'yn eich cynhyrfu chi. Ry'ch chi 'di bod mor dda wrtha i.'

'Wel, cofia ffrwyno dy dafod, neu mas fyddi di, a hynny heb gymeriad.'

Tawelodd y sgwrsio wedyn a throdd Margaret oddi wrth y drws yn feddylgar. Roedd wedi clywed llawer i gnoi cil arno, ac i gadarnhau ei phenderfyniad ynghylch Sara.

iv

'Rhaid iddi fynd cyn pen ei blwyddyn.' Edrychai Margaret yn sarrug ar ei mam a eisteddai'n llonydd ger y tân. 'Mae'n palu celwydde amdana i.'

'Clecs gweision, a doedd gen ti ddim busnes gwrando,' meddai Rachel yn ddi-hid.

'Ma' pethe'n ddigon gwael arna i fel y ma'n nhw, a'r dre i gyd yn gw'bod nad y'n ni'n ymweld â Henblas.'

'Bai William yw hynny, os yw Humphrey'n awyddus i anghofio am yr holl helynt.'

'Pwy sy'n mynd i gredu hynny? Ma'n nhw'n meddwl, fel yr ast fach, Sara, mai balchder Humphrey a Milbrew sy wrth wraidd y cyfan.'

'Wel, ti'n gw'bod beth i 'neud—ca'l perswâd ar William. Tasg hawdd, dybiwn i, ac ynte'n dwlu arnat ti.'

Syllodd Margaret i'r tân gan blygu ei siôl rhwng ei bysedd.

'Fe fydde'n ddigon hawdd pe bawn i'n gallu'i ddiodde'n agos ata i, ond alla i ddim. Dw i'n g'neud esgusodion—y babi ac ati—ac wedyn, pan ma' fe'n derbyn popeth, dw i'n teimlo'n euog. Ma' fe mor amyneddgar, mor ystyriol. Ro'n i'n bwriadu bod yn wraig dda iddo fe, ond do'n i ddim yn sylweddoli . . .'

'Ddim yn sylweddoli?' torrodd Rachel ar ei thraws. 'Pam lai? Ro't ti'n gw'bod beth i'w ddisgw'l. Doedd oblygiadau bod yn wraig briod ddim yn syndod i ti.'

'Ond ro'dd caru 'da Lewis mor wahanol,' meddai Margaret.

'Dyna ddigon, Margaret! Fe ddylet ti w'bod yn well na thrafod pethe fel 'na 'da fi.'

'Ond chi yw fy mam! Os na alla i 'u trafod nhw 'da chi . . .'

'Dyw merched deche ddim yn crybwyll materion fel 'na o gwbwl,' meddai Rachel yn bendant. 'Ti'n g'neud môr a mynydd o rywbeth sy'n rhan o brofiad pob gwraig briod. Ma' dy ddyletswydd yn glir, a phe bait ti'n ymddwyn fel y dylet ti, fydde'r sïon am dy berthynas gyda Lewis ddim yn lledu. Callia, Margaret. Os wyt ti'n llanw dy ben â breuddwydion ffôl amdano fe, shwt fydd hi arnat ti pan fydd Lewis yn dod adre?'

'Ro'n i'n disgw'l cydymdeimlad 'da chi. Chi oedd am i fi briodi William.'

'Paid ti â 'meio i, 'merch i. Fe briodest ti William am i ti fod yn ddigon ffôl i ad'el i'w gefnder e ga'l 'i ffordd 'da ti. Y cwbwl a wnes i o'dd rhoi'r ffeithie o dy flaen di. Ond fe wnest ti'n iawn i dderbyn cynnig William, ac fe ddaw pethe'n well gyda'r babi.'

'Y babi,' meddai Margaret, 'mae pawb yn sôn am y babi, ond mae'n anodd gen i gredu fod babi ar y ffordd.'

'Fe fyddi di'n teimlo'n wahanol ar ôl yr enedig'eth,' addawodd Rachel. 'Fydd dy berthynas â William ddim yn mynd â chymaint o dy sylw di pan fydd gen ti blentyn i garco.'

'Ydy rhieni bob amser yn rhoi blaenori'eth i'w plant?' gofynnodd Margaret. 'Wnaethoch chi?'

'Wrth gwrs.'

'Chi'n dangos fawr o gydymdeimlad nawr.'

'Nid plentyn wyt ti bellach. Ti'n briod ac ma' gen ti ddyletswydde. Rhaid i ti benderfynu drosot dy hun. Ro't ti'n awyddus i 'neud hynny cyn i ti briodi.'

'Rhaid i fi 'neud y gore o bethe—dyna beth y'ch chi'n 'weud?'

'Nid ti yw'r unig un. Dyw byw 'ma gyda dy fodryb ddim yn bleser, ti'n gw'bod.' Daeth sŵn cloch o'r llofft. 'Dyna ni eto, mae wedi dihuno. Ddoi di i'w gweld hi?'

'Dim heddi. Alla i ddim 'i hwynebu hi heddi.'

'Fel y mynni di. Does gen i ddim dewis.'

'Ma'n flin gen i, Mam. Wna i alw eto cyn hir, ond ma' cym'int ar 'y meddwl i ar hyn o bryd.'

'Wel, cofia fod gen ti ŵr ystyriol a chysurus 'i fyd, a phaid â bod yn ddwl.'

6

i

Drymiodd bysedd Milbrew Griffiths yn ddiamynedd ar y ford tra edrychai ar Humphrey. Am ba hyd y byddai'n eistedd yn llonydd ger y tân? Roedd hi'n ddiwrnod braf. Disgleiriai heulwen gynnes y gwanwyn a theimlai Milbrew ei hun yn ymsionci. Ond roedd Humphrey, ddeng mlynedd yn iau na hi, yn lolian yn ei gadair fel hen ŵr. Mor afresymol oedd dynion. Pan oedd Lewis a William yn byw yn Henblas, cwynai Humphrey'n ddi-baid am eu sŵn, gan gwato yn ei lyfrgell drwy'r amser. Nawr doedd neb yma i darfu ar yr heddwch, ac fe gwynai am y distawrwydd. Ni phrofai ddiddanwch mwyach ymhlith ei lyfrau. Pesychai'n aml, er iddi fynnu ei fod yn cymryd y moddion a gawsai hi iddo gan Dr Aubrey, heb sôn am y meddyginiaethau roedd hi ei hun wedi'u paratoi, gan ddilyn cyfarwyddiadau ei mam-gu, dynes hynod o wybodus yn ei dydd ynghylch perlysiau.

'Humphrey,' meddai'n sydyn, 'rwy'n credu'r a' i am dro i 'B'ronddu.'

'Aberhonddu? O, popeth yn iawn. Eith Josh â chi.'

'Pam na ddowch chi 'da fi? Dy'n ni ddim wedi bod yn y dre 'da'n gilydd ers meitin.'

'Na, dw i ddim yn credu. Pa reswm sydd gen i dros fynd yno?'

'Chi'n 'yn hela i'n grac weithie, Humphrey Gethin, ydych wir. Beth am eich cydnabod yn y dre? Oes dim chwant trafod y digwyddiade diweddara yn Ffrainc arnoch chi, dwedwch, neu'r cyhoeddiade newydd? Beth am fynd i ga'l sgwrs 'da John Harris y cyfreithiwr? Ma' 'na ddigonedd o storis 'dag e bob tro.'

'Ddim heddi, Milbrew. Yn yr haf, falle . . .'

Ddaeth yr un gair arall o'i enau, a gadawodd Milbrew'r ystafell. Doedd dim dwywaith amdani; roedd yn rhaid gwneud rhywbeth ynglŷn â Humphrey.

ii

'Rhywun i'ch gweld chi, Meistres Margaret.' Daeth Martha i'r stafell gan gau'r drws ar ei hôl. 'Meistres Milbrew, Henblas. Ddof i â hi lan fan hyn?'

Edrychodd Margaret yn syn arni. 'Meistres Milbrew? Yma?' Cododd, gan dynnu'r hen siôl oddi ar ei hysgwyddau a dechrau tacluso'i gwallt. 'Na, paid â dod â hi yma. Cer ati a dwêd y bydda i lawr cyn gynted â phosib. A hela Sara ata i.'

'Peidiwch â chynhyrfu, Meistres Margaret. Ma' Sara 'da hi nawr yn dweud y cwbwl am ei theulu. Cymerwch 'ych amser.'

Ond roedd Margaret am wybod beth oedd neges Milbrew. Aeth ar ei hunion at yr hen fenyw.

'Bore da i ti,' meddai honno gan edrych yn feirniadol arni. 'Do's dim cystal golwg arnat ti â phan weles i ti o'r bla'n. Na, nid sôn am y babi ydw i. Does mo'r un disgleirdeb yn perthyn i ti, na'r un ysbryd herfeiddiol, hyd y gwela i.'

'Dyw hynny ddim yn syndod,' meddai Margaret yn amddiffynnol. 'Dw i ddim wedi bod yn iach iawn yn ddiweddar.'

'Fel 'ny rwy'n clywed, ond rwyt ti'n ddigon da i ga'l sgwrs fach 'da fi, gobeith'o.'

'Mae'n dibynnu beth ddaeth â chi yma.'

Chwarddodd Milbrew. 'Dwyt ti ddim wedi newid yn llwyr, rwy'n gweld. Nawr 'te, wna i ddim esgus bod y bai i gyd arnat ti am beth ddigwyddodd y tro diwetha i ni gwrdd. Dod i Lan-faes i geisio dy berswadio di i newid dy feddwl wnes i, ond fe golles i 'nhymer a gweud pethe annoeth. Ond does dim i'w ennill o fynd dros y cyfan eto. Wyt ti'n barod i anghofio'r cwbwl a dechre o'r newydd?'

Syllodd Margaret arni heb ateb, ac aeth Milbrew ymlaen.

'Fe fydd Humphrey'n falch o dy weld ti yn Henblas, ac fe fydda inne'n falch i ddod â'r cweryl i ben. Dim ond clecs a mân siarad sy'n dod o gw'mpo mas tu fewn i deulu, a dw i ddim am weld pobol y dre 'ma'n g'neud sbort am ben ein teulu ni. Wel, dwêd r'wbeth, ferch! Ro't ti'n ddigon bodlon siarad y tro d'wetha.'

Syllodd Margaret yn galed arni. Roedd yn briod â William o achos ei hymyrraeth hi. Geiriau Milbrew oedd wedi ei rhwystro rhag torri'r dyweddïad. Ond roedd mynd i Henblas yn gam ar y ffordd i fywyd gwell, dim ond i William gytuno.

'Chi'n iawn. Fe fydde'n well i bawb fod ar delere da.'

'Da iawn ti. Rwy'n falch gweld nad wyt ti'n dal dig.'

'Ond rhaid ca'l gair 'da William,' meddai Margaret yn betrusgar.

'Gad ti William i fi. Fe dd'weda i wrtho fe fod Lewis yn awyddus i bawb gymodi. Ma' fe'n gwrando ar Lewis bob amser.'

'Ydy Lewis yn Abertawe o hyd?'

'Ydy, ac yn debygol o aros yno. Ma' fe 'di cymryd at y lle, yn ôl beth rwy'n glywed. Dyw e ddim eisie dod 'nôl i dre mor gysglyd ag Aberhonddu. Fe gwrddest ti â Lewis, do fe, cyn iddo fe fynd i ffwrdd?'

'Do, fe gwrddes i ag e.'

'Do'n i ddim yn gw'bod. Ond roedd e yma bron bob dydd, wrth gwrs, yn helpu William. Neu'n esgus helpu. Mae 'i dad yn gweld ei eisie fe.' Eisteddodd yn dawel am ychydig. 'Y plentyn 'ma,' gofynnodd wedyn. 'Pryd fydd yr esgor?'

'Ddiwedd mis Rhagfyr,' atebodd Margaret gan edrych ym myw ei llygaid.

'Nawr, 'merch i, ry'n ni newydd ddod i delere, a do'n i ddim yn g'neud unrhyw ensyniade. Fe fydd Humphrey wrth ei fodd. Cenhedl'eth newydd, a phwy a ŵyr pryd y bydd Lewis yn setlo?' Cododd ar ei thraed. 'Well i fi fynd. Ddewch chi'ch dau i ginio yn Henblas ddydd Iau, os ga i berswâd ar William?'

'Down, siŵr. Diolch yn fawr.'

'Da iawn. Fyddwn ni'n 'ych disgwyl chi.'

iii

'Dyna fe—Henblas.' Trodd William i edrych ar ei wraig. 'Be ti'n feddwl?'

Safai'r hen dŷ o dywodfaen cochlyd o'u blaenau, ei ffenestri'n disgleirio yn yr haul. O'i gwmpas ymestynnai'r caeau ac yn y pellter codai'r mynyddoedd yn las tywyll yn erbyn yr wybren. Deuai murmur yr afon a sibrwd canghennau'r ffawydd yn yr awel fwyn. Edrychodd Margaret â chryn ddiddordeb ar yr olygfa.

'Mae'n adeilad hyfryd. Ydy e'n hen iawn?'

'Mae rhan ohono'n dyddio o ryw ddwy ganrif yn ôl. Fe ychwanegodd fy nhad-cu dipyn ato fe, a f'ewyrth Humphrey hefyd i radde llai.'

'O't ti ddim yn drist gad'el y lle i fynd i fyw yn Aberhonddu?'

'Nag o'n. F'eiddo i yw'r tŷ yn High Street. Yno rwy'n ca'l g'neud fel y mynna i, gyda'th ganiatâd di, wrth gwrs.' Gwenodd arni. 'Fe ges i blentyndod hapus yma, ond eiddo Lewis fydd Henblas yn y pen draw. Mae mor dawel yma. Ma' 'na amrywi'eth yn 'B'ronddu, a theimlad o fod yng nghanol pethe, a ta beth, does gen i ddim ddiddordeb mewn amaethu.'

'Beth am Lewis?'

'Ma' Lewis yn gw'bod taw iddo fe y daw Henblas. Fe wnaiff warchod y lle pan fydd e'n gyfrifol amdano fe. Ac os nad yw amaethu'n mynd â'i fryd e, fe ddaw o hyd i rywbeth arall i'w ddiddori. Ond well i ni frysio achos fe fyddan nhw'n aros amdanon ni.'

iv

'Rwy'n clywed bod y siop yn ffynnu, William,' meddai Humphrey Gethin ychydig yn ddiweddarach gan edrych dros y ford at ei nai. 'Fe alwodd John Harris yma dridie'n ôl ac roedd e'n dweud pob math o bethe da amdanat ti. Dynion pwysig 'B'ronddu yn dod i brynu. Ro'n i'n falch o glywed hynny, er dy fwyn di ac er mwyn y dre hefyd. Mae'n dda gweld bod 'na ddiddordeb mewn llenyddi'eth.'

'Wn i ddim,' meddai William. 'Ma' 'na ffasiwn yn y pethe yma, wyddoch chi, ac ar hyn o bryd golygfeydd Cymreig sy'n ffasiynol. Pawb ar ôl llyfrau Malkin a Skrine a'u tebyg.'

'Wel, ma' hynny'n beth da, ydy e ddim? Mae'n dod â arian i dy goffre di.'

'Ydy. Ond i ddweud y gwir, ma' ysgrife rhai ohonyn nhw'n esiample perffeth o anwybod'eth a does dim byd tebyg i ddiwylliant yn perthyn iddyn nhw.'

'Rwyt ti'n feirniadol iawn, 'machgen i. Ond ma' dy silffoedd yn cynnwys llyfre ar wahân i weithie'r rhain, ydyn nhw ddim? Ma' gen ti bethe o swmp i gynnig.'

'Oes. Astudi'eth Mr Edward Davies o hanes cynnar Cymru, ac ma' pawb yn disgwyl am waith Mr Theophilus Jones, *The History of the County of Brecknock*. Fe fydd yn ymddangos cyn diwedd yr haf, gobeith'o, ac mae'n siŵr o werthu'n dda.'

'Fe fydda i'n falch iawn o gael cyfle i'w ddarllen, ond rwy'n methu deall pam y dewisodd Mr Jones sgrifennu'r llyfr yn Saesneg. Llyfyr Cymraeg ro'n ni i gyd yn ddisgw'l, pan soniodd e am y peth yn wreiddiol.'

'Ma' fe'n dweud bod y llyfyr wedi'i fwriadu nid ar gyfer pobol Brycheiniog, sy'n gyfarwydd â hanes y sir, ond ar gyfer pobol ddieirth, sy'n gwybod dim a sy'n gwneud llu o gamgymeriade. Dw i ddim yn siŵr a yw e wedi dewis yn ddoeth.'

Roedd Margaret wedi colli diddordeb yn y sgwrs. Roedd hi wedi bwyta'n dda; yn rhy dda, efallai, oherwydd roedd hi'n dechrau teimlo'n anghysurus. Ddylai hi ddim fod wedi cymryd yr ail blataid o darten afalau, ond roedd y crwst ysgafn wedi toddi yn ei cheg. Yn anffodus, roedd erbyn hyn yn belen o blwm yn ei stumog.

Edrychodd o gwmpas am rywbeth i'w difyrru. Disgleiriai'r ford dderw, ac er bod y cadeiriau'n ddi-gysur, braidd, roedden nhw'n gadarn ac wedi eu gwneud yn gelfydd. Syllodd ar arfbais teulu Gethin uwchben y lle tân; oddi tano llosgai tân mawr, er gwaetha mwynder y tywydd. Edrychodd ar Humphrey Gethin. Er ei fwyn e y cafodd y tân ei gynnau, mae'n debyg. Roedd golwg fregus arno, er ei fod yn siarad yn fywiog gyda William. Caeodd ei llygaid am eiliad, gan feddwl am ei thaith o gwmpas Henblas gyda Milbrew cyn cinio. Doedd y tŷ yn High Street yn ddim i'w gymharu, er bod hwnnw'n rhagori ar un Modryb Mary yn Llan-faes. Pe na bai hi ond wedi cael byw yn Henblas gyda Lewis . . .

Agorodd ei llygaid a sylwi bod Milbrew'n ei gwylio. Ar unwaith teimlai'n anesmwyth. Wyddai'r hen fenyw ddim beth oedd yn mynd trwy ei meddwl, wrth reswm, ond beth pe bai hi wedi clywed rhyw glecs yn Aberhonddu, clecs fel y rhai y clywsai Sara'n eu hadrodd? Edrychodd Margaret eto ar Humphrey. Tipyn o biwritan oedd e, a fyddai Milbrew ddim am beri tristwch iddo trwy ailadrodd unrhyw storïau a glywsai. Un i wneud y gorau o'i hamgylchiadau oedd Milbrew, a byddai hi, Margaret, yn ddoeth i ddilyn ei hesiampl. Doedd dim i'w ennill mwyach trwy freuddwydio am Lewis a Henblas.

V

'Ti'n siŵr dy fod ti'n iawn?' Eisteddai William ar erchwyn y gwely'n edrych yn bryderus ar ei wraig.

'Wrth gwrs 'y mod i'n iawn,' atebodd Margaret yn ddiamynedd. 'Dw i'n edrych yn iach, ydw i ddim?'

'Wyt, ac yn harddach nag erioed, ond ma' pethe braidd yn anodd. Fe fyddwn i wedi dymuno bod 'da ti ar adeg fel hon.'

'Ry'n ni wedi trafod digon. Ti'n gw'bod inni gytuno taw Henblas fydd y lle gorau ar gyfer yr enedig'eth. Fydde Modryb Milbrew ddim 'da fi yn High Street.'

'Ma' Martha yno.'

'Ma' gen i fwy o ffydd yn Modryb Milbrew. Ta beth, ti'n gw'bod bod d'ewyrth yn awyddus i'r babi ga'l 'i eni yma.'

'Ydw, ond . . .'

Daeth Milbrew i mewn. 'Be sy'n bod arnat ti, William,' meddai, 'yn dadle 'da dy wraig, wir, a hithe yn y fath gyflwr. Ro'n i'n disgw'l y bydde mwy o synnwyr 'da ti, 'machgen i.'

'Ma' William am i fi fynd yn ôl i 'B'ronddu,' meddai Margaret.

'Paid bod mor hunanol, da thi. Fe wnaiff Margaret yn well o lawer yma a minne wrth law i'w charco hi.'

'Ma' Martha . . .' dechreuodd William.

'Martha, wir! Wyddost ti ddim 'mod i'n gw'bod yn well o lawer na Martha beth i 'neud ar adeg fel hon?'

'Becso ma' William, dyna'r cwbwl,' meddai Margaret yn frysiog.

'Digon naturiol, mae'n debyg.' Gwenodd ar Milbrew. 'Dw i mor gysglyd heddi. Fe orffwysa i am ychydig.'

'Syniad da. Dere, William, gad lonydd iddi. Fe gei di 'i gweld hi 'to 'mhen awr neu ddwy.'

'Na, rhaid i mi fynd 'nôl i 'B'ronddu,' meddai William yn swta. Brwsiodd ei wefusau ar hyd foch ei wraig a throi i fynd gan anwybyddu gwahoddiad Milbrew i aros i ginio.

Setlodd Margaret yn ôl yn erbyn ei chlustogau gan gau ei llygaid. Doedd Wil ddim yn gwybod am ymweliad y cyfreithiwr, roedd hynny'n amlwg. Humphrey oedd wedi cadw'n dawel ynglŷn â'r peth, mae'n debyg. Gwenodd wrth gofio am eiriau'r hen ŵr y noson cynt. Roedd geni'r babi—cynrychiolydd cenhedlaeth arall o'r teulu—yn dra phwysig yn ei olwg e. Beth fydde'n fwy naturiol na newid rhyw fymryn ar ei ewyllys, i gydnabod y sefyllfa newydd?

vi

Caeodd William ei lyfr a chodi o'i gadair. Doedd fawr o dân yn y grât erbyn hyn a theimlai'n oer, braidd. Edrychodd ar y cloc; roedd wedi troi un y bore. Tuedd dyn ar ei ben ei hun oedd mynd yn esgeulus, mae'n debyg. Doedd ond mis wedi mynd heibio ers i Margaret fynd i Henblas, mis hir ar y naw iddo ef. Sicrhaodd fod y marwydos tân yn ddiogel cyn diffodd y lamp a chynnau ei gannwyll. Doedd e ddim am fynd i'w wely. Aeth i lawr y grisiau a mynd at y drws. Tynnodd y bollt, gosod y gannwyll ar silff a sefyll ar y rhiniog. Cuddiai'r lleuad y tu ôl i flanced o gymylau a doedd ond ychydig o sêr i'w gweld. Crynodd. Roedd wedi bwriadu mynd am dro bach, ond gweithred annoeth fyddai hynny ar noson dywyll o Ragfyr. Oedodd, gan feddwl am ei wely. Petai Margaret yno . . . ond doedd hi ddim.

Clywodd William sŵn ceffyl yn carlamu a syllodd yn ofer i'r tywyllwch. Trodd y ceffyl a'i farchog i High Street a rhedodd William draw ar ôl adnabod un o weision Henblas.

'Josh! Oes rhywbeth yn bod?'
'Ma' poene esgor Meistres Margaret wedi dechre.'
'Ers pryd?'
'Toc ar ôl hanner nos.'
'Awr a mwy'n ôl! Ydy'r meddyg ar 'i ffordd?'
'Does dim angen y meddyg 'to, Mr William. Dyw Meistres Milbrew ddim yn gweld 'i angen o gwbwl.'
'Cer di i nôl Dr Aubrey ar unwaith, a mynd ag e'n syth i Henblas. Fe fydda i yno o'ch blaen chi.'
'Chi'n mynd i Henblas nawr, Mr William? Ond ddaw'r babi ddim tan y bore, yn ôl Meistres Milbrew.'

Trodd William ar ei sawdl gan frysio i'r tŷ a gweiddi ar Martha. Ysgydwodd Josh Rees ei ben. Yr holl ffwdan ynghylch babi, a Meistres Margaret yn gref fel caseg, meddyliodd, gan droi i fynd i dŷ'r meddyg. Ond fe fydd Mr Humphrey wrth ei fodd os taw bachan yw e.

vii

'Hir yw bob aros,' meddai Humphrey wrth ei nai. 'Rwy'n cofio shwt oe'n i'n teimlo pan gafodd Lewis 'i eni, ond un fregus oedd Esther, druan, erio'd. Does dim angen i ti bryderu. Ma' Margaret yn wahanol iawn. Chaiff hi ddim trafferth, rwy'n siŵr.'

'Ond ma' orie 'di mynd heib'o,' dywedodd William. 'Mae bron yn ddeg o'r gloch.'

'Twt, dyw hynny'n ddim. Rwy i 'di clywed Milbrew'n sôn am fenywod wrthi am ddau neu dri diwrnod, a'r fam a'r plentyn yn holliach wedyn.'

'Tri diwrnod! Rwy'n siŵr eich bod chi'n camgymryd.'
'Nag ydw, ond cofia fod Milbrew a Jane Rees yn brofiadol tu hwnt,

ac fe fydd Dr Aubrey yma cyn hir, er bod Milbrew lawn cystal ag unrhyw feddyg.'

'Fe fydd 'y meddwl i'n fwy esmwyth ar ôl i Aubrey gyrraedd,' dywedodd William. 'Dw i'n ffaelu deall beth sy'n 'i gadw fe.'

'Rhyw glaf arall, mae'n debyg.'

'Dyle Josh fod wedi chwilio amdano fe. Doedd ganddo ddim busnes gad'el y cyfan i was Aubrey.'

'Hwnnw sy'n gw'bod ore ble i ddod o hyd i'w feistr. Nawr paid â phoeni. Ma' Milbrew'n ddigon tawel 'i meddwl.'

Trodd yn ôl at y llyfr o'i flaen ac edrychodd William yn ddig arno. Bai Humphrey oedd yr enedigaeth yma yn Henblas. Pe bai Margaret wedi aros yn Aberhonddu, byddai Aubrey yno gyda hi. Cerddodd yn ddiamynedd at y ffenest a syllu ar ganghennau moel y coed yn chwifio yn y gwynt. Trodd yn sydyn i wynebu'r drws. Safai Milbrew yno â bwndel wedi'i lapio yn ei breichiau.

'Ma' popeth drosodd,' meddai hi. 'Bachgen bach.'

'A Margaret?' gofynnodd William yn siarp. 'Ydy hi'n iawn?'

'Wrth gwrs 'i bod hi! Wedi blino, fel sy i'w ddisgw'l, ond yn falch iawn ohoni'i hunan.'

'A' i lan ati,' a brysiodd William o'r stafell.

'Twpsyn yw e,' meddai Milbrew'n sarrug. 'Mae'n meddwl y byd o'r ferch 'na a dyw hyd yn oed 'i fab ddim yn tynnu'i sylw oddi arni. Wel, 'machan i, ma' dy hen fodryb yn dwlu arnat ti, a d'ewyrth Humphrey hefyd, dw i'n siŵr, beth bynnag am dy dad a'th fam.'

'Does dim angen dweud y fath beth, Milbrew,' meddai Humphrey'n feirniadol, gan dderbyn y babi o'i breichiau. 'Ma' Margaret wastad wedi ymddwyn yn gwrtais iawn tuag ata i. Mae'n ferch bert, hoffus. Ma' William 'di dewis yn dda.'

'Wedi llwyddo i'ch twyllo chi hefyd, ydy hi?'

'Nid 'na'r unig beth ma' hi wedi'i 'neud, Milbrew. Ma' hi 'di rhoi etifedd i Henblas.'

'Lewis yw'r etifedd,' heriodd Milbrew.

'A dyw e ddim yn dangos unrhyw arwydd fod hynny'n golygu dim iddo fe.'

'Mae'n ifanc. Fe fydd yn priodi ac yn ca'l plant cyn hir.'

'Falle, ond os na hastith e wela i mon'yn nhw,' meddai Humphrey'n dawel. 'Ac felly, Milbrew, rwy'n falch o ga'l dal Gethin cynta'r genhedlaeth nesa yn 'y mreichie.'

viii

I fyny'r llofft, yn yr ystafell fawr, â'i golygfa tua'r mynyddoedd, eisteddai William wrth y gwely.

'Mab, Margaret,' dywedodd yn foddhaus. 'Richard Gethin arall.'

'Richard?'

'Dyna beth oedd y cytundeb, ontefe? Richard, ar ôl 'y nhad.'

'Ond, William, rwy'n credu—na, rwy'n siŵr—bod dy ewyrth am i ni roi 'i enw fe ar y babi.'

Oedodd William am funud. Edrychai Margaret yn flinedig ac yn ddi-liw. Annoeth fyddai dadlau â hi.

'O'r gore,' cytunodd. 'Richard Humphrey Gethin. A chyn bo hir fe fyddwn yn yfed llwnc-destun iddo fe yn ein tŷ ni.'

'Ddim eto, William. Alla i ddim symud eto.'

Crynodd llais Margaret a chamodd Jane Rees ymlaen ar unwaith. 'Dim rhagor o siarad, Mr William. Mae'n rhaid i Meistres Margaret orffwys. Fe gewch ei gweld hi'n nes ymla'n.'

'Wrth gwrs, rwy'n deall yn iawn.'

Aeth William o'r ystafell a gorweddodd Margaret yn ôl i ymlacio. Hawdd fyddai argyhoeddi William mai yn Henblas y dylai hi fod am gyfnod. Fe fyddai e'n iawn yn High Street, gyda Martha a Sara i ofalu amdano. Ond yma oedd ei lle hi a Richard Humphrey bach—trueni am y Richard, ond o leia roedd Humphrey'n rhan o'r enw. Fyddai'r hen Humphrey ddim yn awyddus ei gweld yn gadael. Roedd e'n mwynhau sgwrsio gyda hi, a nawr, gyda'r un bach hefyd, fe ddeuai'n hoffach nag erioed o'i chwmni. Cam gwag fyddai dychwelyd i High Street ar hyn o bryd.

7

i

Syllodd Lewis Gethin nes i'r llong ddiflannu yn y pellter. Fe ddylai gael taith dawel yn ôl i Gernyw, er na ellid dibynnu ar hynny yn ystod y gaeaf. Ond doedd y tywydd garw ddim yn esgus dros gadw llongau yn y porthladd, gan fod elw sylweddol i'w ennill drwy gario mwyn copr o Gernyw i'r gweithfeydd yn Abertawe. Roedd Thomas Williams yn gyfoethocach o'i gysylltiad â'r fasnach hon. Dyn craff oedd Thomas, yn gwbl alluog i ddarparu'n hael ar gyfer ei deulu mawr. Naw plentyn yn barod, ac un arall ar y ffordd. Plant iach, bywiog bob un. Roedd bywyd yn braf yn nhŷ'r teulu Williams, a chynigiai Abertawe ddigonedd o ddiddanwch.

Cefnodd Lewis ar y môr a cherdded yn ôl drwy'r dre. Roedd llawer o adeiladu ar droed. Er i Wind Street gadw at ei llinell ganoloesol, doedd dim byd henffasiwn ynglŷn â'i hadeiladau newydd. Gwahanol iawn oedd y lonydd cul a'r strydoedd cefn. Rhaid oedd cymryd gofal yn ystod oriau'r nos, ond llechai pleserau annisgwyl yn y lonydd tywyll, dim ond i ddyn wybod ble i edrych. Chwarddodd Lewis. Syniad od oedd ceisio diwygio'i ffordd o fyw drwy ei anfon o Aberhonddu i borthladd prysur Abertawe. Doedd ei dad ddim yn deall yr hanner; a doedd Thomas Williams ddim yn ddisgyblwr llym, fel y credai'r hen Humphrey. Disgwyliai waith caled a thrylwyr gan y rheini a gyflogid ganddo, ond prin oedd ei awydd i ymyrryd yn eu bywydau personol. A beth bynnag, roedd Lewis wedi cael blas mawr ar y gwaith o'r dechrau ac yn ddyn busnes naturiol, yn ôl Thomas Williams.

Tynnodd anadl hir, foddhaus. Ceisiodd benderfynu a ymwelai â gwindy cyfagos neu beidio. Na, tŷ Thomas yn Worcester Place amdani. Roedd arno eisiau bwyd. Teimlai'n barod i wneud cyfiawnder ag un o'r prydau ardderchog a ddarperid gan Maria, gwraig Tom, ac ar ben hynny, roedd wedi addo darllen i Sophy. Beth oedd enw'r llyfr hefyd? Stori ddiflas oedd hi, ond roedd sylwadau Sophy'n werth eu clywed. Ni châi hi drafferth i ddod o hyd i ŵr; doedd hi ddim yn bert, ond roedd rhywbeth apelgar iawn ynddi, ac fe fyddai ei gwaddol yn sylweddol. Cyflymodd ei gerdded. Roedd y ferch ddiamynedd yn disgwyl amdano.

Ond Thomas Williams yn hytrach na Sophia ei ferch oedd wrth ddrws y tŷ yn Worcester Place.

'O, Lewis, o'r diwedd. Dere mewn, 'machgen i.'

Roedd golwg ddifrifol ar Thomas a dechreuodd Lewis deimlo'n annifyr. Roedd pethau wedi mynd dros ben llestri braidd yn y parti neithiwr; oedd Thomas wedi clywed?

'Fe gyrhaeddodd negesydd ryw hanner awr yn ôl,' dywedodd Thomas. 'Fyddwn i wedi hela amdanat ti, ond do'n i ddim yn gw'bod ble i chwilio.'

'Negesydd?'

'Josh Rees o Henblas. Newyddion drwg.'

'Nhad?'
'Fe ddigwyddodd popeth yn sydyn. Fe fu farw'n gynnar y bore 'ma.'

ii

Cwmni digalon oedd o gwmpas y ford yn Worcester Place. Siaradai Maria Williams fawr ddim, ar ôl iddi gydymdeimlo. Edrychai'n aml ac anesmwyth i gyfeiriad ei merch hynaf. Doedd dim disgwyl i Sophia deimlo'n llawen ynglŷn ag ymadawiad Lewis, ond roedd ei mam yn gobeithio y byddai'n ymddwyn yn gall. Ond, o wybod am natur Sophia, doedd dim modd proffwydo. Bai ei thad oedd y cwbl, yn ei maldodi byth a hefyd. Ceisiodd ganolbwyntio ar y sgwrs.

'Fe fyddi di'n 'i gweld hi'n rhyfedd am sbel, bod yn feistr ar Henblas, rwy'n siŵr,' meddai Thomas Williams. 'Ond 'na fe, fe ddoi di'n gyfarwydd yn fuan. Wedi'r cwbwl, doeddet ti fawr o dro'n ymgartrefu yma.'

'Mae hi'n aelwyd mor gysurus,' meddai Lewis.

'Hwyrach, ond i ddweud y gwir—a does dim drwg mewn dweud 'ny nawr—o'n i ddim yn disgw'l ymla'n at dy ga'l di yma.'

'O, Tom, shwt elli di 'weud y fath beth?' protestiodd Maria. 'Mae wastad yn bleser croesawu aelod o'r teulu.'

'Fel ymwelydd, falle,' cytunodd ei gŵr, 'ond roedd Humphrey wedi fy siarsio i droi Lewis yn ddyn busnes, a'r unig beth ro'n i'n w'bod amdano oedd 'i fod e'n rapscaliwn gwyllt ac mewn helynt yn amal.'

'Ac wedyn,' awgrymodd Lewis gan wenu, 'dyma chi'n gweld 'y mod i'n ymddwyn yn barchus bob amser.'

'Na, ddim bob amser. Fe glywes i stori amdanat ti heddi—ond gwell peid'o sôn am hynny nawr. Ond fe dd'weda i hyn. Allwn i ddim fod wedi ca'l neb gwell i weith'o 'da fi. Fe fydda i'n gweld d'eisie di.'

'A finne chithe i gyd,' atebodd Lewis. 'Dw i 'di mwynhau fy hunan gymaint 'ma. Ma' gen i ddiddordeb mawr yn y gwaith hefyd, er 'y mod i'n pryderu yn 'i gylch e cyn i fi gyrraedd. Rwy 'di bod wrth 'y modd yn byw yn Abertawe. Dyw 'B'ronddu ddim i'w chymharu â hi.'

'Ond wnei di ddim aros yn Henblas,' meddai Sophia. 'Ddim yn hir, ta beth. Unwaith y bydd popeth 'di'i drefnu yno, fe ddoi di'n ôl.'

'Alla i ddim, Sophy, ma' arna i ofn,' dywedodd Lewis. 'Henblas fydd 'y nghartre o hyn ymla'n, ond fe ddoi di yno rywbryd, dw i'n siŵr.'

'Wnaiff hynny mo'r tro! Yma ro'n i'n dy weld di bob dydd, a does dim dal pryd y do i i Aberhonddu.'

'Dyna ddigon, Sophy,' meddai Maria Williams yn bendant. 'Ma' gan Lewis bethe er'ill i'w hystyried ar hyn o bryd. Ddylet ti ddim g'neud pethe'n waeth iddo fe.'

'Ond beth amdana i?' Gwthiodd Sophia ei chadair yn ôl cyn rhedeg o'r stafell. Ymddiheurodd ei mam drosti a'i dilyn i'w chysuro.

'Paid ti becso am Sophy,' cynghorodd Thomas Williams. 'Ma' hi'n rhy hoff o'i ffordd 'i hun, ond dyw hi bron byth yn pwdu. Nawr 'te, dw i ddim yn hoffi meddwl amdanat ti heb ddigon i'w wneud yn Henblas. Hedyn pob drwg yw diogi, fel ma'n nhw'n ddweud. Dw i'n mo'yn trafod ambell i beth 'da ti.'

'Pa bethe, Tom?'

'Cynllunie, Lewis. Dullie o wneud arian yn dy dre fach gysglyd di. Ma'r cyfle 'da ni nawr, tra bod Maria'n cysuro Sophy.'

iii

Un craff oedd Thomas Williams, meddyliodd Lewis wrth iddo deithio yn y goets i Aberhonddu. Syniad da fyddai cludo pethau ar y gamlas. Cofiai'r cyffro pan agorwyd hi yn Aberhonddu ryw bum mlynedd yn ôl. Ei dad wedi mynd ag e a William i weld yr ysgraff gyntaf yn cyrraedd y dre o Gilwern, ond rywsut doedd e ddim wedi meddwl rhyw lawer am y gamlas wedi hynny. Gormod o bethau eraill ar y gweill, debyg iawn. Gwenodd cyn sobri wrth gofio am y rheswm dros ei siwrnai. Roedd Tom yn llygad ei le; byddai arno angen rhywbeth yn ogystal â ffermio, er mwyn byw yn ddedwydd yn Henblas; a gorau oll os deuai masnachu ag arian i'w goffrau. Ymhen blwyddyn neu ddwy, fe fyddai'n ddyn llewyrchus. Wedyn, priodas dda amdani, ac fe dyfai'n ddyn amlwg yn Aberhonddu a'r cyffiniau. Wedi trefnu ei ddyfodol yn ei ddychymyg, pwysodd Lewis yn ôl yn ei sedd a chau ei lygaid. Fyddai hi ddim yn hawdd mynd i gysgu, gyda'r goets yn rholian ac yn neidio, ond man a man iddo drio. Roedd cryn bellter i fynd cyn cyrraedd Aberhonddu.

iv

Cerddodd Margaret yn aflonydd o gwmpas y parlwr. Pam y bu rhaid i Humphrey farw nawr? Yn ddiweddar roedd wedi dod yn fwyfwy hoff ohoni a chymerai ddiddordeb mawr yn y babi. Gan fod William yn fodlon aros ar ei ben ei hun yn Aberhonddu, roedd ei wraig a'i fab bychan wedi ymgartrefu yn Henblas. Teimlai'n sicr bod Humphrey wedi newid ei ewyllys, a byddai becwést i Richard yn dderbyniol iawn. A Henblas wedyn . . . Symudodd Margaret yn anesmwyth yn ei chadair. Nid ei bai hi oedd syniadau cul yr hen Humphrey. Os oedd e wedi cymryd syniad yn ei ben ynghylch dyfodol y lle, ei fusnes e oedd hynny. Byddai Henblas yn fwy diogel yng ngofal William. Un gwyllt oedd Lewis, gwyddai pawb hynny. Roedd Humphrey wedi trafod y mater gyda John Harris, debyg iawn, ac wedi derbyn ei gyngor, ta beth oedd hwnnw. Mae'n wir iddi sibrwd gair neu ddau yn ei glust pan oedd y babi yn ei gôl, ond doedd dim rhaid iddo dderbyn ei syniadau hi. Ond beth fyddai ymateb Lewis os oedd newidiadau mawr yn ewyllys ei dad? Sut y byddai'n ymateb tuag ati hi? Ac yn bwysicach fyth, sut y byddai hi'n ymateb wrth gwrdd â Lewis unwaith eto?

Doedd hi ddim am sefyllian yn y tŷ'n disgwyl iddo gyrraedd, ond fe fyddai Milbrew'n dweud y drefn pe deuai i wybod iddi fynd allan. Diffyg parch at Humphrey fyddai hynny, ym marn Milbrew. Ond nid Aberhonddu oedd Henblas. Ni wnâi hynny fawr o wahaniaeth yma. Roedd hi'n nosi'n barod a doedd neb o gwmpas i'w gweld. Gyda lwc, câi gyfle i gwrdd ag e cyn pawb arall, a heb dystion o gwmpas.

Gwisgodd ei chlogyn a mynd yn llechwraidd o'r tŷ. Crynodd yn yr awyr oer a cherddodd yn gyflym ar hyd yr heol. Cyn hir, clywodd sŵn ceffyl yn agosáu. Oedodd am funud, cyn camu i ganol y ffordd.

'Margaret? Ti sy 'na? Beth ti'n 'neud yma ar dy ben dy hun yn y t'wyllwch?'

Cymerodd Margaret anadl ddofn. 'Angen awyr iach arna i. Mae'n dda dy weld ti eto, Lewis, hyd yn oed ar achlysur mor drist.'

Neidiodd Lewis oddi ar ei geffyl a rhoi'r ffrwynau i Josh Rees oedd wedi dod draw ar ôl clywed sŵn y carnau. 'Trefna i hwnna fynd yn ôl at y Golden Lion, wnei di? Wel, Margaret, fe ddest ti a William i Henblas ar ôl clywed y newyddion, mae'n debyg.'

'Naddo—hynny yw, fe ddaeth William, ond dw i 'di bod yma ers genedig'eth Richard Humphrey. Dyna ddymuniad dy dad.'

'O? Ie, rwy'n cofio nawr, fe soniodd Modryb Milbrew am y peth mewn llythyr. A shwt ma' bywyd priodasol yn dy blesio di? Ti'n edrych yn dda iawn.'

'Lewis? Ti sy 'na?' Safai Milbrew wrth ddrws y tŷ, yn syllu atyn nhw. 'Ble ti 'di bod? Ro'n i'n dy ddisgw'l di orie'n ôl.'

'Roedd gen i bethe i'w trefnu yn Abertawe, Modryb Milbrew.'

'Pethe i'w trefnu yn Abertawe, wir. Shwt allen nhw gymharu 'da'r cyfrifoldebe sy'n dy ddisgw'l di yma? Ond weda i ddim rhagor. Dere at y tân.'

Caeodd y drws y tu ôl iddyn nhw, gan adael Margaret y tu allan.

Damio Milbrew, yn torri ar ein traws fel yna, meddyliodd. Ma' dros flwyddyn ers i mi weld Lewis, a wedyn chawson ni ddim amser gyda'n gilydd. Oedd e'n falch o 'ngweld i? Ydy e'n eiddigeddus, tybed?

'Margaret, ble rwyt ti?' Daeth William o'r tŷ a golwg bryderus ar ei wyneb. 'Does dim synnwyr mewn aros yma i oeri. Meddylia am Richard. Fe fydd e'n diodde os gei di annwyd. Ac mae angen estyn croeso i Lewis a rhoi cefnog'eth iddo fe.'

'Roedd e'n edrych yn hunanfeddiannol iawn, os gofynni di i fi,' atebodd Margaret yn sychlyd.

'Fu e erio'd yn un am ddangos 'i deimlade. Ond dere mewn, da thi.'

Dyw e ddim yn un am ddangos ei deimladau, meddyliodd Margaret. Rhaid i fi gofio hynny a pheidio â neidio i'r casgliad anghywir yn ei gwmni. Dyw e ddim yn gw'bod pam y priodais i William. Falle ei fod e'n meddwl mai bachu un o'i deulu oedd fy nod, heb fecso p'un oedd hwnnw. Falle iddo gael ei siomi i fi briodi cyn iddo ddod yn ôl o Abertawe.

Pan aeth i'r parlwr, gwelodd fod Lewis yn sefyll wrth y tân ac yn siarad â Milbrew. Gosododd William gadair iddi, a syllodd arno fel pe bai'n ei weld am y tro cyntaf. Doedd hi erioed wedi bod yng nghwmni'r ddau yr un pryd. Sut y byddai hi'n diodde William nawr, a Lewis wedi dychwelyd?

V

'Fe gafodd ei gladdu'n anrhydeddus,' dywedodd Lewis wrth William, gan wylio'r galarwyr olaf yn diflannu o'r golwg. 'Do'n i ddim wedi disgwyl gweld cymaint ar ddiwrnod mor ddiflas. Fe feddylies i fod Milbrew'n darparu'n or-hael, ond hi oedd yn iawn. Rhyfedd faint sy'n neidio ar y cyfle i ga'l pryd o fwyd.'

'Nid y bwyd oedd yn eu denu,' meddai William yn sychlyd. 'Roedd parch mawr at f'ewyrth yn 'B'ronddu.'

'Dw i ddim yn cofio iddo gymryd rhan amlwg ym mywyd y dre.'

'Roedd sawl un yn dod ato am gyngor, er nad oedd e'n awyddus i chwarae rhan flaenllaw.'

'Pawb at y peth y bo. Dw i ddim yn fodlon aros gartre'n dawel, a rhoi gair bach call i'r rhai ddaw i holi,' meddai Lewis. 'Ma' gen i gynllunie i drafod 'da ti, Wil.'

'Cynllunie?' Edrychodd William yn amheus. 'Well i ti ddod yn gyfarwydd â rhedeg Henblas cyn dechre mentro i feysydd er'ill. Ma'r fferm yn gyfrifoldeb ynddi'i hun.'

'Yr un hen Wil pwyllog,' atebodd Lewis gan wenu. 'Dw i ddim yn deall shwt wnest ti erio'd fentro agor siop lyfre. Oeddet ti ddim yn pryderu?'

'Rhaid i mi ennill bywoli'eth,' meddai William, 'ac ma' gen i beth gwybod'eth am lyfre. Ma' pethe'n wahanol i ti. Ti yw'r etifedd. Ma' dy ddyfodol di'n glir.'

Pesychodd rhywun y tu ôl i'r ddau. Safai John Harris y cyfreithiwr yno, a phentwr o bapurau o dan ei gesail a golwg bryderus ar ei wyneb.

'Dw i ddim am darfu, Lewis,' meddai John Harris, 'ond roedd dy dad am i'r ewyllys ga'l 'i darllen yn union ar ôl yr angladd.'

'Well i ni fynd i'r parlwr, 'te. Ma' fy modryb yno'n barod, rwy'n credu. Fe fydd hi'n dymuno bod yn bresennol, mae'n debyg.'

'Fe ddyle Miss Griffiths fod yn bresennol,' cytunodd Harris. 'Os ei di gynta, Lewis . . .'

Eisteddai Milbrew a Margaret un bob ochr i'r tân. Roedd du yn gweddu i Margaret, sylwodd Lewis, wrth iddo arwain y cyfreithiwr at y ford a'i annog i eistedd.

'Man a man i ni fod yn gysurus,' dywedodd. 'Ydy'r ewyllys yn hir, Mr Harris?'

'Dyw hi ddim i'w chymharu â rhai,' atebodd Harris yn sidêt, gan dynnu'r ddogfen o'r pentwr papurau, 'ond . . . wel, fe gewn ni weld.' Edrychodd ar yr wynebau o gwmpas y ford. 'Gaf i ddechrau?'

Nodiodd Lewis, a dechreuodd John Harris ddarllen.

> *'This is the last Will and Testament of me, Humphrey Lewis Gethin of Henblas in the County of Brecknock. I give, devise and bequeath as follows:*
> *to Milbrew Griffiths of Henblas, the sum of £750;*
> *to my nephew William Robert Gethin, of High Street, Brecon, the sum of £1,000;*

> *to Margaret Jane Gethin, wife of the aforesaid William Robert Gethin, the pearl ring-brooch which belonged to my late wife, Esther Gethin;*
>
> *to Joshua Rees and his wife Jane, both of Henblas, the sum of £5 each for each year they have been in my service.'*

Llyncodd John Harris cyn mynd ymlaen:

> *'All the remainder of my property, whether realty or personalty, I give, devise and bequeath to my son, Lewis Humphrey Gethin, for his life, and after him to his eldest son. Should my said son Lewis Humphrey Gethin leave no male heir, then I desire that Henblas shall pass to my nephew, William Robert Gethin, and after him to his son, Richard Humphrey Gethin.'*

'Beth wedoch chi?' Brasgamodd Lewis ar draws yr ystafell. 'Does gen i ddim meddiant diamod ar Henblas? Ond pam?' Trodd ar Milbrew. 'Chi awgrymodd hyn? Ddwetsoch chi storis wrth 'y nhad am 'y mywyd i yn Abertawe? Glywsoch chi ddigon gan Maria Williams, rwy'n siŵr.'

'Dyna ddigon, Lewis,' dywedodd Milbrew'n bendant. 'Doedd gen i ddim i'w wneud â hyn. Alla i ddim gwadu nad 'wy 'di ame fod gan Humphrey ryw newidiade yn ei feddwl, ond ro'n i am iddo ad'el llonydd i bethe. Fe wydde fe hynny.'

'Wrandawodd e ddim arnoch chi, 'te.'

'Naddo. Roedd e am i Henblas fynd i etifedd gwrywaidd. Roedd e am sicrhau i'r enw Gethin gael ei gysylltu â'r lle a chan nad oes . . .'

'Gan nad oes mab gen i, a chan fod un gan 'y nghe'nder rhinweddol, fe fydd syniade 'nhad yn rhwystr i fi am weddill f'oes.'

'Na,' torrodd William ar ei draws. 'Ti'n ifanc. Fe wnei di briodi a cha'l etifedd.'

'O, g'naf. Roedd 'nhad lawer yn hŷn nag ydw i nawr pan ges i 'ngeni, ond pa hawl oedd ganddo fe i glymu 'nwylo fel hyn? A ti, fy nghe'nder annwyl, rwyt ti wedi g'neud yn dda.'

Syllodd William arno heb ddweud gair.

'Rhag dy g'wilydd di, Lewis,' dywedodd Milbrew. 'Ma' Humphrey 'di'i gladdu ac fe ddylen ni barchu 'i ddymuniade fe. Ti wedi dweud mwy na digon.'

Rhythodd Lewis arni, cyn troi ar ei sawdl a gadael yr ystafell. Gwenodd Milbrew'n wan ar y pâr ifanc a'r cyfreithiwr.

'Fydd e'n well yn y man,' meddai. 'Dyw e ddim yn un i ddal dig, nac i bryderu'n ofer. Fe fydd rhyw gynllun newydd ganddo fe erbyn fory. Ond ma' fe 'di ca'l siom. Fe ddyle Humphrey fod wedi awgrymu rhywbeth wrtho fe.'

'Yn union,' cytunodd John Harris. 'Dyna beth 'wedes i wrth Humphrey, ond roedd e'n benderfynol o gysylltu'r enw Gethin â Henblas.'

'A wnaed a wnaed,' meddai Milbrew, 'a gwell rhoi pen ar ddadle. Mr Harris, ga i gynnig lluni'eth ichi cyn i chi gychwyn am 'B'ronddu?'

'Diolch yn fawr, Miss Griffiths, ry'ch chi'n garedig, ond fe ge's i fwy na digon ar ôl yr angladd. Gwledd yn wir. A beth amdanoch chi'ch dau? Wyt ti William am ddychwelyd i 'B'ronddu heddi?'

'Ydyn.'

Edrychodd William yn bryderus ar Margaret, ond ddywedodd hi'r un gair. Cerddodd William at y ffenest, gan gofio ambell sgwrs gyda'i ewythr, sgyrsiau oedd wedi achosi penbleth iddo ar y pryd. Roedd e'n eu deall yn well nawr. Cofiodd i Humphrey alw Margaret yn ferch ddeallus, gall, un barod ei barn a doeth ei chyngor. Tybed ai Margaret oedd wedi dylanwadu ar ei ewythr? Oedd hi wedi mentro yn y gobaith na châi Lewis etifedd? Oedd hi'n disgwyl gweld Richard Humphrey yn feistr ar Henblas? Na, doedd e ddim am gredu'r fath beth am ei wraig ei hun.

8

i

Roedd y tŷ yn High Street yn gyfyng o'i gymharu â Henblas. Er i Margaret fwynhau sŵn a ffwdan y stryd ar un adeg, roedd hi'n dyheu nawr am heddwch yr hen dŷ yn y wlad. Roedd Martha'n boen hefyd, â'i syniadau henffasiwn am fagu Richard Humphrey a'i chlebran parhaus am William a'i blentyndod a'i iechyd bregus. Teimlai fel sgrechen arni weithiau. A Sara wedyn, mor gyflym ac mor slei, yn barod i bigo ar unrhyw fymryn o stori i'w hailadrodd i'w chyfeillion yn y dre. Beth oedd yn mynd â'i sylw erbyn hyn tybed? Marwolaeth Mary

Hughes, debyg, digwyddiad a adawodd Rachel Powell yn gysurus ei byd—ac yn rhydd i wario'i chyfoeth fel y mynnai. O leiaf, ni fedrai Sara glebran am ei meistres a Lewis Gethin. Fu hwnnw ddim yn agos at High Street, er iddo ef a William gyfarfod ambell waith yn nhŷ John Harris i drafod yr ewyllys. Wyddai Margaret ddim sut i ddehongli ei ymddygiad. Oedd e'n cadw draw oherwydd ei fod e'n teimlo'n ddig am yr ewyllys o hyd, ynteu'n ei hosgoi hi a'r boen o gwrdd â hi fel gwraig i William?

Clywodd gnoc ar y drws a Sara yn mynd i'w agor. Daeth sŵn lleisiau a chwerthin isel i'w chlustiau ond cyn iddi benderfynu pwy oedd yno fe agorodd y forwyn ddrws y parlwr.

'Ma' Mr Lewis wedi galw,' datganodd.

Trowyd hi'n fud ac ni allai ond gwenu'n wan wrth i Lewis ddilyn Sara.

'Wel, Margaret, shwt wyt ti? Ond does dim angen holi. Ti'n edrych yn dda. Fe drawes i mewn i weld William, ond ma'r forwyn yn dweud 'i fod e oddi cartre.'

'Ydy, ma' fe 'di mynd i weld un o'i gwsmeriod,' eglurodd Margaret. 'Rhyw hen ddyn sy'n wael, ac fe gynigiodd William fynd â llyfr iddo fe.'

'Nodweddiadol—ac yn anghyfleus iawn i fi. Ma' 'na fater rwy i am drafod 'dag e.'

'Pa fater yw hwnnw?'

'Busnes; dim byd i ferch bert fel ti i boeni'i phen yn 'i gylch. Ydy Wil yn debygol o fod yn hir? Ma' gen i alwade eraill. Fe a' i nawr, a galw eto.'

'Na, paid â mynd. Dy'n ni ddim 'di ca'l cyfle i siarad ers tipyn.'

'Na 'dy'n, debyg, ond i 'weud y gwir, fe aeth yr amser fel y gwynt yn Abertawe. 'Na le i ti, Margaret! Y porthladd yn tyfu, adeilade newydd yn codi ym mhobman, diwydianne'n ffynnu—cyfle gwych i 'neud arian.'

'A thithe'n anfodlon gad'el, siŵr o fod.'

'Rwyt ti yn llygad dy le. Tre fach ddi-nod yw 'B'ronddu mewn cymhari'eth, ond ma' 'na bosibiliade yma hefyd.'

'Doedd dim hir'eth arnat ti?'

'Ddim o gwbwl. Doedd gen i ddim amser i hiraethu, a dweud y gwir. Fe ges i ddigonedd o waith 'da Thomas Williams.'

Teimlai Margaret y dagrau'n cronni. Doedd hi'n golygu dim iddo.

Ffantasi llwyr oedd yr esgusodion a'r esboniadau y bu hi mor ddiwyd yn eu creu. Ond doedd hi ddim am iddo fe weld ei fod wedi'i brifo. Gydag ymdrech fawr, ataliodd ei dagrau.

'Nid materion busnes yn unig oedd yn dy gadw di'n brysur, yn ôl beth rwy'n clywed,' meddai'n sychlyd.

'O, roedd 'na sôn amdana i, oedd e?' atebodd Lewis gan chwerthin. 'Wel, ti'n gw'bod, Margaret, ro'n i'n barod bob amser i fwynhau'n hunan.'

Roedd e'n chwerthin am ei phen! Tynnodd anadl ddofn, ond cyn iddi gael cyfle i ddweud gair, daeth William i'r ystafell.

ii

'Mae'n ddiwrnod braf,' meddai William wrth Lewis, y ddau'n cerdded heibio i eglwys y Santes Fair. 'Ma'r gwanwyn ar ddod, ti ddim yn meddwl?'

'Nawr ti'n sylwi? Wil, 'machgen i, ti'n treulio gormod o d'amser 'da dy lyfre.'

'Cwsg yw bywyd heb lyfre, fel ma'n nhw'n dweud.'

'Darllenwch ddynion yn ogystal â llyfre—rhywbeth arall i ti gnoi cil arno,' oedd ateb parod Lewis. 'Roedd hi'n hen bryd imi ddod adre a'th dynnu di o'th gragen.'

Teimlai William yn anesmwyth. Fe wyddai o hir brofiad beth i'w ddisgwyl. Roedd Lewis ar fin ceisio'i berswadio i ymuno â rhyw gynllun anghyfrifol. Wel, nid llanc ifanc heb gyfrifoldebau oedd e mwyach. Ffolineb fyddai dilyn Lewis ar gyfeiliorn.

'I ble ni'n mynd 'te?' gofynnodd.

'I ga'l golwg ar fasn y gamlas.'

'Basn y gamlas?' Edrychodd William yn syn ar ei gefnder. 'Pam?'

'I weld shwt mae'n dod mla'n. Ti'n cofio ni'n mynd yno i weld y bad cynta'n cyrraedd o ardal y gweithie? Tuag adeg y Nadolig? 'Chydig dros bum mlynedd yn ôl? Roedd hi'n ddigon oer i rewi mochyn pren.'

'Ydw, cofio'n iawn. Do'n i ddim yn deall, a dw i ddim yn deall nawr, pam o't ti mor frwd ynghylch y peth. Hen fad brwnt yn cludo glo oedd e, dyna'r cwbwl.'

'Dere mla'n, Wil, a phaid â bod mor ddiddychymyg. Fe ddechreuodd pethe newid yn 'B'ronddu pan gyrhaeddodd yr hen fad brwnt 'na.'

''Wedest ti'r un peth ar y pryd, ac rwy i 'di'i glywed e 'da phobol er'ill hefyd. Roedd rhai'n dweud y bydde prisie'n gostwng ond ddigwyddodd dim.'

'A pham? Oherwydd y diffyg cysylltiad rhwng ein camlas ni a chamlesi er'ill. Ar hyn o bryd mae'n rhedeg o 'B'ronddu i Bontypŵl yn unig. Beth sydd 'i angen yw mynediad i borthladd yn y de, a thramwe'n 'yn cysylltu ni â dyffryn Gwy a Lloeger. Dyna'r peth wy am 'i drafod 'da ti.'

'Dw i'n cofio rhyw sôn am godi camlas i redeg o'r bont-ddŵr yn Nhal-y-bont at afon Gwy yn Whitney—ar gyfer cario glo o'r Fforest, ond ddaeth dim o'r peth.'

'Dwyt ti ddim yn gwrando, gefnder. Tramwe 'wedes i, nid camlas. Ma' Thomas Cartwright yn g'neud arolwg, ac fe glywes heddi fod Banc Aberhonddu yn casglu cyfraniade.'

'Beth am hynny?'

'Wyt ti ddim yn gweld, Wil? Fe fydde'r fath beth yn trawsnewid y sefyllfa yma yn 'B'ronddu. Fydden ni ddim yn dibynnu ar heolydd gwael wedyn.'

'Na fydden, debyg, ond beth sy gan hyn i gyd i'w 'neud â fi?'

Roedden nhw wedi cyrraedd y gamlas erbyn hyn. Yn lle ateb y cwestiwn, chwifiodd Lewis ei law at yr olygfa o'u blaenau.

'Drycha. Gwahanol iawn i beth oedd yma pan gyrhaeddodd y sgraff gynta yn 1799.'

Roedd y basn yn llawn o fadau a chychod. Fe gâi glo ei ddadlwytho o fad i'r lanfa gan griw o weithwyr chwyslyd. Fe gâi un arall ei lwytho â sachau llawn blawd. Tra gwyliai'r cefndryd, cwblhawyd y gwaith a dechreuodd ceffyl cydnerth lusgo'r bad yn araf i lawr y gamlas.

'Eiddo pwy yw'r bade 'na sy 'di 'u peintio'n frown?' gofynnodd Lewis.

'Eiddo'r Brecon Boat Company, wrth gwrs.'

'Dw i 'di bod yn Abertawe am dipyn, William, paid ti anghofio hynny,' meddai Lewis. 'Ma' gen i lawer i'w ddysgu am 'B'ronddu, ond ma'r gwersi ges i gan Tom wedi rhoi sail da i fi. Ma' 'na bobol sy'n deall 'u pethe yn Abertawe, ac ma' 'na ambell un eitha deallus yma hefyd. Y Brecon Boat Company, er enghraifft. Dyw e ddim yn rhoi fawr o gyfle i neb arall, ydy e? Cwmni pwy yw e?'

'Teulu Meyrick—pwy arall? Does dim yn digwydd yn 'B'ronddu heb iddyn nhw fod yn rhan ohono fe.'

'Hen bryd i rywrai er'ill ymyrryd. Ti ddim yn cytuno?'

'Dw i ddim yn deall.'

'Meddylia am funud, Wil. Y llyfre 'na sy gen ti. Ma' cost 'u cludo nhw'n uchel, on'd yw e?'

'Uchel iawn.'

'Moethbethe ydyn nhw. Pethe angenrheidiol sy'n ca'l 'u trafod yma ar y gamlas. Fe ddaw glo a chalch o ardal y gweithie, ac ma' bwyd a brethyn yn ca'l 'u hanfon o 'B'ronddu a'r cyffinie.'

'Wel?'

'Beth am i ti 'neud buddsoddiad bach? Fe fydde bad neu ddau'n ddigon. Fe dalith yr elw o'r nwydde er'ill—y glo, y calch ac ati—goste cludo'r llyfre.'

'Anfon llyfre i ardal y gweithie? Oes 'na alw amdanyn nhw yno? Rwy'n ame, rywsut.'

'Paid â bod mor dwp, Wil! Wedes i wrthot ti taw dechre pethe yw'r sefyllfa heddi. Cyn hir fe fydd 'B'ronddu mewn cysylltiad â Lloeger mewn un cyfeiriad ac â Chasnewydd a Cha'rdydd yn y cyfeiriad arall. Wnei di elw o'r peth, a chyda'r elw fe allet ti ddechre dy wasg dy hun. Dyna beth ti'n mo'yn 'neud, ontefe?'

'Ie. Rwy'n ystyried mentro ar unwaith, a dweud y gwir, â'r arian ges i ar ôl Ewyrth Humphrey.'

'A gweld pob peth yn ca'l 'i lyncu cyn i ti ga'l dy draed odanat ti. Does gen ti ddim digon o gyllid ar hyn o bryd, ond pe bait ti'n llwyddo i gynyddu dy gyfalaf, fe fyddet ti mewn sefyllfa gadarnach o'r hanner.'

'Beth o'dd gen ti mewn golwg? Fflyd o fade? Ac wedyn, ar ôl i fi golli'r cwbwl lot, dweud mai lwc y byd masnachol oedd y cyfan.'

'Fyddet ti ddim yn colli'r cwbwl. Cymera di'r Brecon Boat Company fel 'siampl. Ma'n nhw 'di 'neud yn dda iawn, on'd y'n nhw?'

'Fydden nhw'n debygol o groesawu d'ymdrechion di i fachu peth o'u helw nhw?'

'Ma' hynny'n ystyri'eth,' cyfaddefodd Lewis. 'Dw i ddim am 'neud gelynion o'r teulu Meyrick. Wyt ti'n 'u nabod nhw?'

'Na, ddim mewn gwirionedd. Ma'n nhw'n prynu ambell lyfr, ond dw i ddim 'di siarad â nhw am ddim byd arall.'

'Rhaid i fi ddod o hyd i ffordd arall i gwrdd â nhw 'te. Allan nhw ddim disgw'l cadw popeth yn 'u dwylo'u hunen. Meddylia am y peth, Wil, ac fe drafodwn ni eto. Fe fydda i'n gw'bod mwy am y sefyllfa erbyn hynny.'

Wrth i Lewis garlamu adre, roedd yr haul ar fachlud, a'r awyr yn oeri'n gyflym. Doedd hi ddim yn noson i oedi, ac aeth ar draws y caeau. Safai'r mynyddoedd yn glir a chadarn yn erbyn yr wybren wenlas gan ddarogan glaw. Wrth i'r haul suddo y tu ôl i'r copaon, teimlodd Lewis awydd sydyn i fod yn ôl yn Abertawe yn edrych ymlaen at noson ddifyr yng nghwmni ffrindiau. Fyddai dim byd cyffrous yn aros amdano yn Henblas ac roedd yn anodd cofio mai ef oedd y penteulu. Eto, roedd i'r safle ei manteision, hyd yn oed os oedd priodi a chael etifedd yn rhan o'i oblygiadau. Doedd dim rhaid iddo barchuso'n ormodol; fe gynigiai Aberhonddu ddigon o ddifyrrwch, dim ond gwybod ble i chwilio amdano.

Daeth Josh i gymryd ei geffyl oddi arno a brysiodd i'r tŷ gan ddechrau diosg ei got.

'Wel, Lewis, shwt dest ti mla'n?' Edrychodd Milbrew Griffiths yn herfeiddiol ar ei nai. 'Fe gymrest di d'amser, a swper ar y ford yn aros amdanat ti. Well i ti ddeall nawr, 'machgen i, dy'n ni ddim yn mynd i gymryd at orie ffasiynol Abertawe yn Henblas. Bwyta ar adeg resymol, dyna'r drefn yma.'

'Rhesymol i bwy, Modryb Milbrew?' gofynnodd Lewis gan wenu'n ddireidus arni. Arllwysodd gwrw o'r jẁg i'w dancard a'i lyncu ar ei ben. Ond doedd e ddim am ddadlau â hi. Gadael iddi barablu, dyna'r nod.

'Wel? Dw i'n aros. Beth 'nest di? Beth 'wedodd John Harris? Ydy e wedi egluro holl fanylion ewyllys Humphrey?'

'Ydy.'

'Hen bryd hefyd. Doedd hi ddim yn bosib dilyn amcanion Humphrey yn 'i flynyddoedd ola'. Peth gwirion o'dd ychwanegu at y tŷ, ond 'na fe, syniad Esther oedd e. Un ffôl oedd hi, nith i fi neu beid'o. Fe ddyle Humphrey fod wedi dweud y drefn wrthi hi.'

'O, wn i ddim,' atebodd Lewis. 'Ma' 'na nifer go lew sy'n ehangu tai ar hyn o bryd. Mae'n creu argraff dda.'

'Falle wir, os yw'r sawl sy'n g'neud hynny'n ddigon cefnog. Beth wy'n mo'yn gw'bod yw, oedd Humphrey wedi gorwario'n sylweddol slawer dydd a shwt mae pethe'n sefyll nawr.'

'Ma' 'na ddigon o arian. Digon ar hyn o bryd, ta beth.'

'Digon ar hyn o bryd? Be ti'n feddwl? Wyt ti'n disgw'l etifeddu ffortiwn? Oes 'na aeres yn Abertawe sy'n ddigon ffôl i dy gymryd di?'

'Na, meddwl o'n i am agoriade yma yn 'B'ronddu. Fe fydde angen peth arian wrth gefn, wrth gwrs.'

'Os o's gen ti arian wrth gefn, Lewis, cadwa fe. Fel arall, rwyt ti'n debygol o ddihuno ryw fore a sylweddoli dy fod ti heb do uwch dy ben di.'

'Ddigwyddith 'mo hynny. Fues i ddim yn gwastraffu f'amser yn Abertawe, Modryb Milbrew. Es i yno i ga'l profiad o fyd masnach . . .'

'Fe anfonodd dy dad di yno i dy gadw di ar y llwybyr cul, er dw i erio'd wedi deall pam oedd e'n disgw'l i ti fod yn fwy diogel yn Abertawe. Nawr, does dim rhagor o helyntion i fod, Lewis.' Edrychodd Milbrew ar Nan y forwyn yn clirio'r ford a phenderfynu newid y testun. 'Shwt ma' William a Margaret?'

'Yn dda iawn, ond bod Wil yn siarad byth a hefyd am 'i lyfre.'

'Dyna'i fywoli'eth e,' atebodd Milbrew'n sarrug, 'ond fe alle dalu mwy o sylw i'r wraig 'na sy 'dag e.'

'Margaret?'

'Pwy arall? Welest ti hi, debyg. Shwt olwg oedd arni?'

'Roedd hi'n ymddangos yn dda iawn.'

'Ma' hynny'n ddigon hawdd, a hithe'n gwario ar ddillad fel y ma' hi. Dw i byth wedi gweld dim byd yn debyg i'r perfformans tra oedd hi'n aros yma. Newid 'i dillad ddwy neu dair gwaith bob dydd. Dw i erio'd wedi deall ble gafodd Wil afael arni hi. Fe geith drafferth 'da hi, ma' hynny'n amlwg. Mo'yn g'neud sioe yn 'B'ronddu ma' hi.'

'Fe fydd hi'n tawelu yn y man, debyg iawn.'

'Mae hi 'di ca'l digonedd o amser i dawelu erbyn hyn. Dyw ca'l plentyn ddim wedi'i newid hi o gwbwl. Ond 'na fe, ddaw dim budd o siarad. A' i i weld beth mae'r merched whit-what 'na yn 'neud yn y gegin.'

Disgleiriai'r lleuad wrth i Lewis gerdded at y stablau. Crynodd yn yr oerfel, ond eto roedd yr awyr ffres yn bleserus ar ôl gwres y tŷ. Roedd hwnnw'n anghysurus o boeth mewn mwy nag un ffordd. Sut yn y byd roedd ei dad wedi dioddef Milbrew drwy'r blynyddoedd? Trwy beidio â gwrando arni hi, debyg. Roedd yn hawdd dychmygu'r ddau wrth y ford, Humphrey yn ei fyd bach ei hun a Milbrew'n siarad fel melin bupur. Eto, iddi hi roedd y diolch fod Henblas mewn cas cadw cystal, ond y pris am hynny oedd rhoi rhwydd hynt iddi hi wneud fel y mynnai. Wel, fe fyddai'n rhaid iddi gyfarwyddo â newidiadau, ac fe ddeuai William i gytuno â'i gynlluniau hefyd, gyda chludiant hwylus i'w lyfrau fel abwyd. Ond roedd Milbrew wedi peri iddo feddwl o'r newydd ynghylch Margaret. Merch ddeniadol oedd hi, doedd dim dwywaith am hynny. Hawdd oedd deall pam roedd Wil wedi cymryd ffansi ati. Doedd e ddim yn difaru chwaith, a barnu wrth ei olwg. Rhedodd Lewis ei law dros esgeiriau cynnes ei geffyl. Byddai'n rhaid iddo feddwl am briodi a chael etifedd i Henblas.

9

i

'Shwt mae'r wyneb gen ti, Lewis Gethin, i eistedd fan'na a dweud wrtha i dy fod ti'n mynd i fentro d'arian, ac yn bwriadu dwyn perswâd ar William i fod yr un mor ffôl â ti! Wyt ti ddim yn sylweddoli cyn lleied o adnodde sy tu cefn i William?' gofynnodd Milbrew.
'Nid ffolineb yw mentro i fyd busnes. Rhaid inni symud gyda'r oes.'
'Ond meddylia am William druan! Bob tro rwy'n mynd i'r siop, ma' hi'n llawn o bobol yn darllen ar y slei, a Wil yn rhy feddal i'w herio nhw i brynu. Wnaiff e byth ffortiwn yn 'i siop a does dim syniad am gynilo gan Margaret. Wyddet ti 'i bod hi 'di ca'l llenni newydd i'r parlwr yn barod? Fe gafodd Wil rai pan symudodd e mewn.'
'Yr hen rai o'r gist yn yr atig, chi'n feddwl—y rhai brown tywyll 'na?'
'Fe fydden nhw 'di para am flynyddoedd,' meddai Milbrew yn ddig. 'A phan aeth Jane i'r dre dydd Llun diwetha, fe wedodd Martha wrthi fod Margaret wedi hongian rhyw bethe â streips coch yn 'u lle.'
'Mae'n ddigon naturiol i wraig ifanc ddymuno bod yn y ffasiwn.'
'Fe ddyle Wil ddweud y drefn wrthi hi nawr, neu fydd e byth yn cael deupen llinyn ynghyd.'
'Dyna pam rwy'n awyddus i'w helpu e i wella'i sefyllfa. A dyw pethe ddim cystal â hynny yn Henblas. Doedd 'y nhad ddim yn datblygu digon, oedd e? Mae'n rhoi bywoli'eth i ni a dyna i gyd.'
'Roedd dy dad a fi'n byw'n ddigon cysurus, ond dyw bywyd ffarm ddim yn ddigon da i ti!'
'Wedes i ddim 'mo hynny.' Cododd Lewis a cherdded o gwmpas yr ystafell. Roedd am osgoi cweryla gyda Milbrew. 'Fe allwn ni gario mla'n fel ry'n ni, gan gynilo fan hyn er mwyn gwario fan 'co. Neu fe allwn ni fentro. Rwy'n sôn am y gamlas, Modryb Milbrew. Fe ddaw 'B'ronddu'n ganolfan bwysig yn ei sgil, credwch chi fi. Nawr yw'r amser i ddyn call wneud ffortiwn.' Eisteddodd yn ei hymyl ger y tân.

66

'Falle wir, ond ma'r dre'n llawn dynion sy 'di bod yn rhan o'r datblygiade o'r dechre. Ma'n nhw'n gw'bod shwt i fanteisio ar y sefyllfa. Ond beth pe bait ti'n mentro—a cholli?'

'Dw i ddim yn bwriadu colli. Dw i'n gw'bod beth wy'n 'neud. Fe allwch chi ddibynnu arna i.'

'Rwyt ti'n huawdl iawn,' cyfaddefodd Milbrew. 'Ma' hynny'n fantais mewn busnes, mae'n debyg.'

Astudiodd Lewis wyneb ei fodryb. Pe bai'n gallu ei hargyhoeddi ynghylch gwerth ei syniadau, efallai y byddai hithau hefyd yn fodlon ystyried buddsoddi; doedd Milbrew ddim yn brin o arian. Ond roedd yn rhy fuan i sôn am y cynlluniau eraill yr oedd wedi eu trafod gyda John Harris. Unwaith y deallai hi ei fod yn ystyried mwy nag un fenter, fe gollai pob hyder ynddo. Doedd hi ddim yn frwd ynglŷn ag adeiladu, beth bynnag, ar ôl gwylio Humphrey'n gwario'n afradlon ar yr ychwanegiadau i Henblas. Cofiodd am ei sgwrs gyda'r cyfreithiwr, dridie'n ôl yn ei swyddfa . . .

'Ma' 'na dipyn o sôn 'di bod am yr hofele 'na ym Mhen-dre,' meddai John Harris. 'Gaethon nhw hyd yn o'd 'u crybwyll yn un o'r llyfre 'na sy'n ca'l eu sgrifennu am yr ardal. Beth oedd 'i enw fe hefyd? O'n i'n cofio'n iawn ddoe, ond ma' fe 'di mynd heddi. Ti'n gw'bod pa lyfr sy gen i, Lewis?'

'Nag ydw i. Wil sy'n gw'bod pethe fel 'ny. A does dim angen i neb ddweud wrthon ni'r bobol leol taw gwarth yw'r hen dai 'na.'

'Digon gwir, er fe synnet ti pwy sy'n barod i wrando pan fod rh'wbeth yn ymddangos mewn llyfr. Syniade go ryfedd sy gan awduron fel arfer, yn 'y marn i.'

'Ond i fynd yn ôl at dai Pen-dre, y'ch chi'n meddwl y dylwn i'u prynu nhw, 'u tynnu nhw lawr a chodi rhai newydd?'

'Dyna'r syniad. Ond gwell i ti fod yn garcus, 'machgen i—a dw i ddim yn sôn am arian nawr. Paid ti â chrybwyll y tai. Ma' pobol yn gw'bod dy fod ti'n ymddiddori yn y gamlas. Ma' hynny'n ddigon.'

'Dw i ddim yn deall.'

'Wel, meddylia. Ma' gan Aberhonddu nifer o ddynion sydd â diddordeb mewn amrywi'eth o fentre. Falle na fydden nhw'n awyddus i groesawu un arall atyn nhw. Ac os bydd dyn newydd yn hawlio mwy na'i siâr, fe allen nhw droi'n llet'with.'

'Digon gwir, ond y'ch chi'n f'annog i fentro?'

'Ar bob cyfri, ond trwy ddefnyddio f'enw i. Fe fydd 'na ddyfalu, wrth reswm, ond fe ŵyr pawb 'y mod i'n gweithredu fel asiant dros y rheini nad ydyn nhw am ymddangos yn gyhoeddus. Gydag amser fe fydd pobol yn dy dderbyn di fel un sy â diddordeb yn y gamlas ac wedyn fe gei di roi gw'bod i bawb am dy fuddianne er'ill. Unwaith y byddi di 'di sefydlu dy hun fel dyn busnes llwyddiannus, fydd neb am ymyrryd â thi.'

'Ond pwy fydde eisie ymyrryd?'

'Anodd dweud. Fe gei di ddewis o blith y bobol bwerus yma yn Aberhonddu. Dw i ddim am gyhuddo neb, ond fe fydde'n ddoeth symud yn bwyllog. A chadwa dy lyged yn agored, a'th glustie hefyd. Ma' Theophilus Jones, cyfaill dy dad, yn gw'bod popeth am y dre.'

'Ro'n i'n meddwl taw'r gorffennol oedd yn mynd â'i fryd e.'

'Paid ti credu hynny. Fe yw dirprwy-gofrestrydd yr archddiaconiaeth wedi'r cwbwl. Does fawr neb sy â chystal ffynonellau pan mae'n dod at gasglu gwybod'eth am Aberhonddu a'r cyffinie. A pheth arall, Lewis. Nid dim ond y dynion o bwys y dylet ti 'u hystyried wrth feddwl am Ben-dre. Ma' 'na bobol yn byw yn y tai 'na.'

'Ond shwt allen nhw ymyrryd â fi?'

'Ti sy'n bwriadu ymyrryd â nhw. Fe fyddan nhw'n colli'r unig loches sydd ganddyn nhw. Elli di ddim dibynnu arnyn nhw i gymryd y peth yn dawel.'

Dyn craff oedd John Harris, sylweddolodd Lewis, er ei fod yn ymddangos mor gysglyd wrth eistedd yn ei swyddfa anniben yn y Struet. Roedd y gwaith clirio ym Mhen-dre wedi dechrau eisoes a chyn bo hir fe ddeuai arian sylweddol yn ei sgil. Edrychodd draw at Milbrew, ond roedd honno wedi dechrau pendwmpian yng ngwres y tân mawr.

ii

Daeth Hugh Pritchard i'r gegin ac edrychodd Martha'n obeithiol arno.

'Ydy hi'n ôl?' gofynnodd e.

'Dim sôn amdani hi. O'n i'n disgw'l clywed rhywbeth 'da ti. Damio di, Hugh Pritchard! Pam o'dd rhaid i ti 'weud wrthi hi?'

'Ro'dd rhaid iddi ga'l gw'bod.'

'Ddylet ti fod wedi dod â'i brodyr yma a gad'el iddyn nhw egluro. Roedd hi ar fin setlo, ond nawr . . .'

Trodd Martha i syllu i'r tân. Roedd hi wedi dod yn hoff iawn o Sara yn ystod y misoedd diwethaf. Geneth swil oedd hi pan ddaeth hi i'r tŷ yn High Street, yn hiraethu am ei chartre a'i brodyr. Trueni bod Meistres Margaret wedi cymryd yn ei herbyn hi, ond doedd dim modd i neb blesio honno ers iddi ddychwelyd o Henblas.

'Ble gall hi fod, tybed?' myfyriodd Hugh.

'Does dim syniad 'da fi. Roedd hi'n dechre ymgartrefu 'ma—gwell sglein arni a dim o'r hen lefen yn y cornel. Wyt ti'n siŵr bod y stori am Ben-dre'n wir? Shwt glywest ti am y peth?'

'Ro'n i yn y Dolphin, yn Lôn y Baw.'

'Cymer ofal, was. Ma' enw drwg 'da'r lle 'na. Fydde Mr William ddim yn hapus o glywed fod rhywun mae e'n 'i gyflogi 'di ca'l 'i weld yn y Dolphin.'

'Dw i ddim yno'n amal,' protestiodd Hugh. 'Fe ddigwyddes i gwrdd â hen ffrindie, 'na'r cwbwl, a ta beth, ro'dd rhyw chwant newid bach arna i ar ôl bod wrthi ymhlith y llyfre 'na drwy'r dydd.'

'O'dd 'na wir? Does gen ti ddim syniad mor lwcus wyt ti, Hugh. Ma' 'na ddigon o ddynion ifainc fydde'n falch o ga'l dy gyfle di.'

'Dw i'n gw'bod 'ny, ond ma' hi mor ddiflas yn y siop. Yn llawn hen ddynion yn darllen a siarad. Does gen i ddim syniad am beth ma'n nhw'n sôn.'

'Well i ti wrando, 'te, a cheisio dysgu.'

'Dw i 'di ca'l digon ar drio,' cyffesodd Hugh. 'Dw i ddim yn gw'bod shwt ma' Mr William yn 'u diodde nhw.'

'Ma' Mr William 'di bod yn un mawr am 'i lyfre erio'd,' meddai Martha'n falch. 'Sgolar yw e, yn cymryd ar ôl 'i ewyrth, ti'n gweld.'

'Falle wir. Martha, on'd cystal i fi fynd i chwilio am Sara?'

'Beth am y siop?'

'Does dim ots ar hyn o bryd. Ma' un o ffrindie Mr William wedi galw am sgwrs. Fe fydd yno am hydoedd.'

'Wel, os oes gen ti syniad ble i edrych . . .'

Agorodd drws y cefn yn sydyn a rhuthrodd Sara i mewn.

'Ble ar y ddaear wyt ti wedi bod,' gwaeddodd Martha, 'a ninne'n becso amdanat ti?'

Dechreuodd Sara grio a thynnodd Martha hi at y tân.

'Dere, 'stedda di yn 'y nghadair i tra 'mod i'n cynhesu ychydig o laeth i ti. Ti'n oer at fêr d'esgyrn, a dim syndod chwaith. Mae'n ddifrifol o oer heddi. Hugh, fe elli di fynd yn ôl i'r siop.'

'Fydd Sara'n iawn?'

'Fe ofala i amdani hi,' addawodd Martha. 'Bant â ti!'

Gadawodd Hugh, a throdd Martha'n ôl at Sara. Doedd hi ddim yn crio cymaint nawr. Eisteddai'n dawel yn y gadair gan ddal y ddisgled o laeth twym rhwng ei dwylo.

'Welest ti dy frodyr, 'te?' holodd Martha.

'Do, ac roedd Hugh'n iawn. Ma'r hen dai ym Mhen-dre'n mynd i ga'l 'u dymchwel.'

'A beth ma' dy frodyr am 'neud?'

'Rhaid iddyn nhw ffindo rhywle arall i fyw.'

'Dw i'n deall 'ny,' meddai Martha'n ddiamynedd, 'ond ble? Does dim tai rhatach yn 'B'ronddu. Dyw Pen-dre'n fawr o le, ond o leia roedd 'na loches i'r tlodion yno.'

'Fy nghartre i oedd y tŷ 'na ym Mhen-dre!' meddai Sara. 'Fe fu Mam a Dada'n byw 'no, ac ro'n ni'n hapus yng nghwmni'n gilydd, er 'yn bod ni'n dlawd.'

'Rwy'n gw'bod, 'merch i,' cysurodd Martha hi. 'Do'n i ddim yn meddwl dy frifo di. Ond be ma' dy frodyr yn bwriadu 'i 'neud?'

Dechreuodd Sara grio eto. 'Ma'n nhw'n mynd,' meddai. 'Ma' Sam ac Owen yn mynd i'r gweithie a wela i byth mohonyn nhw 'to.'

'Paid â siarad dwli, ferch,' meddai Martha'n llym. 'Ble'n union ma'n nhw'n mynd?'

'I rywle ar bwys y gwaith haearn yng Nghlydach.'

'Wel, 'na fe 'te. Faint o ffordd yw e i Glydach? Ugen milltir? Fase rhywun yn meddwl 'u bod nhw'n mynd i ben draw'r byd, wrth wrando arnat ti.'

'Dyw e ddim 'run peth â'u ca'l nhw yma yn 'B'ronddu.'

'Falle wir, ond fe alle pethe fod yn waeth o lawer. Ydyn nhw'n meddwl ca'l gwaith 'da'r cwmni haearn?'

'Na, fe fyddan nhw ar y gamlas. 'Wedes i wrthoch chi am Sam yn gweith'o 'da'r Brecon Boat Company, a nawr ma' Owen 'da nhw hefyd.'

'Y ddau ohonyn nhw mewn gwaith a tithe'n ymddwyn fel pe bai diwedd y byd ar ddod! A gweith'o ar y bade 'fyd. Fe fyddan nhw'n ôl ac ymla'n i 'B'ronddu o hyd. Gei di ddigon o gyfle i'w gweld nhw.'

'Chi'n iawn, sbo, ond . . .'

'Ond beth?'

'Mae'n cartre ni 'di mynd. Y lle ble ro'n i'n byw 'da Mam a Dada.'

'Dw i'n gw'bod, 'nghariad i, ond rhaid g'neud y gore o bethe fel y ma'n nhw. Nawr, ma' gen i afal sy wedi bod yn pobi yn y ffwrn. Fe gei di fyta hwnnw, ac wedyn gwell i ni fynd ymla'n 'da'n gwaith.'

Gwyliodd Martha'n foddhaus wrth i Sara fwyta'r afal yn awchus. 'Ma' Hugh Pritchard wedi bod 'ma sawl gwaith ers i ti fynd mas. Ro'dd e'n becso amdanat ti.'

Ddywedodd Sara'r un gair, ond sylwodd Martha ei bod yn gwenu.

10

i

Wrth i Lewis fynd i lawr y stryd rhuthrodd praidd o ddefaid tuag ato, a chyfunodd sŵn eu brefiadau main â chriau'r gwerthwyr yn hybu eu nwyddau. Lle peryglus oedd Aberhonddu ar ddiwrnod marchnad. Neidiodd Lewis o ffordd dafad afreolus. Roedd yn oedi i gael ei anadl pan sylwodd ar ddyn blonegog yn cerdded tuag ato.

'Dydd da, Mr Jones.' Gwenodd Lewis yn foesgar arno. Roedd John Harris wedi'i gynghori i sefydlu perthynas dda gyda Theophilus Jones, ac roedd am wneud ei orau.

'Dydd da, Mr Gethin. Ry'ch chi'n ymgartrefu yn ein plith unwaith eto, gobeith'o. Shwt mae pethe yn Henblas? Fydd hi'n flwyddyn dda 'leni?'

'Fel pob ffermwr, rwy'n gobeith'o y bydd hi.'

'Wel, chawsoch chi mo'ch siomi llynedd.'

'Roedd y cynhaea gwair yn eitha da,' cytunodd Lewis, 'ond am yr ŷd . . .'

'Mae ffermwyr yn cwyno bob amser; y tywydd yn rhy sych, neu'n rhy wlyb, yn rhy boeth neu'n rhy oer. A gewch chi lonydd i fedi'ch cynhaeaf, dyna'r cwestiwn. Rwy'n cyfeirio at weithgareddau Bonaparte, Mr Gethin,' eglurodd wrth weld penbleth yn llygaid Lewis. 'Mae e wedi ca'l 'i goroni gan y Pab, er ei fod e'n anffyddiwr, a nawr ma' fe wedi ffurfio cynghrair â Sbaen. Beth fydd diwedd y peth, tybed?'

Tawodd Theophilus Jones yn sydyn ac edrychodd Lewis i weld beth oedd wedi tynnu ei sylw.

'Mr Bold sy 'na?' gofynnodd.

'Ie, wir. Y'ch chi'n nabod Mr Bold, Mr Gethin?'

'Nag ydw, ddim o gwbwl.'

'Fe fyddwch chi cyn hir. Chwilio am gefnogwyr ma' fe.'
'Dw i ddim yn deall, Mr Jones.'
'Yr etholiad, Mr Gethin,' eglurodd Theophilus Jones yn ddiamynedd. 'Yr etholiad sydd i ddewis beili Aberhonddu.'
'Ond newydd ga'l etholiad y'n ni, ac fe gafodd Hugh Bold 'i ethol.'
'Dyw hi byth yn rhy gynnar i ddechrau paratoi ar gyfer yr ornest nesa. Rhaid i ni gofio hynny. Gwrthun i mi yw meddwl fod un o ddilynwyr Wesley yn dal swydd mor bwysig yma yn Aberhonddu. Mae pawb yn gwybod pa mor chwyldroadol yw syniade'r Wesleaid. Dynion di-ddiwylliant yn dod i gredu bod ganddyn nhw hawl i ddweud eu barn ynglŷn â materion crefyddol. Mae'r peth yn warth. Rwy'n awyddus gweld ethol Syr Charles Morgan yn feili'r tro nesa. Fe fydde'n weithred addas iawn.' Sylwodd ar rywun yn y dyrfa. 'Rhaid i chi f'esgusodi, Mr Gethin. Rwy i am gael gair gyda'r archddiacon.'

Wrth iddo edrych ar Theophilus Jones yn gwthio'i ffordd tuag at yr Archddiacon Davies, meddyliodd Lewis mor ddiddorol oedd clywed am y rhaniadau gwleidyddol yn y dre. Serch hynny, doedd e ddim am ymyrryd ynddyn nhw ar hyn o bryd. Y cam cyntaf oedd ei sefydlu ei hun fel dyn o sylwedd. Fe allai gwleidydda aros am sbel. Roedd a wnelo eraill fwy â'i gynlluniau na Hugh Bold a Theophilus Jones, ac roedd un ohonyn nhw newydd adael y Brecon Bank. Aeth ar ei ôl.

ii

Edrychodd Augustus Meyrick yn chwilfrydig ar y dyn ifanc a eisteddai gyferbyn ag ef yng ngwesty'r Golden Lion. Dyn llawn ynni, i bob golwg, braidd yn fyrbwyll efallai, ond yn bell o fod yn anneallus.

'Y'ch chi'n setlo yn Henblas, Mr Gethin?' gofynnodd. 'Mae gennych chi stad sylweddol yno.'

'Mae gen i ddau gan erw o dir llawr dyffryn,' atebodd Lewis, 'ond fyddwn i ddim yn ei galw'n stad.'

Chwaraeodd Meyrick â'r fodrwy ar ei fys. 'Mae digon o hyder ac ynni gan ddynion ifanc,' meddai. 'Fyddwn i ddim yn synnu clywed nad yw ffermio dau gan erw'n eich bodloni chi. Oes gennych chi gynllunie er'ill ar y gweill?'

'Mae pawb yn Aberhonddu'n edmygu menter eich teulu chi, Mr Meyrick,' atebodd Lewis yn ddiplomataidd.

'Sôn am y gamlas y'ch chi? Chi'n rhy garedig, Mr Gethin. Oes gennych chi ddiddordeb ynddi hi?'

'Mae'n amhosib byw yn Aberhonddu heb ymddiddori ynddi. Fe fydde'n anodd gorbwysleisio'i phwysigrwydd.'

'Rwy'n cytuno; ac oherwydd hynny rydyn ni—y rheini sy â chysylltiad â'r fenter—yn awyddus i gadw rheolaeth yn nwylo dynion lleol. Dy'n ni ddim am i fuddsoddwyr o'r tu allan sy'n chwilio am elw cyflym ddod i mewn. Ar y llaw arall, fe fydde croeso i rywun o'r ardal sy'n teimlo bod buddianne Aberhonddu a'r cylch yn agos at 'i galon e. Ry'ch chi wedi clywed, mae'n debyg, am y gronfa sydd i'w hagor i gyllido'r ymchwiliad . . .'

'*Mr Meyrick, sir, I hope I see you well.*'

Edrychodd Augustus Meyrick yn flin am eiliad, ond roedd ganddo ateb cwrtais i'r dyn dieithr.

'Yr ydym yn cwrdd eto, Mr Bromfield,' meddai yn Saesneg. 'Gobeithiaf eich bod yn gysurus yma yn y Golden Lion?'

'Mae'n well na rhai o'r llefydd yng Nghymru yr wyf wedi aros ynddyn nhw,' cydnabu Bromfield, 'ond dyw hynny ddim yn ddweud mawr. Rydych chi, Mr Meyrick, yn ymwybodol o'r ffasiwn gynyddol yn ystod y chwarter canrif ddiwethaf yma i ymgymryd â theithiau yn yr ardaloedd o gwmpas, ond ystyriwch cyn lleied sy wedi ei gyflawni er mwyn boddhau teithwyr chwaethus. Mae'r heolydd yn echrydus, y gwestyau'n ddiffygiol a'r gweision yn anghwrtais.'

Symudodd Lewis yn ddiamynedd yn ei gadair a throdd Augustus Meyrick tuag ato.

'Mae'n flin gen i, Mr Gethin. Gaf i'ch cyflwyno chi i Mr Adrian Bromfield? Mae Mr Bromfield yn teithio yn yr ardal gyda'r bwriad o sgrifennu cyfrol a fyddai'n fuddiol i eraill sy'n ei ddilyn.'

'O, nid teithio yn unig, Mr Meyrick,' protestiodd Adrian Bromfield. 'Mae arna i awydd aros yma yn Aberhonddu, am ychydig amser o leiaf. Fe ddylai'r dre weddu'n ardderchog i mi. Fe'm cynghorwyd gan fy meddyg i adael sŵn a helbul Llundain, a phenderfynais ddechrau ar y dasg o ddarganfod lle i breswylio ynddo. Fe fyddai rhai yn ystyried na ddylid ymgymryd â'r fath brosiect yn y gaeaf, ond yn fy marn i fe ddylid astudio'r amodau byw yn ystod y tymor lleiaf ffafriol cyn dod i benderfyniad terfynol.'

Dyn â'i holl sylw ar ei fusnes ei hun a heb fymryn o ddiddordeb yn ymateb ei wrandawyr oedd Bromfield, roedd hynny'n amlwg; ac wedi gwisgo mor ffasiynol hefyd. Disgwyliai greu argraff yn Aberhonddu, mae'n siŵr. Teimlai Lewis yn ddig oherwydd i Bromfield dorri ar draws sgwrs ddefnyddiol gydag Augustus Meyrick, ac roedd ar fin ffarwelio â'r ddau pan achubodd Meyrick y blaen arno.

'Rhaid i chi faddau i mi, foneddigion. Rwy i wedi addo cwrdd â'r goets o Gaerfyrddin, ac rwy'n credu i mi ei chlywed yn cyrraedd. Mae perthynas ifanc i'm gwraig yn teithio arni. Mae'n dod i aros gyda ni am gyfnod. Rwy'n gobeithio y dewch chi o hyd i dŷ addas, Mr Bromfield. Mr Gethin, rwy'n awyddus i sgwrsio 'da chi eto. Dydd da.'

Yn erbyn ei ewyllys, fe adawodd Lewis y Golden Lion yng nghwmni Bromfield, ac wrth iddyn nhw gerdded, traddododd hwnnw ddarlith ar fanteision ac anfanteision Aberhonddu, fel petai'r dre yn ddieithr i Lewis.

'Mae gormod o sôn wedi bod am brydferthwch y llwybr drwy goed y Priordy, yn fy marn i,' meddai. 'Dyw e ddim ar ei orau ar hyn o bryd, mae'n wir; mae'r dail gwlyb, pwdr, yn creu teimlad trist yno. Ond hyd yn oed yn ystod yr haf, fe'ch wynebir gan y tylciau anhyfryd o gwmpas Eglwys Sant Ioan, ac mae golwg ddigroeso ar yr eglwys. A'r cwymp i lawr i ddyfroedd afon Honddu wedyn! Mae fy mhen yn troi bob tro y mentraf yn agos at y lle. Ond am Eglwys y Santes Fair,' gan bwyntio ati, 'â'i thŵr ardderchog o'r unfed ganrif ar bymtheg . . .'

'Rhaid i fi'ch gadael chi fan hyn,' esgusododd Lewis ei hun. 'Rwy'n mynd i alw ar fy nghefnder.' Chwifiodd ei law i gyfeiriad y siop lyfrau.

'Eich cefnder . . .?' Oedodd Bromfield ennyd cyn edrych draw at y siop. 'Siop lyfrau! Mr Gethin, mi ddof gyda chi. Doeddwn i ddim wedi sylweddoli ei bod yn bosibl prynu llyfrau yn Aberhonddu.'

'Wir? Ond roeddwn i'n deall eich bod chi wedi gwneud astudiaeth o'r dre er mwyn ysgrifennu llyfr awdurdodol,' meddai Lewis yn sychlyd.

Ond doedd Bromfield ddim yn gwrando. Roedd e wedi rhuthro at y siop, gan adael Lewis i'w ddilyn. Byddai'n amhosibl cael sgwrs breifat gyda William nawr, meddyliodd yn sur. Diwrnod cyfan wedi'i wastraffu, diolch i Bromfield.

iii

'Dw i'n mo'yn i bopeth fod yn berffaith, Martha,' meddai Margaret Gethin yn benderfynol. 'Dw i ddim yn ca'l y cyfle i ddiddanu dyn o chwaeth, fel Mr Bromfield, yn amal iawn ac rwy'n awyddus i greu argraff dda. Diolch byth 'y mod i yn y siop pan ddaeth e mewn. Fydde William ddim wedi meddwl am ei wahodd e i ga'l cinio 'da ni.'

'Fydde rhywun yn meddwl, wrth 'ych clywed chi'n siarad, taw dim ond y Bromfield 'ma sy'n dod i ga'l pryd o fwyd 'da chi. Beth am Mr Lewis a Meistres Milbrew?'

'Dyw Modryb Milbrew ddim yn dod,' meddai Margaret yn gwta. 'Dyw fy nhŷ i ddim yn ddigon da iddi hi giniawa ynddo fe. Dim ond pedwar fyddwn i—Mr Bromfield, Lewis, William a finne.'

A bai William yw hynny, meddyliodd yn chwerw. Petai'n mynnu ein bod ni'n cymryd ein safle priodol yn y dre, fe fyddai pawb o bwys yn barod i ddod i'r tŷ, a minnau'n gyfnither trwy briodas i feistr Henblas. Ond dyw Mr Bromfield ddim i wybod pam y cafodd e wahoddiad i ginio teuluol tawel; dyna un fendith.

'Nawr, am y bwyd, Martha,' meddai Margaret yn fecslyd. 'Rhaid i ni wneud ymdrech arbennig i blesio Mr Bromfield. Fe ddyle'r cig eidion rhost fod yn iawn, ond wn i ddim am y pen llo . . .'

'Ma' Mr William yn hoff iawn o ben llo,' atebodd Martha, 'ac mae'n ddigon anodd i'w gael e i ddiddori yn yr hyn sy ar y plât o'i flaen e. Chi'n meddwl gormod am y Bromfield 'ma—a ta beth, ma' pen llo'n flasus.'

Parhaodd i gwyno wrth droi cynnwys un o'r llestri a fudferwai ar y tân. Teimlai Sara'n ofnus braidd wrth ei gwylio. Roedd hi wedi disgwyl ymlaen at weld ymwelwyr yn dod i'r tŷ, ond erbyn hyn, a phawb o'i chwmpas ar bigau'r drain, doedd hi ddim mor frwd.

'Well ichi fynd i dwtio tipyn arnoch chi'ch hunan,' awgrymodd Martha wrth Margaret. 'Galla i a Sara wneud y tro â pheth llonydd os y'n ni'n mynd i ga'l popeth yn barod mewn pryd. Dy'ch chi ddim am ga'l bord wedi 'i gosod yn bert a dim i'w roi arni, rwy'n cymryd.'

'O'r gore.' Gadawodd Margaret y gegin a mynd i'w hystafell wely. Trueni fod Lewis yn dod. Ni fu ganddi ddewis ond ei wahodd, ac yntau yn y siop gyda Bromfield, ond roedd ei bresenoldeb yn ei haflonyddu. Beth arall allai fynd o'i le? A allai ddibynnu ar Sara? Roedd y ferch mor ddibrofiad. Dim ond ddoe roedd wedi dod o hyd iddi yn sychu'r platiau â'i ffedog front cyn eu dodi ar y ford. Ond byddai rhagor o gyfarwyddiadau'n ei gwneud yn fwy nerfus fyth. Penderfynodd Margaret gadw llygad barcud arni.

iv

Roedd popeth yn mynd yn ardderchog, ym marn Margaret, er gwaethaf ambell anhap; y llestri'n disgleirio, y bwyd yn flasus—roedd Mr Bromfield wedi hoffi'r pen llo'n arw—a'r sgwrs yn llifo. Dim ond esgus gwrando ar Bromfield a wnâi William, ond doedd y prif westai ddim yn ymwybodol o hynny.

'Rwyf yn dilyn, yn fy ffordd ddibwys fy hun, olion traed teithwyr enwocach o lawer na mi,' eglurodd. 'Y diweddar annwyl Henry Skrine, er enghraifft—fe gafodd ef ei hudo gymaint gan Ddyffryn Wysg nes ymsefydlu yng Nghrucywel. Trueni mawr na chafodd fwynhad hwy yn ei breswylfa newydd. Gwerthwyd Dan-y-parc am swm sylweddol iawn fis Mehefin diwethaf, mewn ocsiwn yn Garraway's Coffee House, Cornhill. Rwy'n siŵr eich bod chi, Mr Gethin, wedi darllen y disgrifiad o'r ardal hon yng nghyfrol wych Mr Skrine?'

Oedodd William. Doedd e ddim wedi clywed gair o'r sgwrs, a bu'n rhaid i Lewis neidio i'r adwy.

'Fe deithioch chi drwy'r Fenni debyg?' holodd.

'Do—tre ddymunol iawn. Achubais y cyfle i ymweld ag ardal y gweithiau hefyd.'

'Ardal y gweithie?' Edrychodd Margaret yn edmygus arno. 'Chi'n fentrus iawn, Mr Bromfield. I ble'r aethoch chi? A beth welsoch chi?'

'O'r Fenni, fe euthum i Flaenafon. Dyw e'n fawr o bellter, ond mae'r ddau le'n ymddangos fel dau fyd gwahanol. Fel y dywedais, tre hyfryd yw'r Fenni—yr afon, y castell, y caeau wedi eu trin, y pentrefi pert, llawn perllannau a'r bythynnod wedi'u gwyngalchu. Mae'r heol i Flaenafon yn serth iawn—lôn gul â pherthi trwchus ar bob ochr iddi. Ac wedyn mae rhywun yn cyrraedd gweundir digysgod, ac yno, yng nghanol yr anialwch, saif gwaith haearn Mr Hanbury, Pontypŵl. Mae'r creaduriaid sy'n byw yno'n ymddangos yn wahanol i'r dynion yn nhre'r dyffryn. Mae rhai ohonyn nhw'n byw o dan fwâu pont sy'n cario'r tramiau o'r gwaith haearn i'r lefelau glo. Dychmygwch fyw yn y fath le! Oedais i fawr ddim yno, credwch chi fi. Euthum yn ôl i'r Fenni cyn gyflymed ag y medrwn i.'

'Dw i ddim yn gweld bai arnoch chi,' meddai Margaret. 'Ond beth y'ch chi'n feddwl o'n tre ni, Mr Bromfield?'

Gwenodd Bromfield arni. 'Mae Aberhonddu'n gweddu'n dda iawn i fi.'

'Rwy'n falch iawn o glywed hynny. Mae'n lle dymunol. Nifer o deuluoedd o dras yn treulio'r gaeaf yma. Ac wedyn mae Race Week, ac wrth gwrs y theatr a'r dawnsfeydd yn y Guildhall. Chewch chi ddim anhawster, Mr Bromfield, i ddod o hyd i ddifyrrwch.'

Newidiodd testun y sgwrs o faterion lleol i'r rhyfel â Ffrainc, salwch y brenin ac ymddygiad gwarthus ei feibion. Rhyddhad i Margaret oedd gweld y drws yn cau y tu ôl i Martha a Sara. Roedd Martha'n amlwg mewn hwyliau drwg, a Sara mor drwsgl ag erioed. Bai Martha oedd hyn, wrth gwrs, am beidio â dweud y drefn wrthi fel y dylai. I feddwl iddi adael i lestr lithro o'i gafael wrth iddi ei gario i'r gegin! Beth aeth trwy feddwl Mr Bromfield, tybed? A Lewis wedyn, yn talu cymaint o sylw i Sara, fel ei bod hi'n fwy lletchwith byth. Ond, ar y cyfan, llwyddiant pendant oedd y parti cinio. Disgleiriai llygaid glas Margaret wrth iddi droi at Bromfield. Roedd ei edmygedd ohoni'n amlwg i bawb. Diolch byth ei bod wedi prynu'r ffrog felfed newydd wythnos ddiwethaf. Doedd na thawelwch William na thriciau Lewis yn mynd i darfu ar ei phleser y noson honno.

11

i

Eisteddai Lewis Gethin yn llyfrgell Augustus Meyrick, gan syllu ag edmygedd ar y silffoedd llawn llyfrau wedi'u rhwymo'n hardd, ac yfed, â boddhad, wydraid mawr o win Madeira. Hwn oedd ei ymweliad cyntaf ag Usk Place, tŷ Meyrick. Cyn hyn cynhelid ei gyfarfodydd gyda'r bancwr yn y Brecon Bank ei hun. Buasai'n ansicr am y derbyniad fyddai'n ei gael yn Usk Place, ond cafodd groeso gwresog. Doedd dim awgrym fod Meyrick yn ystyried diddordeb Lewis yn natblygiad masnachol Aberhonddu fel ymyrraeth ym muddiannau ei deulu. Doedd yntau ddim wedi gwneud dim eto ynghylch ei fwriad i gystadlu â'r Brecon Boat Company, ond doedd dim brys. Yn gyntaf, roedd yn rhaid iddo argyhoeddi William a'i berswadio i fentro. Yn y cyfamser, llwyddasai i sefydlu perthynas dda rhyngddo a Meyrick. Roedd yr ymweliad presennol wedi para'n ddigon hir, debyg. Gosododd Lewis ei wydr ar y ford gan baratoi i ffarwelio â Meyrick, ond cyn iddo ddweud gair agorodd y drws y tu ôl iddo.

'Dyma chi wedi dychwelyd 'te, ac mewn da bryd i gwrdd â Mr Lewis Gethin. Mr Gethin, chi'n nabod 'y ngwraig. Dyma ei nith, Miss Parry. O, a Mr Bromfield hefyd. Ond ro'n i'n anghofio—ry'ch chi a Mr Bromfield wedi cwrdd, on'd y'ch chi?'

'Roedd Mr Bromfield cyn gariediced â'n hebrwng adre,' eglurodd Mrs Meyrick. 'Mr Gethin, peidiwch â mynd o'n herwydd. Mae gormod o amser wedi mynd heibio ers i mi glywed am eich modryb. Rwy'n gobeithio'i bod yn mwynhau iechyd?'

'Mae'n dda iawn, diolch yn fawr.' Trodd Lewis at y ferch. 'Mae'n bleser eich cyfarfod, Miss Parry. Ydy Aberhonddu wrth eich bodd?'

'Ydy wir.'

'Rwy'n gobeithio y bydd Elizabeth yn aros 'da ni am ymweliad hir,' ebe Mrs Meyrick. 'Mae ei chartre yn Sir Gaerfyrddin. Sir brydferth iawn, wrth gwrs, ond mae newid aer yn gwneud lles i bawb.'

Cytunodd Lewis, wrth iddo graffu ar Elizabeth Parry. Gwallt coch, llygaid glas, braidd yn fach, ond yn eitha siapus—ddim yn bert, ond yn ddymunol. Roedd e ar fin dechrau sgwrs gyda hi pan sylweddolodd fod y ddwy ddynes yn gwrando ar Bromfield. Teimlai'n flin. Roedd y dyn yn siarad am ei bethau ei hun, fel arfer. Heddiw, trafod teitlau posibl ar gyfer ei gyfrol arfaethedig yr oedd. Symudodd Lewis yn ei gadair er mwyn astudio gwisg Bromfield. Roedd e'n smart bob amser, ond ar yr achlysur hwn yr oedd, yn ôl pob golwg, wedi gwneud ymdrech arbennig. Gwisgai got newydd las, rhoddasai ychwaneg o sglein ar ei sgidiau ac roedd ei wallt wedi'i drefnu'n ofalus. Nid ei gyfarfyddiad cyntaf ag Elizabeth Parry oedd hwn, roedd hynny'n amlwg. A oedd ganddo obeithion yn ei chylch? Os felly, beth fyddai ymateb Augustus Meyrick? Ymddangosai Bromfield yn gysurus ei fyd, ond ffôl oedd barnu wrth ymddangosiad yn unig. Cefnodd Lewis ar ei ddyfalu am y tro er mwyn gwrando ar eiriau Bromfield.

'Rhaid cydnabod, Mr Meyrick, bodolaeth yr ychydig rai sy'n cael eu denu gan ardaloedd gwyllt a garw. Ond dyw'r mwyafrif, yn fy marn i—er eu bod yn dymuno profi rhyw fesur o wahaniaeth rhwng y lleoedd maent yn ymweld â nhw a'r ardaloedd lle maen nhw'n preswylio—ddim yn awyddus i gwrdd â gwahaniaethau mawr nac ychwaith i ddioddef mwy na rhyw fymryn o anghysur. Nawr, yng ngogledd a gorllewin Cymru, mae'r dieithrwch a'r anghysur yn bresennol i raddau annerbyniol. Ar y llaw arall, yma yn Sir Frycheiniog ac mewn rhannau o Sir Faesyfed—mae'r trefi ffynhonnau yn ddymunol, er eu bod yn fach—fe all y teithiwr anghofio'r ffaith mai yng Nghymru y mae, ac nid yn Lloegr.'

'Os yw eich teithwyr yn teimlo'n hapusach yn Lloegr, dw i ddim yn gweld rheswm dros iddyn nhw ymweld â Chymru o gwbwl,' edliwiodd Lewis.

'Ond Mr Gethin, er mwyn gweld y golygfeydd, wrth reswm. Ystyriwch boblogrwydd y Llynnoedd. Ni all Sir Frycheiniog gynnig harddwch Windermere neu Derwentwater, ond wedi dweud hynny, rhaid cydnabod bod y lle'n frith o olygfeydd gwych. Mae'r mynyddoedd yn drawiadol dros ben a'r trefi, ar y cyfan, yn hyfryd. Does dim angen digalonni. Cyn hir, fe fydd ardal Aberhonddu'n neilltuol o boblogaidd.' Trodd at Augustus Meyrick. 'Alla i ddim gorbwysleisio'r angen am osgoi unrhyw beth sy'n peri i'r teithwyr deimlo'n ddieithr. Rhaid i'r sawl sy'n awyddus i fentro dramor aros tan i'r rhyfel â Ffrainc ddod i ben, ond rwy'n credu yn gryf nad ydyn nhw'n niferus, beth bynnag. Yr hyn y mae'r mwyafrif yn ei ddymuno, wrth deithio oddi cartre, yw golygfeydd amrywiol a newydd, ond fe ddylai popeth arall—iaith, arferion a bwyd, er enghraifft—fod yn gyfarwydd iddyn nhw. Fe allai'r agwedd hon weithio er budd Sir Frycheiniog. Mae modd gwneud llai o'r elfen Gymraeg yn y dre, ac wedyn fe fydd y teithwyr o Loegr yn hollol gartrefol yma. Mae'r Gymraeg i'w chlywed ar strydoedd Aberhonddu, mae'n wir, ond does dim rheidrwydd i'r ffaith anffodus hon amharu ar gysur yr ymwelwyr. Dw i erioed wedi profi unrhyw anhawster.'

'Dy'ch chi ddim wedi profi unrhyw anhawster oherwydd bod y bobl yr y'ch chi'n ymwneud â nhw'n fodlon siarad Saesneg â chi,' meddai Lewis yn gwta. 'Ydych chi'n credu o ddifri, Mr Bromfield, y gallwch siarad yn awdurdodol ar y pyncie hyn ar ôl aros yn ein plith am ychydig wythnose'n unig?'

'Ry'ch chi braidd yn llym, Mr Gethin,' meddai Augustus Meyrick. 'Elizabeth, rwyt ti wedi darllen nifer o'r llyfrau sy'n disgrifio teithiau yng Nghymru. Beth yw dy farn di?'

'Rwy'n gobeithio y bydd ymgais Mr Bromfield yn rhagori ar nifer o'r 'siamplau rwy wedi bod yn ddigon anffodus i'w darllen,' atebodd y ferch. 'Mae gormod yn dangos anwybodaeth lwyr o'n hiaith a'n harferion a'n hanes. O ganlyniad, allan nhw ddim ymgymryd â'r dasg y maen nhw'n ceisio'i chyflawni.'

'Miss Parry, rwy'n cytuno'n llwyr,' meddai Lewis, gan wenu arni.

'Rhaid i ni drafod y pwnc rywbryd eto,' ebe Mrs Meyrick. 'Cofiwch alw, Mr Gethin, pan fyddwch yn Aberhonddu. Nawr, foneddigion, rhaid i chi'n hesgusodi ni. Dere, Elizabeth.'

Merch a chanddi syniadau pendant oedd Elizabeth Parry, meddyliodd Lewis wrth adael Usk Place yng nghwmni Bromfield, un â digon o hyder i ddweud ei barn. Byddai'n ddiddorol dod i'w hadnabod yn well. Gallai fod yn broffidiol hefyd.

ii

Syllodd Margaret Gethin ar Adrian Bromfield wrth iddo eistedd yn y gadair gyferbyn â hi. Yn dilyn y cinio yn High Street, roedd wedi bod yn ymwelydd cyson. Croesawai hithau'r ymweliadau, gan eu hystyried fel prawf fod gŵr bonheddig, ffasiynol yn cael pleser yn ei chwmni hi, ond doedd hi ddim yn cael ei bodloni'n llwyr gan gwmni Bromfield. Doedd eu sgwrsio ddim yn gyffrous, a phryderai drwy'r amser y byddai'n dweud neu'n gwneud rhywbeth a fradychai ei hanwybodaeth o arferion cymdeithas uchelael. Ond roedd Bromfield yn bluen yn ei chap.

'Mrs Gethin, rwy i wedi galw arnoch chi heddiw i ofyn ffafr,' datganodd.

'Wrth gwrs, Mr Bromfield, os gallaf fod o gymorth.'

'Rwy i wedi derbyn llythyr gan fy chwaer,' eglurodd. 'Mae fy nisgrifiadau o Aberhonddu ac o'r tŷ rwy i wedi'i logi—Mrs Gethin, y rhyddhad a brofais wrth adael y Golden Lion—wedi ei phleso, a'i bwriad yw dod i aros gyda mi. Rwy'n awyddus iawn i gael yr anrhydedd o'i chyflwyno i chi.'

'Fe fyddwn i'n falch iawn cwrdd â . . .?'

'Mrs Daventry. Mae fy mrawd-yng-nghyfraith dramor, yn gwasanaethu gyda'r Cadfridog Wellesley yn yr India.'

'Diddorol iawn—ond mae'n rhaid bod eich chwaer yn pryderu, Mr Bromfield.'

'O, dyw Louisa ddim yn un i hiraethu, nac yn un i golli unrhyw gyfle sy'n addo diddanwch iddi, credwch chi fi. Fe ddof i â hi i alw arnoch chi ar y cyfle cynta, Mrs Gethin, ond ro'n i'n bwriadu tresmasu ymhellach ar eich caredigrwydd. Gaf i ofyn ichi am eich cwmni a'ch cymorth ar raddfa ehangach? Mae gen i sawl gwibdaith mewn golwg yn ystod yr haf, ond yn y cyfamser, beth am ymweliad â'r theatr? Mae cwmni Mr Phillips yma, wyddoch chi—Mr Phillips o'r Bath Theatre. Fe gafodd ganiatâd i berfformio yn ystod y llys chwarter. Gaf i ddibynnu ar eich cwmni, ma'am—a chwmni Mr Gethin hefyd, wrth gwrs.'

'Fe fyddwn i'n falch iawn, Mr Bromfield. Dyw fy ngŵr, rwy'n ofni, byth yn awyddus i adael ei lyfre.'

'Pe bai gen i gystal casgliad, ni fyddwn innau ychwaith am eu gadael,' meddai Bromfield. 'Mae'n bleser cael trafod y cyhoeddiadau diweddaraf gyda'ch gŵr, Mrs Gethin.'

Ond ni fyddai absenoldeb William yn peri tristwch i Bromfield, yn ôl pob golwg. Aeth ymlaen i ddisgrifio'i brofiadau theatrig, gan edrych yn fodlon ar ei fyd.

'Rwy'n hoff iawn o'r theatr,' meddai. 'Fe welais nifer o ddramâu yn Cheltenham pan euthum yno er lles fy iechyd. Fe fedrwch ddweud fy mod i wedi dilyn esiampl ardderchog y Brenin Siôr. Pan dreuliodd Ei Fawrhydi sawl wythnos yn y dre yn ddiweddar ar ôl gwella o'i afiechyd, roedd yn ymwelydd mynych â'r theatr. Ac mae traddodiad theatrig anrhydeddus yma yn Aberhonddu. Fe arferai cwmni Kemble ddod yma, ac rwy'n deall mai yma y ganwyd ei ferch, Sarah Siddons.'

'Ie wir,' meddai Margaret, yn falch cael cyfle i ddweud rhywbeth. 'Fe gafodd hi ei geni yn nhafarn y Shoulder of Mutton, yma yn High Street.'

'Yn union. Wel, f'annwyl Mrs Gethin, rwy'n dibynnu arnoch chi. Byddaf yn gwerthfawrogi ymweliad fy chwaer annwyl yn fwy fyth, gan y bydd yn rhoi ychwaneg o gyfle i mi fwynhau eich cwmni chi.'

Ar ôl iddo fynd, roedd Margaret mewn cyfyng-gyngor. Fe fyddai Mrs Daventry yn fwy o her na'i brawd. Ni fyddai hi'n ymateb i wên neu wrid, neu i gyffyrddiad llaw ar fraich yn ystod sgwrs. Fe welai ar unwaith ddiffygion Margaret—ei ffordd o siarad, ei gwisg a'i holl osgo—ac yna fe fyddai'n sôn amdanyn nhw wrth ei brawd. Ar y llaw arall, pe bai modd gwneud cyfaill ohoni, fe fyddai'n fwy defnyddiol o lawer iddi na Bromfield. Breuddwydiodd amdani hi a Mrs Daventry yn galw ar Mrs Bold neu Mrs Meyrick. Fydden nhw byth yn gwrthod ymweliad gan wraig i swyddog yn y fyddin, ac fe fydden nhw'n derbyn Margaret hefyd yn y fath gwmni.

Fe wna i'n siŵr ei bod hi'n cymryd ata i, addawodd Margaret wrthi ei hun. Ac os daw ei brawd â hi yma cyn i hen wragedd rhagfarnllyd y dre gael gafael arni, fydd dim cyfle i'w throi hi yn f'erbyn i. Os metha i wneud ffrind ohoni, fe fydda i'n haeddu aros yma a phydru.

iii

'Be wnei di o strancie diweddara Margaret?' Edrychodd Milbrew Griffiths yn herfeiddiol ar ei nai a led-orweddai yn ei gadair o flaen y tân.

'Pa strancie? Am beth y'ch chi'n sôn?'

'Dy gyfnither trwy briodas, Margaret Powell, yn bwriadu galifanto i'r theatr yng nghwmni rhyw ddyn sy'n talu llawer gormod i'w deiliwr. Hawdd gweld pam, wrth gwrs; fydde neb yn edrych arno fe fel arall.'

'Bromfield?' gofynnodd Lewis.

'Bromfield. Dw i'n methu deall pam ma' William yn gad'el iddi hi 'neud y fath beth. Nid nhw'n unig sy'n mynd, cofia. Ma' ganddo fe chwaer sy'n dod i aros, medden nhw.'

'Fe fydd Wil yn falch o'r cyfle i aros gartre,' awgrymodd Lewis.

'Fe ddewisodd briodi merch sy ddim yn gw'bod shwt i ymddwyn yn gyhoeddus. Fe ddyle gysidro enw da'r teulu a chadw llygad barcud arni.'

'Does dim byd amharchus mewn mynd i'r theatr gyda Bromfield a'i chwaer.'

'Dyna dy farn di. Fe fydde dy dad-cu, fy mrawd Samuel, yn troi yn ei fedd pe bai'n dy glywed ti'n dweud y fath beth. Doedd gan Samuel ddim i'w ddweud wrth ffug-chwarae.'

'Shwt clywsoch chi am y peth?' gofynnodd Lewis yn frysiog. Doedd arno ddim awydd clywed am syniadau ei dad-cu.

'Fe ddaeth Hugh Pritchard draw â llyfr i fi. Siwrnai ofer, os bu un erio'd. Does gen i ddim amser i'w wastraffu ar ddarllen. Beth bynnag, yn ôl Hugh does neb yn High Street yn sôn am ddim byd ond ymweliad chwaer Bromfield, a'r ddrama, a beth ddyle Margaret wisgo. Do's gen i ddim amynedd 'da'r fath ddwli. Ond dyw e ddim yn fusnes i ni, debyg.'

'Nag yw.'

'Ond ma' gen i asgwrn i grafu 'da ti hefyd, Lewis Gethin. Dw i'n clywed dy fod ti'n bwrw ymla'n 'da'r cynllun hanner pan 'na sy gen ti i gludo nwydde ar y gamlas.'

'Dyw e ddim yn gynllun hanner pan,' protestiodd Lewis. 'Alla i 'neud ffortiwn . . .'

'Elli di wir? A beth sy'n bod ar ad'el pethe fel ma'n nhw? Dw i ddim yn deall pam wyt ti'n mynnu troi dy gefen ar ffordd o fyw sy wedi bodloni dy deulu ers cenedlaethe—er dyw ache'r teulu Gethin ddim i'w cymharu â'n hache ni, y teulu Griffiths, cofia. Ond pam ma'n rhaid i ti gymryd ar dy hunan i newid pethe?'

'Rydw i wedi egluro'r cyfan i chi'n barod.'

'Wedest ti ddim dy fod ti'n bwriadu cyfeillachu 'dag Augustus Meyrick. Does gen i ddim golwg o gwbwl arno fe na'i deulu. Pam wyt ti'n mynd atyn nhw? Wyt ti'n brin o arian?'

'Fe fyddwn i mewn gwell safle i gystadlu 'da Meyrick pe bai rhagor gen i.'

'A beth fyddet ti'n 'neud ag e? Rhedeg bade ar y gamlas?'

''Na chi.'

'Ac ma' Meyrick wedi llwyddo drwy 'neud yr un peth?'

'Wel, nid fe yw unig berchennog y Brecon Boat Company . . .'

'Ond fe sy'n cyfri.'

'Dyna ma'n nhw'n ddweud.'

'Wela i. Faint o fade sy angen arnat ti?'

'Wel . . .'

'Paid â gwamalu, Lewis. Ma' digon gen ti i brynu dau, siŵr o fod. Fe bryna i bedwar.'

'Pedwar bad!' Ymsythodd Lewis yn ei gadair yn syn. 'Ond pam, Modryb Milbrew, a chithe yn erbyn yr holl syniad?'

'Well i ti ddysgu bod yn gyflymach wrth dderbyn cynnig da neu lwyddi di byth ym myd busnes, 'machgen i,' atebodd Milbrew'n sych.

'Ond dy'ch chi ddim wedi g'neud dim ond beirniadu.'

'Dw i 'di bod yn meddwl am y peth,' ebe Milbrew. 'Ma' 'na r'wbeth i'w ddweud drosto. Ond dw i'n disgw'l ca'l gw'bod popeth sy'n digwydd, cofia. Does dim cwato pethe i fod.'

'Dw i'n addo—a diolch i chi.'

'Does dim angen hynny. Pleso fy hunan ydw i. Ma' Augustus Meyrick wedi rheoli pethe yn 'B'ronddu'n hen ddigon hir.'

iv

Doedd neb ar y grisiau, neb i'w gwylio. Dringodd Margaret i ben y stôl ac edrych drwy'r ffenestr. Rhedai Lion Street yn union y tu ôl i High Street, ac am bump o'r gloch ar ddyddiau Llun, Mercher a Gwener byddai'r Brecon, Hay and Hereford Post Coach yn cyrraedd y

Golden Lion. Edrychai Margaret yn aml ar yr hysbysebion am y goets yn *Y Cambrian*. Teithiai o Aberhonddu i Henffordd y diwrnod cynta, ac ymlaen wedyn i'r Bolt-in-Tun yn Llundain. I'r cyfeiriad arall y teithiai Louisa Daventry, ac roedd Margaret yn benderfynol o'i gweld yn cyrraedd pen ei thaith. Buasai'n ddiwrnod oer, heulog, ond roedd tywyllwch cyfnos o fis Mawrth yn cau amdano'n awr. Roedd hi'n anodd adnabod y rhai a âi i mewn ac allan o'r Golden Lion. Yn sydyn, cafodd gip ar Adrian Bromfield yn brysio i'r gwesty. Doedd e ddim wedi gwneud ymdrech arbennig i fod yn brydlon. Yn ffodus iddo ef, roedd y goets yn hwyr. Iâ'r bore oedd wrth wraidd yr oedi, debyg. Symudodd yn ddiamynedd o un droed i'r llall.

Yn sydyn daeth sŵn utgorn, ac ychydig funudau'n ddiweddarach trodd y goets o dan y bwa gan fynd i iard y gwesty. Daliodd Margaret i wylio, wrth daro'i thraed rhewllyd ar y llawr mewn ymgais i'w cynhesu. Ar ôl cryn amser fe'i gwobrwywyd; gwelodd Bromfield yn gadael y Golden Lion a dynes wrth ei ochr. Y tu ôl iddyn nhw cerddai menyw'n cario blwch gemau, a hefyd ddau ddyn gydag amrywiaeth o gistiau. Roedd yn amhosibl gweld manylion gwisg Mrs Daventry, ond roedd Bromfield wedi addo dod â'i chwaer i ymweld â hi cyn gynted ag y bo modd.

V

'Sara! Sara! Ble ma'r ferch 'na?' Rhuthrodd Margaret i'r gegin, lle safai Martha'n torri llysiau. 'Ble ma' hi, Martha? Rhaid tacluso'r parlwr ar unwaith.'

'Ddylech chi w'bod ble ma' hi,' atebodd Martha'n sur. 'Chi helodd hi i brynu—beth oedd e nawr?'

'Middleton's Royal Abyssinian Flower Soap. Dw i am edrych ar 'y ngore pan fyddwn ni'n mynd i'r theatr, ac ma' Gowland's Lotion mor henffasiwn. Felly, fe benderfynais drio rhywbeth newydd. A Martha, beth wisga i? Ma' felfed du braidd yn henffasiwn, medden nhw. Beth am fwslin gwyn ag ochre lliwgar? Ma'r papure'n 'i gymeradwyo.'

'Defnydd peryglus yw'r hen fwslin 'na,' cwynodd Martha. 'Os ewch chi'n rhy agos at y tân, llosgi fydd eich hanes chi.'

'Twt! Dw i 'di darllen am ffordd i osgoi unrhyw berygl. Chi'n trochi'r mwslin mewn dŵr alŵm—hynny yw, cwart o ddŵr a gwyn wy ynddo.'

'Dw i ddim yn credu'r nonsens 'na,' atebodd Martha. 'Gwastraff ar wy fydde hynny.'

'Ble ma'r ferch 'na?' gofynnodd Margaret eto. 'Rhaid ca'l popeth mewn trefn. Fe gyrhaeddodd Mrs Daventry neithiwr, mae'n debyg.'

'Chi ŵyr am hynny,' ebe Martha. 'Sefyll 'na yn yr oerfel 'mond er mwyn cael cip arni. Glywes i erio'd shwt beth!'

'Shwt y'ch chi'n gw'bod 'ny?' holodd Margaret. 'Rheitach peth fydde i chi gadw llygad ar Sara, yn lle busnesa'n ddiangen. A ble ma' hi? Mae 'di ca'l hen ddigon o amser i brynu holl Abyssinian Flower Soap Aberhonddu.'

'Fe ddaw hi'n ôl cyn gynted ag y gall hi,' atebodd Martha.

'O, felly wir? Dyw hi byth yma pan ma' 'i hangen hi. Dw i'n eich rhybuddio chi nawr, Martha . . .'

'Gwrand'wch,' meddai Martha'n sydyn. 'Ma' ymwelwyr 'da chi.'

'Ewch â nhw i'r parlwr, Martha,' ymbiliodd Margaret, wrth iddi ruthro o'r gegin.

'A beth am ginio Mr William?'

'O, gadewch e. Pa ots am 'i ginio fe?'

Diflannodd i'w hystafell wely, gan adael Martha i syllu'n feirniadol ar ei hôl.

vi

'Mae fy mrawd wedi sôn cymaint amdanoch chi, Mrs Gethin. Rwy'n dibynnu arnoch chi i ddweud wrtha i sut i ymddwyn yma yn Aberhonddu.' Dododd Louisa Daventry ei llaw fach ar fraich Margaret gan edrych yn eiddgar arni. 'Rydyn ni'n mynd i'r theatr yr wythnos nesaf gyda'n gilydd. Nid i weld *A School for Scandal*, rwy'n falch o ddweud. Does gen i ddim meddwl uchel o Sheridan. Na, fe awn ni i weld *Raymond and Agnes*, cynhyrchiad mwyaf dramatig Mr Phillips. Chi'n gwybod, rwy'n siŵr, ei fod wedi'i seilio ar lyfr ysgytwol Monk Lewis. Mae enw da iawn gan Mr Phillips. Rwy i wedi ei weld yn perfformio yn Drury Lane, ac fe wnaeth argraff ffafriol dros ben arna i.'

Siaradai Mrs Daventry'n fyrlymus, heb aros am fwy nag 'Ie' neu 'Nage' achlysurol. Yr oedd Adrian Bromfield yn fodlon eistedd yn llonydd a gwrando arni. Daeth Margaret i deimlo'n fwyfwy hyderus, a dechreuodd astudio'i chydnabod newydd. Un fach oedd Louisa Daventry, o'r braidd yn cyrraedd at lefel ysgwyddau Margaret. Roedd ganddi lygaid mawr, llwyd a gwallt brown, ac roedd tebygrwydd cryf rhyngddi hi a'i brawd. Craffodd Margaret ar ei gwisg a chafodd ei phleso'n arbennig gan y *pelisse* ffasiynol iawn yn y lliw newydd, brown Eifftaidd. Un hawdd i ymwneud â hi oedd Louisa, a chyn bo hir roedd Margaret yn siarad â hi fel petai'n hen ffrind. Roedd yn flin ganddi pan ffarweliodd â hi, ond fe'i cysurwyd gan lwyddiant yr ymweliad. A hithau wedi disgwyl balchder, amheuon neu, ar y gorau, ddiffyg diddordeb, siom ar yr ochr orau oedd gweld Mrs Daventry'n cymryd ati ar unwaith. Rhaid bod Adrian Bromfield wedi ei chanmol. Safodd wrth y ffenestr gan edrych ar y brawd a'r chwaer yn cerdded i lawr y stryd. Roedd y bore wedi bod yn un boddhaol iawn.

vii

Bu'r golau, y gwres a'r sŵn lleisiau'n achosi pendro i Margaret. Teimlai'r llawr yn sigledig o dan ei thraed. Dechreuodd ystyried a oedd yr ofnau a'r ansicrwydd a brofodd yn ddiweddar yn ormod o bris i'w dalu am un ymweliad â'r theatr. Edrychodd yn ofnus o gwmpas yr ystafell helaeth â'i nenfwd uchel, ei phileri ceinion eurog a'i chanhwyllyron llachar. A'r bobl wedyn, wedi'u gwisgo mor urddasol ac yn ymddangos mor hyderus, tra nad oedd ganddi hi ddim syniad beth i'w ddweud na sut i ymddwyn.

'Nawr, cofiwch fy mod i'n dibynnu arnoch chi, annwyl Mrs Gethin.' Swniai llais Louisa Daventry fel pe bai ymhell i ffwrdd. 'Rhaid i chi egluro i mi pwy ydy pwy, a dweud yr holl hanes amdanyn nhw. Does dim byd mor anniddorol â chasgliad o ddieithriaid, a neb wrth law i adrodd y clecs i gyd. Mae Adrian yn anobeithiol; dyw e byth yn cofio neb, ac mae hynny'n arwain at bob math o helyntion. Hyd yn oed os yw'n cofio'r wyneb, mae'r enw'n angof a does gennym ni ddim dewis ond rhedeg i ffwrdd yn ddiseremoni.'

Oedodd Mrs Daventry i gael ei hanadl a syllodd Margaret yn wyllt o'i chwmpas. Gymaint oedd ei dryswch fel bod yr holl wynebau'n dawnsio o flaen ei llygaid. Doedd hi'n nabod neb, a hithau wedi edrych ymlaen mor eiddgar at y noson hon! Beth pe bai'n llewygu? Fe fyddai esgus ganddi wedyn dros adael cyn i Louisa Daventry sylweddoli ei diffygion.

'Y bobl sy'n sefyll draw acw yn erbyn y wal,' cychwynnodd Louisa. 'Fe ddechreuwn ni gyda nhw. Pwy ydyn nhw?'

'Rhaid i fi'ch llongyfarch, Mrs Daventry. Nid pawb fyddai mor graff.' Lewis Gethin oedd yn siarad. 'Y Meyrickiaid ydyn nhw—un o'n teuluoedd pwysicaf.'

'Felly'n wir.' Trodd Louisa Daventry ato. 'Rwy'n fodlon cyfaddef na wn i ddim am y Meyrickiaid, er ei bod yn amlwg y byddech chi'n ystyried y fath anwybodaeth yn gywilyddus. Ond rwy'n barod iawn i ddysgu.'

Gwenodd Lewis arni a gwgodd Margaret arno ef. Roedd y got goch a wisgai'n gweddu'n dda iddo, ac ymddangosai'n hollol gartrefol yn ei ddillad crand. Nid felly Margaret yn ei gŵn newydd o sidan pinc. Cydiodd yn y les ar ymyl ei bodis gan geisio ei dynnu'n uwch. Pryderai ei bod yn edrych lawn mor anghysurus ag y teimlai. Mewn ymgais i anghofio'i hanesmwythyd, trodd ei sylw ar Lewis.

'Mae gan Mr Augustus Meyrick ran mewn nifer o'n mentrau yma yn Aberhonddu,' eglurodd hwnnw. 'Yn y Brecon Bank, er enghraifft, a hefyd yn y Brecon Boat Company.'

'A'r ddwy dynes sydd gydag e?'

'Ei wraig a'i nith hi, Miss Elizabeth Parry o Sir Gaerfyrddin. Fyddech chi'n hoffi cwrdd â nhw, Mrs Daventry?'

'Byddwn wir. Rwy'n bwriadu cymryd diddordeb ym mhob agwedd ar faterion Aberhonddu, Mr Gethin. Mae fy mrawd wedi penderfynu ymgartrefu yma, ac fe wna i, fel chwaer dda, gymaint ag a allaf i'w gefnogi.'

'Canmoladwy iawn. Mae Bromfield yn gwerthfawrogi eich ymdrechion, gobeithio?'

'O nac ydyw. Mae Adrian yn cymryd popeth yn ganiataol. Os wy'n chwennych gwerthfawrogiad, rhaid i mi chwilio amdano yn rhywle arall.' Cydiodd Louisa ym mraich Lewis er mwyn croesi'r ystafell. 'Dewch, Mrs Gethin, rwy'n dibynnu arnoch chi, cofiwch. O, Adrian, dyma ti o'r diwedd. Rho dy fraich i Mrs Gethin. Mae Mr Gethin yn mynd i'm cyflwyno i'r teulu Meyrick.'

Cerddodd Margaret ymlaen yn sgil Lewis a Mrs Daventry. Roedden nhw'n ymddangos yn hynod gartrefol gyda'i gilydd. Edrychodd yn ddirmygus ar Lewis. Roedd e'n fflyrtan gyda Louisa, a hithau'n fenyw briod â gŵr oedd yn amddiffyn buddiannau ei wlad yn yr India. Roedd y peth yn warthus . . . Yna, sylweddolodd fod Adrian Bromfield yn siarad â hi.

'Mrs Gethin, rwy'n gofyn am faddeuant. Derbyniwch nad oedd gen i unrhyw fwriad i'ch esgeuluso. Pe na bai Louisa a chithau'n siarad mor ddwys, fyddwn i ddim wedi aros i gael gair gyda Mr John Harris. Doedd gen i ddim bwriad eich ffromi.'

'A dy'ch chi ddim wedi gwneud, 'chwaith.' Cododd calon Margaret a gwenodd arno. Efallai nad oedd ganddi droedle eto yng nghylchoedd pwysig Aberhonddu ond, gydag ymdrech, a chefnogaeth dynion fel Adrian Bromfield, fe newidiai'r sefyllfa. Cerddodd ymlaen yn hyderus i gwrdd â theulu Meyrick.

viii

Pan gododd y llen anghofiodd Margaret bopeth o'i chwmpas ac ymgolli yn y ddrama. Daeth diwedd yr act olaf yn rhy fuan o lawer iddi. Roedd hi'n ail-fyw'r golygfeydd gan anwybyddu'r bobl o'i chwmpas, pan dorrodd llais Lewis ar draws ei breuddwydion.

'Wel, Margaret, oedd y ddrama'n dy bleso di?'

'O oedd! Dw i erio'd wedi mwynhau fy hun gymaint!'

'Gwylia di, dyw hi ddim yn ffasiynol ymddangos yn rhy frwd. Noswaith dda, Mr Jones. Gaf i gyflwyno fy nghyfnither-yng-nghyfraith, Mrs William Gethin? Margaret, Mr Theophilus Jones.'

'Falch o gael y pleser o gwrdd â chi, ma'am. Mae'ch gŵr a fi'n hen gyfeillion. Rwy'n mwynhau cael trafodaeth gyda Mr William Gethin. Ydy e yma?'

'Nac ydy, syr,' atebodd Margaret.

'Trueni. Ddylech chi ddwyn perswâd arno, Mrs Gethin, a'i annog e i gymdeithasu. Nawr, does dim angen y fath anogaeth ar Mr Lewis Gethin.' Gwenodd yn sychlyd braidd ar Lewis. 'Mr Meyrick, sut ydych chi?'

Dechreuodd sgwrs rhwng Mr Jones a Mr Meyrick, a chyfrannodd Margaret air bob hyn a hyn. Mor ddiddorol oedd cwrdd â Theophilus Jones, a William wedi sôn cymaint amdano, yn enwedig am ei lyfr ar hanes Brycheiniog. Trodd ei sylw at Augustus Meyrick; doedd gan hwnnw ddim cymaint â hynny o ddiddordeb mewn sgwrs lenyddol, penderfynodd Margaret. Roedd e'n cadw llygad ar ei berthynas ifanc, Miss Parry, a hithau'n siarad yn hwylus gyda Lewis. Gwell i Lewis fod yn ofalus, meddyliodd Margaret yn faleisus. Un peth oedd i Meyrick ganiatáu iddo chwarae rhan fechan yn ei faterion busnes, ond pe bai'n dangos unrhyw duedd at fod yn or-gyfeillgar ag Elizabeth Parry, ni fyddai Meyrick mor hydrin. Syllodd ar Elizabeth. Efallai y byddai ei pherthnasau'n falch ei gweld yn priodi. Heb waddol sylweddol, doedd un fach gochlyd fel hi ddim yn debyg o briodi'n dda. Edrychodd Margaret yn foddhaus yn y drych a chodi llaw i dwtio'i gwallt euraidd.

ix

'Fe gest ti flas ar y noson, Elizabeth, gobeithio?' gofynnodd Mrs Meyrick. Eisteddai'r ddwy ger y tân yn y parlwr bach.
'Do, diolch yn fawr. Roedd hi'n noson hyfryd.'
'Neu falle dy fod ti'n rhy gwrtais i ddweud fel arall. Nid sôn am y ddrama'r o'n i, er ei bod hi'n dda. Sôn dw i am y ddau ddyn ifanc oedd yn talu cymaint o sylw i ti. Fe dreuliest di dy amser yng nghwmni Mr Lewis Gethin heno, gan anwybyddu Mr Bromfield druan.'
'Roedd gan Mr Bromfield ddigon i'w wneud yn dawnsio tendans ar Mrs William Gethin.'
'Oedd. Mae hi'n siapus iawn, ond does ganddi ddim steil. Ddyle menyw â gwallt melyn ddim gwisgo pinc. Ond dyna fe, mae'n briod, a fydd hi ddim yn ymyrryd ag unrhyw fwriad sydd gen ti ynghylch Mr Bromfield.'
'Dyw e'n golygu dim i fi. Un hunanfodlon yw Mr Bromfield. Dyw e ddim yn ystyried teimladau pobl eraill.'
Syllodd Mrs Meyrick arni'n feddylgar. 'Wyt ti'n teimlo rhyw fymryn o eiddigedd, Eliza? Mae Mr Bromfield wedi bod yma sawl gwaith. Mae'n anodd wedyn ei wylio'n hoelio'i holl sylw ar ferch arall.'
'Does gen i ddim diddordeb yn Mr Bromfield. Fe gaiff dalu sylw i holl ferched Aberhonddu o'm rhan i.'
'A Mr Lewis Gethin?'
Cododd Elizabeth ei hysgwyddau. 'Mae'n gwmni difyr, Modryb Catherine, ond pam y'ch chi'n holi cymaint? Prin fy mod i'n nabod yr un o'r ddau.'
'Does dim angen nabod dyn yn dda cyn ei briodi. I ddweud y gwir, mae'n aml yn well peidio â gw'bod gormod amdano. Na,' meddai wrth weld Elizabeth yn syllu'n syn arni, 'paid â gofyn i fi egluro, alla i ddim. A wna i ddim holi rhagor chwaith—ddim heno, beth bynnag.'
'Ond mae gen i un cwestiwn, Modryb Catherine. Beth oedd eich barn am Mrs Daventry?'

'Dymunol iawn; deniadol hefyd. Dyna beth oedd barn y dynion i gyd, rwy'n siŵr.'

'Ydy hi'n aros gyda Mr Bromfield am gyfnod hir?'

'Ydy, am wn i. Mae ei gŵr yn yr India, a dyw e ddim yn debyg o ddychwelyd am amser.'

'Rwy'n gweld.'

'Cystal inni fynd i'n gwelyau,' meddai Mrs Meyrick. 'Daw'r sefyllfa'n gliriach yn y man, rwy'n siŵr.'

'Mae'n ddigon clir nawr, yn fy marn i,' atebodd Elizabeth yn siarp. 'Dim bod gwahaniaeth gen i, chi'n deall.'

'Rwy'n deall yn iawn. Nos da, Elizabeth, cysga'n dawel.'

Ond ni ddaeth cwsg yn hawdd i Elizabeth. Gorweddodd ar ei chefn, a digwyddiadau'r noson yn fyw yn ei chof. Cofiai Lewis Gethin yn gwenu arni, ond wedyn deuai atgof amdano'n gwrando ar siarad Louisa Daventry. Ac roedd ei modryb Catherine wedi deall yn iawn pam yr oedd hi, Elizabeth, wedi holi am hyd ymweliad Louisa. Câi hi ddifyrrwch o'r cyfan; roedd Elizabeth wedi sylwi ar y wên slei ar ei hwyneb. A dyna a'i gwnaeth yn amhosibl holi am y sgwrs rhwng Augustus Meyrick a Lewis. Roedd Lewis yn mynd ar daith, roedd wedi deall cymaint â hynny. Ond i ble roedd e'n mynd, ac am ba hyd? Roedd rhaid iddi gael gwybod. Ni châi foddhad bellach mewn darllen a marchogaeth a chanu'r delyn; Lewis Gethin oedd yn llenwi ei meddwl.

12

i

Cerddodd Hugh Pritchard ar hyd y Struet a golwg bryderus ar ei wyneb. Gan fod pethau'n dawel yn y siop, cawsai ganiatâd ei feistr caredig i orffen ei waith yn gynnar. Pwysodd ar baraped y bont dros afon Honddu a gwylio'r dyfroedd byrlymus yn llifo oddi tano, wedi'u chwyddo gan holl law'r dyddiau diwethaf. Roedd ei feddyliau'n llawn o Sara. Gwyddai ei bod yn ei osgoi bob cyfle a gâi, ac ni wyddai pam. Oedd rhywun wedi bod yn lledu storïau amdano—Martha, efallai? Na, roedd honno wedi bod yn gefnogol iddo bob amser, a gallai weld ei bod hithau hefyd yn becso am Sara.

A'i ben yn llawn gofidiau, anwybyddodd Hugh sŵn traed yn dynesu at y bont. Trodd i weld gwrthrych ei feddyliau'n camu'n frysiog tuag ato.

'Sara! Beth wyt ti'n 'neud yma?'

Edrychodd hithau ato, ei gwallt wedi'i chwipio gan y gwynt a'i llygaid tywyll yn wyliadwrus. 'Wy 'di bod ar neges i Martha.'

'Ddylet ti ddim fod allan mor hwyr ar dy ben dy hun.'

'Do'n i ddim yn disgw'l bod mor hir. Fe fydd Martha'n aros amdana i.'

Gwthiodd heibio i Hugh a rhedeg i ffwrdd gan ei adael yn syllu ar ei hôl. Pa neges allai fod wedi dod â hi i Goed y Priordy? Trodd i edrych i gyfeiriad y coed tywyll, moel. Yn y pellter gwelodd rywbeth lliwgar, ac wrth iddo gerdded tuag ato fe glywodd sŵn lleisiau uchel, llawen. Wedyn cododd llais unigol, cryf, gan ganu cân oedd yn gyfarwydd iddo. 'Dwy foch goch a dau lygad du.' Disgrifiad perffaith o Sara ar y bont. Roedd Hugh'n ddigon agos yn awr i weld cylch o bobl yn gwrando ar y canwr. Arhosodd i wylio; roedd rhai yn gyfarwydd iddo o ran eu golwg. Pobl y theatr oeddyn nhw; ddylai Sara ddim treulio'i hamser yn eu cwmni nhw. A ddylai gael gair â William Gethin? Roedd yn beryglus i ferch ifanc grwydro ar ei phen ei hun yn y goedwig; eto doedd e ddim yn hoffi'r syniad o gario clecs i William. Martha 'te; fe wrandawai Sara arni hi. Ond ai'r actorion oedd wrth wraidd y newid ynddi hi? Trodd i fynd yn ôl i'r dre.

ii

Caeodd Sara'r ffenest cyn sleifio allan i'r iard. Roedd y tywydd mawr wedi mynd heibio erbyn hyn, ond teimlai oerfel gwynt mis Mawrth wrth iddi gefnu ar wres y tŷ. Oerfel, ond hefyd cyffro, a barodd iddi grynu wrth fynd yn dawel bach ar hyd Lion Street. Doedd dim lleuad; wedi iddi adael prif strydoedd y dre, dim ond goleuadau'r sêr a fyddai gyda hi. Aeth heibio i'r Golden Lion, gan osgoi golau'r llusern wrth y drws agored. Wedyn aeth yn gyflym ond yn wyliadwrus ar hyd y Struet. Doedd hi erioed o'r blaen wedi bod allan mor hwyr ar ei phen ei hun. Fel arfer, byddai hi a'i chariad yn cyfarfod pan âi ar ryw neges dros Martha neu Margaret Gethin. Dyna oedd y drefn yr wythnos ddiwethaf pan ddigwyddodd daro ar Hugh ar y bont.

Nawr roedd hi ar y bont unwaith eto ac oedodd i wrando. Doedd fawr ddim i'w glywed ond sŵn yr afon oddi tani. O'i blaen safai'r goedwig dywyll. Gartref, gyda'i theulu, fyddai hi ddim wedi breuddwydio am fentro allan fel hyn. Celai llu o beryglon yn lonydd tywyll Pen-dre, a chyn gadael cartref bodlonai ar wres y tân a chwmni'i brodyr. Daeth ton o hiraeth drosti. Dymunai brofi unwaith eto sicrwydd tŷ ei phlentyndod, gyda'i theulu o'i chwmpas. Ond roedden nhw i gyd wedi mynd; ei rhieni wedi marw a'i brodyr wedi gadael. Doedd dim modd troi'n ôl. Sgrechiodd tylluan, a daliodd Sara'i gwynt yn ofnus. Rhedodd creadur bach ar draws ei llwybr a chydiodd hithau'n bryderus ym môn coeden. Fyddai hi wedi dod i'r fangre hon oni bai am y sibrydion, tybed? Fe wyddai'n iawn eu bod nhw'n gelwydd, ond roedd am ei glywed yn eu gwadu. Aeth yn ei blaen yn ddyfnach i dywyllwch y coed. Rhaid oedd bachu ar unrhyw gyfle i fod gydag e, ac anwybyddu'r straeon, yn enwedig ar ôl y tro diwethaf, brin wythnos yn ôl. Teimlai Sara gyffro yn ei mynwes wrth gofio. Roeddynt wedi cytuno i fod yn ofalus am dipyn, er mwyn lleddfu ychydig ar amheuon Martha, ond cyn hir fe fydden nhw'n datgan wrth bawb eu bod yn caru'i gilydd. Arhosodd i glustfeinio. Beth oedd yn ei gadw cyhyd, tybed?

Ymhell i ffwrdd yn y dre gallai glywed criw o loddestwyr yn gweiddi, ac ambell gi'n cyfarth. Gallai deimlo'r awyr oer fel cyllell ar ei chroen a cherddodd yn ôl ac ymlaen, a'i breichiau wedi'u lapio'n dynn o gwmpas ei chorff. Sgrechiodd y dylluan eto, a'r sgrech yn cael ei dilyn gan ru taran. Roedd storm ar dorri. Disgynnodd y diferion cyntaf arni, er bod y coed yn rhoi rhyw gysgod iddi. Roedd yn gas ganddi storm daranau, ac ni fynnai aros ddim mwy. Dechreuodd redeg yn drwsgl, gan fwrw yn erbyn y brigau a baglu dros wreiddiau. Yna, er mawr ryddhad iddi, fe'i gwelodd yn cerdded tuag ati a rhedodd yn syth i'w freichiau.

'Wel, 'na groeso, myn uffarn i!' Arswydodd Sarah a cheisio tynnu'n ôl. Cadwodd y dyn ei afael arni'n ddiymdrech. 'Nawr paid ti ag esgus nag wyt ti'n falch 'y ngweld, 'mechan i.'

Ymbalfalodd yn ei dillad a sgrechiodd Sarah.

'Dim pwynt g'neud 'ny, ferch. Do's neb 'ma i dy glywed di.'

'Gad i fi fynd! 'Sgen ti ddim hawl! Gad i fi fynd!'

'Dim peryg.'

'Gad i fi fynd! Dw i ddim yn dy nabod ti!'

'Fe fyddi di'n 'y nabod i'n eitha da cyn hir, paid ti â phoeni!'

'Fe fydda i'n dweud!'

'Wrth bwy? Dere mla'n nawr, paid â chodi helynt. Be wyt ti'n ddisgw'l, mas ar dy ben dy hun yn y nos? Dim iws esgus dy fod ti'n ferch dda. Fydde merch dda ddim yma. Rhaid i buten fel ti 'neud y gore o bethe.'

Trawodd Sara ef ar draws ei wyneb cyn iddo'i thaflu i lawr ar y dail crin. Teimlodd ei bwysau yn drwm arni. Crafodd Sara, a chnoi, ond yn ofer.

iii

Ar ôl anfon Hugh adre, aeth William i eistedd o flaen y tân. Trueni mawr i'r llanc fod yno pan ddaethon nhw o hyd i Sara. Byddai'n well pe na bai wedi ei gweld yn y fath gyflwr, druan ohoni. Ac wedyn yr holl ffwdan ar ôl cyrraedd y tŷ. Margaret yn sgrechen ar y forwyn am iddi greu sgandal ac arno ef am ddod â phutain i'r tŷ! Lwcus bod Martha yno i dawelu pethau.

Am fisoedd roedd wedi gwrthod cydnabod sawl peth annifyr am Margaret. Ceisiai ei gweld o hyd fel y ferch ifanc, bert a ddaeth i'w siop i chwilio am Lewis, ond rhaid oedd wynebu'r ffeithiau. Doedd ganddyn nhw fawr ddim yn gyffredin, ar wahân i'r plentyn. Efallai nad oedd hynny o bwys. Roedd ei lyfrau ganddo, a chan Margaret ei diddordebau hithau. Gallai weld pa mor bwysig oedd ei chyfeillion newydd yn ei golwg hi, ond doedd dim rheswm dros iddi droi fel y gwnaeth hi ar Sara am ei bod yn ofni i Bromfield a'i chwaer ddod i glywed am y trais.

Gwelai'n awr mai gwarchod ei hun yr oedd Margaret pan gytunodd i'w briodi, a Lewis wedi chwalu ei gobeithion drwy fynd i Abertawe. A pham y cynigiodd ei phriodi? Oherwydd ei bod hi'n brydferth ac yn ymddangos yn ddymunol. Un gwantan fu e erioed, bob amser yn ildio i gymeriad cryfach. Dyna pam yr oedd Lewis wedi ei dywys i gymaint o helbulon. A nawr roedd ei wendid wedi'i arwain at yr hunllef hon.

iv

Symudodd Lewis Gethin yn ddiamynedd yn ei gadair cyn edrych o gwmpas i ofalu nad oedd neb wedi sylwi arno; ond na, roedd pawb wedi ymgolli yn y gerddoriaeth. Syllodd eto ar Elizabeth Parry. Ymddangosai'n bert iawn, yn eistedd wrth ei thelyn yng nghanol yr ystafell. Fe wisgai ŵn lliw hufen a'i gwallt yn disgleirio yng ngolau'r canhwyllau. Pe bai wedi sylweddoli taw noson gerddorol oedd o'i flaen, byddai wedi dod o hyd i esgus i wrthod gwahoddiad Mrs Meyrick. Edrychodd wedyn ar Bromfield, a eisteddai ar bwys Elizabeth gan wylio pob symudiad o'i heiddo. Na, roedd e'n falch ei fod yno, miwsig neu beidio, er mwyn cadw llygad ar hwnnw. A byddai o fudd iddo gael ei weld mewn noson o'r fath.

Torrodd sŵn taran dros y gerddoriaeth a chododd ei obeithion. Efallai y byddai diwedd ar ganu'r delyn nawr. Ond na, dyma nhw'n annog Elizabeth i ddal ati. Trodd ei sylw at faterion busnes gan wenu wrth gofio am Milbrew'n rhoi arian iddo i brynu badau.

V

'Faint o ffordd sydd i fynd?' gofynnodd Martha. 'Ry'n ni 'di bod yn cerdded am orie, a lwcus nag y'n ni 'di cw'mpo i'r gamlas. Beth oedd yn dy ben di, Hugh, i drefnu cwrdd mor bell i ffwrdd? Dyw'r ferch 'ma ddim yn ddigon cryf i gerdded mor bell ar noson mor oer.'

'Nid y fi drefnodd y man cyfarfod. Dewis Sam, brawd Sara, oedd e,' meddai Hugh yn amddiffynnol. 'Wyt ti'n iawn, Sara?'

'Ydw,' atebodd honno, gan dynnu ei chlogyn yn dynnach o'i chwmpas. 'Wyt ti'n siŵr o'r ffordd?'

'Wrth gwrs 'y mod i! Dw i ddim yn dwp, ti'n gw'bod.'

'Mae'n flin gen i. Ond ma' pob man mor dywyll. Dw i ddim yn deall shwt wyt ti'n gw'bod y ffordd.'

'Dw i yn gw'bod, 'na'r cwbwl.'

'Ti'n garedig iawn, yn g'neud yr holl drefniade drosta i.'

'Dim trafferth,' ebe Hugh. 'Roedd hi'n ddigon hawdd ffindo dy frodyr yn y Dolphin, ac wedyn pan glywon nhw . . . Hynny yw, pan ddeallon nhw dy fod ti am fynd atyn nhw i fyw, ro'n nhw ar ben 'u digon.'

'O'n nhw, wir? Beth 'wedon nhw am . . . am beth ddigwyddodd?'

'Fawr ddim.'

'Ond ma'n nhw am i fi fynd atyn nhw? Ti'n siŵr?'

'Hollol siŵr! Fyddi di'n iawn yno, Sara, os wyt ti'n mynnu gad'el 'B'ronddu.'

'Rhaid i fi ad'el. Alla i ddim aros yma ar ôl . . .'

''Na ti, 'merch i, paid â chynhyrfu,' cysurodd Martha hi. 'Rwyt ti *yn* mynd. Hugh, ble ry'n ni nawr?'

'Bron cyrraedd. Byddwch yn dawel. Dy'n ni ddim am dynnu sylw. Fe ddyle'r bad fod yn ymyl.'

Ac yr oedd. Funudau'n ddiweddarach, safai'r tri ar lan y gamlas yn gwylio'r ysgraff yn llonydd yn y dŵr, a Sam i'w weld yng ngolau'r lamp yn y blaen. Doedd dim oedi wrth ffarwelio. Un gusan i Martha, un gair gyda Hugh ac wedyn cydiodd Sara yn llaw Sam a dringo i'r bad. Cododd ei llaw ar ei ffrindiau, a symudodd yr ysgraff i ffwrdd, gan ddiflannu yn y tywyllwch.

'Wel,' meddai Martha, 'rwy'n gobeith'o'n bod ni wedi g'neud y peth iawn, ond gyda Sara mor benderfynol doedd dim dewis 'da ni.'

'Digon gwir. Martha, ar ôl y . . . y busnes 'na, roedd hi fel petai hi'n aros am rywbeth. Roedd hi'n neidio bob tro y dôi cnoc ar y drws. Wyddoch chi rywbeth?'

'Dw i'n gw'bod dim byd,' atebodd Martha'n bendant, 'a chyda Sara wedi mynd dy'n ni ddim yn debyg o ga'l gw'bod chwaith.'

'Ond alla i ddim help a meddwl, a phetawn i'n gw'bod, falle byddwn i'n gallu g'neud rh'wbeth.'

'Ti wedi g'neud dy siâr,' atebodd Martha'n garedig, 'a rhaid inni obeith'o taw gwella wneith pethe i Sara o hyn ymla'n. Fe fydd hi gyda'i brodyr, o leia.'

'Ond ma'n nhw mor wyllt, Martha.'

'Gwyllt neu beidio, fe ofalon nhw am 'u chwaer. Nawr brysia, Hugh. Gyda lwc, ddaw neb i w'bod dim am heno.'

vi

'Wedi mynd? Beth chi'n feddwl, wedi mynd?' Syllodd Margaret Gethin yn syn ar Martha.

'Ma' hi 'di gad'el y tŷ,' atebodd Martha. 'Doedd hi ddim yn teimlo fod 'na le iddi hi nawr, debyg iawn.'

'Ac roedd hi'n iawn! Meddyliwch am y peth! Morwyn o'r tŷ hwn yn cerdded y strydoedd â'i dillad yn hongian arni. Does ryfedd iddi esgeuluso'i dyletswydde, a hithe'n g'neud wn i ddim beth yn y nos. Ca'l 'i haeddiant wna'th hi yn y diwedd. Ma' hi 'di mynd o 'ma 'da'r actorion, siŵr o fod.'

'Pa actorion?' holodd Martha.

'Y rhai o'r theatr, wrth gwrs. Fe glywes i iddyn nhw ad'el yn gynnar y bore 'ma.'

'A beth sy 'da nhw i 'neud â Sara?'

'Mwy nag a ddylen nhw, credwch chi fi. Fe gafodd 'i gweld gyda nhw yng Nghoed y Priordy. Fe 'wedodd Hugh wrth William, y noson yr oedd hi ar goll. Dyna shwt daethon nhw o hyd iddi. Un o'r actorion ymosododd arni—os g'naeth rhywun.'

'Welsoch chi'r stad oedd arni?' meddai Martha'n grac. 'Chi'n meddwl taw esgus oedd hi?'

'Falle i'r actorion ddysgu ambell dric iddi hi,' atebodd Margaret. 'Ond ta beth, does dim rhaid i ni boeni amdani. Ma' hi wedi trefnu drosti'i hunan, mae'n debyg.'

'Mae'n gyfleus meddwl felly.'

'Beth arall ydw i i feddwl? Gwell i ti drefnu ca'l merch arall i weini, Martha, ac un barchus sy'n barod i weith'o tro 'ma. Rhaid i fi newid nawr. Rwy'n mynd i gerdded 'da Mrs Daventry.'

13

i

'Mae Lewis Gethin wedi achub y blaen arnat ti, Adrian, rwy'n ofni,' meddai Louisa Daventry. Cydiodd ym mraich ei brawd wrth i'r ddau gerdded yn ôl i'r dre wedi ymweliad ag Usk Place. 'Mae e ar delerau arbennig o dda gydag Augustus Meyrick erbyn hyn, ac mae Elizabeth yn gwrando'n astud ar bob gair a ddaw o'i geg. Fe wneith hi ddarganfod yn ddigon buan mai nid fel yna mae delio gyda dyn fel Lewis Gethin! Cadw draw ryw ychydig, dyna'r ffordd i'w gael ef i ymddiddori. Ond wrth gwrs, ei chysylltiadau, nid Elizabeth ei hun, sy'n ei ddenu yn yr achos hwn.' Edrychodd ar ei brawd. 'Wyt ti wedi pwdu, Adrian?'

'Nag ydw, dw i ddim wedi pwdu. Meddwl rydw i.'

'O, mae'n fater difrifol, rwy'n gweld. Paid â dweud dy fod ti'n caru'r gochen fach a'i thafod miniog?'

'Nag ydw.'

'Wel, beth sy'n dy boeni di 'te? Y posibilrwydd y galle Lewis lwyddo ar dy draul di?'

'Ddim yn union.'

'Beth 'te?'

'Rwyt ti siŵr o fod yn gwybod beth sydd gen i i'w ddweud.'

'Wyt ti'n blino ar Aberhonddu?'

'Ydw. Yn y dechrau, fe gefais fy mhleso'n arw. Roedd yna gwmnïaeth ddymunol . . .'

'A thithe'n creu argraff, yn bysgodyn mawr o Lundain mewn llyn bach.'

'Ac roedd gen i dŷ hyfryd a digon o waith i'm difyrru—fy llyfr taith, Louisa!' wrth weld aeliau ei chwaer yn codi. 'Meddyliais o ddifri am fyw bywyd sefydlog o'r diwedd.'

'Gyda Miss Elizabeth Parry?'

'Fe wyddost yn iawn, chwaer annwyl, am gyfyngiadau fy incwm i. Dyw e ddim yn ansylweddol, ond dyw e ddim yn ddigonol chwaith. Alla i ddim fforddio priodi gwraig heb fod ganddi ffortiwn.'

'Mae gan Elizabeth waddol sylweddol. Neu wyt ti wedi dechrau amau hynny?'

'Does gen i ddim amheuon ynghylch yr arian. Mae Augustus Meyrick wedi dweud digon i'm sicrhau i o hynny. Ac rwy'n credu ei fod e'n f'ystyried i'n well dyweddi i'w nith na Mr Lewis Gethin, hefyd.'

'Mae hynny'n profi ei fod yn ddyn o chwaeth, wrth gwrs. Ond er gwaetha'r ffaith ei fod e o blaid y briodas, rwyt ti wedi penderfynu yn erbyn?'

'Dyw'r syniad o briodi yn apelio fawr ata i.'

'Ond elli di fforddio colli gwaddol Miss Parry, Adrian?'

'Dydw i ddim yn sicr o deimladau Miss Parry. Meddylia, Louisa, pa mor annymunol fyddai cael fy ngwrthod oherwydd ei bod mor ddichwaeth â dewis Lewis Gethin.'

'Rhaid i ti fentro, Adrian, ac ymddiried yn dy allu i swyno. I fod yn blaen 'da ti, dwyt ti ddim mewn sefyllfa i adael i waddol Elizabeth lithro drwy dy fysedd. Mae angen incwm ychwanegol arnat ti. Dwyt ti erioed wedi cadw'n glir o ddyled.'

'Fe fydd pethau'n wahanol iawn yn y dyfodol.'

'Gwahanol? Ym mha ffordd?'

'Fe dderbyniais lythyr y bore yma. Mae'n ymddangos bod ein cyfnither annwyl, Amelia, ar ei gwely angau o'r diwedd, ac mae hi wedi datgan ei bwriad i adael ei heiddo i fi. Mae'n perthnasau eraill yn gynddeiriog.'

'Adrian!' Cydiodd Louisa ynddo a'i gusanu ar ei ddwy foch. 'Mae dy drafferthion ariannol drosodd felly. O, rwy i mor falch. Wyt ti'n siŵr y medri di ddibynnu ar y newyddion hyn?'

'Yn hollol siŵr.'

'Llongyfarchion, fy mrawd annwyl. Rwy'n deall nawr pam wyt ti am adael Aberhonddu. Yr haf fyddai'r adeg orau i werthu prydles dy dŷ. Mae 'na awyrgylch drist yn perthyn i'r dre yn y gaeaf, a rhaid ystyried holl erchyllterau'r siwrnai hefyd. Pan oeddwn i'n teithio yma, ym mis Mawrth, roedd yr oerfel ofnadwy yn y goets bron yn ddigon i'm perswadio i roi'r gorau i'r syniad o fyw mewn tref mor ddiarffordd.'

'Ond aethost ti ddim i ffwrdd, Louisa, ac rwyt ti wedi bod yn hapus yma, on'd wyt ti?'

'Oherwydd dy fod ti yma, Adrian. Dychmyga daith o'r fath a Frederick ar ei diwedd.' Gwasgodd Bromfield ei llaw yn gydymdeimladol. 'Rhaid i mi beidio â meddwl am y peth! Mae India ymhell i ffwrdd, ac efallai . . . Beth bynnag, fi fyddai'r ola i d'annog i briodi. Does gan fenywod ddim dewis fel arfer, ond dwi ddim yn gweld rheswm dros i ddyn ag incwm digonol gymryd y fath gam. Pryd wyt ti'n meddwl cael gwared ar y tŷ?'

'Ddim am ychydig. Rhaid i ti beidio â meddwl fy mod i wedi colli pob uchelgais yn Aberhonddu am i fi benderfynu yn erbyn priodi Elizabeth Parry.' Gwenodd ar Louisa. 'Fe alwn ni ar Mrs William Gethin. Mae hi'n siŵr o roi croeso gwresog i ni. Dere, fe wnaiff cerdded les i ni'n dau.'

'Margaret annwyl!' Camodd Louisa Daventry ymlaen i gyfarch ei ffrind. 'A Mr Gethin hefyd—dymunol iawn. Chi'n edrych yn arbennig o dda, Margaret. On'd yw hi, Adrian?'

'Ydy wir,' cytunodd Bromfield. 'Mae Mrs Gethin yn blodeuo. Dyw'r tywydd mwll ddim wedi effeithio arni o gwbl. I ddweud y gwir, Mrs Gethin, a chithau'n edrych mor dda, mae'n amheus gen i a fyddwch chi'n cytuno â'r cynllun mae Louisa a fi'n bwriadu ei roi ger eich bron.'

'Pa gynllun?' gofynnodd Margaret.

'Mae Adrian a fi wedi penderfynu gadael Aberhonddu am ychydig,' eglurodd Louisa. 'Mae'n flinderus tu hwnt i aros o hyd yn yr un man. Yn fy marn i, mae apêl milwyr i ni'r merched yn deillio o'u cysylltiad ag amrywiaeth o leoedd dieithr ac egsotig. Nid ein bod ni'n bwriadu bod yn uchelgeisiol iawn, ond yn y gorffennol mae Adrian wedi cael manteision garw o gymryd y dŵr yng Nghaerfaddon.'

Methodd Margaret ddweud gair; roedd meddwl am golli cwmni'i ffrindiau yn boenus iddi. Camodd William i'r bwlch.

'Ydych chi wedi profi'r dŵr, ma'am?' gofynnodd.

'Fi?' Chwarddodd Louisa. 'Does 'mo'i angen arna i, achos dw i byth yn dost. Ond rwy'n awyddus i achub ar bob cyfle i ymweld â lleoedd newydd, ac felly rydyn ni wedi penderfynu mynd i Landrindod. Rydym wedi cael adroddiadau addawol ynglŷn â'r dŵr a'r awyr iachus yno.'

'Mae'r dŵr yn llesol iawn,' ategodd Bromfield. 'Mae yno dri math gwahanol, wyddoch chi—yr hallt, y swlffwr a'r haearn, pob un ar gyfer afiechydon arbennig.'

'Debyg iawn,' meddai William yn gwrtais. 'Rwy'n cofio clywed gan Mr Theophilus Jones mai'r hyn a argyhoeddodd ei dad-cu, y Parchedig Theophilus Evans, fod ffynhonnau swlffwr Llandrindod yn ddiogel oedd gweld broga yn dod o'r dyfroedd heb gael unrhyw niwed. Ar ôl gweld y broga, roedd Mr Evans yn frwd i brofi'r dŵr, ac fe'i cafodd yn llesol iawn.'

'Broga! Ych-a-fi!' Crynodd Louisa. 'Welwn ni ddim brogaid, Adrian, gobeithio.'

'Does dim angen i chi ofni gweld brogaid,' meddai William. 'Dydyn nhw ddim yn ymddangos mewn tywydd sych, cynnes. Ond beth am lety?'

'O, does dim anhawster ynglŷn â lletty, Mr Gethin,' eglurodd Bromfield. 'Fe glodforwyd atyniadau Llandrindod gan y *Gentleman's Magazine* mor bell yn ôl â 1748. Honnodd y cylchgrawn fod y cyfleusterau yn rhagori ar rai Caerfaddon. Wedi hynny, fe drowyd yr hen neuadd yn Llandrindod yn westy coeth gan Mr Grosvenor, Amwythig. Mae lle ynddo i gant o welyau. Does dim angen i chi boeni am gysur y boneddigesau.'

'Rwy i wedi clywed am westy Mr Grosvenor, ond rwy'n amau . . .' dechreuodd William, ond torrodd Margaret ar draws ei eiriau.

'Boneddigesau?' meddai hi. 'Chi'n disgwyl cwmni ychwanegol felly?'

'Ydyn wir,' cytunodd Louisa. 'Dyna pam rydyn ni yma, Margaret. Mae'r rhybudd yn fyr, rwy'n cyfaddef. Rydym yn bwriadu cychwyn bythefnos i heddiw—ond fe fyddech yn mwynhau'r daith, rwy'n sicr, a rhaid ystyried y manteision o aros mewn lle mor iachus hefyd.'

Mynd ar daith gyda Bromfield a Louisa! Trodd Margaret i edrych yn apelgar ar William.

'Cer ar bob cyfri,' meddai yntau'n syth. 'Fe wnaiff les i ti.'

'A chewch chi fod yn hollol dawel eich meddwl, Mr Gethin,' addawodd Bromfield. 'Fe gymera i ofal da o'r boneddigesau. Rwy'n bwriadu teithio ar yr heol newydd, ac fe ddown ni'n ôl ar hyd yr hen heol dros Epynt. Mae'n bwysig fy mod i'n gyfarwydd â'r ddwy ffordd —ar gyfer fy llyfr, chi'n deall.'

'Eich llyfr—wrth gwrs,' meddai William. 'Fydde gen i mo'r hyder i ymgymryd â menter o'r fath. Mae angen gwybodaeth am gynifer o bynciau gwahanol: pensaernïaeth, arlunio, cerflunio, botaneg; a hanes wedyn, a dulliau amaethyddu, ac wn i ddim beth arall. Mae'r fenter yn gofyn cymaint gan ddyn, on'd yw hi?'

'Gwir iawn.' Ymdrechodd Bromfield yn aflwyddiannus i edrych yn ddiymhongar. 'Gresyn bod nifer mor sylweddol o awduron anghymwys yn mentro i'r maes.'

'Efallai, syr,' awgrymodd William, 'y gwnân nhw well gwaith pan fydd eich gwaith chi o'u blaenau nhw'n esiampl.'

ii

'Pam yn y byd y dwedest ti'r fath beth?' gofynnodd Margaret yn grac ar ôl i'r ymwelwyr adael. 'Roedd Mr Bromfield yn gw'bod yn iawn dy fod ti'n g'neud sbort am 'i ben e. Wyt ti am i fi golli'r unig ffrindie sy gen i?'

'Ddim o gwbl, er y bydde'n well gen i dy weld ti'n dewis dy gyfeillion o blith hen deuluoedd Aberhonddu, yn hytrach na . . . ond weda i ddim rhagor.'

'Dwyt ti byth yn ymdrechu i sicrhau fy mod i'n ca'l y parch y ma' gen i'r hawl i'w ddisgw'l gan hen deuluoedd Aberhonddu. Meddylia am yr holl sgyrsie ti'n ca'l 'da Mr Theophilus Jones. Dwyt ti erio'd wedi meddwl 'i berswadio fe'n gwahodd ni i ginio yn ei dŷ. Ti'n cwrdd â dy ffrindie yn y siop, ac yn becso dim amdana i. Dw i'n gw'bod yn iawn nad wyt ti'n hoffi Adrian Bromfield, ond gan nad wy'n ca'l help gen ti, rhaid i fi ddod o hyd i ffrindie fy hunan.'

Rhuthrodd o'r stafell gan gau'r drws â chlep. Syllodd William ar y lle tân gwag. Doedd dim modd gwadu'r ffaith y byddai'n dda ganddo gael gwared â Margaret am ychydig ddyddiau, er ei fod yn casáu Bromfield ac yn amau doethineb y daith. Ond efallai y byddai pethau'n well wedi i Margaret ddod yn ôl, ac y gwnâi les iddi ddeimlo hiraeth am Richard bach. Ar y funud ni chymerai fawr o ddiddordeb ynddo, er ei fod yn blentyn dedwydd, hawdd ei fagu. Câi ddigon o faldod, wrth gwrs— ganddo ef, a Martha a Jenny'r forwyn newydd. Ond wedyn . . . wel, rhaid oedd gobeithio'r gorau. O leia câi ef heddwch yn y tŷ am sbel, er mae'n debyg y dylai deimlo cywilydd wrth lawenhau yn absenoldeb ei wraig.

iii

Roedd Lewis Gethin ar ben ei ddigon. Roedd pethau'n siapo'n addawol dros ben, a dyma'r lle oedd e, ar fore hyfryd o Fai, yn marchogaeth o Aberhonddu i Gasnewydd, i gymryd rhan mewn cyfarfod oedd i'w gynnal drannoeth. Cyfarfod o berchenogion y Monmouthshire Canal oedd hwn, ac ef oedd yn cynrychioli Augustus Meyrick. Dim ond fel sylwebydd, wrth gwrs, ond i bob pwrpas roedd Meyrick wedi ymddiried ei fuddiannau iddo. Doedd gan hwnnw ddim cysylltiadau uniongyrchol â'r Monmouthshire, ond roedd ei ddaliadau mewn cwmnïau eraill yn ei wneud yn ddyn o bwys. Tasg Lewis oedd pwysleisio'r manteision a ddeuai yn sgil cydweithrediad gyda pherchenogion camlas Aberhonddu. Taw oedd piau hi ynglŷn â'r posibilrwydd y gallai camlas Aberhonddu gario nwyddau i'r de yn ogystal ag i'r dwyrain, ac ni ddylai grybwyll y tebygolrwydd y gwnâi ei thollau is ei galluogi i ddwyn peth o fasnach y Monmouthshire. Crychodd Lewis ei dalcen. Byddai'n rhaid iddo fod yn ofalus. Roedd ennill cefnogaeth Augustus Meyrick yn hanfodol i'w ddyfodol.

Anghofiodd am y gamlas wrth iddo syllu'n freuddwydiol ar afon Wysg yn disgleirio yn yr heulwen. Ond ni welodd yr afon, na'r coed gwern a'u dail ifanc nac ychwaith y crychydd cam yn hedfan yn isel dros y dŵr. Beth ddylai ei wneud ynglŷn ag Elizabeth Parry? Roedd hi'n gwybod yn iawn sut y teimlai, ond doedd e fawr callach ynghylch ei bwriadau hi. Hwyrach ei bod hi'n disgwyl iddo ofyn iddi ei briodi. Gwenodd Lewis wrth gofio'r ffordd y rhoddodd hi daw ar Bromfield pan oedd hwnnw'n ymffrostio yn ei allu i ddenu ymwelwyr o Loegr i Aberhonddu. Yn eu cyfarfod cyntaf y bu hynny, ac roedden nhw wedi bod ar delerau da byth oddi ar hynny. Yn anffodus, treuliai Bromfield dipyn o amser yn ei chwmni o hyd, a châi groeso digon gwresog ganddi; fel y câi yntau, gan amlaf. Ond a oedd hi'n ddigon hoff ohono i'w briodi? Neu a oedd hi, efallai, yn bwriadu cymryd Bromfield? Neu beth am un o swyddogion y garsiwn, neu dirfeddiannwr cyfoethog? Roedd ganddi ddewis helaeth yn Aberhonddu a'r cyffiniau. Er ei fod yn mwynhau ei ryddid, roedd ewyllys ei dad fel cwmwl ar ei orwel. Elizabeth Parry fyddai'r cymar perffaith iddo; roedd ganddi arian, a gwell na hynny roedd ganddi gysylltiadau gwych. Uwchlaw'r cwbl, roedd e'n ei charu. Roedd y berthynas lawer yn fwy na busnes iddo erbyn hyn, ac fe fyddai'n bleserus gweld wyneb Bromfield pan glywai fod Elizabeth yn mynd i'w briodi.

iv

'Wel, foneddigesau,' meddai Adrian Bromfield yn llawen, 'rydym wedi bod yn ffodus gyda'r tywydd hyfryd, ac mae'r heol newydd yn cynnig golygfeydd rhagorol.'

'Ydy, wir. Rwy'n mawr obeithio, Adrian, fod gen ti dy bapur wrth law iti ddechrau mewn da o bryd ar dy lyfr. Gad i fi gynnig ambell linell. "Cyrhaeddais ddyffryn Gwy, afon brydferth a redai'n gyflym rhwng coed ysblennydd. Oedais am ychydig ar y bont a arweinia . . ." Wel, Adrian, i ble mae'n arwain?'

'I Sir Faesyfed. Ond wyt ti am aros yma, Louisa?'

'Os wyt ti am i fi ddarparu cyfres o luniau i'r llyfr. Oeddet ti o ddifri? Os felly, mae'r llecyn hwn yn addas. Margaret, oes gennych chi unrhyw wrthwynebiad i ni oedi am ychydig?'

'Nac oes, ddim o gwbl.'

Teimlai Margaret yn anhwylus braidd. Doedd hi ddim yn gyfarwydd â theithio mor bell mewn cerbyd.

'Aros biau hi, felly,' meddai Bromfield. 'Ond pwy yw hwn, meddwch chi?'

'Wedi dod i weld y dawnsio, ife?' gofynnodd y gŵr ifanc a ddaeth atynt. 'Ma'n nhw wrthi ers meitin.'

'Dawnsio? Pa ddawnsio?' holodd Bromfield.

'Yn Aberedw, siŵr iawn. Rydyn ni wastad yn dawnsio yn y fynwent ar y pedwerydd diwrnod ar ddeg o Fehefin—mae'n ŵyl ein mabsant.'

'O Adrian, dewch i ni gael gweld,' meddai Louisa'n eiddgar.

'Ydy'r lle 'ma—Aberedw—ymhell?' gofynnodd Bromfield.

'Nac ydy, nac ydy. Pentre pert yw e hefyd.'

'Wel, gan ein bod ni wedi cyrraedd yma ar yr union ddiwrnod, rwy'n ei hystyried yn ddyletswydd arnom ni i fynd i weld y dathliad hwn,' meddai Bromfield. 'Ymlaen â ni felly.'

Gwellodd Margaret ryw ychydig wrth gerdded yn yr awyr iach. Siaradai Bromfield a'i chwaer â'u tywysydd, a chafodd hi'r heddwch i gofio pa mor aml y bu iddi deimlo eiddigedd wrth wylio'r rhai a deithiai yn eu cerbydau drwy strydoedd Aberhonddu. Fe fyddai'n gwybod yn well yn y dyfodol. Crynodd wrth feddwl am y daith hir i Landrindod oedd eto o'i blaen, a'i stumog yn troi gyda phob ysgytwad. Ond ar ôl cyrraedd y dref, fe fyddai popeth yn iawn. Ceisiodd gysuro'i hun wrth feddwl am y gwesty ysblennydd a ddisgrifiwyd gan Bromfield. Yna sylweddolodd fod Louisa yn siarad â hi.

'Hyfryd iawn, yntê, Margaret?' ebe honno wrth edrych ar y pentre o'u blaenau. 'Tai bach twt, a'r nant yn llifo i ymuno ag afon Gwy. Beth yw enw'r nant?' gofynnodd wrth droi at y gŵr ifanc.

'Yr Edw, ma'am,' meddai. 'A dyma ni wedi cyrraedd y fynwent a'r dawnsio.'

'Dawnsio yn y fynwent—rhyfedd yn wir,' meddai Bromfield. 'Rhyw drigain o gyplau'n prancio'n llawen ar feddau eu tadau. Bydd yn rhaid i mi ddisgrifio'r olygfa. Fe rydd wreiddioldeb i'm llyfr, Louisa. Does neb wedi disgrifio dawnsio fel hyn erioed, am wn i. Rwyf wedi achub y blaen ar Skrine a'r gweddill. A thrwy ddod i le bach fel Aberedw hefyd! Pwy fyddai'n meddwl?'

Ysgrifennodd Bromfield yn gyflym a chanolbwyntiodd Louisa ar lunio braslun o'r olygfa. Doedd gan Margaret ddim diddordeb yn yr hyn a ddigwyddai. Eisteddodd ar ei phen ei hun mewn cornel neilltuedig o'r fynwent, a chyn bo hir roedd gwres yr haul wedi ei suo i gysgu.

V

'O'r diwedd,' meddai Louisa. 'Roeddwn i wedi disgwyl cyrraedd Llandrindod ynghynt, ond gyda'r ymweliad ag Aberedw, heb sôn am anallu Adrian i godi'n brydlon . . .'

'Nawr, Louisa, doeddet ti ddim yn brydlon iawn dy hun.'

'Rydyn ni wedi cyrraedd, beth bynnag, dyna'r peth pwysig. Ble mae gwesty enwog Mr Grosvenor?'

Arhosodd y goets yn sydyn a daeth y gyrrwr i agor y drws.

'Gwesty Grosvenor yw hwn?' gofynnodd Bromfield yn amheus.

'Gwesty Grosvenor? Nage wir, syr. Mae hwnnw wedi cau ers meitin, er roedd 'na ryw sôn am ei ailagor, rwy'n meddwl. Tafarn fwya Llandrindod yw hon. Dyna beth ddywetsoch chi wrtha i—am fynd â chi i'r dafarn fwya.'

'Mae hynny'n nodweddiadol ohonot ti,' meddai Louisa'n chwerw. 'Rwyt ti'n rhy ddi-hid i ddim, Adrian. Rwyt ti'n clywed hanner stori ac yn dychmygu'r gweddill, ac wedyn yn tynnu llw fod y rigmarôl yn wir bob gair.'

Edrychodd Bromfield yn benisel. 'Mae'n flin gen i, Louisa, ond dywedodd y *Gentleman's Magazine* . . .'

'Dewch, Margaret,' meddai ei chwaer gan ei anwybyddu, 'fe ofalwn ni bod ein stafelloedd mor gysurus ag sy'n bosibl.'

Ond doedd hi ddim yn hawdd dod o hyd i gysur. Roedd yr awyrgylch yn yr ystafelloedd yn llethol. Gorweddai haenau o lwch dan y gwelyau ac roedd angen eu golchi ar y dillad gwely. Er mawr syndod i Margaret, doedd Louisa ddim fel pe bai'n malio dim.

'Rhaid i bawb sy'n teithio dderbyn sefyllfa fel hon, Margaret annwyl,' meddai hi, 'heblaw, wrth gwrs, am y cyfoethogion, sy'n medru cario eu dillad gwely gyda nhw. Dydy'r lle hwn ddim i'w gymharu â rhai. Pe na baech chi ond yn gweld ambell ystafell yr ydw i wedi cysgu ynddyn nhw! A'r flwyddyn yn union ar ôl i mi briodi, pan oeddwn i'n ddigon ffôl i ddilyn y drwm—wel, dewch inni anghofio am hynny. Mae arna i eisiau bwyd, a chithau hefyd, debyg iawn. Dewch i chwilio am swper.'

Dim ond ennyn gwawd Louisa a wnâi wrth gwyno, penderfynodd Margaret, a doedd hi ddim am ddigio ei ffrindiau. Fe geisiodd gelu ei siom wrth gerdded i ystafell fwyta annymunol. Archebwyd swper, ac wrth iddyn nhw aros holodd Bromfield a Louisa ymhellach am westy Mr Grosvenor.

'Bonheddwr o'r Amwythig oedd hwnnw,' dywedodd perchennog y dafarn, 'ac un oedd yn mynnu cael y gorau ar bawb bob amser. Yr ystafelloedd yn y lle 'na, myn brain i—rhai'n llawn llyfrau, rhai i chwarae biliards a chardiau ynddyn nhw, ac wedyn heidiau o siopau bach yn gwerthu pob math o bethau—a hynny i gyd yn y gwesty ei hun, cofiwch chi. Lle gwych oedd e, ond mae e wedi mynd ers ugain mlynedd bellach. Mae pethau'n gwella eto yn y dre, serch hynny. Mae 'na sôn am adeiladu Pump House . . .'

'Adeiladu Pump House? Ond mae un yma eisoes,' meddai Bromfield.

'Wel mae 'na stafell lle y gellid yfed y dŵr, ond nid Pump House go iawn mohono. Ond peidiwch chi â phoeni. Mae'r ffynhonnau yma, a dyna'r rheswm am eich ymweliad, rwy'n siŵr. Pethau gwyrthiol yw'r ffynhonnau. Wn i ddim faint o drueiniaid sâl sy wedi cael gwellhad o gymryd eu dyfroedd. Maen nhw'n llesol i gyd, ond ar gyfer afiechydon gwahanol, chi'n deall. Y swlffwr rŵan . . .'

'Fe awn ni i'w gweld nhw yfory, diolch,' dywedodd Louisa'n gyflym. 'Doeddwn i ddim am iddo ddweud rhagor,' eglurodd ar ôl i'r tafarnwr frysio o'r stafell. 'Meddyliwch am glywed manylion am bob math o afiechydon annymunol—a chyn swper hefyd. Dyma fe, ar y gair, a ninnau'n barod amdano.'

Ond siom oedd y swper hefyd. Ceisiodd Margaret fwyta'r cig gwydn, y caws di-flas a'r bara sych, tra oedd yn gwrando ar storïau Bromfield a Louisa, ond aeth i'w hystafell wely'n anfodlon. Diosgodd ei ffrog a'i hesgidiau a dringodd rhwng y llieiniau, gan geisio anwybyddu'r brynti.

vi

Edrychodd Margaret yn ddifrïol ar yr ystafell. Doedd hi ddim yn debyg o gwbl i'r Pump Room ysblennydd y buasai'n breuddwydio amdani, a doedd dim ymwelwyr ffasiynol eu gwisg i'w gweld ychwaith. Siom oedd y cwbl. Fe gafodd ryw fymryn o foddhad wrth gofio i Bromfield addo na fydden nhw'n aros am ail noson.

Syllodd Margaret yn flin ar y brawd a'r chwaer. Roedden nhw'n chwerthin wrth brofi dŵr y ffynhonnau. Safai hen ddyn wrth eu hochr yn eu gwylio.

'Mynd ymhell heddi?' gofynnodd hwnnw'n sydyn.

'I Aberhonddu,' atebodd Bromfield.

'Well i chi beidio yfed cymaint o'r dŵr 'na 'te.'

'O? Pam lai? Ydy e ddim yn dda i'r iechyd?'

'Dibynnu beth sy'n bod arnoch chi. Hela chi i garthu mae'r dŵr 'na. Fyddwch chi'n rhedeg tu ôl i'r cloddiau bob cam i 'B'ronddu, credwch chi fi.'

Edrychodd Margaret yn bryderus ar y gwydr yn ei llaw. Roedd hi wedi llyncu tua chwarter y cynnwys drewllyd yn barod. Arllwysodd y gweddill yn frysiog ar y llawr. Roedd wedi cael digon ar ffugio mwynhad. Sylwodd bod Adrian a Louisa'n siarad ac yn chwerthin mor fywiog ag erioed. Fe fydden nhw'n mynd ar deithiau eraill a chwrdd â chyfeillion newydd, ond doedd dim dewis ganddi hi ond dioddef blynyddoedd anniddorol yng nghwmni William. Trodd i fynd allan o dŷ'r ffynhonnau i chwilio am awyr fwy iachus.

'Mrs Gethin! Arhoswch amdana i!' Roedd Adrian Bromfield yn camu'n gyflym ar ei hôl. 'Mae Louisa wedi penderfynu gwneud sgets neu ddwy. Gan ein bod ni yma, fe ddylen ni geisio cael cymaint o werth ag sy'n bosibl allan o daith sydd wedi profi braidd yn siomedig.'

'Siomedig iawn,' meddai Margaret.

'Fe weles ichi daflu'r dŵr.'

'Roedd e'n drewi.'

'Mae angen stumog gref i'w lyncu, ond mae pawb yn dweud ei fod e'n llesol. Ond rwy'n llawn edifeirwch. Fi sydd ar fai am beidio â holi'n fanylach ynglŷn â chyfleusterau Llandrindod. Does gen i ddim hawl i ddisgwyl maddeuant gennych chi.'

'Peidiwch â phoeni am y peth, Mr Bromfield. Ond fe fyddai'n dda gen i fynd yn ôl i'r dafarn.'

'Fe ddo i gyda chi. Fe fydd yn braf cael awyr iach ar ôl yr oglau ar bwys y ffynhonnau.'

Doedden nhw fawr o amser yn cyrraedd y dafarn. Fe aeth Margaret i mewn a dechrau dringo'r stâr.

'Fe a' i i'm siambr a gorffwys am ychydig,' meddai, 'er mwyn bod yn ffres ar gyfer y daith yn ôl.'

'Dydw i ddim yn dawel fy meddwl,' ebe Bromfield, gan ei dilyn. 'Rwy'n methu diodde'ch ffromi, er fy mod i'n gwybod fod gennych chi bob hawl i ddal dig.' Agorodd ddrws y siambr iddi gan gamu i mewn ar ei hôl a chau'r drws.

'Annwyl, annwyl Margaret, fe roddwn i'r byd am osgoi'r gofid yma ichi. Fe alla i ddeall sut rydych chi'n teimlo.' Cydiodd yn ei dwy law a'u gwasgu. Yna tynnodd hi ato i'w chofleidio. 'Wnewch chi faddau i fi?'

Ceisiodd Margaret ei rhyddhau ei hun o'i afael ond roedd llawer yn gryfach na'i olwg. Ni wyddai beth i ddweud wrtho a doedd hi ddim am sgrechen. Fe allai hynny ddod â'r forwyn i'r ystafell. Yn ei sgil fe ddeuai cwestiynau, awgrymiadau a sgandal go iawn, a byddai'n colli cyfeillgarwch Adrian a'i chwaer am byth. Ac roedd yn rhy hwyr. Caeodd gwefusau Bromfield am ei cheg wrth iddo'i gwthio'n ôl at y gwely. Rhuthrodd meddyliau di-drefn trwy ei phen. Efallai bod digwyddiadau fel hyn yn ddigon cyffredin yng nghylchoedd Bromfield. Beth oedd y stori a glywodd gan Louisa ddoe . . . Fe gafodd ei gŵn ei dynnu oddi ar ei hysgwyddau a llithrodd i'w thraed. Allai hi byth â galw am gymorth nawr, a hithau'n hanner noeth. Roedden nhw wedi cyrraedd y gwely hefyd. Os oedd rhaid i'r peth ddigwydd, fe fyddai'n fwy urddasol i beidio ag ymladd. Gwell iddi feddwl am rywbeth arall tan i'r cyfan fod drosodd, fel roedd hi wedi arfer gwneud gyda William. Ond roedd Bromfield yn wahanol i William. Yn wir, parodd iddi gofio am foment am Lewis, ond buan yr aeth Lewis o gof a hithau ar goll mewn môr o deimladau newydd.

14

i

Safai Lewis wrth adfeilion y castell. Oddi tano, gan rannu'r gefnen yr eisteddai'r castell arni oddi wrth y dre, rhedai afon Honddu drwy gwm dwfn ar ei ffordd i ymuno ag afon Wysg. Amgylchynid Aberhonddu bron yn gyfan gwbl gan furiau'r hen dre ganoloesol, ond codai tai newydd ar lan orllewinol afon Honddu ac ar y tir gwastad yn Llan-faes, ac fe fyddai rhagor yn cael eu codi cyn hir i'r de o'r Watton, o gwmpas basn y gamlas. O wybod hyn, teimlai Lewis ar ben ei ddigon; fe ddeuai llewyrch y dre â manteision iddo, ac roedd yn ymfalchïo yn y cysylltiad agos rhwng ei dynged ef a dyfodol y dre. Yma, ym mro ei febyd, roedd e am lwyddo.

Trodd i edrych i fyny'r afon i gyfeiriad Usk Place. Roedd wedi galw yno ddoe, gan obeithio cael sgwrs gydag Elizabeth Parry a gwneud ei fwriadau yn ei chylch yn hollol eglur. Er nad oedd hi yno, cawsai dderbyniad cyfeillgar gan Augustus Meyrick.

'Mae fy ngwraig ac Elizabeth wedi mynd i'r dre,' eglurodd. 'Dewch i'r llyfrgell, Mr Gethin. Dw i ddim yn gw'bod pa neges sy ganddyn nhw; wedi mynd i alw ar rywun, neu i drafod y ffasiyne diweddara gyda Mrs Millington, mae'n debyg. Dyma sy'n digwydd wedi i'r archddiacon drefnu parti ar Ben-crug, wyddoch chi. Ond gan eich bod yn ddibriod, hwyrach na wyddoch chi ddim. Mae'r boneddigese i gyd am ga'l dillad newydd ar gyfer yr achlysur.' Gwenodd ar Lewis. 'Rwy'n ame rywsut nad hynny sy wedi dod â chi yma, ond rwy'n mawr obeithio yr ymunwch chi â ni ar y diwrnod.'

Derbyniodd Lewis wydraid o win. 'Fe fydde'n anrhydedd bod yn eich cwmni chi, Mr Meyrick.'

'Dyna ni, 'te, mae'r peth wedi'i setlo. Ond dwedwch wrtha i, Mr Gethin, beth yw hanes eich menter ddiweddara chi?'

'Yr ysgraffe? Menter fach iawn, mewn gwirionedd.'

'Ond un lewyrchus, rwy'n credu. Unwaith y bydd gennym ni gysylltiad uniongyrchol â chamlas y Monmouthshire fe welwn ni gynnydd mawr yn y nwydde gaiff 'u cludo. Fe fydd 'na hen ddigon o fusnes i bawb, Mr Gethin.'

Teimlodd Lewis ryddhad mawr. Roedd e wedi poeni tipyn ynglŷn ag ymateb Augustus Meyrick i bresenoldeb y badau newydd gwyrdd ar y gamlas.

'Mae'n siom fawr i fi fod cwmni'r gamlas—ein camlas ni, hynny yw—yn dal i chwilio am gyfran o'r pedwar ugain mil o bunne mae'r ddeddf seneddol yn caniatáu i ni 'u codi,' meddai Meyrick. 'Heb yr arian, does dim gobaith i ni ddatblygu. Mae'r fasnach wedi cynyddu'n sylweddol yn barod, wrth gwrs, wedi i'r gamlas gyrraedd Llan-ffwyst a chael mynediad hwylus i ardal y gweithie.'

Efe a ŵyr, meddyliodd Lewis, ac yntau'n rheoli'r Brecon Boat Company yn ogystal â bod yn bartner yn y Brecon Bank.

'Fydde hi'n bosib perswadio ambell ddyn cyfoethog i fuddsoddi yn y gamlas?' gofynnodd. 'Beth am Richard Crawshay neu'n well fyth Edward Frere, Clydach? Fe fydde fe'n siŵr o elwa ar y cysylltiad 'da'r Monmouthshire.'

'Does gen i fawr o obaith o du Crawshay. Fe dalai i gael gair ag e, falle, ond dydw i ddim yn ffyddiog. Yn y Glamorganshire Canal y ma' 'i ddiddordeb e. Ond ma' sefyllfa Frere yn dra gwahanol. Pam na siaradwch chi ag e?'

'Fi? Mynd i'w weld e, chi'n feddwl?'

'Pam lai? Mae'r cyfan cyn bwysiced i chi ag i fi erbyn hyn. Fe allwch chi gymryd eich amser a chael golwg ar yr ardal i gyd. Ma' gweld lle newydd yn siŵr o fod o fudd i ddyn sy'n gw'bod beth yw beth.'

Gweniaith, meddyliodd Lewis, ond roedd yn argoeli'n dda fod Meyrick am iddo weld Frere.

'Chi'n iawn, Mr Meyrick,' meddai. 'Fe ddyle rhywun ga'l gair 'da Frere.'

'A chi yw'r dyn. Fe gewch berswâd arno, rwy'n siŵr. Ma' 'na ormod o oedi wedi bod, a ninne mewn peryg o golli ewyllys da cyfarwyddwyr y Monmouthshire.'

'Fe a' i cyn gynted ag sy'n bosib.'

'Da iawn, chi. Ond cofiwch am y parti ar Ben-crug. Rwy'n disgwyl cael eich cwmni yno, Mr Gethin.'

'Rwy'n edrych ymlaen, Mr Meyrick.'

Roedd Lewis wedi cerdded ymaith gan deimlo'n fodlon â'r sgwrs; Augustus Meyrick yn parchu ei farn ac yn ei ystyried yn ddyn o bwys yn y dre. Doedd hi ddim yn afresymol disgwyl iddo gymeradwyo priodas rhyngddo ac Elizabeth. Roedd Meyrick yn iawn ynglŷn ag ardal y gweithiau hefyd, a byddai'r daith i weld Frere yn gyfle da iddo ddysgu mwy am yr hyn oedd yn digwydd yno. Byddai'n lletchwith gadael Henblas a'r cynhaeaf ŷd ar fin dechrau, ond fe ddôi Josh a'r lleill i ben yn iawn hebddo.

ii

Ble yn y byd oedd Wil? Edrychodd Lewis yn ddiamynedd i gyfeiriad Aberhonddu, ond doedd neb i'w weld. Wedi iddo ddweud cymaint wrth ei gefnder am bwysigrwydd y daith i Glydach, fe ddylai fod wedi ymdrechu i gyrraedd yn brydlon.

'Yma o hyd?' Daeth Milbrew ato ger y stablau. 'Ro'n i'n disgw'l i ti fynd cyn i fi gwpla yn y llaethdy.'

'Rwy'n aros am William. Be sy'n 'i gadw fe, tybed?'

'Fe ddylet ti fod yn nabod Wil erbyn hyn. Rhywun wedi dod i'r siop, mae'n debyg, a Wil yn dechre sgwrsio ac anghofio'r amser.' Arhosodd am funud i wrando. 'Ma' 'na geffyl yn nesáu.'

Ymhen ychydig gwelodd y ddau geffylau'n dod rownd y gornel.

'Wil sy 'na, ond ma' Margaret 'da fe,' meddai Lewis.

'Ydy hi wir? Ma' fe 'di dod â hi i 'ngweld i, siŵr o fod. Does dim tamed o whant 'i chwmni hi arna i, ta beth. Drycha arni o ddifri, Lewis, a'r wisg biws 'na. Digon i godi ofan ar y ceffyle.'

'Mae'n edrych yn hardd iawn.'

'Does dim busnes 'da hi i edrych mor ffasiynol, a hithe'n wraig ac yn fam hefyd. Does gen i ddim amynedd 'da hi.'

'Ma' Margaret wedi penderfynu dod gyda ni,' eglurodd William ar ôl iddo gyfarch ei fodryb a'i gefnder. 'Ma' angen newid aer arni hi.'

'O? Ro'n i'n meddwl i ti ga'l digon yn Llandrindod,' meddai Lewis yn oeraidd wrthi.

'Cyfle rhy dda i'w golli,' meddai Margaret gan dderbyn gwahoddiad Milbrew i fynd i'r tŷ.

'Be sy'n bod arnat ti, Wil, yn dod â hi 'da ti? Nid taith bleser yw hon, wyddost ti. Ma' 'da ni fusnes go bwysig.'

'Fe wedes i hynny wrthi hi,' atebodd William yn anhapus, 'ond ma' pethe wedi bod yn anodd iawn ers iddi ddychwelyd o Landrindod. Dyw hi ddim 'di bod mewn hwylie o gwbwl, a phan 'wedodd hi 'i bod hi am ddod 'da ni, do'n i ddim yn gallu gwrthod.'

'Ydy hi'n gw'bod bod y daith yn hir a blinedig ac y gall gwaith haearn Frere ddifetha'r dillad crand 'na sy 'da hi?'

'Paid â gor-ddweud, Lewis. Rwyt ti 'di dweud bod grwpie'n ymweld â rhai o'r gweithie o gwmpas Abertawe, gan gynnwys boneddigese.'

'Sôn am y Cambrian Pottery o'n i. Ma' popeth yno wedi'i drefnu i dderbyn ymwelwyr. Fe fydd y gwaith haearn yng Nghlydach dipyn yn wahanol. A fydd teithio 'da hi'n ddigon annifyr. Dw i byth yn ca'l croeso gwresog ganddi pan fydda i'n galw.'

'Wn i, Lewis, ond ma' hi 'di bod yn isel 'i hysbryd. Dw i'n mo'yn codi 'i chalon hi, os yw hynny'n bosib.' Oedodd am funud. 'Ma' pethe'n anodd braidd—wel, yn anodd iawn. Rhaid i fi ystyried dyfodol ein priodas a buddianne Richard Humphrey. Rwy'n gobeithio'n fawr y bydd hi'n mwynhau'r siwrne ac wedyn, efalle, fe fydd y sefyllfa'n haws.'

'Fydde hi ddim yn ca'l mwy o fwynhad o daith yng nghwmni Bromfield a'i chwaer?'

'Ma' Bromfield a Mrs Daventry wedi gad'el 'B'ronddu,' meddai William yn swta. 'Dylen ni ddechre, Lewis. Wyt ti'n barod?'

'Mae e wedi bod yn barod ers awr neu fwy,' ebe Milbrew'n sychlyd o'r tu ôl iddyn nhw. 'Bant â chi nawr, heb wastraffu rhagor o amser.'

'Lewis, beth am gymryd y llwybr halio?' awgrymodd William ychydig yn ddiweddarach. 'Mae'n wastad a fydd 'na ddim cymaint o lwch.'

'A fe fyddi di'n gallu cadw llygad ar ein sgraffe ni. Rwy'n falch dy weld ti'n diddori ynddyn nhw, gefnder, a thithe'n berchen ar ddwy ohonyn nhw erbyn hyn. Mae'n llwybr cul, cofia, ac fe allen ni gwrdd â cheffyle'n dod o'r cyfeiriad arall.'

'Dewch i ni drio, ta beth,' mynnodd William. 'Fe allwn ni fynd yn ôl i'r ffordd fawr yn Nhal-y-bont, os bydd angen.'

'O'r gore 'te. Fe roddith gyfle i ni ga'l golwg iawn ar y gamlas.'

'Dyw pawb ddim mor frwd â thithe ynglŷn â'r gamlas,' meddai William yn bryfoclyd. 'Ma' rhai'n dweud 'i bod hi'n difetha'r olygfa, ac eraill yn hawlio 'i fod yn beryglus ca'l ffos ddŵr mor agos i'r hewl.'

'Lol i gyd, Wil! Ddylet ti ddim gwrando ar y fath grawcan. Rwy wedi sôn droeon am y manteision a ddaw yn sgil y gamlas.'

'Wyt wir,' ebe William. 'Ma' pawb yn gw'bod beth yw dy farn di.'

Yna sylwodd fod Lewis yn dechrau colli ei dymer. Tawodd a throi i edrych ar yr olygfa o'i flaen. Gorweddai dyffryn Wysg yn heulwen boeth mis Gorffennaf, ond roedd rhyw arlliw o felyn ar ddail rhai o'r coed eisoes. Sut olwg fyddai ar y lle pan fydden nhw'n noeth? Fe ddeuai cyfle iddo weld hynny, fwy na thebyg, pe bai cynlluniau Lewis yn dwyn ffrwyth.

Wrth ddilyn y ddau gefnder, ceisiodd Margaret roi trefn ar ei meddyliau. Roedd newydd dderbyn llythyr oddi wrth Louisa Daventry ac atseiniodd y geiriau yn ei phen:

'Nodyn brysiog, annwyl Margaret, i'ch hysbysu am ddigwyddiad annisgwyl iawn. Rydym newydd glywed bod ein hen gyfnither Amelia ar ei gwely angau (o'r diwedd) ac yn awyddus i weld Adrian unwaith eto. Fe fu cweryl rhwng Cyfnither Amelia a'n cangen ni o'r teulu a than yn bur ddiweddar doedd dim rheswm gennym dros feddwl ei bod hi'n teimlo unrhyw hoffter at Adrian. Ond gan iddi ofyn amdano, ein bwriad yw mynd ati ar unwaith. Fe etifeddodd Cyfnither Amelia £30,000 ar ôl ein tad-cu, a dyw hi ddim wedi gwario fawr ddim ers blynyddoedd. Petai hi'n gadael y cwbl i Adrian . . . Ddywedaf i ddim rhagor, heblaw fy mod yn gobeithio eich gweld eto cyn bo hir.'

Dyna ddiwedd ar geisio cyfle i gwrdd ag Adrian Bromfield ar strydoedd Aberhonddu. Yn y dechrau, ac yntau heb alw arni, roedd hi wedi'i pherswadio ei hun mai tact, neu efallai ansicrwydd ynglŷn â'i theimladau, oedd wedi'i rwystro. Ond ddaeth e ddim. Doedd Louisa, hyd yn oed, ddim wedi bod yn galw'n aml, a phan ddeuai, roedd ganddi esgusodion tila dros absenoldeb ei brawd. Yn y diwedd doedd gan Margaret ddim dewis ond crwydro strydoedd y dre yn y gobaith o daro arno fe, ond welodd hi ddim cip ohono. A nawr roedd wedi gadael Aberhonddu.

'Margaret, paid â loetran fel 'na,' galwodd William yn ddiamynedd. 'Wyt ti'n teimlo'n dost?'

'Ddim o gwbwl. Ro'n i'n edmygu'r olygfa.'

Ni ddywedodd William air pellach, er mawr ryddhad iddi. Doedd hi ddim am roi unrhyw reswm iddo feddwl ei bod hi'n anhwylus. Fe fyddai'n haws pe na bai am gyfogi drwy'r amser. Dyma fel yr oedd hi yn ystod misoedd cyntaf ei beichiogrwydd gyda Richard Humphrey. Fe ddylai hi fod wedi sylweddoli ynghynt, ond roedd ei holl feddyliau wedi bod yn troi o gwmpas Bromfield a'i hawydd i'w weld e eto. Bellach doedd dim modd osgoi'r gwirionedd; roedd hi'n feichiog. Sythodd yn ei chyfrwy. Gyda lwc, gallai'r holl farchogaeth ddatrys ei phroblem; fel arall, doedd ganddi ddim dewis ond dychwelyd i gysgu gyda William. Roedd wedi osgoi gwneud hynny ers tipyn, gan bledio bod ei nerfau'n wael, a bod rhaid iddi gysgu ar ei phen ei hun, ac roedd yntau wedi derbyn hynny. Pe bai'n ymddwyn yn serchog ato, yn fwy dymunol, yn fwy cwrtais ac ystyriol, hwyrach y gallai hi ailgynnau'r hen fflam.

Ymestynnai bryniau coediog, caeau glas a phridd coch dyffryn Wysg o'u blaen, ond i'r dde fe godai bryn moel, serth. Awgrymodd Lewis eu bod nhw'n aros am ychydig i gael lluniaeth mewn tafarn ger y gamlas.

'Glanfa Llangatwg yw hon,' eglurodd, 'a'r odynnau calch yn ymyl—cyfleus iawn. Ma' 'na hen ddigon i gyflenwi anghenion ffermwyr 'B'ronddu, a'r cludo'n rhoi gwaith i'r Brecon Boat Company.'

'O ble mae'r calch yn dod?' holodd William.

'O chwareli lan ar y mynydd. Mae 'na lawer ohono fe ar y Darren, ac mae'n dod lawr ar gefn mulod.'

'Nid ar dramwe?'

'Ddim eto. Fe fydd 'na dramwe cyn hir, dw i'n ame dim, ond i gario haearn, nid calch. Pe bai perchenogion gwaith Nant-y-glo'n dod i ryw gytundeb a dechre cynhyrchu, fe wnâi wahani'eth mawr i'r sefyllfa, ond hyd yn hyn dim ond cweryla ma'n nhw'n 'neud. A dyw'r gamlas ddim mor ddefnyddiol â hynny chwaith . . .'

'Oherwydd nad oes cysylltiad 'da'r Monmouthshire,' gorffennodd William. 'Ond fe ddaw hynny gydag amser. Rhaid bod pawb o blaid.'

'O na, nid pawb. Mae'r rhan fwya o berch'nogion camlas 'B'ronddu'n ddynion lleol, cofia. Be sy'n bwysig iddyn nhw yw cario glo a chalch i 'B'ronddu a chynnyrch ffermydd y cylch i ardal y gweithie. Dyw probleme'r meistri haearn ddim yn golygu dim iddyn nhw.'

'Ond fyddan nhw'n medru osgoi perthynas agosach?' holodd Margaret. 'Fe fydd datblygiad ardal y gweithie'n effeithio arnyn nhw, ta beth yw eu hagwedd nhw tuag ato fe.'

Edrychodd Lewis yn syn arni. 'Do'n i'm yn sylweddoli fod gen ti ddiddordeb, Margaret.'

'Pam lai?' Teimlai Margaret yn grac. Oedd Lewis yn meddwl ei bod hi'n rhy dwp i gymryd rhan mewn sgwrs o'r fath? 'Wel? Oes gen ti ddim ateb? Pam na ddylwn i ddiddori mewn datblygiad sydd o bwys i 'B'ronddu, a minne'n byw yn y dre?'

'Da iawn ti. Tria berswadio dy ŵr i fod mor frwd â thithe. Ond i ateb dy gwestiwn di, mae pobol bwysig y dre'n g'neud 'u gore i fanteisio ar y cyfle i elwa ar y datblygiade diwydiannol, ond ma'n nhw am gadw'n glir o unrhyw gysylltiad agos â phroses mor anwar â chynhyrchu haearn. Dyna pam ma' hi mor bwysig i ni, sy'n gallu gwerthfawrogi maint y newidiade, ymdrechu i ddod yn rhan o'r datblygiade.'

'Rwy'n siŵr eich bod chi'n iawn, eich dau,' meddai William, 'ond cystal inni gychwyn.'

Wrth ddilyn y ddau, syllodd Margaret ar ragfur y mynyddoedd. Roedd yr haul a ddisgleiriai gynt ar y calchfaen gwyn wedi diflannu'n awr, wedi ei lyncu gan gymylau du trwchus o'r de. Gwasgai'r mynydd tywyll ar bentre a glynai wrth ei lechweddau isaf. Trodd ei phen i edrych ar draws yr afon. Gorweddai dyffryn Wysg yn yr heulwen o hyd, a disgleiriai tai gwyngalchog Crucywel dan wybren las.

'Margaret! Dere ymla'n. Ma' storm ar fin torri. Rhaid inni frysio i gyrraedd y Beaufort heb wlychu.' Arhosodd Lewis iddi. 'Be sy'n hawlio dy sylw di?'

'Lewis, fyddwn ni'n mynd lan y mynydd?' holodd Margaret.

'Na, ddim yn union. Does dim pwynt dringo llechwedd serth a hewl gyfleus i fyny Cwm Clydach. Pam wyt ti'n gofyn?'

'Wn i ddim. Mae'n wahanol, rywsut, yn wyllt a diarffordd. Dere, gwell inni frysio.'

Trotiodd ymlaen a Lewis yn ei dilyn. Dechreuodd glaw ddisgyn, yn ysgafn ac yna'n drymach. Lledodd y cymylau dros y dyffryn a thorrodd fflachiadau mellt ar draws y düwch. Canolbwyntiodd y tri ar annog y ceffylau ofnus i groesi'r bont garreg dros afon Wysg. Roedd lefel y dŵr yn codi'n gyflym o achos y glaw yn y mynyddoedd ac roedd eisoes yn taro yn erbyn troed y canllawiau. O'r diwedd cyraeddasant westy'r Beaufort a throtian drwy'r bwa i'r iard. Roedden nhw'n wlyb at eu crwyn wrth fynd i gyntedd yr hen westy ac aeth William a Margaret ar unwaith i'w hystafell i newid. Oedodd Lewis yn y parlwr ac edrych yn fyfyriol ar y lle tân gwâg. Heddiw oedd y tro cyntaf iddo siarad yn iawn â Margaret ers iddo fynd i Abertawe. Meddyliodd eto amdani'n sôn am y mynydd, ei llygaid yn pefrio a lliw pert yn ei bochau. Roedd hi'n llawn asbri. Pe deuai'r cyfle, meddyliodd . . . ond na, roedd hi'n briod â'i gefnder, ac yntau â'i fryd ar Elizabeth. Bai'r awyrgylch stormus oedd y cwbl. Siglodd Lewis ei ben a dringo'r grisiau i'w stafell.

15

i

'Gest ti noson dda o gwsg, Wil?'
'Do, diolch yn fawr i ti, Lewis.'
'Ti'n ffodus. Roedd fy stafell i'n annioddefol o glòs. Wna'th y tarane fawr ddim i glirio'r awyr. Ac roedd dyn yn y stafell drws nesa'n chwyrnu drwy'r nos.' Trodd at Margaret. 'Beth amdanat ti? Ti'n edrych yn llwydaidd braidd. Y tywydd sy'n dweud arnat ti?'
'Siŵr o fod.'
'Falle dylet ti aros yma heddi,' awgrymodd William. 'Yma y byddwn ni heno eto, mae'n debyg, er bod hynny'n dibynnu ar yr hwyl a gaiff Lewis 'da Frere. Ond fe fydde'n ddigon hawdd galw yma amdanat ti ar ein ffordd yn ôl i Aberhonddu. Cyfle i ti edrych o gwmpas y dre, a wedyn gorffwys ychydig cyn wynebu'r siwrne'n ôl.'
Roedd am gael gwared arni, meddyliodd Margaret. Doedd ganddo ddim diléit yn ei chwmni; roedd hynny wedi bod yn boenus o amlwg neithiwr. Syllodd yn swrth ar ei gŵr. Er iddi lwyddo yn ei chynllwynion yn y pen draw, roedd cofio am y dulliau y bu angen iddi eu defnyddio'n peri iddi wingo'n fewnol. Ond doedd hi ddim yn bwriadu gadael i William a Lewis fwynhau'r diwrnod hebddi hi. Fe âi gyda nhw a bod yn gymaint o drafferth â phosibl. Doedd dim angen iddi geisio hudo ei gŵr yr eilwaith, ac roedd unwaith wedi bod yn hen ddigon i William.
'Fe ddof i gyda chi,' dywedodd wrth William. 'Wneith yr awyr iach les i fi.'
'Fel y mynni di. Lewis, fe ddylen ni fod ar ein ffordd.'
Wrth iddyn nhw barhau'r daith, clymai canghennau'r coed uwch eu pennau, gan amgáu'r ffordd mewn cysgod gwyrdd. Wrth ochr yr heol

rhedai'r afon yn uchel rhwng ei glannau oherwydd y storm. I'r dde llifai'r gamlas y tu ôl i sgrin o goed gwern.

'Wyt ti'n siŵr o'r ffordd, Lewis?' gofynnodd William yn amheus.

'Yn berffaith siŵr. Be sy'n dy fecso di?'

'Wel, ardal hollol wledig yw hon. Ble ma'r gweithie?'

Chwarddodd Lewis. 'Ti ddim yn cofio'r mynydde welson ni wrth groesi pont Crucywel bore 'ma? Ma'n nhw yno o hyd, ond fedrwn ni mo'u gweld nhw am ein bod ni o dan 'u hystlys. Falle y bydde'n well gen ti pe baen ni wedi cymryd yr hewl sy'n rhedeg yr ochor arall i'r dyffryn. Ma'r mynydde i'w gweld o'r fan honno, a gweddillion toddfa haearn Glangrwyne hefyd, heb sôn am y dramwe sy'n ei gysylltu â Gellifelen.'

'Pam na chymeron ni'r ffordd honno, 'te?' cwynodd William. 'Fyddwn i 'di hoffi gweld y doddfa haearn, a'r felin bapur yn Llangenni hefyd. Yno ma' Mr Theophilus Jones yn ca'l y papur ar gyfer ei *History of the County of Brecknock*. Ma' fe o blaid defnyddio cynnyrch lleol.'

'Dwêd hanes y doddfa haearn wrtha i,' meddai Margaret yn frysiog. Doedd ganddi ddim awydd clywed rhagor am lyfr Theophilus Jones. 'Ydy hi ddim braidd yn bell o'r meysydd glo?'

'Rwyt ti'n llygad dy le, Margaret. Ma' Glangrwyne'n rhy bell erbyn hyn, gan fod 'na gymaint o gystadleuaeth. Fe godwyd y dramwe cyn i'r gwaith ar y gamlas ddechre. Y bwriad oedd cysylltu'r doddfa haearn â gwaith glo Gellifelen. Fe gafodd y bont oedd dros afon Wysg ei sgubo i ffwrdd gan lifogydd ryw ddeng mlynedd yn ôl a doedd dim dyfodol i'r doddfa haearn wedi hynny. Ma'r dramwe'n dal yno, yn rhedeg dan y gamlas, sy'n cael ei chario gan arglawdd enfawr. Fe gewch chi ei weld cyn bo hir. 'Drychwch, mae'r afon yn gwyro i'r chwith. A dyma ni yn ymyl y dramwe.' Chwifiodd Lewis ei law. 'Ffordd 'na i Langrwyne, y ffordd hon i Glydach.'

'Beth am ddilyn y dramwe i Glydach 'te?' awgrymodd William.

Edrychodd Lewis yn amheus. 'Os mynni di. Mae'n well gen i gadw at yr hewl fawr hyd at lanfa Gilwern. Mae'r dramwe'n rhedeg o dan y gamlas ac ma'n gas gen i dwneli. Beth amdanat ti, Margaret? Wyt ti am fentro?'

Cododd Margaret ei hysgwyddau'n ddi-hid ac aeth y parti bach ymlaen at y twnnel. Creai carnau'r ceffylau garreg ateb iasol a chwympai diferion dŵr ar eu hwynebau. Roedden nhw'n falch o ddod i'r awyr agored a marchogaeth drwy'r coed at olau'r haul.

'Glanfa Gilwern,' eglurodd Lewis, wrth bwyntio i'r dde. 'Tebyg i gartre, on'd yw e, a holl sgraffe'r Brecon Boat Company yno. A dacw'r iard lo sy'n ein cadw ni'n glyd yn ystod y gaea.'

Edrychodd Margaret ar afon Clydach wrth iddi wthio'i ffordd drwy geunant cul. Codai mynyddoedd llyfn, moel o'i blaen. Safai rhes o fythynnod â golwg dlodaidd a thruenus wrth ochr yr heol a phwysai ambell wraig ar ddrws hanner-agored i gael cip ar y boneddigion yn mynd heibio.

'Gweith'o yn y gwaith haearn mae'r rhai sy'n byw yn y bythynnod?' gofynnodd William.

'Rhai ohonyn nhw, debyg, ond pobol y sgraffe sy fan hyn, rhan fwya,' atebodd Lewis. 'Ma'n gyfleus i'r bade, gan fod y lanfa wrth law.'

'Nid cyfleus yw'r gair sy'n dod i'r meddwl ar gyfer y fath dylcie,' meddai Margaret gan grychu ei thrwyn.

'Dyma ni,' meddai Lewis yn fuan. 'Dacw waith haearn Clydach, er 'i bod hi'n anodd 'i weld e o'r fan hon, gyda'r coed ffawydd i gyd yn eu dail. Trueni'n bod ni'n gad'el cyn diwedd y dydd. Meddyliwch shwt olwg sy ar y lle ar ôl iddi nosi, a thân y ffwrneisi'n goleuo'r cwm.'

Ar ôl dilyn un tro arall yn yr heol, roedden nhw ar bwys tŷ mawr gwyn, ei ffenestri'n disgleirio yn yr heulwen.

'Tŷ solet, on'd yw e, Wil?' meddai Lewis. 'Wedi'i godi yn 1693.' Tynnodd eu sylw at y dyddiad uwchben y drws. 'Fel dw i 'di dweud wrthot ti lawer gwaith, ma' modd g'neud arian wrth gynhyrchu. Cymera di'r lle 'ma . . .' Tawodd wrth weld dyn yn troi cornel y tŷ. 'Mr Frere! Shwt y'ch chi, syr?'

'Dydd da, Mr Gethin. Ro'n i'n falch o dderbyn eich llythyr, ac fel dywedes i wrth ateb, fe fydd yn bleser dangos 'y ngwaith i chi.'

'Chi'n garedig iawn. Rwy'n edrych ymla'n. Gaf i gyflwyno fy nghefnder, William Gethin, a'i wraig?'

Gwenodd Frere. 'Dewch i'r tŷ,' meddai, 'a chymryd ychydig o luniaeth. Ydych chi wedi teithio'n bell y bore 'ma?'

'Na, dim ond o Grucywel,' atebodd Lewis. 'Ma' fy nghefnder a Mrs Gethin yn awyddus i gael golwg ar yr ardal tra'n bod ni'n dau yn trafod busnes.'

'Trafod busnes?' Roedd Edward Frere fel pe bai ar fin gwneud sylw pellach, ond ymatal a wnaeth. Tybiodd William mai ei bresenoldeb ef a Margaret oedd yn ei rwystro; llyncodd ei win yn gyflym.

'Rydych chi'ch dau'n awyddus i ddechrau ar eich trafodaethe, rwy'n siŵr,' meddai gan godi. 'Dere, Margaret, fe awn i edrych o gwmpas.'

'Gobeithio y cewch chi'ch pleso gan yr hyn ry'ch chi'n ei weld,' ebe Frere, gan ganu'r gloch am was i'w hebrwng i'r drws.

'Ma' 'nghefnder wedi ymuno â'm menter newydd,' eglurodd Lewis. 'Rhedeg nifer o sgraffe ar y gamlas.'

'Wela i. Ga i ddymuno'n dda ichi?'

'Diolch yn fawr i chi, Mr Frere. Fe ddyle'r gwobre ariannol fod yn sylweddol, gyda lwc.'

'Does neb yn gallu anwybyddu ystyriaethe ariannol,' meddai Frere, wrth droi ei wydr yn feddylgar rhwng ei fysedd. 'Mr Gethin, eich diddordeb yn y gweithfeydd ydy'ch unig reswm dros ymweld â Chlydach?'

'Dw i ddim yn deall.'

'Ga i ofyn cwestiwn arall 'te. Ydw i'n iawn i gasglu eich bod chi yma ar gais Mr Augustus Meyrick?'

'Ydych, mewn ffordd,' cyfaddefodd Lewis.

'A pha neges sydd gennych chi oddi wrth fy nghyfaill annwyl?'

'Mae Mr Meyrick yn awyddus i weld cysylltiad buan rhwng ein camlas ni a'r Monmouthshire. Fel y gwyddoch, mae angen mynediad i borthladd Casnewydd er mwyn g'neud y gore o bob cyfle.'

'Does neb yn fwy ymwybodol na fi o'r ffaith yna,' meddai Frere. 'Mae'r cysylltiad â'r Monmouthshire yn hanfodol bwysig i fi, tra bo'r gweithie 'ma'n dal i gynhyrchu.'

'Dal i gynhyrchu?' Syllodd Lewis yn syn arno. 'Oes 'na beryg . . .?'

'I waith haearn Clydach gau? Dw i ddim yn credu, Mr Gethin, eich bod chi'n llwyr ddeall y sefyllfa. Dyw'r safle hwn ddim yn ddelfrydol ar gyfer y gwaith. Does gen i ddim glo golosg na mwyn haearn wrth law. Rhaid eu cludo nhw ar y dramwe o'r brynie, chwe chan troedfedd uwch y gwaith. Mae'n coste ni'n uwch o lawer na choste'r cwmnïe ym Mlaenafon neu Gendl sy â digon o danwydd a mwyn wrth law'n gyfleus.'

'Rwy'n gweld.'

'Ma' ganddyn nhw fynediad hwylus i gamlas y Monmouthshire ac i'r arfordir hefyd.'

'Wrth gwrs.'

'I gamlas Aberhonddu'n unig ma' tramwe Clydach yn rhoi mynediad, sy'n ddi-werth ar gyfer allforio haearn neu dunplat.'

'Ac ma' Mr Meyrick yn awyddus i sicrhau cysylltiad gyda'r Monmouthshire!'

'Dw i ddim yn ame hynny, ond dyw pawb yn Aberhonddu ddim yn teimlo'r un fath, Mr Gethin. Meddyliwch am y rhai hynny sy â diddordeb yn y gamlas, neu yn y Brecon Boat Company. Ma' ganddyn nhw lo a chalch rhad, ac ma' ganddyn nhw—maddeuwch i fi am ddweud hyn, Mr Gethin—ma' ganddyn nhw fonopoli, i bob bwrpas, ar y fasnach gludo ar y gamlas. Pam y dylen nhw fecso am drafferthion cynhyrchydd haearn sy'n byw ugen milltir i ffwrdd?'

'Fe fydde pawb sy â diddordeb yn y gamlas yn elwa pe bai'r fasnach yn cynyddu.'

'Fydden nhw? Falle bod gwŷr busnes Aberhonddu'n rhag-weld sialens o du cyfranddalwyr y Monmouthshire unwaith ma' 'na gysylltiad rhwng y camlesi. Falle 'u bod nhw'n fodlon ar elw bach ond sicr. Dim ond dynion sy â'r gallu i weld ymhell ac sy'n ddigon dewr i gymryd siawns sy'n debyg o fentro.'

'Mr Frere, fe ges i 'nghomisiynu gan Mr Meyrick i egluro'r cynllun sy ganddo i ddod â'r bobol hyn at 'i gilydd i ga'l estyniad i'r gamlas cyn gynted â phosib.'

Gwenodd Frere. 'Rwy'n dymuno'n dda i Mr Meyrick. Ond nid dymuniade'n unig sy 'u hangen arno, greda i. Ydw i'n iawn?'

'Wel, ydych,' cytunodd Lewis. 'Ma' angen arian hefyd, wrth reswm; swm sylweddol. Roedd e'n gobeithio . . .'

'Peid'wch â dweud 'i fod wedi meddwl ca'l cyfraniad gen i,' meddai Frere. 'Ma' arna i a'm partner, Thomas Cooke, ddyled fawr i'r Brecon Bank yn barod. Fe fydde dod o hyd i swm arall yn amhosib. Fe ŵyr Meyrick y ffeithie lawn cystal â mi.'

'Ond fe dd'wedodd . . .'

'Rhaid i chi ddeall, Mr Gethin, nad chi yw'r unig lysgennnad i ddod yma ar 'i ran. Maddeuwch i fi am siarad yn blaen a falle'n anghwrtais, ond does dim byd mwy anodd i'w ddiodde na cha'l rhywun yn gwasgu am arian nad yw ar gael i fenter sy'n hollol angenrheidiol ar gyfer y dyfodol.' Cododd ar ei draed. 'Dw i ddim yn credu y dylen ni barhau â'r sgwrs, Mr Gethin. Fe awn ni i gael golwg ar y gwaith. Er gwaetha'r anawstere, rydyn ni'n falch o'r hyn sy wedi'i gyflawni yma. Fe fydd yn bleser i mi gael dangos y gwaith i ymwelydd mor ddeallus â chi.'

Safai William a Margaret y tu allan i Dŷ Clydach yn edrych i fyny'r cwm. Llenwai'r gwaith haearn, y dramwe a'r afon y tir gwastad. Codai'r bryniau'n serth o'i gwmpas gan amgáu'r ffwrneisi, y tramiau a'r dynion a redai o gwmpas gan weiddi ar ei gilydd mewn cymysgedd rhyfedd o Gymraeg a Saesneg. Gorchuddid y llethrau isaf gan goed ffawydd ac ar y creigiau uchel ar un ochr i'r cwm safai clwstwr o dai.

'Ydyn ni i fod i gael golwg ar y gwaith haearn?' holodd Margaret.

'Dw i ddim yn credu rywsut. Gawsom ni ddim gwahoddiad gan Mr Frere, ac ma' pawb yn edrych yn brysur tu hwnt. Ond does dim o'i le ar chwilio am olion yr hen weithfeydd, y rhai sy'n dyddio o ddwy ganrif yn ôl.'

'Diddorol dros ben.'

'On'd yw e? Fe ddyle hen ffwrnes Llanelli fod wrth law, a 'drycha ar y dyddiad ar y bythynnod 'na—1603.'

William a'i wersi hanes! Dringodd Margaret i lawr at yr afon. Rhedai'r dŵr yn gyflym dros gyfres o raeadrau ar ei ffordd i ymuno ag afon Wysg. Erbyn hyn roedd y teimladau herfeiddiol oedd wedi ei hysgogi i ddod ar y daith hon wedi hen ddiflannu ac roedd hi'n dyheu am weld diwedd ar y diwrnod a chael gwely cysurus i orffwys ynddo.

'Ble rwyt ti, Margaret?' galwodd William. 'Rwy'n bwriadu dilyn yr hewl hon i weld a yw'n arwain at yr eglwys.'

'O'r gore.'

'Fyddi di'n iawn?'

'Wrth gwrs y bydda i. Falle a' i am dro lawr y dramwe.'

'Wel, paid â chrwydro'n rhy bell.'

Diflannodd William ac eisteddodd Margaret i wylio'r afon. Roedd syched arni, ond fe fyddai dringo i lawr i'r dŵr yn beryglus, a mwy na thebyg y byddai'n methu dringo'n ôl. Edrychodd mewn amheuaeth ar y rhes o fythynnod y tu ôl iddi. Cofiodd i Lewis ddweud mai dynion a weithiai ar y gamlas oedd yn byw ynddyn nhw. Roedd enw drwg gan yr ysgraffwyr ymhlith parchusion Aberhonddu, ond teimlai na allai fynd gam ymhellach heb gael cwpanaid o ddŵr. Cododd a dringodd yn herciog yn ôl at y dramwe.

Wrth iddi ddynesu at y bythynnod, gwelodd eto pa mor druenus oedden nhw. Arhosodd Margaret. Roedd yr haul yn gryf a'i syched yn gwaethygu, ond teimlai'n anfodlon mynd yn agosach. Symudodd ei phwysau'n annifyr o'r naill droed i'r llall cyn troi yn sydyn wrth glywed sŵn y tu ôl iddi. Menyw a safai yno, er mawr ryddhad iddi hi, ond dim ond ei siâp oedd i'w weld yn erbyn golau llachar yr haul. Gwenodd Margaret yn gymodlon arni.

'Dydd da i chi. Allwch chi ddweud ble ma' modd ca'l dracht o ddŵr?'

'Mewn fan hyn.'

Roedd y llais yn gyfarwydd, sylweddolodd Margaret, wrth iddi blygu ei phen dan gapan isel drws y bwthyn. Roedd hi'n dywyll ac yn llawn mwg y tu mewn ac ar y dechrau ni fedrai weld dim.

'Wel, Margaret Gethin, beth sy'n dod â chi i'r parthe 'ma? Peid'wch â dweud taw'ch cydwybod chi sy 'di dod â chi i chwilio amdana i!'

'Sara?' Roedd Margaret wedi drysu'n llwyr ac yn ei chael hi'n anodd anadlu yn y mwg.

'Beth sy'n bod arnoch chi? Ydy'r drewdod yn ormod i chi?' Safodd Sara o'i blaen gan syllu arni. ''Sdim byd 'da chi i ddweud 'te? Ro'ch chi'n ddigon llafar y noson y des i'n ôl i'ch tŷ chi o goed y Priordy. Alwoch chi ddigon o enwe arna i. A 'drychwch arna i, yn gorfod byw yn y twll 'ma a dim byd yn 'yn aros i ond rhoi genedig'eth i blentyn siawns! Chi'n meddwl 'mod i 'di ca'l fy haeddiant, on'd y'ch chi?'

Erbyn hyn roedd yr ystafell wedi peidio â throi o flaen llygaid Margaret, ac roedd hi'n dechrau cyfarwyddo â'r tywyllwch. 'Do'n i ddim yn gw'bod . . .' dechreuodd.

'Ddim yn gw'bod 'mod i 'ma? Thrafferthoch chi ddim i holi ble'r o'n i, na 'neud yn siŵr 'mod i'n saff? Fyddech chi ddim 'di dod yn agos, debyg, pe baech chi'n gw'bod 'mod i'n byw 'ma gyda 'mrodyr?'

'Dy frodyr? Wrth gwrs, ma'n nhw'n gweith'o ar y gamlas.'

'Ac yn byw fan hyn, ar bwys y lanfa, fel nifer o'r badwyr eraill. Ond digon am hynny. Pam daethoch chi 'ma?'

'Am newid bach. Ma' fy ngŵr a Mr Lewis yma hefyd.'

'Rwy'n gw'bod hynny. Weles i chi gyd yn mynd heib'o sbel yn ôl. Braf eich byd chi, yn trafaelu am hwyl. A ble ma'r dynion?'

'Mae fy ngŵr wrth law,' meddai Margaret, oedd yn dechrau teimlo'n anniddig. 'Ma' Mr Lewis yn nhŷ Mr Frere.'

'Felly wir. Mr Lewis Gethin yn dal i ddringo fel mwnci. Dim rhyfedd iddo fe anghofio am y forwyn fach oedd mor ddwl â chredu pob gair wedodd e. Wel, peidiwch â sefyll a'ch ceg yn agored fel 'na. Ry'ch chi'n gw'bod cystal â fi nad yw Lewis Gethin yn sant. Fe glywes i ddigon am 'ych giamocs chi cyn i chi briodi Mr William, druan. Ond o'ch chi'n gallach na fi, 'run man i fi gyfadde 'ny. Roddodd e ddim babi i chi, a ta beth, ro'dd 'da chi ddyn arall i gw'mpo'n ôl i'w freichie fe pan a'th Lewis i Abertawe.'

'Ti'n dweud taw Lewis oedd 'da ti yng nghoed y Priordy?' holodd Margaret.

'Dyna o'dd y bwriad. Ro'dd e 'di trefnu i gwrdd â fi yno, ond weles i ddim argo'l ohono. Cofiwch, ro'n ni 'di bod 'da'n gilydd hen ddigon o weithie cyn hynny. Fe yw tad y babi, does dim dwywaith am 'ny.'

'Os yw hyn yn wir fe ddyle 'neud rhyw ddarpari'eth ar dy gyfer di.'

Poerodd Sara ar y llawr. 'Darpari'eth, 'wedoch chi? Erfyn arno fe i roi arian i fi, ag ynte'n cadw draw pan o'dd angen 'i help e arna i? Dda'th e ddim yn agos i holi ar ôl i fi gael 'y nhreisio. Ta beth, *fe* o'n i mo'yn, nid 'i arian. Chi'n methu deall 'ny, on'd y'ch chi? Priodi'n dda o'dd 'ych bwriad chi o'r dechre, ac fe aethoch chi â'r maen i'r wal. Ond ro'dd pethe'n wahanol 'da fi. Fe gredes i Lewis bob gair. Roddes i ddim coel ar y storïe amdano fe a'r Miss Parry 'na yn Usk Place. Ydy e wedi trefnu pethe 'da hi erbyn hyn?'

'Nag yw.'

'Fe wneith—neu o's ganddo fe r'wbeth gwell mewn golwg nawr? Be dd'wede Mr Frere pe bai e'n gw'bod y gwir amdano fe? Ma' digon o whant arna i 'weud wrtho fe.'

'Be sy'n dy rwystro di? Os caret ti ddial arno fe . . .'

'O, dw i'n mo'yn dial, ac fe fydde 'mrodyr yn teimlo'r un peth pe baen nhw'n gw'bod y gwir. Ond be fydde'n digwydd iddyn nhw pe baen nhw'n 'mosod ar Lewis Gethin? Saffach iddyn nhw feddwl fod y plentyn yn eiddo i ryw drempyn a dreisiodd eu chwaer.'

Ceisiodd Margaret bwyso a mesur stori Sara. Oedd hi'n dweud y gwir? Doedd hi ddim wedi gweld dim i awgrymu bod cysylltiad rhwng Lewis a'r forwyn, na Martha chwaith, am a wyddai hi. Ond cofiodd yn glir yr adegau pan oedd Sara wedi cymryd mwy o amser nag oedd yn rhesymol i gyflawni neges ddigon syml. Gyda Lewis oedd hi bryd hynny?

'Wydde Lewis dy fod ti'n disgwyl?' gofynnodd yn siarp.

'Ro'n i'n mynd i 'weud wrtho fe'r noson honno yn y goedwig. Ond ar ôl i hwnnw 'mosod arna i, ddaeth Lewis byth yn agos. Doedd e ddim yn becso amdana i. Shwt gallen i fod wedi gweud wedyn?'

'Ond ma' ganddo fe gyfrifoldeb.'

'Ddyle fe dalu am 'i bleser, chi'n feddwl. Fedrwch chi ddim deall? Nid mater o arian o'dd y peth i fi. Ro'n i'n 'i garu fe. Ond fyddech chi ddim yn deall hynny. Beth yw cariad i chi, Margaret Gethin? Mae gŵr 'da chi, a chartre clyd, tra 'mod i'n byw mewn twlc ar gardod 'y mrodyr. Pan wy'n meddwl am y peth, allwn i'n hawdd roi cyllell rhwng asenne Lewis Gethin. A dy'ch chi fawr gwell. Damio chi i gyd, 'weda i!'

Symudodd yn fygythiol at Margaret a chododd honno'n gyflym i fynd am y drws. Baglodd drwyddo a rhedeg ar hyd y dramwe i gyfeiriad Tŷ Clydach.

iii

Beth yn y byd oedd yn eu poeni? Edrychodd William yn bryderus ar ei ddau gyd-deithiwr, wrth iddyn nhw farchogaeth adre. Fe'n unig, i bob golwg, oedd yn mwynhau.

'Fyddwn ni wrth lanfa Llangatwg unwaith eto cyn hir,' meddai wrth Lewis.

'Byddwn. Ac fe fydde'n well pe baen ni wedi aros yno.'

Ddywedodd William ddim rhagor ac ymgiliodd Lewis i'w feddyliau annifyr ei hun. Pam roedd Augustus Meyrick wedi ei anfon ar siwrnai seithug? Gwingodd wrth ail-fyw'r cyfarfod â Frere. Roedd wedi ymddangos mor ffôl, yn mynnu egluro sefyllfa oedd yn gyfarwydd eisoes i'r meistr haearn. Pwped oedd e, yn dawnsio i diwn Meyrick, a hwnnw'n benderfynol o gael arian gan Frere. Dyheai am ddweud wrth Meyrick beth oedd e'n feddwl ohono, ond fyddai hynny ddim yn bosibl cyn iddo ddod i ryw ddealltwriaeth gydag Elizabeth.

'Lewis!' Torrodd llais William ar draws ei feddyliau unwaith eto. 'Arafa, wnei di? Allwn ni ddim cadw lan 'da ti.'

'Er mwyn Duw, Wil, nid malwoden wyt ti! Fydde rhywun yn meddwl dy fod ti'n hen ddyn.'

'Margaret oedd yn ei cha'l hi'n anodd mynd mor gyflym.'

'O, Margaret! Fe 'wedes i o'r dechre ma' dim ond trafferth fydde hi.'

Ysbardunodd Lewis ei geffyl nes ei fod yn hanner carlamu yn ei flaen. Edrychodd William yn ymddiheurol ar ei wraig.

'Dyw pethe ddim wedi mynd yn iawn iddo fe,' meddai.

'Paid ag ymddiheuro drosto, William. Dw i ddim yn disgw'l i dy gefnder annwyl 'styried buddianne neb arall.'

Cofiodd eiriau chwerw Sara. Dim ond lwc a fyddai'n ei chadw hi rhag tynged debyg. Doedd hi ddim yn ddiogel eto, a hithau'n cario plentyn Bromfield. Beth wnâi hi pe bai William yn sylweddoli'r gwirionedd? Fe fyddai yn yr un sefyllfa â Sara, a Lewis, yn y bôn, yn awdur ei thrafferthion hithau hefyd.

16

i

Gwyliodd Lewis Augustus Meyrick yn cyfarch un ar ôl y llall o ddinasyddion blaenllaw Aberhonddu, oedd yn gwisgo'u dillad gorau bob un ar gyfer y parti awyr agored ar Ben-crug. Fe ddeuai cyfle iddo ddweud ei farn yn blaen wrth Meyrick am yr hyn a ddigwyddodd yn Nhŷ Clydach. Dim ond iddo setlo pethau ag Elizabeth . . .

'Mr Gethin,' meddai llais meddal wrth ei ochr. Trodd i weld Elizabeth ei hun yn sefyll yno. 'Mr Gethin, oes 'na rywbeth o'i le? Dw i ddim wedi g'neud dim byd i'ch ffromi chi, gobeithio?'

'Nag y'ch.' Gwenodd Lewis arni. 'Shwt allech chi fod wedi fy ffromi i? Y'ch chi'n gw'bod yn iawn 'mod i'n ca'l fy mhleso gan bopeth y'ch chi'n 'i 'neud—heblaw, wrth gwrs, ar yr adege diflas hynny pan ma'n well 'da chi gwmni rhyw ddyn arall. Ond ar hyn o bryd, a ninne gyda'n gilydd, beth alle fod o'i le?'

Gwenodd Elizabeth yn ôl arno. 'Fi sy wedi bod yn rhoi rhwydd hynt i'm dychymyg. Meddwl o'n i 'ych bod chi'n dawel iawn heddi.'

'Falle 'mod i. Rwy'n penderfynu ynglŷn â mater tra phwysig—mater a fydd yn setlo fy nhynged. Allwch chi ddyfalu beth sy gen i dan sylw?'

'Fi? Dw i ddim yn gallu darllen eich meddwl chi, Mr Gethin.'

Ond gwridodd hi wrth siarad. Roedd hi'n gwybod yn iawn beth roedd e'n ei olygu. Doedd hi ddim yn ymddangos yn anfodlon chwaith. Beth am ofyn iddi nawr i'w briodi, gan fod y cyfle wedi'i gynnig? Fe ddylai siarad ag Augustus Meyrick gyntaf, wrth gwrs, ond doedd ganddo fawr o awydd gwneud hynny. Fe fyddai'n haws setlo'r cwbl ag Elizabeth cyn rhoi cyfle i Meyrick gael ymyrryd.

'Elizabeth,' dechreuodd, 'y'ch chi'n gw'bod yn iawn . . .'

'Miss Elizabeth! A Mr Gethin hefyd! Hyfryd iawn! A chithau'n edrych mor brydferth, Miss Elizabeth, yn yr het hudol sy gennych chi.'

'Mr Bromfield, dyma syndod! Roeddwn i'n meddwl 'ch bod chi a'ch chwaer wedi gadael Aberhonddu.'

'Dim ond dros dro. Sut allaf i adael, a chithau yma i 'nenu i'n ôl?'

'Gweniaith,' meddai Elizabeth. 'Alla i ddim credu mai y fi yw'r unig beth sydd wedi peri i chi ddychwelyd.'

'Mae gan Aberhonddu atyniadau eraill i'w cynnig,' cytunodd Lewis, oedd wedi ei gythruddo gan bleser amlwg Elizabeth o weld Bromfield. 'Ydych chi wedi gweld fy nghyfnither-yng-nghyfraith eto?'

'Mrs William Gethin?' Cododd Bromfield ei aeliau. 'Nag ydw, dydw i ddim wedi cael y pleser hwnnw. Ydy hi yma?'

'Dw i ddim wedi ei gweld hi chwaith,' dywedodd Elizabeth, 'ond mae'n anodd gweld neb yn y fath dyrfa.'

'Digon gwir,' ebe Bromfield. 'Ond dydw i ddim wedi cyfarch eich perthnasau chi, Miss Elizabeth, er 'mod i'n siŵr . . . ie, dacw Mr Augustus Meyrick. Mae'n galw arnoch chi, rwy'n credu. Ga i'ch hebrwng chi ato?'

'Fe wna i,' meddai Lewis yn frysiog, ond roedd e'n rhy hwyr. Cydiodd Elizabeth ym mraich Bromfield a cherdded i ffwrdd. Doedd dim i'w wneud ond dilyn.

'Dyw fy ngwraig ddim yn teimlo'n dda,' eglurodd Meyrick wrth i'r tri gyrraedd. 'Mae'r gwres yn ormod iddi ac mae am gael dy gwmni di, Elizabeth, ar gyfer y siwrne'n ôl i Usk Place. Rhaid i ni ofyn i'r ddau ŵr bonheddig i'n hesgusodi ni. Dere, Elizabeth, ma' dy fodryb yn eistedd draw acw yn y cysgod. Prynhawn da, foneddigion.'

'Chyrhaeddais i ddim ar adeg anghyfleus, Mr Gethin, gobeithio?' meddai Bromfield wrth i Meyrick ac Elizabeth ddiflannu yn y pellter.

'Dyw eich presenoldeb—neu'ch absenoldeb, o ran hynny—ddim yn mennu dim arna i.'

'Rwy mor falch o glywed. Gas gen i feddwl 'mod i'n rhwystr i chi mewn unrhyw ffordd.'

Daeth ymyrraeth cyn i Lewis ddod o hyd i ateb.

'Mr Gethin,' dywedodd Louisa Daventry, 'rwy'n falch iawn o'ch gweld chi unwaith eto. Gobeithio'ch bod chi'n mwynhau'r difyrrwch hyfryd hwn.'

'Rwy wrth fy modd, ond os wnewch chi f'esgusodi, mae rhaid i mi gael gair 'da Mr Theophilus Jones.'

'Fe welais i Mr Theophilus Jones yn cerdded mewn cyfeiriad

gwahanol i'r un mae Mr Gethin yn ei gymryd,' meddai Louisa. 'Ddylet ti ddim brysio ar ei ôl e, Adrian, a dweud hynny wrtho?'

'Dw i ddim yn credu rywsut. Dyw Mr Gethin ddim yn teimlo'n gyfeillgar iawn tuag ata i ar hyn o bryd, rwy'n ofni. Wnest ti gyrraedd ar yr adeg iawn, Louisa. Does dim i'w ennill trwy gweryla'n gyhoeddus.'

'A beth yn union wnest ti, Adrian, i wylltio Mr Gethin druan?'

'Torri ar ei draws pan oedd e'n ceisio hudo Elizabeth Parry.'

'Dyw popeth ddim wedi'i drefnu rhyngddyn nhw felly,' meddai Louisa'n feddylgar. 'Fe fyddai Mr Gethin wedi cael boddhad mawr o ddweud y newyddion wrthyt ti, pe bai newyddion ar gael. Siom iddo oedd dy weld ti, heb os. Fe fyddai wedi teimlo'n sicr o Elizabeth pe bait ti wedi cadw draw, 'mrawd annwyl.'

'Fyddwn i wedi bod ymhlith y cynta i'w longyfarch e pe bai fy nghyfnither Amelia wedi gwneud ei hewyllys yn hytrach na siarad am y peth. Pan rwy'n meddwl, Louisa, am yr holl arian oedd bron o fewn fy ngafael . . .'

'Paid â meddwl amdano. Fyddi di'n ddoethach i ganolbwyntio ar ddwyn Elizabeth o dan drwyn Lewis Gethin. Dwyt ti ddim yn awyddus iawn i briodi, Adrian, rwy'n gwybod, ond oes 'na ddim rhyw fymryn o bleser i' gael wrth feddwl am wyneb Lewis pan fyddi di ac Elizabeth yn cyhoeddi'ch dyweddïad?'

Gwenodd Bromfield. 'Bron digon i wneud iawn am y rheidrwydd sy arna i i briodi.'

ii

Eisteddodd Milbrew Griffiths yn ôl yn ei chadair gan edrych draw at Margaret. Doedd dim graen ar y ferch y dyddiau hyn. Roedd ei gwallt euraidd yn anniben a'i gŵn ymhell o fod yn lân. Syllodd Milbrew ar yr ystafell. Doedd fawr o lwch i'w weld, ond doedd neb wedi gwneud ymdrech i'w chymhennu. I ddweud y gwir, doedd Margaret ddim yn edrych yn alluog i wneud ymdrech o unrhyw fath.

'Est ti a William ddim i barti'r archddiacon ar Ben-crug, rwy'n clywed,' meddai Milbrew.

'Doedd William ddim am fynd.'

'Rhy brysur, oedd e? Ydy e'n cymryd mwy o ddiddordeb mewn cludo nwydde ar y gamlas? Ond ma' 'na reswm ym mhopeth, a ti'n edrych fel tase angen tipyn bach o ddifyrrwch arnat ti. Beth sy'n bod? Disgwyl wyt ti?'

'Nag ydw . . . ydw . . . falle. Dw i ddim yn siŵr.'

'Twt, ferch, does dim rheswm i ti fod yn swil! Ma' un plentyn gen ti'n barod, wedi'r cwbwl. Mae lledneisrwydd yn iawn ar gyfer merched ifanc, ond dw i ddim yn gweld diben iddo unwaith ma' menyw'n briod. A sôn am briodi, wy'n credu bod Lewis wedi dod i benderfyniad ynglŷn â'r ferch Parry 'na.'

Sythodd Margaret yn sydyn. 'Ydy e wedi cynnig amdani? A hithe wedi derbyn?'

'Na, dyw e ddim wedi cynnig eto, am wn i. Trio cael sicrwydd taw ymateb ffafriol gaiff e gan ei theulu, siŵr o fod. Does dim amheuaeth am ei theimladau hi, yn ôl beth wy'n clywed. Ro'n nhw yng nghwmni'i gilydd drwy'r amser yn ystod y parti 'na ar Ben-crug. Mae'n hen bryd i'r peth ga'l 'i setlo, â phawb yn disgwyl cyhoeddiad. Os oes 'na oedi fe fydd rhywrai'n dechre clebran, cred ti fi.'

'A beth wnewch chi, Modryb Milbrew, pan ddaw Lewis â gwraig gartre i Henblas?' gofynnodd Margaret yn faleisus.

'Mynd neu aros fel sy'n gyfleus i fi. Ma' gen i ddigon o arian i gael pleso fy hunan. Dyna pam ffansïes i erio'd briodi. Peth ardderchog yw arian, Margaret, ac ar y cyfan does dim digon ohono fe yn nwylo menywod. Hyd yn oed os oes rhywfaint o gyfalaf 'da merch, mae'n meddwl yn rhy aml ei bod hi'n methu os nad yw'n priodi a rhoi ei holl eiddo dan reolaeth rhyw ddyn. Dw i ddim yn deall y peth. Fe fydde menywod lawer yn well eu byd yn trefnu'u pethe'u hunain—y rhai sy'n gallu fforddio gwneud, wrth gwrs. Does dim dewis 'da'r lleill; rhaid iddyn nhw wneud y gore o'r dyn ma'n nhw'n llwyddo i' fachu.' Cododd ar ei thraed. 'A' i drws nesa i ga'l gair bach 'da William cyn mynd adre.'

Daeth Milbrew o hyd i'w nai ymhlith pentwr o lyfrau a phapurau. Nid ymddangosai'n falch iawn o'i gweld hi, ond anwybyddodd Milbrew ei olwg bwdlyd.

'Dyw Margaret ddim yn edrych yn dda o gwbwl, William. Wyt ti ddim yn gofalu amdani fel y dylet ti. Na, paid â thorri ar 'y nhraws i. Do'n i ddim am i ti ei phriodi, fel y gwyddost, ond fe ballest ti wrando arna i na neb arall. Mynnest ti ga'l dy ffordd ac ma' rhaid i ti 'neud y gore ohoni.'

'Rwy'n sylweddoli hynny, Modryb Milbrew, ond beth y'ch chi am i fi 'neud?'

'Nid merch i fodloni ar eistedd yn y tŷ drwy'r dydd bob dydd yw Margaret. Ma' angen rhywbeth i'w diddori. A beth wyt ti'n 'neud? Eistedd fan hyn ac anghofio amdani.'

'Ma' gen i lawer o waith i'w wneud.'

'Rwy'n ame dim. Paid â 'nghamddeall. Rwy'n falch iawn dy weld ti'n diddori ym menter Lewis, ond dw i ddim mor dwp â pheidio sylweddoli dy fod ti'n defnyddio dy faterion busnes fel rheswm dros esgeuluso dy wraig. Dyw e ddim yn ddigon da, William. Mae gen ti ddyletswydd tuag ati, yn arbennig nawr, a phlentyn arall ar y ffordd. Dyna'r cwbwl sy gen i i' ddweud. Ti sy i weithredu.'

Ar ôl i Milbrew adael eisteddodd William wrth ei ddesg, gan symud ei bapurau o'r naill bentwr i'r llall heb edrych arnyn nhw. Plentyn arall ar y ffordd! Doedd Margaret ddim wedi dweud dim byd wrtho fe. Er doedd hynny'n fawr o syndod, debyg. Canlyniad y noson honno yng Nghrucywel oedd y babi, mae'n rhaid. Gwingodd William yn ei gadair wrth gofio ei ymateb claear i ymdrechion Margaret i ailsefydlu'r berthynas a fu rhyngddyn nhw gynt. Roedd Milbrew yn iawn. Rhaid anghofio anawsterau'r gorffennol. Caeodd William y llyfr mawr a orweddai o'i flaen ac aeth drwy'r drws a gysylltai'r siop â'r tŷ.

iii

'A nawr 'te, Augustus, eglura'r dirgelwch i fi,' meddai Catherine Meyrick wrth ei gŵr.

'Pa ddirgelwch?'

'Wel, y rheswm am ein hymadawiad sydyn pnawn 'ma, wrth gwrs. Awr yn unig i fwynhau'r parti, ar ôl inni ymdrechu i fynd i gopa Pencrug. Gest ti sgwrs ddwys â Dr Aubrey, ond chafodd yr hyn a ddywedodd e ddim croeso gen ti. Ydw i'n iawn?'

Gwenodd ei gŵr. 'Rwyt ti'n rhy graff o'r hanner, 'nghariad i. Does gen i ddim gobaith o dy dwyllo di, nid 'mod i eisiau gwneud, yn arbennig ar yr achlysur hwn. Mae angen dy gymorth di arna i.'

'Wel, dwêd y cwbl wrtha i 'te.'

Ochneidiodd Meyrick. 'Fel y gwyddost, Catherine, dydw i ddim wedi gwrthwynebu y . . . beth wna i alw fe? . . . y cyfeillgarwch rhwng Elizabeth a Lewis Gethin. Mae'r dyn ifanc yn weddol 'i fyd, yn ddeallus ac yn hyderus. Fe alle fe fod wedi bod yn ddefnyddiol i ni.'

'Ond wyt ti wedi newid dy feddwl?'

'Ydw. Mae ganddo feddwl llawer rhy uchel o'i hunan ar hyn o bryd, ac fe alle pethe droi'n llet'with. Mae e wedi bod yn cwyno amdana i wrth Aubrey, ac wrth eraill hefyd, siŵr o fod.'

'Ond pam?'

'Yr ymweliad ag Edward Frere. Y cwbl o'n i am iddo wneud oedd rhoi ychydig o bwyse ychwanegol ar Frere. Ond roedd e wedi cymryd yn ei ben ei fod wedi cael ei siarsio i wneud hyn a'i gomisiynu i wneud y llall, ac yn mynnu 'mod i wedi'i gamarwain e. Does gen i ddim amynedd gydag e, wir!'

'Ond nid dyna'r cwbl sy'n dy fecso di.'

'Ti yn llygad dy le. Fel y gwyddost, rwyf inne a Aubrey ar delere da, ac o bryd i' gilydd mae'n rhoi gwybodaeth i fi. Dw i ddim yn awgrymu am eiliad ei fod e'n bradychu cyfrinache proffesiynol, ond ma' dyn yn ei sefyllfa fe yn clywed nifer go lew o bethe does a wnelo nhw ddim byd â meddygaeth.'

'A gest ti ryw wybodaeth bwysig 'dag e heddi?'

'Do; dywedodd e mai Lewis Gethin a brynodd y tylcie 'na ym Mhen-dre.'

'Y rhai sy wedi cael eu dymchwel er mwyn gwneud lle i godi tai o safon?'

'Yn union. Nawr, Catherine, ti'n gwybod 'mod i wedi bwriadu prynu nhw fy hun, ac wedi i mi ddeall fod rhywun wedi achub y blaen arna i—wel, ges i 'nghythruddo, rwy'n cyfadde.'

'Rwy'n cofio.'

'Debyg iawn. Dw i ddim wedi dod dros y peth yn llwyr eto.'

'Ond Augustus, falle bydde cysylltiad agos 'da Lewis Gethin yn fwy manteisiol fyth, gan ei fod wedi ehangu ei orwelion.'

'Annhebyg; mae Gethin yn rhy anturus o'r hanner. Mae e wedi cael rhagor o sgraffe ar y gamlas, ac mae Aubrey yn meddwl ei fod e wedi ymgymryd â gormod o gynllunie gwahanol. Os felly, gwerthu ei ddaliade ym Mhen-dre fydde ei gam cynta.'

'Ac fe fyddi di wrth law i'w prynu am bris isel.'

'Yn union.'

'Fe fydd Mr Gethin am dy waed di.'

'Cholla i fawr o gwsg dros y peth.'

'Ond beth am Elizabeth? Wyt ti'n bwriadu dweud wrthi hi am roi'r gore i feddwl am Lewis Gethin? Mae'n styfnig, cofia di, ac yn gyfarwydd â phenderfynu drosti hi ei hun. Ac ar ben hynny, rwy'n meddwl ei bod hi'n hoff iawn o Lewis. Does gen ti ddim awdurdod drosti hi, Augustus.'

'Rwy'n sylweddoli hynny, ond mae gen i ragor o wybodaeth ynglŷn â Lewis Gethin, gwybodaeth sy'n debyg o gyfri gydag un mor falch ag Elizabeth.'

iv

'Ga i air 'da chi, Elizabeth?' Safai Augustus Meyrick wrth ddrws y llyfrgell lle eisteddai ei wraig a'i nith.

'Gair 'da fi?' Roedd Elizabeth wedi synnu braidd. 'Wrth gwrs.'

Dilynodd Meyrick o'r ystafell. Beth allai fod o'i le? A oedd hi wedi tramgwyddo? Os felly, ei modryb Catherine oedd yr un amlwg i ddweud wrthi. Trodd yn herfeiddiol i wynebu Augustus Meyrick.

'Eisteddwch,' meddai yntau gan oedi tan ei bod wedi gwneud. 'Rhywbeth annymunol iawn sydd gen i, Elizabeth. Mae'n wir flin gen i beri dolur i chi.'

'Ewch ymlaen.'

'Mae'n rhaid i ni drafod Mr Lewis Gethin.'

Gwylltiodd Elizabeth yn syth. 'Ga i'ch atgoffa, Mr Meyrick, mai yma, yn eich tŷ chi, y cwrddes i â Mr Gethin. Chi wnaeth ei gyflwyno i fi a byth oddi ar hynny ry'ch chi wedi sôn amdano fel dyn o bwys yn yr ardal, dyn deallus a chefnog, dyn â disgwyliade addawol. Pam, felly, na ddylwn i fod ar delere cyfeillgar gydag e?'

'Gwir bob gair, Elizabeth. Roedd gen i feddwl uchel o Lewis Gethin, er mai gor-ddweud fyddai ei alw'n ddyn o bwys. Ond ta waeth am hynny, roedd e'n ŵr ifanc addawol, ac rwy'n teimlo . . .' Oedodd cyn ailddechrau. 'Rwy'n teimlo edifeirwch mawr wrth ystyried fy rhan i yn y mater. Rwy'n cydnabod 'mod i wedi'ch annog chi i . . . wel, i feddwl yn uchel o Mr Gethin. Ond nawr . . .'

'Wel, Mr Meyrick, beth sy wedi newid?'

'Derbyniais lythyr rai wythnose'n ôl; llythyr dilofnod. Roedd yr awdur yn honni bod Lewis Gethin wedi . . . wedi cymryd mantais ar forwyn yn nhŷ ei gefnder, William Gethin, yn gynharach eleni, ac ynte'n eich canlyn chi. Gadawyd y ferch druan heb unrhyw ddarpariaeth ar ei chyfer. Dyw dyn sy'n ymddwyn fel 'na ddim yn deilwng ohonoch chi, Elizabeth. Mae'n ddyletswydd arna i i rwystro unrhyw gysylltiad pellach rhyngoch chi, sy'n nith i'm hannwyl wraig, a dyn o gymeriad Lewis Gethin.'

'Dw i ddim yn credu gair,' datganodd Elizabeth. 'Ma' gan Lewis elynion yma yn Aberhonddu, pobol sy'n eiddigeddus ohono oherwydd ei fod e'n alluog ac yn llwyddiannus. Un ohonyn nhw sy wedi sgrifennu'r llythyr celwyddog hwn. Di-lofnod hefyd—ma' hynny'n dweud y cwbl!'

'Wnes i ymateb yn yr un ffordd yn union,' meddai Meyrick, 'ond roedd rheidrwydd arna i i holi ymhellach. Mae e'n wir bob gair, Elizabeth, rwy'n ofni. Mae'r ferch druan yn byw mewn bwthyn adfeiliedig yn ardal y gweithie. Fe ddyle'r plentyn gael ei eni tua'r Nadolig.'

Trodd Elizaebth ei chefn ar Meyrick ac arhosodd hwnnw am ychydig cyn dweud rhagor.

'Mae'n anodd i chi dderbyn y peth—rwy'n deall hynny'n iawn,' meddai wedyn. 'Rwy'n awyddus i'ch arbed chi rhag gofid pellach. Nawr mae'r stori'n hysbys, mater o amser fydd hi cyn bod pawb yn Aberhonddu yn gwybod y cwbl. Yn fy marn i, Elizabeth, fe ddylech chi adael y dre cyn gynted â phosibl. Mae'ch modryb yn swydd Henffordd yn awyddus i'ch gweld chi. Beth am dalu ymweliad bach â hi?'

'Beth? Rhedeg i ffwrdd i swydd Henffordd, fel tase gen i gywilydd dangos fy wyneb? Wna i ddim byd o'r fath!'

'Ond meddyliwch mor anodd fydde cwrdd â Lewis Gethin. Fe alla i sicrhau na chaiff e fynediad i'r tŷ hwn, ond ry'ch chi'n siŵr o'i gyfarfod e yn y dre.'

'Peidiwch ag ofni, Mr Meyrick,' meddai Elizabeth yn falch. 'Rwy'n gwbwl alluog i ddelio â'r sefyllfa. Nawr, os wnewch chi f'esgusodi, ma' 'na nifer o faterion sy'n hawlio fy sylw.'

V

'Dw i ddim yn gwybod beth i feddwl,' cyfaddefodd Catherine Meyrick. 'Mae'n gwrthod trafod y pwnc o gwbl. Dyw hi ddim yn llefain yn ei hystafell chwaith, hyd y gwela i. Falle . . .'

'Falle beth?' gofynnodd ei gŵr.

'Ydy hi'n credu'r stori, ti'n meddwl? Neu ydy hi, o bosib, yn gobeithio fod 'na ryw ddehongliad gwahanol, un sy'n fwy ffafriol i Lewis Gethin? Pe bai e'n cael cyfle i bledio ei achos ei hun, hoffwn i ddim meddwl beth fydde'r canlyniad.'

Cerddodd Augustus Meyrick yn aflonydd o gwmpas yr ystafell. 'Beth sy'n bod ar y ferch, yn hiraethu am ddyn fel Lewis Gethin!'

'Dydyn ni ddim yn gwybod ei bod hi'n hiraethu amdano fe,' meddai Catherine. 'Mae'n gwbl bosibl ei bod hi wedi colli pob diddordeb ynddo fe ar ôl clywed beth oedd gen ti i' ddweud. Dyw Elizabeth ddim yn siarad am ei theimlade, ond unwaith mae'n dod i benderfyniad, glynu ato y gwneith hi, waeth beth yw cyngor pobl er'ill.'

'Ble mae hyn yn ein gadael ni, 'te?' dechreuodd Meyrick, pan dorrodd sŵn carnau ceffyl ar ei draws. Syllodd drwy'r ffenest. 'Gethin sy yna, tybed? Na, Bromfield yw e. Wyt ti'n meddwl . . .?'

Agorodd y drws a daeth Elizabeth i'r stafell. 'Mae Mr Bromfield wedi galw i fynd â fi am dro yn ei gerbyd newydd, Modryb Catherine. Ffaeton yw e, a dau geffyl gwine yn ei dynnu. Mae'n ddiwrnod mor braf, fe fydde'n drueni ei wastraffu drwy aros yn y tŷ.'

'Digon gwir. I ffwrdd â ti, Elizabeth. Fydd Mr Bromfield ddim yn awyddus i gadw'i geffyle i sefyll.'

'Bromfield,' meddai Augustus Meyrick yn feddylgar ar ôl i Elizabeth adael yr ystafell. 'Beth sy'n digwydd?'

Cododd Catherine ei hysgwyddau. 'Wn i ddim, wir. Rhaid i ni aros i glywed gan Elizabeth. Oes gen ti unrhyw wrthwynebiad i Bromfield, Augustus?'

'Nag oes. Dyw e ddim yn gefnog iawn, yn anffodus—ydy e wedi talu am ei ffaeton newydd, wyt ti'n meddwl?—ond mae ganddo gysylltiade da ac uwchlaw dim mae'n welliant mawr ar ein cyfaill Lewis Gethin.'

'Dewch i ni ddymuno pob llwyddiant iddo felly.'

vi

'Chi'n meddwl dechre gwasg ac argraffu llyfre fan hyn, Mr Gethin?' gofynnodd Hugh Pritchard yn syn.

'Pam lai?' holodd William. 'Mae'r galw am lyfre'n cynyddu— canlyniad ffyniant Aberhonddu yw hynny, debyg. Rhedai'r hen Evan Evans wasg lwyddiannus iawn yn y Struet slawer dydd. Pam na ddylen ni ddilyn ei siampl?'

'Ond ma' gennyn ni fwy na digon ar ein dwylo'n barod,' protestiodd Hugh. Roedd e'n cael ei adael i ofalu am y siop lyfrau ar ei ben ei hun yn fynych yn ddiweddar, tra bod William yn talu sylw i faterion eraill. 'Mae'r holl drefniade ynglŷn â'r ysgraffe i'w hystyried—y cytundebe i gario glo a chalch, a'r bargeinio am brisie bwyd, ac wedyn y certie sydd i'w prynu i gario'r nwydde i'r gamlas . . .'

'Ma' popeth yn datblygu'n addawol iawn,' meddai William yn foddhaus. 'A chofia di, Hugh, nad ein cyfrifoldeb ni yw trefnu cludo'r glo i'r cwsmeriaid. Maen nhw'n ddigon bodlon i' gasglu e o'r lanfa.'

'Does fawr o le ar y lanfa erbyn hyn, gyda'r mynydde o lo ym mhob cyfeiriad. Mae'n anodd symud yno.'

'Dim gwahaniaeth am hynny,' meddai William yn ddiamynedd braidd. 'Fe symudith y glo yn gyflym unwaith i'r tywydd oeri. A fel wedes i, nid y ni sy'n trefnu cludo'r glo a'r calch. Busnes 'y nghefnder yw hynny.'

'Digon gwir,' cyfaddefodd Hugh. Oedodd am funud. 'Ond,' dywedodd wedyn, 'fydd gan Mr Lewis Gethin fawr o amser at bethe fel 'na, yn ôl be ma'n nhw'n ddweud yn y dre.'

'Beth wyt ti'n feddwl?'

'Wel, y sôn yw ei fod e am briodi'r Miss Parry 'na sy'n aros yn Usk Place.'

'Dyle pobol Aberhonddu ddim gwastraffu cymaint o'u hamser yn hel clecs,' meddai William yn sychlyd. 'Dyw Lewis ddim yn debygol o esgeuluso'i fusnes, a ta beth, does a wnelo ni ddim â'r mater. Yr hyn sy ei angen yw dyn i'th helpu di, Hugh. Rwy i wedi sylwi mor galed rwyt ti wedi bod yn gweithio ac mae'n hen bryd . . .' Trodd yn sydyn wrth i ddrws y siop agor. 'Lewis! Do'n i ddim yn dy ddisgwyl di . . . beth sy'n bod?'

'Dere i'r tŷ. Rhaid i fi siarad â ti.' Cydiodd Lewis ym mraich ei gefnder a'i wthio o'r siop, gan adael Hugh Pritchard yn edrych yn syn. 'Ble ma' Margaret?'

'Wedi mynd allan 'da Jenny'r forwyn. Dyw'r ferch fach ddim yn medru dod i ben â'r siopa ar ei phen ei hunan eto, ac felly aeth Margaret i gadw llygad arni . . .'

'Da iawn. Dw i ddim am i neb aflonyddu arnon ni.'

'Beth sy'n bod, Lewis? Ydyn ni 'di colli bad?'

'Pe bai ond hynny! Rwy i newydd ddod o Usk Place.'

Doedd dim byd rhyfedd yn hynny, meddyliodd William. Âi Lewis i

Usk Place yn aml. Anghytundeb gydag Augustus Meyrick oedd yn ei boeni efallai, neu . . .

'Elizabeth Parry,' gofynnodd. 'Ydy hi . . .?'

'Pam wyt ti'n sôn amdani hi? Ydy pobol yn siarad yn barod?'

'Wel, fe ddigwyddodd Hugh grybwyll . . .'

'Crybwyll beth?'

'Wedodd e fod 'na ddisgwyl i ti a Miss Parry briodi.'

'Ma' 'na ddisgwyl, oes e? Debyg iawn. Ro'n i'n disgwyl 'run peth fy hunan—mwy na disgwyl. Ro'n i'n hollol siŵr ohoni hi.'

'Ond beth sy wedi digwydd? Ydy hi wedi gwrthod dy gynnig di?'

'Ches i ddim cyfle i ofyn iddi, a nawr ma' hi wedi derbyn Bromfield! Alla i ddim credu'r peth. Pan o'n i'n siarad â hi ar Ben-crug, allwn i fod wedi tyngu llw . . . A chlywed heddi wedyn am ei dyweddïad â Bromfield. Oedd hi'n bwriadu'i gymryd e drwy'r amser, ti'n meddwl, ac yn 'y nefnyddio i er mwyn codi awydd arno fe? Na, dw i ddim yn coelio 'ny. Ro'n i'n gw'bod shwt oedd hi'n teimlo . . .'

'Wyt ti wedi 'i gweld hi?' gofynnodd William.

'Nag ydw. Ma' hi wedi mynd, a Bromfield a'i chwaer 'da hi, at ei rhieni yn Sir Gaerfyrddin, i gyflwyno'r darpar briodfab iddyn nhw. Os oes ganddyn nhw fymryn o synnwyr cyffredin, fe wnân nhw wahardd y briodas unwaith y cân nhw gip ar y gŵr y mae eu merch ddwl wedi'i ddewis. Ac Augustus Meyrick wedyn—fe alle fe fod wedi'i rhwystro hi rhag g'neud peth mor dwp . . . neu fe oedd wrth wraidd y cyfan? Os o'n i'n credu hynny . . .'

'Nawr, Lewis, pwylla, wnei di? Ma' Meyrick wedi ymddwyn yn gyfeillgar tuag atat ti erioed. Faint o wahoddiade gest ti i Usk Place? A pham fydde fe'n dy wahodd di oni bai ei fod yn bleidiol i'r syniad o briodas rhyngot ti ac Elizabeth?'

'Pwy a ŵyr? Ond fydd pawb yn gw'bod 'mod i wedi ca'l fy siomi. Sbort mawr i bobol Aberhonddu! Wel, does dim diben trafod y peth. Gwranda, ma' Margaret yn dychwelyd. Well i fi fynd.'

Brysiodd o'r ystafell heb aros i gyfarch Margaret. Daeth hithau i mewn ac ymollwng i gadair.

'Ma' dy gefnder yn fwy anghwrtais bob tro rwy'n ei weld e, William,' cwynodd.

'Doedd e ddim wedi bwriadu bod yn anfoesgar. Mae ganddo bethe ar ei feddwl heddi.'

'O? Trafferthion busnes?'

'Na, dim byd fel 'ny. Y ferch 'na, Miss Parry—ma' hi wedi gadael Aberhonddu. Ti'n gw'bod, mae'n debyg, fod gan Lewis ei obeithion ynglŷn â hi.'

'Wedi gadael 'Berhonddu? Braidd yn sydyn, on'd yw e?'

'Wel, roedd ganddi ei rhesymau,' eglurodd William. 'Ma' hi wedi mynd i Sir Gaerfyrddin i gyflwyno'i dyweddi i'w rhieni.'

'Ei dyweddi? Dw i ddim yn deall.'

'Ma' Elizabeth Parry yn mynd i briodi Mr Bromfield. Margaret! Margaret, beth sy'n bod? Martha, dere 'ma ar unwaith!'

'Paid â ffysan, William,' meddai Margaret yn wanllyd. 'Pwl o bendro yw e, 'na'r cwbwl.'

'Gad ti'r feistres i fi.' Roedd Martha yn pwyso drosti hi a chwpan yn ei llaw. 'Dyna chi, llyncwch chi hwn, a fyddwch chi'n well 'mhen chwinciad. Fe ddylet ti w'bod yn well nag i dorri newyddion drwg yn ddirybudd i fenyw yn ei chyflwr hi, Mr William.'

'Mae'n flin gen i, Martha. Do'n i ddim yn disgwyl i'r stori gael shwt effaith arni hi.'

'Mae'n dechre dod ati ei hun,' datganodd Martha. 'Ddyle hi fod yn iawn, dim ond iddi ga'l digon o gyfle i orffwys.'

'Wrth gwrs y bydda i'n iawn,' meddai Margaret yn sigledig braidd.

'Cer di â hi lan at ei gwely,' awgrymodd Martha. 'Cymer ofal nawr, paid â'i siglo hi.'

Cododd William ei wraig yn ei freichiau a dilynodd Martha nhw i'r siambr. Pwysodd Margaret yn ôl ar y clustogau.

'Dyna chi,' meddai Martha, 'chi'n edrych yn well yn barod.'

'Ti'n meddwl?' gofynnodd William. 'Mae'n llwydaidd iawn ...'

'Wrth gwrs ei bod hi, a hithe wedi llewygu bron,' meddai Martha'n siarp, 'ond does dim byd mawr o'i le. Fe ddyle hi gysgu am ychydig.'

'Wna i drio,' dywedodd Margaret yn ufudd.

'Call iawn. Ewn ni lawr, Mr William, a gadael llonydd iddi.'

Ar ei phen ei hun yn yr ystafell, ymdrechodd Margaret i gyfarwyddo â'r sefyllfa newydd. Roedd Bromfield, tad y plentyn yn ei chroth, yn mynd i briodi Elizabeth Parry. Wel, roedd hi wedi gwybod ers misoedd nad oedd ganddo unrhyw ddiddordeb pellach ynddi hi. Ond Elizabeth Parry—pam oedd hi wedi derbyn ei gynnig e mor sydyn, a hithau, i bob golwg, â'i bryd ar fachu Lewis? Dim ond un eglurhad oedd yna. Augustus Meyrick oedd yn gyfrifol; Meyrick, oedd wedi derbyn llythyr yn datgelu holl fanylion y berthynas rhwng Lewis a Sara. Dyna beth oedd wedi distrywio gobeithion Lewis. Gwenodd Margaret. Roedd hi wedi dechrau anobeithio, wrth i'r wythnosau fynd heibio heb arwydd bod Meyrick yn mynd i gymryd sylw o'i llythyr. Ond wrth gwrs, roedd e am wirio'r ffeithiau cyn gweithredu. Caeodd Margaret ei llygaid gan fwynhau'r don o foddhad a ysgubodd drosti hi. Roedd hi wedi llwyddo i ddial ar Lewis o'r diwedd.

17

i

'Wel, Lewis, pa hanes sydd?' Gwenodd Margaret yn fwyn ar ei chefnder-yng-nghyfraith.

'Does gen i ddim diddordeb mewn hel clecs, Margaret. Menywod sy'n arfer g'neud hynny. Fyddwn i wedi disgwyl i ti w'bod tipyn mwy na fi am newyddion y dre.'

'Rwy wedi bod yn rhy simsan i fynd allan ers sawl diwrnod bellach, ac felly fe fydde'n dda gen i glywed yr hanesion diweddara. A phaid ag esgus nad wyt ti ddim yn clecan dy hunan. Pan fydda i'n eistedd yma wrth y ffenest, rwy'n gweld grwpie o ddynion yn sefyll o fla'n yr eglwys yn suo fel haid o wenyn wrth drafod rhyw stori neu'i gilydd. Ma'n nhw wedi bod yn arbennig o brysur yn ddiweddar. Rwy'n siŵr dy fod ti'n gw'bod beth sydd wedi'u cyffroi nhw.'

'Na dw i, wir,' atebodd Lewis yn swta. 'Fel 'wedes i wrthot ti, dw i'n ca'l dim pleser wrth wrando ar glecs.'

'Mae creu sgandal yn fwy cyffrous na'i drafod, alla i ddeall 'ny,' meddai Margaret yn dawel. 'Ond dy'n ni'r merched ddim yn gallu cystadlu. Dyw sgandal, gwarth, galwa di e beth fynni di, ddim yn dod â chanlyniade mor ofnadw yn eu sgil os mai dyn sydd wrth wraidd y peth. Dyw hi ddim yn amhosib i ddyn 'i ailsefydlu'i hunan heb ormod o staen ar 'i gymeriad. Ychydig iawn sy tu hwnt i unrhyw obaith am adferiad. Gwawd, fel arfer, yw'r gosb fwya poenus i ddyn. Ond os yw menyw'n troseddu, mae'r sefyllfa'n dra gwahanol.' Clywodd y drws yn agor. 'Modryb Milbrew, rwy'n falch iawn 'ych gweld chi. Ro'n i'n apelio at Lewis am stori fach i'm diddanu i, ond mae'n gwadu bod unrhyw stori ganddo fe.'

'O, ma' stori ganddo fe, cred ti fi. Fe sy ddim yn awyddus i'w hadrodd hi. Lewis, paid â sefyll fan'na'n gwgu ar Margaret, a hithe mewn cyflwr bregus.'

'Cyflwr bregus? Dyw hi ddim yn ymddangos yn fregus iawn i fi.'

'Rwy'n ca'l gofal da, ti'n gweld,' eglurodd Margaret. 'Mae William yn garcus iawn ohona i, ac mae bywyd teuluol yn gefn yn erbyn mympwyon ffawd. Wyt ti ddim yn cytuno?'

'Beth ŵyr Lewis am fywyd teuluol, yn byw fel ag y mae e?' holodd Milbrew. 'Dw i wedi dweud a dweud wrtho fe, 'i bod hi'n hen bryd iddo fe setlo . . .'

'Fe gewch chi well hwyl yn trafod 'y ngwendide i hebdda i,' meddai Lewis. 'Fe adawa i lonydd i chi; ma' gen i fusnes yn y dre.'

'Busnes? Nid menter newydd, gobeith'o,' dywedodd Milbrew. 'Ma' gen ti ddigon ar dy ddwylo'n barod, a dyw William ddim wedi ca'l amser i ddysgu beth yw beth.'

'Gwell iddo fe frysio, 'te. Dw i ar y ffordd i Abertawe.'

'Abertawe?' ailadroddodd Margaret. 'Pam wyt ti'n mynd yno?'

'Mae arna i chwant gweld fy nghefnder Thomas Williams. Dw i ddim wedi 'i weld e ers rhai misoedd.'

'Paid â cheisio 'nhwyllo i, Lewis Gethin,' ebe Milbrew. 'Dw i'n gwybod yn iawn pam wyt ti'n mynd. Rhedeg i ffwrdd, am dy fod ti'n methu wynebu'r holl sôn amdanat ti a'r ferch Parry 'na.'

'Does ganddi hi ddim byd . . .'

'Na, does dim diben i ti wadu'r peth. A 'weda i hyn wrthot ti, ti'n g'neud camgymeriad mawr. Pa wahani'eth beth ma' pobol yn 'i ddweud? Fe fydd rh'wbeth arall 'da nhw i gnoi cil arno fe'r wythnos nesa. A chofia di hyn, y peth gwaetha ynglŷn â rhedeg i ffwrdd yw'r dod 'nôl.'

ii

Wel, roedd e wedi anwybyddu cyngor Milbrew, meddyliodd Lewis wrth iddo farchogaeth yn y glaw i gyfeiriad Abertawe. Edrychodd ar yr wybren lwyd; doedd dim arwydd o wella ar y tywydd. Lle gwlyb fu Abertawe erioed, ond o leiaf roedd wedi dianc o Aberhonddu a'i thrigolion siaradus. Roedden nhw wedi cael sbort wrth glywed am ei siom, doedd dim dwywaith am hynny. Dyna Margaret, damio hi, yn ei wawdio yn ei wyneb. Druan o Wil, yn briod â'r fath sguthan. Roedd y cyfan yn fêl ar ei bysedd hi. A hithau mor fodlon ei byd, ei gwallt mor euraidd ag erioed a'i llygaid yn las ac yn loyw. Doedd hi ddim wedi tewhau chwaith, er iddi gario plentyn, neu dyna'r argraff a roddai pan wisgai ei dillad. Hebddyn nhw nawr . . . Ond pwy fyddai wedi disgwyl iddi droi arno fel y gwnaeth hi? Menyw ystyfnig oedd hi, yn mynnu cael ei ffordd ei hun, ac roedd Milbrew lawn cynddrwg os nad gwaeth. Pe bai wedi priodi Elizabeth, fe fyddai Milbrew wedi gadael Henblas, a gwynt teg ar ei hôl. Ond nawr . . . ond doedd dim diben meddwl am y peth.

Craffodd ar yr olygfa o'i flaen: tramffyrdd, simneiau ac olwynion dŵr, a chyfres o weithfeydd ar lannau camlas Abertawe. Heidiai dynion, menywod a phlant i bob cyfeiriad, ac yng nghanol yr holl gynnwrf safai ambell dŷ mawr, fel adeilad castellog Clasemont, er enghraifft. Câi Lewis ei atgoffa am Dŷ Clydach a'r gwaith haearn yn ei ymyl.

Para i ddisgyn a wnâi'r glaw bob cam o'r chwe milltir rhwng Castell-nedd ac Abertawe, ond wrth iddo nesáu at ben ei daith fe beidiodd â bwrw. Croesawyd ef gan haul dyfrllyd yn disgleirio ar donnau'r bae. Teimlodd ei hwyliau'n codi wrth gofio am yr achlysuron difyr niferus a ddaeth i'w ran yn Abertawe. Byddai Thomas a Maria Williams yn siŵr o fod yn falch o'i weld, a Sophy hefyd. Byddai hi wedi troi'n bymtheg erbyn hyn. Gwenodd wrth gofio mor hoff y bu hi ohono fe. Roedd busnes Thomas Williams wedi ffynnu'n ddiweddar, yn ôl pob sôn. Gallai'r ymweliad ag Abertawe brofi'n fuddiol iawn, ac uwchlaw pob dim fyddai neb yno a wyddai am ei brofiad yn Aberhonddu.

iii

Ni chafodd e mo'i siomi gan groeso Thomas a Maria. Sgrechodd Maria a'i gofleidio, a gwasgodd Thomas ei law yn galed gan ddweud y drefn am ei benderfyniad i aros mewn gwesty yn hytrach na dod atyn nhw.

'Does gen i ddim i'w ddweud yn erbyn y Mackworth, cofia; mae'n dŷ cysurus, uchel ei barch, ond beth oedd yn dy ben di, 'machgen i, i fynd yno pan o'n ni yma, a thithe'n gw'bod am y croeso fydde'n dy ddisgwyl di?'

'Chi'n garedig iawn, Thomas, ond do'wn i ddim am beri trafferth i chi, a chithe wedi cael ychwanegiad i'r teulu ers i fi fod 'ma ddiwetha —a thŷ newydd hefyd, wrth gwrs.'

'Wel, fel mae'n digwydd, mae'r lle'n llawn braidd,' addefodd Maria. 'Mae fy mherthnase o Fryste'n aros 'da ni. Brawd a chwaer yw Francis a Caroline Rattenbury, plant i'm hen gyfnither Charlotte, ac mae merch Francis wedi dod gyda nhw. Croten fach bert yw Amabel, a hithe a'n Sophy ni'n ffrindie mawr. Ond cofia, fydde fe ddim yn syndod i fi weld newid, wedi i ti gyrraedd, Lewis. Does neb yn cymharu â ti yng ngolwg Sophy, fel ti'n cofio, wy'n siŵr. Fydd hi ddim yn fodlon o gwbwl dy fod ti'n aros yn y Mackworth. Wyt ti'n siŵr na newidi di dy feddwl?'

'Chi'n garedig dros ben, Gyfnither Maria, ond na, rwy'n credu y gadawa i bethe fel y ma'n nhw.'

'A phaid ti â dwyn perswâd arno fe, Maria,' rhybuddiodd Thomas. 'Ma' angen rhyddid ar ŵr ifanc sy'n ymweld â lle fel Abertawe.'

'Rhyddid? Beth ti'n feddwl, Thomas?' gofynnodd ei wraig yn ddig. 'Ti ddim yn awgrymu, gobeith'o, nad yw Lewis bob amser yn . . . yn . . .'

'Yn ymddwyn fel sant?' Dechreuodd Thomas chwerthin. 'Na, na, Maria, dim byd o'r fath!'

'Dynion!' Trodd Maria unwaith eto at Lewis. 'A beth wyt ti'n feddwl o'r tŷ newydd?'

'Mae'n helaeth ac yn gysurus dros ben,' atebodd Lewis, 'a'r olygfa dros y bae'n wych.'

'Ac wrth gwrs, ardal ffasiynol yw Mount Pleasant,' ychwanegodd Thomas. 'Doedd dim o'i le ar yr hen dŷ yn Worcester Place, yn fy marn i, ac roedd yn fwy cyfleus ar gyfer fy ngwaith. Fe fydde'n well gen i fod ar bwys y gweithfeydd a'r porthladd.'

'Twt lol, Thomas,' ebe ei wraig. 'Pwy yn 'i iawn bwyll fydde'n byw o'i ddewis ar bwys y gweithfeydd? Fe ges i hen ddigon arnyn nhw pan aethon ni i'r Cambrian Potteries gyda 'mherthnase i.'

'Roedd hwnnw'n ymweliad trefnus iawn, Maria. Fe wnaeth argraff fawr ar Caroline Rattenbury.'

'Trefnus? Shwt alli di ddweud hynny, Thomas? Meddylia am y ffwdan gawson ni 'da'r tywysydd ynglŷn â'i gildwrn. Roedd hanner coron yn fwy na digon, yn 'y marn i, ac wedyn 'i glywed e'n gofyn am ragor oherwydd pris uchel cwrw! Ddyle'r cwmni gyflogi gweithwyr mwy parchus. Dw i ddim yn deall pam i ti fynnu mynd â'n hymwelwyr ni yno.'

'Mae Abertawe'n borthladd pwysig, dyna pam. Mae'n allforio copor a metele er'ill, ac yn cynnal poblog'eth sylweddol. Fe ddyle ymwelwyr fod yn ymwybodol o ffeithie felly. Beth yw dy farn di, Lewis?'

'Cytuno'n llwyr, Thomas. Ac roedd eich ymwelwyr wedi mwynhau'r profiad, rwy'n siŵr.'

'Wn i ddim am hynny. Mae meddwl Amabel Rattenbury yn llawn syniade ffasiynol ynglŷn â rhamant byd natur, ac mae Sophy ni wedi dal yr haint hefyd. Mae'r ddwy'n teimlo rheidrwydd i ddwlu ar fynyddoedd gwyllt a rhaeadre a chlogwyni ac ati. Dyw caeau wedi'u trin a bythynnod clyd, taclus ddim yn g'neud y tro. Dw i ddim yn gw'bod shwt mae Francis Rattenbury yn diodde gwrando arnyn nhw ddydd ar ôl dydd. Cadw'n dawel ma' fe, debyg, a gobeith'o y bydd y dwymyn yn gostegu.'

'Thomas, ddylech chi ddim rhoi'r fath argraff ryfedd o 'mherthnase i,' meddai Maria. 'Ma'n nhw'n gwmni hyfryd, Lewis, ac yn hawdd i ymwneud â nhw.'

'Rwy'n siŵr 'u bod nhw, Gyfnither Maria,' atebodd Lewis. 'Rwy'n edrych ymlaen yn arw at gwrdd â nhw.'

'Fe gei di'r pleser hwnnw nawr,' meddai Thomas. 'Dyma nhw'n dod yn ôl o Fargam.'

Ychydig funudau'n ddiweddarach fe ddaeth yr ymwelwyr i'r ystafell a Sophia gyda nhw. Wedi i honno ddod dros ei pherlewyg o weld Lewis, fe gafodd e'i gyflwyno i'r dieithriaid. Roedden nhw'n awyddus i ddisgrifio'u profiadau, gan roi cyfle iddo'u hastudio.

'Mae'n rhyfedd iawn,' meddai Maria Williams, gan droi i'r Saesneg, 'pa mor anwybodus mae pawb ynghylch y lleoedd diddorol sydd ar gael ar drothwy'r drws. Pan aethom ni i Gaerfaddon—wyt ti'n cofio, Lewis, i mi berswadio Thomas i fynd i brofi'r dŵr?—wel beth bynnag, pan oedden ni yno fe ymdrechon ni'n fawr i weld holl olygfeydd ac adeiladau hynod yr ardal. Ond rwy'n gwybod dim am ardal Abertawe. Caroline ddywedodd hanes y fynachlog adfeiliedig ym Margam wrthyf i, ac roedd rhaid i fi gyfadde f'anwybodaeth lwyr.'

'Mae mynachlog Margam yn esiampl arbennig o bensaernïaeth y Sistersiaid,' datganodd Caroline Rattenbury, dynes tua hanner can mlwydd oed ac un egnïol iawn ei ffordd. 'Mae'n lle bendigedig. Roedd Sophy wedi dwlu arno.'

'O, ac ar y coed oren a lemwn hefyd,' dywedodd Sophia wrth droi at Lewis. 'Nid y coed eu hunain, wyddost ti—mae'n well gen i goed gwyllt. Does dim i'w ddweud fel arfer o blaid coed sydd wedi eu plannu. Ond mae 'na stori mor ramantus ynglŷn â'r coed arbennig hyn. Roedden nhw wedi eu hanfon at y Brenin Siarl y Cyntaf, ond fe aeth y llong oedd yn eu cludo ar goll ac fe gyraeddason nhw lannau Morgannwg ac wedyn, oherwydd y rhyfel rhwng y brenin a'r Senedd, aros yma wnaethon nhw.'

'Stori ddifyr dros ben, Sophy, wedi ei hadrodd yn gampus,' meddai Lewis. 'A beth amdanoch chi, Miss Amabel? Oedd Margam yn eich plesio chi?'

'Oedd, mewn ffordd, ond dyw'r cefn gwlad o gwmpas ddim yn arbennig o drawiadol ac mae'r gweithfeydd mor salw.'

'Pa fath o dirlun sydd wrth eich bodd chi?'

'O, mynyddoedd! Mae'n rhaid eich bod chi'n cytuno â fi, Mr Gethin. Mae'r mynyddoedd o gwmpas Aberhonddu yn hardd iawn, ydyn nhw ddim?'

'Dyna'r farn gyffredinol,' cytunodd ei modryb, 'ac mae'r dre'n llawn tai newydd braf hefyd, on'd yw hi? Rwy'n cofio darllen disgrifiad gan deithiwr enwog o'r Almaen. Roedd ganddo fe glod uchel i dai Aberhonddu.'

'Tai!' Cododd Amabel ei hysgwyddau. 'Sut y gall tai newydd gymharu â golygfeydd prydferth? Mae rhywfaint o apêl yn perthyn i hen dai, rwy'n cyfaddef. Mae'n bosibl dychmygu'r tristwch a'r llawenydd sy'n perthyn iddyn nhw, ond does gan dai newydd ddim i'w gynnig.'

'Mae ganddyn nhw lety cysurus i'w gynnig,' meddai Caroline Rattenbury'n sychlyd. 'Rwy'n gallu canmol tirlun prydferth, ond yn fy marn i mae gan dŷ clyd sawl mantais fawr dros adfail trawiadol.'

'A beth y'ch chi am 'i weld nesa?' holodd Thomas Williams.

'Mae'r merched a fi'n awyddus i fynd at Ben Pyrod ym mhen draw Bro Gŵyr ond wyddon ni ddim sut i gyflawni'r bwriad. Mae'n rhy bell i'm brawd, druan—dyw e ddim yn cael iechyd da, chi'n deall—a dw i ddim yn hoffi'r syniad o fynd mor bell heb gwmni gŵr bonheddig.'

'Os mai dyna'r unig anhawster sy'n eich wynebu, does dim angen i chi drafferthu ymhellach,' meddai Thomas. 'Dyma fy nghefnder, Lewis, at eich gwasanaeth. Lewis, fe fyddet ti'n fodlon mynd gyda'r boneddigesau, rwy'n siŵr.'

'Mi fyddwn wrth fy modd.'

'Dyna ni, ynte, popeth wedi'i drefnu.'

iv

'Yfory y'ch chi'n mynd i Ben Pyrod, ife?' meddai Thomas Williams wrth iddyn nhw eistedd dros eu gwin. 'Gwell i ti wneud y gore o dy gyfle, Lewis. Un fach ddeniadol yw Amabel Rattenbury. Dyw fy Sophy i'n ddim wrth 'i hochr hi'
'Peidiwch â bod yn ddwl, Tom.'
'Mae'n wir. O, mae Sophy'n hoffus—ac yn hoff iawn ohonot ti o hyd. Ond Amabel, gyda'i gwallt cyrliog du a'i llygaid mawr llwyd— mae hi'n arbennig iawn.' Oedodd am funud, ond ddaeth yr un gair o enau Lewis. 'Mae arian ganddi hefyd, wyddost ti. Mae Rattenbury'n gysurus iawn ei fyd, a dim ond Amabel sydd gydag e.'
'Ble gafodd e'i arian?'
'Copor, 'machgen i. Fe werthodd pan oedd prisie'n uchel.'
'Call iawn.'
'Callach na'i ferch, os gofynni di i fi. Mae'n amlwg 'i bod hi'n dy weld ti'n arwr mewn hen ramant. Cymro gwyllt o'r mynyddoedd, yr union beth i gydio yn nychymyg merch fel hi.'
'Twt lol,' dywedodd Lewis. 'Ffermwr ydw i yn y bôn—a dyn busnes erbyn hyn. Does dim byd rhamantaidd yn hynny.'
'Nid fel 'ny mae hi'n dy weld ti. Dywedodd hi wrth Maria dy fod ti'n debyg i ryw gymeriad mewn llyfr. Does neb yn debyg i ti, yn ei barn hi.'
Gwenodd Lewis yn foddhaus. Roedd pleser i'w gael o ganmoliaeth, cyfaddefodd wrtho'i hun, yn arbennig ar ôl ei siom gydag Elizabeth.

v

'Wel, Miss Amabel, oedd e'n werth y drafferth dod yma?' Edrychodd Lewis ar ei gydymaith wrth iddyn nhw sefyll ar glogwyn uwchben bae Rhosili.
'Oedd wir!' Trodd Amabel ato'n llawn brwdfrydedd. 'Dw i erioed wedi gweld lle fel hwn o'r blaen. Rwy'n hoff iawn o gestyll ac mae bae Oxwich yn bert iawn, ond fan hyn mae popeth yn wylltach ac yn fwy rhydd. Y tywod, yn ymestyn mor bell, a'r tonnau mawr yn rholio i mewn! Mae'r cwbl yn peri i mi deimlo'n rhyfedd.' Rhoddodd ei llaw ar ei chalon. 'Nawr dwedwch wrtha i, Mr Gethin. Ydy'ch calon chi ddim yn curo'n gyflymach wrth i chi edrych i lawr ar y bae?'

'Ydy, mae fy nghalon yn curo'n gyflymach,' cytunodd Lewis, 'ond wn i ddim a oes gan y bae ryw lawer i'w wneud â'r peth.'

Edrychodd Amabel i lawr yn ddryslyd, a daeth sŵn llais ei modryb i'w chlyw.

'Amabel! Mr Gethin! Mae Sophy a fi'n bwriadu dringo i lawr i'r traeth. Mr Gethin, fe ddewch gyda ni, gobeithio. Mae'r llwybr yn serth iawn. Dw i ddim yn siŵr ein bod ni'n ddoeth yn mentro, ond mae'ch cyfnither yn mynnu.'

'Fe ddof i nawr, Miss Rattenbury. Dyw e ddim mor anodd â hynny mewn gwirionedd.'

Ceisiodd Lewis ddod i benderfyniad wrth iddo helpu'r merched i lawr y llwybr. Ni allai dreulio rhagor o amser yng nghwmni Amabel Rattenbury heb ddisgwyl canlyniadau o ryw fath. A pha ffordd well o gau cegau'r rheini oedd yn clecan amdano yn Aberhonddu na chyrraedd adre yng nghwmni ei wraig newydd? Roedd Amabel yn ei flino weithiau â'i siarad byth a beunydd am ei syniadau rhamantaidd ffôl, ond ifanc oedd hi, wedi'r cwbl. Roedd Thomas Williams o blaid y briodas ac roedd gan Lewis barch mawr at ei farn ef.

Cydiodd yn llaw Amabel i'w helpu i ddringo llathenni ola'r llwybr ac edrych arni. Merch bert a deniadol oedd hi, doedd dim dwywaith am hynny. A doedd e ddim am dreulio gormod o amser yn Abertawe. Roedd yn rhaid iddo gofio nad oedd gan Wil unrhyw wir ddiddordeb yn y gamlas ac eithrio, wrth gwrs, fel modd i gludo'i lyfrau. A'r tai newydd ar Ben-dre hefyd; roedd angen cadw llygad ar yr adeiladwyr. Fe ddôi etholiad arall i'r swydd o feili corfforaeth Aberhonddu cyn hir hefyd. Os oedd Augustus Meyrick yn credu ei fod wedi colli diddordeb ym mywyd cyhoeddus y dre, roedd e'n gwneud camsyniad mawr. Ond pen draw'r holl ystyriaethau hyn oedd yr angen am fynd adre'n fuan. Os felly byddai'n rhaid iddo hefyd ddod i benderfyniad ynglŷn ag Amabel Rattenbury.

18

i

'William, wyt ti'n gw'bod erbyn hyn pam oedd y wageni o Glas-ar-Wy mor hwyr yn cyrraedd?'

'Damwain i'r wagen flaen. Fe drawodd yn erbyn y paraped wrth groesi pont gul gan golli olwyn a bwrw'i chynnwys i gyd dros yr heol. Fe arhosodd gyrwyr y wageni eraill i'w helpu ac o ganlyniad roedd pob un ohonyn nhw'n hwyr yn cyrraedd 'B'ronddu. Ond anghofia am y wageni, Margaret. Rwy'n siŵr dy fod ti'n gweithio'n rhy galed o lawer. Mae Hugh a fi'n medru dod i ben yn iawn. Mae gen ti ddigon ar dy ddwylo â Richard bach yn dechrau cerdded.'

'Fe ofalith Martha am Richard,' atebodd Margaret yn gwta. 'Ma'n well gen i weith'o yma. Nawr paid â becso, William. Rwy'n gwerthfawrogi d'ofal amdana i, ond does dim o'i angen e. Mae'n flin gen i os yw siarad mor blaen yn dolurio dy deimlade di, ond alla i ddim diodde ffws a ffwdan. Nawr am y wageni—shwt allwn ni ofalu na fydd rhagor o oedi? Fel y gwyddost ti, pan nad ydyn nhw'n cyrraedd mewn da bryd, ma'n rhaid i ni ddewis rhwng hela'r bade'n ôl lawr y gamlas yn wag, neu ad'el y glo a'r calch ar y glanfeydd yn ardal y gweithie, a dyw hynny'n g'neud dim byd i gadarnhau'r enw da sy 'da ni am gadw at ein gair.'

'Rwy'n deall 'ny, Margaret, ond mae'n amhosib osgoi ambell ddamwain. Ma'n cyflenwyr wedi bod yn eitha dibynadwy ar y cyfan.'

'Dyw hynny ddim yn rheswm dros iddyn nhw laesu'u dwylo nawr.'

Boddodd Margaret flaen ei hysgrifbin yn yr inc a phwyso unwaith eto dros y llyfr cyfrifon. Ar fympwy yr oedd wedi cynnig helpu William gyda'r busnes. Roedd e wedi dweud bod angen cymorth ychwanegol arno, ac roedd hithau wedi cynnig mewn ymgais i osod ei phriodas ar seiliau cadarnach. Efallai, pe deuai'n rhan anhepgor o drefniadau'r fasnach ar y gamlas, na fyddai William yn cymryd camau llym iawn hyd yn oed pe dechreuai amau nad ef oedd tad y babi newydd. Cododd Margaret ei phen ac edrych ar ei gŵr. Breuddwyd gwrach oedd hynny. Fyddai William byth yn pwyso a mesur beth fyddai o fantais iddo ef mewn sefyllfa o'r fath. Yr hyn oedd yn iawn oedd yn cyfri gydag ef bob tro. Edrychodd yn ddiamynedd arno. Doedd ganddo ddim clem sut i redeg busnes. Dyna fe nawr, â'i ben mewn llyfr pan ddylai fod yn ystyried eu problemau ynghylch y cyflenwadau glo. Er gwaethaf ei hymdrechion i gadw ei rinweddau mewn cof, roedd e'n ei chythruddo cymaint ag erioed. Ond, er mawr syndod iddi, cawsai fod manylion y busnes yn ei diddori'n fawr, a doedd ganddi ddim bwriad i ganiatáu William i'w gwthio allan gan ddefnyddio ei beichiogrwydd yn esgus.

'Dy'n ni ddim wedi setlo dim byd ynglŷn â'r glo,' dechreuodd. Cododd ei phen yn sydyn. 'Ma' 'na rywun wrth y drws. Pwy sy 'na, tybed? Dwyt ti ddim yn disgwyl gweld Hugh eto heno, wyt ti?'

'Nag ydw. Nid cnoc Hugh yw e, ta beth.'

Eisteddodd y ddau'n gwrando ar Martha'n llusgo'i thraed at ddrws y ffrynt.

'Yr hen sgidie 'na sydd ganddi,' cwynodd Margaret. 'Dw i wedi dweud wrthi droeon am fynd i ga'l pâr arall.'

Agorodd y drws a daeth sŵn lleisiau i fyny atyn nhw.

'Pwy yw e?' sibrydodd Margaret. 'Dw i'n nabod y llais ond . . .'

'Josh Rees, Henblas.' Cododd William ar ei draed. 'Rhaid bod 'na r'wbeth o'i le i ddod ag e yma yr amser hyn o'r nos. Beth sy'n bod, Josh?' gofynnodd, wrth i Martha agor y drws a thywys yr ymwelydd i'r stafell. 'Ma' pawb yn Henblas yn iach, gobeith'o.'

'Ydyn, ma'n nhw'n iawn. Ond ma' gen i lythyr i chi oddi wrth Meistres Milbrew.'

Cymerodd William y llythyr a'i agor a daeth Margaret, yn llawn chwilfrydedd, ato ac edrych dros ei ysgwydd.

'Rwyf newydd glywed,' ysgrifennai Milbrew, 'fod fy nai Lewis wedi priodi yn Abertawe heb ddweud gair ymlaen llaw wrth unrhyw un ohonom ni. Nid wyf wedi derbyn gwybodaeth fanwl am y briodferch, ond mae ganddi enw ffasiynol iawn, sef Amabel, ac mae'n perthyn i Maria, gwraig Thomas Williams, ac yn dod o deulu parchus a chefnog tua Bryste. Ni fu gen i erioed fawr o olwg ar wraig Thomas. Fe fedrai nai i mi fod wedi cysylltu ag unrhyw un o nifer o deuluoedd llawer iawn mwy addas. Ni ddywedaf air arall am yr Amabel hon—merch wirion, nid wyf yn amau dim, a'i phen yn llawn ffolineb o bob math— tan i fi ei gweld. Ond nid oes gennyf fwriad cuddio fy nheimladau oddi wrthych ar y mater hwn. Yn fy marn i, mae Lewis wedi ymddwyn yn ffôl ac yn fyrbwyll. Nid yw ei siom parthed y ferch o Usk Place yn esgus digonol. Fe fu mor garedig â'm hysbysu ei fod ef, ei wraig a'i modryb hi, yn bwriadu cysgu noson ar y ffordd yma. Ymddengys fod yr Amabel hon yn rhy-fregus i gwblhau'r siwrnai rhwng Abertawe ac

Aberhonddu mewn diwrnod. O'm cof i o'r gwestyau rhwng y ddau le, fe fydd hi'n teimlo'n fwy bregus o lawer ar ôl iddi hi brofi eu hadnoddau. Rwy'n dy siarsio di, William, a Margaret hefyd, i ddod i Henblas ddydd Sadwrn. Fe fyddwn ni'n ciniawa am ddau o'r gloch, fel arfer. Er fy mod yn anghymeradwyo ymddygiad Lewis, nid yw ond yn weddus ein bod yn cyfarfod i gyd ar achlysur priodas un sydd, er gwaethaf ei ddiffygion, yn ben ar ein teulu ni.'

'Wel wir, beth nesa?' gofynnodd William. 'Dw i ddim yn gw'bod beth i' feddwl. Ma'r peth mor sydyn a dirybudd. Nodweddiadol o Lewis, wrth gwrs. Fe fydd e'n hapus, gobeith'o.'

'O, fe fydd e'n iawn,' meddai Margaret yn sychlyd. 'Un fel 'ny yw Lewis.'

ii

'Ma'n nhw wedi cyrraedd!'

Rhuthrodd William, oedd wedi bod yn gwylio'r heol ers amser, i'r parlwr lle roedd Milbrew Griffiths yn eistedd gyda Margaret.

'Dyna ni 'te,' meddai ei fodryb, 'fe fyddwn ni'n gweld shwt siâp sydd ar bethe'n fuan.' Cododd a cherdded at y drws. 'Wel, Lewis, rwyt ti wedi ymgymryd â'r gwaith o gadw tafode pobol 'B'ronddu'n brysur, rwy'n gweld.' Trodd i'r Saesneg er mwyn cyfarch y ferch wrth ei ochr. 'Dewch i mewn, i ni gael eich gweld chi.' Cydiodd ym mraich Amabel. Edrychodd honno'n apelgar at Lewis cyn mynd gyda Milbrew.

'Dyma Margaret, gwraig William fy nghefnder,' eglurodd Lewis wrth Caroline Rattenbury, oedd wedi disgyn o'r cerbyd ar ôl ei nith.

'Felly'n wir. Mae Amabel wedi edrych ymlaen yn fawr at gyfarfod â chi, Mrs Gethin. Fe fyddwch chi'ch dwy'n ffrindiau mawr, rwy'n gobeithio. Wrth gwrs, fe fydd fy nith yn gweld gwahaniaeth mawr ar ôl byw ym Mryste. Dinas goeth iawn, Mrs Gethin; fe fyddai ymweliad â Bryste o'r budd mwya i chi. Mae'n wledig iawn yma, on'd yw hi? Roeddwn dan yr argraff bod Henblas yn agosach at y dref. Mae'r dyffryn yn hyfryd, wrth gwrs, ond rwy'n cyfaddef bod y mynyddoedd yn codi anesmwythyd mawr arnaf i—mor ddu, deallwch chi, ac yn pwyso drostom ni mewn modd mor fygythiol.'

'O, Modryb Caroline, peidiwch â dweud hynny,' protestiodd Amabel. 'Mae'r mynyddoedd yn brydferth tu hwnt—a'r tŷ hefyd, mor hen ac mor hanesyddol.' Trodd yn frwdfrydig at Lewis. 'Fe ddywedaist ti wrthyf i y byddwn i'n dwlu ar Henblas, ac roeddet ti'n iawn.'

'Beth wyt ti'n feddwl ohoni?' sibrydodd Milbrew yng nghlust Margaret.

'Merch fach bert ddiamddiffyn,' atebodd honno.

'Rhaid bod angen bwyd arnoch chi i gyd,' dywedodd Milbrew yn uchel. 'Peth da i ti gyrraedd heddiw, Lewis. Mae gŵydd gyda ni, a dim gobaith iddi hi bara tan fory.'

'Wyt ti'n gwrando, Amabel?' gofynnodd Caroline Rattenbury. 'Mae gen ti bopeth i'w ddysgu ynglŷn ag anawsterau cadw tŷ yng nghefn gwlad, cofia. Er y bydd Miss Griffiths, rwy'n siŵr, yn fodlon dy gynghori di ar y dechrau, ti fydd yn gyfrifol am yr holl drefniadau yn y man.'

Gwridodd Amabel ac achubodd Margaret ar y cyfle, wrth iddynt symud at y ford, i gael gair gyda William.

'Beth oedd ystyr y sylw 'na?' gofynnodd. 'Ai awgrym oedd e fod yr amser wedi dod i Milbrew adael Henblas?'

'Nid tasg hawdd fydd 'i symud hi.'

'Falle bod Lewis o blaid cael newid. Mae'n anodd iddo deimlo'i fod yn feistr ar y tŷ a Milbrew'n dal yr awenau mor dynn.'

'Mae rhywbeth yn hynny,' cytunodd William yn feddylgar. 'Ond beth am Miss Rattenbury? Fydd Lewis yn ca'l gwared ar Milbrew dim ond i dderbyn honna yn ei lle hi?'

Digon anghysurus oedd yr awyrgylch wrth y ford ginio. Siaradai Caroline Rattenbury'n ddi-baid, gan holi cwestiynau ynglŷn â threfniadau Henblas a'u cymharu'n anffafriol â'r dulliau a fodolai yn nhŷ ei brawd ym Mryste. Siarsai Amabel i fabwysiadu'r dulliau hynny cyn gynted â phosibl.

'Un gair bach ynglŷn â'r gweision, Miss Griffiths,' meddai Caroline wrth i'r ail gwrs gael ei glirio. 'Ni fedraf ddeall gair o'ch cyfarwyddiadau iddyn nhw.'

'Debyg iawn,' atebodd Milbrew. 'Dydw i ddim erioed wedi clywed bod y Gymraeg ar dafod gwlad ym Mryste.'

'Y Gymraeg? Nawr, Miss Griffiths, rwy'n fodlon cydnabod mai bodau anneallus, ar y cyfan, yw gweision, ond gyda dyfalbarhad fe fyddai'n bosibl eu dysgu i sgwrsio'n weddol yn Saesneg. Pe bai modd iddyn nhw gael cerydd, neu gosb hyd yn oed, bob tro y clywir hwy'n defnyddio eu tafodiaith anwar, fe wnâi hynny eu sbarduno i ddysgu Saesneg er eu lles eu hunain.'

'Rwy'n gobeithio, Miss Rattenbury, y bydd rhywbeth yn sbarduno eich nith i ddysgu Cymraeg er ei lles hi,' ebe Milbrew. 'Fydd dim gobaith iddi gadw trefn ar y tŷ neu hyd yn oed i sgwrsio'n ddilyffethair â'i theulu newydd fel arall. Yma yn Henblas y Gymraeg yw iaith yr aelwyd.'

'Beth?' Trodd Caroline Rattenbury i wynebu Lewis. 'Ydy hyn yn wir? Ydych chi'n siarad Cymraeg ymhlith eich gilydd? Ond pam? Mae pob un ohonoch chi'n medru'r Saesneg.'

'Ond Modryb Caroline, mae'r Gymraeg wedi cael ei siarad yn y parthau hyn am gannoedd o flynyddoedd. Iaith llys y tywysogion oedd hi'r pryd hwnnw, a'r beirdd hefyd wrth gwrs. Mae Lewis wedi dweud wrthyf i am yr holl farddoniaeth a'r chwedlau sydd ar gael, dim ond i mi ddysgu'r iaith, fel rwy'n bwriadu ei wneud. William, mae Lewis yn dweud mai chi yw ysgolhaig y teulu. Fyddech chi'n fodlon rhoi gwersi i mi?'

'Bydda i'n falch iawn o wneud . . .' dechreuodd William, ond torrodd Caroline Rattenbury ar ei draws.

'Amabel fach, rwyt ti'n rhy ramantus o lawer a does gen ti ddim synnwyr cyffredin o gwbl. Bydd gen ti hen ddigon i'w wneud yma yn Henblas heb i ti ymgymryd â thasgau hollol ddi-fudd. Dylech chithau, Lewis, wybod yn well na'i hannog hi i ymgymryd â'r fath ddwli.'

'Nid dwli, yn fy marn i, yw penderfyniad gwraig i ddysgu iaith teulu ei gŵr,' atebodd Lewis yn ddig, ond cyn iddo gael cyfle i ddweud rhagor dechreuodd Amabel lefain.

'Rwy'n methu dioddef dadlau a lleisiau uchel,' meddai, 'ac o, rwyf mor flinedig.'

'Dere di, mae'n hen bryd i ti fynd i orffwys.'

Cydiodd Lewis yn ei braich a'i harwain lan llofft, a Jane Rees yn eu dilyn. Manteisiodd William a Margaret ar y cyfle i ffarwelio.

'Be sy'n mynd i ddigwydd nesa, ti'n meddwl?' gofynnodd Margaret wrth iddyn nhw deithio'n ôl i Aberhonddu. 'Ddylen ni fod wedi aros?'

'Na ddylen, ddim ar unrhyw gyfri. Fe fydd 'na frwydyr i'w chofio rhwng y ddwy ddraig 'na cyn bo hir, a does gen i ddim awydd bod yn dyst iddi.'

'P'un sy'n mynd i ennill, ti'n feddwl?'

'Milbrew, siŵr o fod. Hi sy â meddiant o'r maes ar hyn o bryd, ond fydd hi ddim yn hawdd iddi'i gadw fe.' Er bod William yn siarad yn ysgafn, synhwyrai Margaret ei fod yn teimlo'n annifyr. 'Fe roddith

Lewis drefen ar bob peth, ac fe fyddan nhw i gyd yn dysgu byw 'da'i gilydd. Merch ddymunol iawn yw Amabel, wyt ti ddim yn cytuno?'

'Ydw.'

'Dwyt ti ddim yn meddwl y bydd hi'n medru dygymod â'r sefyllfa fydd yn ei hwynebu yn Henblas,' awgrymodd William, yn ymwybodol o'r amheuaeth yn llais ei wraig. 'Ond meddylia mor newydd a dryslyd mae popeth hyd yn hyn. Rho amser iddi ac fe wneith hi'n iawn, rwy'n siŵr.'

'Falle y g'neith hi'n iawn ar gyfer Henblas, ond ydy hi'n iawn ar gyfer Lewis?'

'Pam lai? Mae'n dwlu arno fe, mae hynny'n ddigon amlwg, ac ma' hi'n awyddus i gyd-fynd â'i ddymuniad lleia.'

Ac fe fydd Lewis wedi blino ar y fath ymddygiad gwasaidd cyn pen y mis, meddyliodd Margaret, ond ni ddywedodd ragor. Doedd William ddim am glywed beirniadaeth ar ei gefnder, ac roedd e'n ddigon anesmwyth ynglŷn â'r briodas hon yn barod. Beth fyddai'n ei ddweud petai'n gwybod am y llythyr a anfonodd ei wraig at Augustus Meyrick—llythyr a ddinistriodd gyfle Lewis i briodi merch fwy addas o lawer nag Amabel?

iii

Cerddodd Lewis yn ddiolchgar i lawr y stâr. O'r diwedd roedd Amabel wedi tawelu ac roedd hi, i bob golwg, ar fin cwympo i gysgu. Sylweddolai ei fod yn ddiffygiol mewn amynedd a chydymdeimlad tuag at ddagrau a nerfusrwydd, ond roedd wedi ymatal rhag dweud geiriau siarp wrth ei wraig, diolch byth. Wedi blino yr oedd Amabel, dyna'r cwbl. Annoeth fyddai disgwyl gormod cyn iddi gael cyfle i orffwys ar ôl y daith.

Daeth sŵn lleisiau dicllon o gyfeiriad y parlwr ac anelodd Lewis at ddrws allanol y tŷ. Doedd e ddim am ymyrryd rhwng ei fodryb Milbrew a Caroline Rattenbury. Ffynnai Milbrew ar rywfaint o wrthwynebiad ac os oedd hi'n cael mwynhad o gweryla gyda Caroline, fe fyddai llai o eiriau tanllyd ganddi i'w taflu at ei nai. Gwenodd Lewis wrth iddo ddychmygu'r olygfa yn y parlwr, ond byrhoedlog fu ei ddifyrrwch. Torrodd y llid a gasglasai ynddo ers iddo gyrraedd yn ôl i Henblas. Mor wahanol fyddai Elizabeth wedi ymddwyn. Hi fyddai wedi rheoli'r sefyllfa wrth y ford ginio gan gadw'r ddwy hen filiast yn eu lle. Ac wedyn fe fyddai hi wedi mynd o gwmpas y tŷ gydag e yn hytrach na neilltuo i'w hystafell yn ei dagrau. Roedd Amabel yn ferch fach annwyl; roedd hi wedi gwneud orau y gallai hi, ond . . . ac fe fyddai Milbrew'n dweud iddi rag-weld y cyfan. Pam oedd hi wedi gwahodd Wil a Margaret heddiw? Roedd y cwbl yn fêl ar fysedd Margaret, roedd hynny'n amlwg . . .

'Lewis!' Swniai'r llais yn awdurdodol iawn a throdd Lewis i'w ateb.

'A, dyma chi. Rwy'n barod nawr i weld y tŷ.'

'Y tŷ?' Edrychodd Lewis yn syn ar Caroline Rattenbury. 'Ond mae fy modryb . . .'

'Mae gan Miss Griffiths alwadau eraill ar ei hamser, rwy'n deall. Nawr, Lewis, rwy'n awyddus iawn i weld gweddill y tŷ yng ngolau dydd. Gyda llaw, mae rhywun dibynadwy yn cadw cwmni i Amabel, gobeithio. Mae arni angen cydymdeimlad a sylw, wyddoch chi. Nid peth bach yw gadael eich tŷ a'ch teulu a'ch cynefin i fentro i le dieithr gyda gŵr newydd. Ac yn yr achos arbennig yma, dydych chi ac Amabel ddim wedi adnabod eich gilydd yn hir, ac mae'r ardal hon yn wahanol iawn i'r gymdogaeth y mae fy annwyl nith yn gyfarwydd â hi. Ni ddywedaf ragor nawr, ond mae gen i nifer o awgrymiadau gwerthfawr i'w rhoi ger eich bron.'

'O? Awgrymiadau ynglŷn â'r trefniadau yn fy nhŷ a'm perthynas â'm gwraig? Gwell i chi sylweddoli nawr, Miss Rattenbury, mai fi yw meistr Henblas a dw i ddim eisiau hyfforddiant gan neb.'

'Felly? Dywedais o'r dechrau mai camgymeriad oedd gadael i Amabel eich priodi chi, ond mae fy mrawd yn rhy ddiog i fynnu cael ei ffordd, hyd yn oed pan mae lles ei ferch yn y fantol. Ychydig o ddagrau gan Amabel, a rhoddodd ei ganiatâd er mwyn cael heddwch.'

'Gwell i Amabel beidio â disgwyl i'r fath ymddygiad gael yr un effaith arna i,' rhybuddiodd Lewis. 'Ond dw i ddim am ddweud gair yn erbyn fy ngwraig. Fe ddown ni i ddeall ein gilydd, os yw hi'n barod i gydymffurfio â'm syniadau i. Ac fe wnaiff hi hynny. Un i gydymffurfio yw hi, dyna beth sy'n apelio ata i. Ond wiw i chi drio ei throi yn fy erbyn i.'

'Chlywais i erioed y fath beth! A chithau'n cyfaddef ichi ddewis Amabel, druan, oherwydd nad oedd ganddi'r hyder i'ch herio chi. Ond os ydych chi'n meddwl, Lewis Gethin, eich bod chi'n codi ofn arna i, fe gewch chi eich siomi. Ewch o'r ffordd. Rwy'n mynd at fy nith, i wneud yn siŵr ei bod hi'n gwybod bod un person yn y lle anwar hwn sy'n pryderu amdani.'

19

i

Ddiwedd Hydref oedd hi, ychydig fisoedd wedi'r briodas, a'r haul yn machlud dros ysblander dyffryn Wysg. Eisteddai Amabel wrth y ffenest â llyfr yn ei llaw, pan agorodd y drws a daeth Lewis i mewn.

'Darllen eto?' gofynnodd. 'A beth mae Wil wedi dod o hyd iddo i'th ddiddanu'r tro yma? Na, paid â dweud, dw i ddim am wybod mewn gwirionedd. Ond yn fy marn i, fe ddylet ti roi mwy o sylw i'r busnes o redeg y tŷ, yn hytrach nag eistedd yma â'th ben mewn llyfr.'

'Ond rwy'n blino mor gyflym,' ymddiheurodd Amabel yn ofnus. 'Cyngor Dr Aubrey oedd i mi orffwys gymaint â phosibl. Mae'r misoedd cyntaf yn bwysig iawn. Rwy'n ymlacio wrth ddarllen, ac fe fydd hynny o fantais i'r babi. Mae William yn cytuno . . .'

'O, mae William yn cytuno, ydy e? Pryd oedd e yma? Pan oeddwn i'n mynd o gwmpas y caeau, mae'n debyg. Byddwn i wedi meddwl fod gan Wil hen ddigon i'w wneud gartref heb iddo alw byth a beunydd ar fy ngwraig i. Ac ar ben hynny mae'n annog ei wraig ef i ymyrryd mewn materion busnes sy'n gyfrifoldeb iddo fe. Braf ei fyd e, ddywedaf i, ac ynte'n gadael ei ddyletswydde yn nwylo rhywun arall er mwyn cael rhwydd hynt i wneud beth a fynno.'

'Lewis! Lewis, beth sy'n bod? Pam wyt ti'n gweiddi?' Daeth Milbrew i'r stafell, ei gwynt yn ei dwrn ar ôl rhedeg lan y stâr. Rhythodd yn gyhuddgar ar Lewis. 'Ti wedi bod yn cyffroi Amabel unwaith eto. Does gen ti ddim mymryn o synnwyr cyffredin! Wyt ti'n gw'bod yn iawn shwt mor dueddol yw hi i gael pen tost—ac er hynny rwyt ti'n codi dy lais fel hyn.'

'Dyna ddigon! Mae Amabel yn cael gormod o faldod rhyngoch chi a Wil, ac mae'n hen bryd iddi ymgymryd â'r tasge sydd yn eu haros yma yn Henblas. Fe fydde hynny'n rhoi terfyn ar y dadle di-baid rhyngoch chi a'r fodryb 'na sydd ganddi. O'r gore,' meddai wrth i Milbrew ddechrau gwylltio, 'rwy'n mynd.'

ii

'Mr Lewis!' Brysiodd Josh Rees ato wrth iddo fynd ar ei geffyl. 'Y fale—ma'n hen bryd iddyn nhw fynd i'r tŷ seidir. Ma'n nhw 'di ca'l digon o amser yn gorwedd yn yr awyr iach.'

'Wel, cer â nhw 'te,' meddai Lewis yn ddiamynedd.

'O'r gore, fe wna i. Do'n i ddim am 'neud dim heb ga'l gair 'da chi,' eglurodd Josh, 'gan 'ych bod chi bob amser wedi cymryd diddordeb yn y seidir. Dw i'n cofio'n iawn pan o'ch chi'n grwt bach . . .' Neidiodd Josh o'r ffordd wrth i'r ceffyl drotian ymlaen.

'Mewn hwylie drwg eto, ydy e?'

Trodd Josh i weld ei wraig yn sefyll y tu ôl iddo.

'Does dim diben torri gair ag e'r dyddie hyn,' meddai, wrth iddyn nhw wylio Lewis yn diflannu i lawr yr heol. 'Beth ddaw o hyn yn y pen draw, dwêd? A pheth arall, hyd yn oed pan mae e'n cymryd rhywfaint o ddiddordeb yn y fferm, mae'n g'neud mwy o ddrwg nag o les. Y mamogied 'na lan ar y mynydd, ro'n nhw'n iawn ble ro'n nhw, ond fe gymerodd Mr Lewis yn 'i ben i ddod â nhw lawr i'r tir isel, pan fydde unrhyw un oedd â rhyw glem ynglŷn â'r peth yn gw'bod yn iawn pa mor gyfrwys yw defed mynydd, yn chwilio byth a beunydd am ffordd o ddianc.'

'Fe yw'r mishtir.'

'Debyg. Wel, ma'n well i fi 'neud rh'wbeth 'da'r fale cyn iddyn nhw bydru.'

iii

Roedd hi'n ddiwrnod euraidd o hydref; fflamiai'r dail lliwgar ar y coed yn erbyn cefndir glas yr wybren. Tynnodd Lewis ar y ffrwynau ac arafu'i geffyl. Ni ddylai fod wedi siarad fel y gwnaeth â Josh. Doedd hwnnw ddim i wybod cymaint yr âi Henblas a'i ofynion o dan ei groen ar hyn o bryd. Annheg oedd gwrthod gwrando ar yr hen ddyn, ac annoeth hefyd. Heb Josh ni fyddai unrhyw siâp ar y fferm. Ond nid âi Josh byth o Henblas, ei gartref cyn i Lewis gael ei eni. Ac o holl dasgau'r fferm, gwneud y seidr oedd ffefryn Josh, o'r amser pan siglid y ffrwythau oddi ar y coed hyd at flasu'r seidr newydd cynta, digwyddiad a gâi ei ddynodi bob blwyddyn gan ddatganiad awdurdodol y gwas ynglŷn ag ansawdd y ddiod. Fe oedd wedi rhoi i Lewis y llymaid cyntaf a flasodd y bachgen erioed.

Roedd rhaid iddo wneud rhywbeth ynglŷn â'r sefyllfa. Roedd yr awyrgylch yn y tŷ yn annioddefol, gyda Milbrew a Caroline yn ffraeo o hyd ac Amabel yn ei dagrau'n amlach na pheidio. A beth oedd gêm Wil? Pam oedd e'n annog Amabel yn ei ffolineb? Crychodd talcen

Lewis wrth iddo gofio fel yr oedd Amabel yn disgwyl ymlaen at ymweliadau ei gefnder; pa mor aml y dywedai 'Ond mae Wil yn dweud . . .' fel petai'r geiriau hynny'n ddigon i roi taw ar unrhyw ddadl. Fe allai ei hymddygiad yrru dyn i feddwl . . . na, doedd e ddim yn eiddigeddus o Wil. Am syniad gwirion! Roedd gan Wil druan fwy na'i siâr o broblemau, gyda Margaret yn ei ddwrdio o hyd a'r busnes yn ei ddrysu. Ond roedd ganddo ef ei drafferthion hefyd, a'i gyfrifoldeb ef oedd eu datrys cyn i bethau fynd yn rhy bell. Llifodd ton o ddicter drosto wrth iddo gofio'r achlysur wythnos yn ôl, pan oedd wedi darganfod bod cyfarfod i'w gynnal yn y Fenni er mwyn codi cyfraniadau tuag at gost cwblhau'r gamlas. Mater o'r pwysigrwydd mwyaf iddo, ond doedd neb wedi gofyn am ei farn. Augustus Meyrick oedd wrth wraidd y peth, wrth gwrs. Erbyn hyn, roedd Lewis wedi dod i'r casgliad mai Meyrick oedd yn gyfrifol am ei siom ynglŷn ag Elizabeth. Wel, roedd e wedi ei cholli hi, ond fe fyddai Meyrick yn sylweddoli mai annoeth ar y naw oedd ei anwybyddu.

Disgynnodd oddi ar ei geffyl yn iard y Golden Lion, gan alw am was stabal i ddod i ofalu am Hector. Fe fyddai'n syniad da cael gair neu ddau gyda John Harris y cyfreithiwr, dyn a wyddai am bob digwyddiad o bwys yn Aberhonddu. Wrth groesi High Street fe ddaeth wyneb yn wyneb â Mr Theophilus Jones. Arhosodd er mwyn cael sgwrs fach, ond er syndod iddo brysiodd Mr Jones heibio iddo, bron heb ei gyfarch. Soniodd Lewis am y peth pan oedd yn eistedd yn swyddfa John Harris a gwydraid o win yn ei law.

'Roedd e'n ymddwyn fel pe na bai gen i hawl i siarad ag e,' cwynodd yn ddig. 'Mae e wrth 'i fodd yn clebran fel arfer. I ddweud y gwir, mae'n anodd yn aml ca'l gwared arno.'

'Wel, Lewis, mae 'na . . .' Oedodd John Harris a dechrau eto. 'Y peth yw, mae pobol wedi bod yn siarad.'

'Beth y'ch chi'n feddwl?'

'Mae 'na storïau ar led—storïau tebyg i'r rhai a achosodd gymaint o boen meddwl i dy dad, fy hen gyfaill Humphrey.' Dododd Harris ei wydr i lawr ar y ford ac edrych ym myw llygaid Lewis. 'Un peth yw stranciau llanc ifanc, ond mae'n hen bryd i ti ymddwyn yn fwy cyfrifol, 'machgen i. Ond yn lle hynny rwyt ti'n ymweld â phuteindai, o'r hyn rwy'n glywed, ac yn ca'l dy weld yn feddw ar strydoedd y dre. Ac nid digwyddiadau achlysurol mohonyn nhw. Mae gen i ddyletswydd, fel hen ŵr a chyfaill i dy dad, i ddweud wrthyt ti'n blaen fod dy ymddygiad yn creu sgandal yma yn Aberhonddu ac yn tanseilio dy safle yn y dre.'

'Tanseilio fy safle yn y dre? Beth y'ch chi'n feddwl?'

'Alla i ddim dweud rhagor. A dweud y gwir, rwy i 'di dweud gormod yn barod. Rhaid ifi ofyn iti f'esgusodi i. Rwy'n disgwyl cleient unrhyw funud.'

Ffŵl hunanbwysig oedd John Harris, penderfynodd Lewis wrth iddo adael y tŷ'n ddiseremoni. Pa hawl oedd ganddo fe i bregethu? Lwcus iddo ei fod yn hen ddyn, neu fe fyddai wedi cael ei orfodi i lyncu ei eiriau'n ddigon cyflym. Yn llawn dicter, cerddodd Lewis ar hyd y stryd i gyfeiriad siop William.

iv

'Wel, Margaret, ti'n brysur fel arfer, rwy'n gweld.' Aeth Lewis i'r stafell fach lle cadwai Margaret ei chyfrifon a thaflodd ei hun i'r gadair lle'r eisteddai William fel rheol. 'Rwyt ti'n fodel o wraig, wyt wir. Pwy fydde wedi meddwl, 'chydig amser 'nôl, pan oedd dy ben yn llawn ffasiyne a gwisgo'dd a dynion ifanc addawol, fod gwreiddyn dynes fusnes lwyddiannus ynddot ti? Ti'n gw'bod, mae wedi fy nharo i mai ti ac nid William sy'n gwrthwynebu fy nghynllun i gael bade ychwanegol ar y gamlas.'

'Mae William a fi'n hollol gytûn ynglŷn â'r peth,' atebodd Margaret yn gwta. 'Dim ond yn ei phlentyndod y mae'r fenter. Fe fydde ehangu cyn i ni fesur y galw'n ofalus ddim ond yn gofyn am drwbwl.'

'Ac mae oedi'n wahoddiad i eraill gamu mewn a chymryd ein masnach ni,' atebodd Lewis. 'Ond un anodd i'w pherswadio wyt ti erbyn hyn, Margaret. Gwell i fi drio fy huodledd ar Wil pan ddaw e mewn. Fe sylwes i arno fe yn y siop yn siarad â Mr Theophilus Jones.'

Edrychodd Margaret yn chwerw arno. Fe wyddai'n iawn beth i'w ddisgwyl pan ddeuai William atynt. Fe fyddai Lewis yn cyfeirio'i sylwadau i gyd at ei gefnder a phe bai hi'n mynnu cymryd rhan yn y sgwrs fe fyddai'n awgrymu bod ei barn hi mewn materion busnes yn ddi-werth. Roedd hi a William ar fin sefydlu perthynas dda yn eu gwaith. Hi a drefnai'r ysgraffau a'r fasnach gludo tra rhoddai William ei sylw i gyd i'w lyfrau. Heb ymyrraeth Lewis byddai'r trefniant yn gweithio'n iawn. Ond nawr roedd Lewis yn treulio mwy a mwy o'i amser yma yn High Street.

'Shwt mae Amabel?' holodd yn faleisus.

Daeth cwmwl dros wyneb Lewis. 'Gweddol. Mae'r hen sleben o fodryb sydd gyda hi'n ei hannog hi i orwedd yn y gwely bob dydd yn bwyta tost a llyncu te. Mae'n ddigon i droi ei stumog hi, os gofynni di i fi. Fe wnâi tipyn bach o awyr iach les iddi, rwy'n siŵr, ond mae'n gwrthod gwneud yr ymdrech i godi a mynd am dro. A ti'n gw'bod beth wnaeth Caroline ddoe? Gofyn a allwn i drefnu i'r dom ga'l ei gadw ymhell o'r tŷ, oherwydd bod y drewdod yn troi ar Amabel, a hithe mewn cyflwr bregus. Ydy hi'n disgwyl i fi symud y stable a'r tai 'nif'iled i gyd i ben draw'r fferm, ti'n meddwl?'

Agorodd y drws a daeth William i mewn i'r stafell. 'Beth o't ti'n ddweud am y fferm, Lewis?' gofynnodd. 'Wyt ti'n debygol o fynd â rhai o'r gwobre yn y sioe amaethyddol eleni?'

'Os bydd Henblas yn ennill gwobre fe fydd y diolch i Josh Rees, ac nid i fi,' atebodd Lewis yn onest. 'Dw i'n osgoi'r lle gymaint ag y galla i. Does dim cysur i'w gael mewn tŷ llawn menywod yn cwyno ac yn cweryla.'

'Fe wellith pethe cyn bo hir,' dywedodd William yn gysurlon. 'Dyw hi ond yn naturiol i Amabel deimlo'n isel ym misoedd cynnar 'i beichiogrwydd, ond fe ddaw, ti'n gw'bod. Edrycha ar Margaret yma, dyw hi ddim wedi ymddangos yn well erio'd.'

'Mae hi wedi cymryd yn erbyn y tŷ,' meddai Lewis, gan anwybyddu geiriau ei gefnder. 'Mae'n neidio bob tro mae styllen yn gwichian ac yn cwyno am yr oerfel a'r mwg o'r simneie a'r prifi yn yr iard.'

'Ro'n i'n meddwl 'i bod hi'n hoffi hen dai,' ebe Margaret. 'I edrych arnyn nhw yng ngole dydd cyn mynd adre i le bach clyd a grât fodern yn 'i stafell wely a dim ysbrydion.'

'Ysbrydion? Pa ysbrydion?'

Cododd Lewis ei ysgwyddau. 'Pwy a ŵyr? Mae'n llawn syniade gwirion, a dwyt ti ddim wedi g'neud pethe'n haws, Wil. Ga i ofyn i ti beidio ag adrodd storïe am y tylwyth teg wrthi hi? Erbyn hyn mae'n 'u gweld nhw ym mhob man, a dydyn nhw ddim yn rhai diddig chwaith.'

'Ond chwedl oedd hi, dyna'r cwbwl,' protestiodd William. 'Rhywbeth i'w diddanu pan oedd hi'n teimlo'n isel. Do'n i ddim yn disgw'l . . .'

'Iddi hi gredu'r peth. Mae pen Amabel mor llawn o ffantasïe, fe gredith hi unrhyw beth.'

'Ond dyw pethe ddim yn hawdd iddi,' meddai William, 'gyda Miss Rattenbury a Modryb Milbrew yn dadle drwy'r amser.'

154

'Digon gwir. Fe awgrymes i y dylid anfon ei modryb Caroline yn ôl i Fryste, ond fe gafodd Amabel bwl o sterics. Wedes i ddim rhagor. Dw i ddim am 'i chyffroi hi, a hithe'n cario.'

'Ystyriol iawn,' meddai Margaret yn sych. 'Rwy'n gobeith'o na ffindiwch chi fod Miss Rattenbury wedi sefydlu ei hun yn y tŷ'n barhaol erbyn i'r babi gyrraedd.'

'Fe ddaw Lewis i ben rwy'n siŵr,' dywedodd William. Trodd yn frysiog at destun arall. 'Rwyf newydd ga'l sgwrs 'da Mr Theophilus Jones, Lewis.'

'Ro'n i'n gweld. Beth oedd ganddo i' ddweud? Rh'wbeth am ei *History*? Ydy e'n gwerthu'n dda?'

'Ydy wir, yn dda dros ben. Ond roedd ganddo reswm arall dros alw i'm gweld i. Mae e wedi bod yn bryderus ers amser ynglŷn â chyfarfod y Gorfforaeth, yr un a gynhaliwyd heddi. Fe alwodd yma sawl gwaith yn ddiweddar i sôn am y peth, ac felly fe ddaeth heibio i ddweud wrtha i beth ddigwyddodd.'

'Do fe'n wir?' Dyna ble oedd yr hen Theophilus yn mynd ar y fath frys 'te, i drafod ethol beili newydd Aberhonddu gyda William, o bawb. Sylwodd Lewis fod Margaret yn edrych arno'n chwilfrydig a gwnaeth ymdrech i gelu ei ddicter. 'Wel, cer ymla'n, Wil, paid â'm cadw ar bige'r drain. Beth ddigwyddodd?'

'O, ethol Syr Charles Morgan wnaethon nhw, fel roedd Mr Jones yn gobeith'o.'

'Fe soniodd e rywbeth am y peth fisoedd yn ôl, rwy'n cofio. Dw i ddim yn gweld unrhyw fantes mewn ethol Charles Morgan. Wrth gwrs, rwy'n deall pam mae'n apelio at Theophilus Jones. A hwnnw mor frwd yn erbyn yr Ymneilltuwyr, byddai ca'l Wesle fel Hugh Bold yn feili yn dân ar 'i groen e. Ond un o Aberhonddu yw Hugh Bold. Mae buddianne'r dre yn agos at 'i galon e.'

'Ydyn, debyg, ond mae Charles Morgan . . .'

'Dyw Charles Morgan ddim hyd yn oed yn Forgan go iawn. Fe gymerodd enw'i wraig pan briododd e i mewn i deulu Tredegar. Pam ddyle fe fod â'r fath ddylanwad dros ddewis aelod seneddol ein tre ni? Na, dynion lleol amdani, dyna beth dw i'n dweud. Meddylia am y gwahani'eth rhwng agwedde pwyllgore'r naill gamlas a'r llall, y Brecon yn llawn pobol leol a'r Monmouthshire yn ddibynnol ar ddieithried.'

'Ma' gen ti bwynt, rwy'n cyfadde, ond . . .'

'Gyda llaw, Wil, mae 'na gyfarfod yn y Fenni dydd Mawrth nesa.

155

Ma'n nhw'n codi tanysgrifiade at gost cwblhau'r gamlas. Fe af i lawr dydd Gwener, rwy'n credu, i ga'l golwg ar y sefyllfa. Os ydyn ni am ga'l rhagor o sgraffe, fe fydd arnon ni angen y nwydde i'w llenwi nhw.'

'Ydyn ni am ga'l rhagor o sgraffe?' holodd William. 'Dw i ddim yn cofio inni benderfynu . . .'

'Wrth gwrs i ni benderfynu, Wil. Dy feddwl di oedd yn crwydro fel arfer. Rwy'n clywed,' aeth Lewis ymlaen yn gyflym cyn i neb ddweud rhagor, 'bod y Volunteers wrthi'n galed y dyddie hyn. Ma'n nhw'n ymdeithio fel pe bai'u bywyde'n dibynnu ar y peth.'

'Falle y bydd ein bywyde ni'n dibynnu arnyn nhw,' meddai William. 'Mae Napoleon yn feistr ar Ewrop ers brwydr Austerlitz ac yn ôl bob sôn mae'n paratoi llynges er mwyn goresgyn ein hynys ni.'

'Fe fydd ein llynges ni'n gwneud amdano fe,' meddai Lewis yn hyderus.

'Falle—ond ble mae'r llynges? Does neb wedi clywed sôn amdani ers wythnose a phe bai Napoleon yn hwylio cyn iddi ddychwelyd . . .'

'Paid â bod mor ddiflas, Wil,' dywedodd Lewis yn ddiamynedd. 'Does neb wedi llwyddo i'n goresgyn ni ers amser Rhufain. Fydd Boney byth yn croesi'r Sianel.'

'Fe groesodd i'r Aifft,' ebe Margaret.

'Beth sydd a wnelo hynny â'r peth?' Cododd Lewis ar ei draed. 'Fe adawa i'r ddau ohonoch chi i grawcan am Boney. Dw i'n mynd i baratoi ar gyfer mynd adre.'

'Paratoi? Beth ti'n feddwl?' holodd William.

'Beth rwy'n feddwl, 'nghefnder annwyl, yw 'mod i'n mynd i alw yn y Dolphin yn Lôn y Baw.'

'Y Dolphin? Ond mae'n . . .'

'Tafarn ag enw gwael iawn iddi. Yno mae dynion y sgraffe'n mynd. Ond o leia does dim dagre na dadle di-baid yno. Fe alwa i i'ch gweld cyn i fi fynd i'r Fenni.'

V

'O'r clyche 'na!' Dododd Margaret ei dwylo dros ei chlustiau. 'Os rhaid i ni ddiodde fel hyn drwy'r dydd?'

'Fe fyddan nhw'n distewi rywfaint y pnawn 'ma,' atebodd William. 'Pryd 'ny fyddan nhw'n canu cnul er cof am Nelson. Mae'n fuddugoli'eth fawr, Margaret. Bellach does dim angen i ni ofni goresgyniad.'

'Rwy'n ddiolchgar am hynny, wrth gwrs, ond mae'r clyche'n rhoi pen tost i mi. Mae eglwys y Santes Fair mor agos aton ni fan hyn.'

Rhoddodd Martha ei phen drwy'r drws. 'Dyma'ch modryb, Meistres Milbrew, wedi dod i'ch gweld,' meddai. 'Mae'n flin iawn gen i 'mod i wedi'ch cadw chi i sefyll, ma'am, ond mae'n anodd clywed dim yn yr holl fwstwr 'ma.'

'Modryb Milbrew, ydych chi wedi dod i ymuno yn y dathliade?' gofynnodd William, gan dynnu cadair ymlaen iddi.

'Paid â siarad dwli, Wil. Mae'r dathliade ar gyfer y werin sy'n meddwi yn y strydoedd, a boneddigion y dre sy'n cwrdd heno yn y Golden Lion i yfed llwncdestun er cof am ein harwr ymadawedig. Dw i ddim yn yr hiwmor i ddathlu. Rwy i wedi penderfynu gad'el Henblas.'

'Gad'el Henblas? Ond pam, Modryb Milbrew? Shwt yn y byd fyddan nhw'n dod i ben hebddoch chi? Mae Amabel mor wanllyd, a ta beth, chi sy wedi rhedeg y lle ers blynyddoedd. Beth wnaiff Lewis heb eich cymorth chi, ac ynte wedi . . .'

'Wedi dewis gwraig hollol anaddas. Ond nid Amabel yw'r broblem. Fe fyddwn i'n fodlon aros a gwneud beth allwn i i'w helpu hi. Un fach wirion yw hi, ond does dim drwg ynddi hi druan. Pe bai modd cael gwared â'r fodryb 'na sy 'da hi, fe fydde 'na obaith g'neud rh'wbeth ohoni. Ond does dim cwestiwn o hynny. Mae Caroline Rattenbury yn annog Amabel i orwedd yn ei gwely, ac mae'n hollol amlwg beth sy ganddi mewn golwg. Ei bwriad hi yw bod yn feistres ar Henblas. Daeth Lewis i'ch gweld yn gynharach yn yr wythnos, rwy'n deall. Ddywedodd e'r hanes wrthoch chi?'

'Pa hanes?'

'Mae Francis Rattenbury, tad Amabel, am briodi eto, ac o ganlyniad does dim byd i fynd â Caroline yn ôl i Fryste. Roedd hi wedi 'i ad'el heb neb i ofalu amdano fe, ac ynte, yn ôl be wy'n ddeall, yn gyfarwydd â cha'l 'i dendans. Ro'n i'n gobeith'o y bydde hi'n blino ar fyw yn Henblas. Mae'n cwyno digon am y lle ac yn dweud byth a beunydd taw dim ond ei dyletswydd tuag at ei nith, druan, sy'n ei chadw hi yno. Rhoi amser i'w brawd weld ei heisiau roedd hi, yn fy marn i, ond nawr, wrth gwrs, mae e wedi gwneud trefniade gwahanol a does fawr ddim croeso i Caroline ym Mryste. Felly, mae hi'n bwriadu aros yn Henblas a finne, gan 'y mod i'n methu 'i diodde hi mwyach, yn bwriadu gad'el.'

'Ond beth am Lewis, Modryb Milbrew?' protestiodd William eto. 'Mae'n siŵr o ga'l gwared arni yn y diwedd.'

'Lewis wir! Erbyn hyn, does gen i ddim ffydd yn Lewis. Ma' ganddo fe syniade a digon o ynni hefyd, ac ro'n i'n eitha gobeithiol yn 'i gylch e ar y dechre, er 'y mod i'n gw'bod, wrth gwrs, fod 'na ochor anystywallt i'w gymeriad e. Ond mae e wedi g'neud smonach o bopeth. Ceith e ddim budd o'i briodas. Mae arian Amabel i'w gadw ar gyfer 'i phlant hi; dyw Lewis ddim yn gallu cyffwrdd ag e. Ac ni ddaw rhagor, debyg, os gaiff Francis Rattenbury fab o'i ail briodas. Ac ar ben hyn i gyd mae'r fenyw 'na wedi symud i fewn atom. Chi'n gw'bod, roedd gan Lewis yr wyneb i ddweud y dylwn i wneud ymdrech i ddod i delere da â hi!'

'Dim peryg,' meddai Margaret o dan ei hanadl.

'Dyw Lewis byth gartre,' cwynodd Milbrew. 'Pan nad yw'n brysur 'da busnes y gamlas, ma' fe'n yfed 'i hun dan y ford yn y dre ac yn llusgo'n henw da ni drwy'r baw. Ro'n i'n meddwl 'i fod e wedi gwella pan ddaeth e'n ôl o Abertawe ar ôl marwolaeth Humphrey druan, ac fel 'wedes i, fe ddechreuodd yn ddigon addawol. Ond nawr—wel, mae Henblas yn eiddo iddo ef ac os yw'n benderfynol o ddinistrio'r lle, alla i mo'i rwystro. Fe wnaiff Josh Rees y gorau a all, rwy'n siŵr, dim ond i Lewis ad'el llonydd iddo fe.' Anadlodd yn ddwfn. 'Ond ma'r sefyllfa ynglŷn â'r sgraffe'n wahanol. Chi'n gw'bod, wrth gwrs, fod gen i arian yn y fenter. Wel, rwy i wedi bodloni gad'el fy muddianne yn nwylo Lewis, ac o ganlyniad, mae 'i siâr e yn y busnes wedi bod yn fwy o dipyn na d'un di, William. Fe, i bob pwrpas, sy wedi penderfynu pob peth.'

'Ry'n ni'n ymwybodol iawn o hynny,' meddai Margaret yn chwerw.

'Wedi ffraeo 'dag e eisoes, y'ch chi? Wel, fe fydd 'na dipyn o ymgecru yn y dyfodol, dw i'n ame dim. Rwy'n dibynnu arnat ti, Margaret, i roi pob cefnogaeth i William. Paid â gad'el iddo fe ildio i Lewis bob amser. Ti'n rhy dueddol, 'machgen i, i ddilyn ble mae dy gefnder yn arwain. Cofia di be sy wedi digwydd iddo fe a chadwa at dy benderfyniade dy hun.'

'Ond Modryb Milbrew, fe fydd gan Lewis y gallu . . .'

'Cau di dy ben, William, a gwrandewch, y ddau ohonoch chi. Rwy'n mynd i Abertawe i fyw. Dyna ble mae Thomas Williams, ac mae'n perthyn mor agos i fi ag y mae Lewis a thi, William. Fe fydd yn rhyfedd gad'el Henblas, ond dw i 'di hanner disgw'l y peth ers i

Humphrey farw ac mae gen i fy nghynllunie'n barod. Ond fydda i ddim ar gael bellach i drafod datblygiade ein cwmni teuluol—achos dyna be sy 'da ni ar y gamlas, ac rwy'n gobeith'o ca'l 'i weld e'n tyfu'n sylweddol—ac felly rwy'n rhoi fy naliade yn dy ofal di, William. Dwyt ti ddim yn ddigon hyderus o'r hanner, ond rwy'n dibynnu ar Margaret i d'ysbrydoli di. Fe alwais ar John Harris cyn dod yma ac mae popeth wedi'i drefnu. Ro'n i wedi trafod y peth 'dag e eisoes, a heddi fe arwyddes i'r ddogfen briodol.' Cododd ar ei thraed. 'Rhaid i fi fynd. Mae gen i lu o bethe yn aros amdana i.'

'Ond Modryb Milbrew, dw i ddim wedi ca'l y cyfle i ddiolch i chi . . .'

'Gwna di lwyddiant o'r busnes, William. Dyna'r diolch rwy'n mo'yn. Rwy i wedi rhoi blynyddo'dd i'r teulu Gethin, ac mae gen i awydd gweld 'i aelode'n ddinasyddion nodedig yma yn Aberhonddu.'

vi

'Ond beth 'weda i wrth Lewis? Mae'n siŵr o feddwl 'y mod wedi dwyn perswâd ar Modryb Milbrew.'

'Dyw hyd yn oed Lewis ddim yn ddigon ffôl i feddwl hynny,' meddai Margaret.

'Ond mae hi'n disgw'l i fi ddadle 'dag e. Margaret, ti'n gw'bod yn iawn fy mod i'n gw'bod llawer iawn llai na Lewis am y busnes.'

'Dw i ddim mor siŵr o hynny. O, syniad Lewis oedd y cwbwl yn y dechre, rwy'n cyfadde, ac fe weithiodd yn galed i ga'l cysylltiade yn ardal y gweithie a chyda'r ffermwyr yn y parthe 'ma hefyd, ond dwêd wrtha i, Wil, pwy sy wedi bod yn rhedeg y sioe yn ystod y misoedd diwetha? Ti a fi. Dyw Lewis ddim wedi g'neud dim ond gweld bai ar ein hymdrechion ni. A faint o'r gwaith papur sy wedi bod yn 'i ddwylo erioed?'

'Ond fel 'ny y trefnwyd pethe, Margaret. Ro'n i i 'neud y gwaith papur tra bod Lewis yn chwilio am gyflenwyr. Ac mae ganddo fe ddiddordeb yn y busnes, elli di ddim gwadu hynny.'

'Mae'n ymddiddori, debyg, ond meddwl cyn lleied o waith mae'n 'i wneud. Siarad yw'r cwbwl 'dag e erbyn hyn. Mae Milbrew yn llygad 'i lle, Wil. Elli di ddim dibynnu ar Lewis.'

'Ond shwt ddown ni i ben hebddo fe?'

'Yn ddigon hawdd. Fe wna i'r gwaith papur, fe all Hugh ofalu am y

159

siop ac fe gei di fynd i chwilio am gyflenwyr newydd. Ti'n deall ein hanghenion ni i'r dim.'

'Ydw debyg,' meddai William yn araf, 'ond does gen i fawr o awydd mynychu cyfarfodydd yng nghwmni Augustus Meyrick a gweddill pwyllgor y gamlas.'

'Does dim angen i ti boeni yn 'u cylch nhw. Ry'n ni wedi sefydlu'n hunen erbyn hyn ac fe ddown ni i ben hebddyn nhw. A ta beth, rhaid i ni ad'el rhyw waith i d'annwyl gefnder. Fe gaiff e siarad â'r bobol bwysig tra'n bod ni'n dau'n sicrhau ein bod yn gwneud elw. Paid â becso, Wil, fe fydd popeth yn iawn.'

Gwyliodd William Margaret yn codi ar ei thraed a gadael yr ystafell. Roedd hi mor siŵr ohoni'i hun bob amser, mor rhydd o amheuon. Roedd hi'n iawn ynglŷn â'r datblygiad annisgwyl hwn hefyd. Ef ei hun oedd gan Lewis i'w feio am y ffaith bod Milbrew wedi colli ffydd ynddo. Teimlai William fod ei gydwybod yn glir ar y mater hwnnw. Ond beth am . . . Cododd a cherdded o gwmpas yr ystafell. Rhyfedd mai gweithred garedig oedd wedi ei arwain at yr euogrwydd a deimlai'n awr. Doedd e ddim wedi disgwyl cwympo mewn cariad ag Amabel pan aeth i Henblas i roi llyfr iddi ryw wythnos ar ôl iddi gyrraedd y lle, ond dyna beth oedd wedi digwydd. Roedd hi mor bert, mor annwyl ac mor ddiamddiffyn. Erbyn hyn, hi oedd canolbwynt ei fywyd a'i ymweliadau â Henblas oedd uchafbwynt ei ddyddiau. A phan sylweddolodd ei bod hi lawn mor awyddus i'w weld ag yr oedd ef i'w gweld hi . . . Clywodd lais Hugh Pritchard yn holi amdano. Roedd hi'n hen bryd iddo ddychwelyd i'r siop.

20

i

'Roedd y pryd yna'n warthus. Rhaid bod y cig oen wedi bod yn y ffwrn am oriau. Doedd dim blas yn perthyn iddo.' Gwthiodd Caroline Rattenbury ei phlat oddi wrthi'n anfoddog. 'Rwy'n sylwi, Amabel, fod y gweision yn manteisio ar absenoldebau mynych dy ŵr i ddarparu bwyd sy'n ymylu ar fod yn anfwytadwy. Mae'n adlewyrchiad arall o'r diffyg parch tuag atat ti sydd mor nodweddiadol o bawb yma yn Henblas. Fe ddylet ti ddangos iddyn nhw mai yn dy ddwylo di mae'r awenau erbyn hyn.'

Mwmialodd Amabel ychydig eiriau annealladwy ac edrychodd Caroline arni'n ddiamynedd.

'Rwy'n mynd i'r gegin i ddweud y drefn wrth Jane Rees,' meddai. 'Dylen ni ddim anwybyddu'r fath safonau anfoddhaol. Cofia di hynny, Amabel, a phaid â bod mor hirymarhous.'

Cerddodd yn benderfynol o'r ystafell ac ymlaciodd Amabel. Roedd ei modryb wedi newid yn ystod ei chyfnod yn Henblas. Doedd dim modd ei phlesio hi a thybiai Amabel ei bod yn gweld eisiau Bryste a'i ffrindiau yno. Efallai y dylai fynd yn ôl. Byddai ei habsenoldeb yn rhyddhad ac yn sicr fe fyddai Lewis yn falch o weld ei chefn hi. Ond ofnai Amabel y byddai'n ymddangos yn anniolchgar wrth awgrymu y dylai ei modryb ymadael. Roedd y sefyllfa'n gymhleth a hithau'n rhy flinedig i fynd i'r afael â hi.

Cododd Amabel ei phen yn sydyn, gan wrando ar sŵn carnau ceffyl yn nesáu. Lewis oedd yno, siŵr o fod. Ond roedd e wedi dweud ei fod yn mynd allan am y diwrnod. Roedd wedi bod yn yfed eto, efallai, ond doedd e ddim yn meddwi mor gynnar yn y dydd fel arfer. Aeth Amabel at y ffenest a gwelodd fod y ceffyl yn carlamu. Rhaid bod rhywbeth wedi cythruddo Lewis. Yna sylweddolodd yn sydyn mai William, ac nid Lewis, oedd yno.

Aeth yn llechwraidd o'r stafell. O'r tu ôl iddi clywodd Caroline yn gweiddi ar Jane Rees. Erbyn i William farchogaeth i'r iard a disgyn oddi ar ei geffyl roedd Amabel wedi cyrraedd ato.

'O William, roeddwn i'n ofni na welwn i ti tan yr wythnos nesaf. Rwyf wedi gweld d'eisiau di gymaint. Mae Lewis wedi mynd i'r dref.'

'Fe wn i.' Taflodd William gipolwg cyflym at Josh Rees, ond roedd hwnnw'n brysur yn carco'r ceffyl. 'Beth am fynd am dro?' awgrymodd. 'Fe wnaiff les i ti—neu fyddi di'n oer?'

'Na fyddaf. Fe af i nôl fy nghlogyn.'

'Cymera di 'nghlogyn i.'

Lapiodd William y dilledyn o'i chwmpas a cherddodd y ddau o'r iard. Edrychodd Josh Rees yn ymchwilgar ar eu holau.

'Well i fi fynd â ti i mewn i'r stabal,' meddai wrth y ceffyl. 'Fydd Mr William ddim yn gweld d'angen di am sbel, hyd y gwela i. Beth fydde barn yr hen feistr am y fath ymddygiad, ti'n meddwl, a Meistres Milbrew hefyd? Ond 'na fe, dyw e ddim yn fusnes i ni, ydy e?'

ii

'Rwy ar y ffordd i Langynidr,' eglurodd William. 'Mae mater i'w drefnu gydag un o'n cyflenwyr.'

'Llangynidr?' Crychodd Amabel ei thalcen. 'Dywedodd Lewis rywbeth am fynd i Langynidr yr wythnos ddiwethaf, rwy'n siŵr.'

'Wel, aeth e ddim.' A gwyddai William yn iawn pam nad oedd ei gefnder wedi ymgymryd â'r daith fel y trefnwyd; treulio gormod o amser yn y Dolphin yn Lôn y Baw oedd gwreiddyn y drwg. Fe fu sôn fod Lewis wedi bod yn ymladd gyda rhai o ddynion yr ysgraffau. Fe fyddai'n dihuno un bore yng ngharchar Aberhonddu, wedi iddo ddwyn gwarth ar enw'r teulu. Nid fy mod i fawr gwell, meddyliodd William yn anesmwyth. Dim ond ychydig fisoedd yn ôl roedd Lewis cyn bwysiced â dim yn fy ngolwg, ond nawr . . . Edrychodd i lawr at Amabel a gweld ei bod hi'n ei wylio'n bryderus. Ar unwaith anghofiodd am Lewis a gwenu arni.

'Rwyt ti'n edrych yn well,' meddai. 'Mae gen ti liw yn dy fochau unwaith eto.'

'Rwyf wastad yn teimlo'n iawn yn dy gwmni di,' atebodd hithau.

iii

Anogodd William ei geffyl ar hyd y llwybr a redai wrth ochr y gamlas. Treiddiai'r heulwen drwy ganghennau du'r coed gan ddisgleirio ar wyneb y dŵr llonydd. Noson oer fyddai hi, ac yntau'n hwyrach o lawer yn dechrau ar ei siwrnai nag y bwriadasai. Beth ddywedai Margaret pe bai hi'n gwybod nad oedd ond ychydig filltiroedd o Aberhonddu o hyd? Teimlai'n annifyr braidd. Roedd gan ei wraig ddigon o hyder ynddo i'w annog i ymgymryd â'r daith hon i ardal y gweithiau, ond doedd hi ddim wedi caniatáu iddo fynd heb roi iddo gyfarwyddiadau manwl sawl gwaith ynglŷn â'r dasg a'i hwynebai. Ceisio ei helpu oedd hi, mae'n debyg, ond fe fyddai wedi mynd ar ei ffordd yn fwy llawen o lawer pe bai hi wedi dangos bod ganddi ffydd yn ei allu i drefnu'r mater yn foddhaol. Roedd Amabel yn ymddiried ynddo'n llwyr.

Crychodd ei dalcen. Beth oedd e'n mynd i'w wneud ynglŷn ag Amabel? Hyd yn oed pe bai'n anwybyddu ei deimladau ef ei hun, fe fyddai'n amhosibl ei gadael, a hithau wedi ei chlymu wrth ŵr oedd yn hollol anystyriol ohoni bellach. Roedd ar Amabel angen rhywun tyner, rhywun i'w charco, ac yn lle hynny roedd hi'n gorfod dioddef galwadau diamynedd Lewis. Sut oedd e'n disgwyl iddi hi ddelio â'r sefyllfa yn Henblas? Fe fyddai hyd yn oed Margaret wedi ei chael hi'n anodd cael ei ffordd mewn tŷ a gynhwysai Lewis, Milbrew a Caroline. Ond fe fyddai honno wedi gwneud ymdrech lew. Perthynai mwy o rinweddau i Margaret nag yr oedd wedi arfer credu, ac roedd hi'n ddeallus hefyd. Ond yn anffodus, roedd ei rhinweddau hi yn creu bwlch rhyngddynt. Roedd ei hawydd i drefnu popeth yn gas ganddo, a'i ddulliau mwy hamddenol ef o fynd o gwmpas ei bethau yn dân ar ei chroen hi. Roedd Amabel mor wahanol. Roedd hi'n dibynnu arno ac yn meddwl ei fod yn gwybod beth i'w wneud ym mhob sefyllfa. Doedd William ddim yn gyfarwydd â chael ei addoli ac roedd y profiad wedi mynd i'w ben. A dyna beth oedd wedi'i arwain i'r dryswch presennol. Ai ei blentyn ef oedd yng nghroth Amabel, ynteu plentyn Lewis? A oedd yn mynd i ddweud y cwbl wrth Lewis a Margaret neu beidio? Neu a oedd am fentro? Cyflymodd calon William wrth iddo ystyried gadael Aberhonddu a mynd ag Amabel gydag e.

Baglodd y ceffyl gan ysgwyd William o'i freuddwydion. Erbyn hyn roedd yr awyr yn oer iawn a'r diwrnod yn tynnu at ei derfyn. Fe fyddai'n ddoethach iddo anghofio am ei broblemau a chanolbwyntio ar gyrraedd Llangynidr. Gan annog y ceffyl i drotian fe farchogodd drwy'r gwyll a ddisgynnai'n gyflym o'i gwmpas.

iv

'Nawr 'te, 'nghariad i, mae'n hen bryd i ti fod ar dy ffordd adre.'

Syllodd Lewis ar y fenyw a safai wrth ei ysgwydd. 'Wyt ti'n 'nhwlu i mas? Dim croeso i hen ffrindie yn y Dolphin, dyna be ti'n drio ddweud, Gwen?'

Rhythodd Gwen Reynolds, tafarnwraig y Dolphin, arno. 'Digon yw digon,' atebodd yn bendant, 'a thithe'n troi i mewn yn llawn o gwrw lyncest ti mewn llefydd er'ill, ac wedyn yn dechre cw'mpo mas 'da'r cwsmeried, heb sôn am ad'el i dy ddwylo di grwydro drosta i o fla'n pawb—rho'r gore iddi hi, wnei di, Lewis—wel, mae'n bryd i ti fynd.'

Edrychodd Lewis yn watwarus ar yr ystafell flêr a'r dynion garw eu golwg oedd naill ai'n eistedd ar y stolion siglegig ynteu'n pwyso yn erbyn y welydd anwastad, pob un â'i fŵg o gwrw o'i flaen a'i lygaid wedi hoelio ar Lewis a'i gymar.

'Twt, paid â thalu sylw iddyn nhw, lodes. Dere â chusan i fi.'

'Rho'r gore iddi, Lewis. Rwyt ti wedi ca'l hen ddigon o ffafre gen i'n barod.'

'Dw i 'di talu'n hael am bopeth ges i gen ti.'

'Dw i ddim yn gwadu i ti dalu'n weddol, ond dw i wedi syrffedu ar dy dricie di. A ta beth, er dy les di dy hun, ddylet ti ddim ca'l rhagor cyn i ti ddringo ar gefen y ceffyl 'na sy gen ti, dim os wyt ti am gyrraedd Henblas.'

Ond doedd Lewis yn becso dim am gyrraedd y fan honno. Beth neu bwy oedd yn ei aros yno? Amabel, yn wanllyd ac yn gwynfannus, yn sgrechian bob tro yr oedd y drws yn cau'n sydyn ac yn crynu os âi'n agos ati, ac wedyn ei modryb, y Caroline felltigedig yna, yn pregethu o hyd am ddisgwyliadau ei nith a'r siomedigaethau roedd wedi eu profi ers iddi briodi. Diolch iddi hi, roedd Lewis wedi troi'n fwystfil yng ngolwg ei wraig.

A Wil wedyn. Flwyddyn yn ôl—neu mor ddiweddar ag ychydig fisoedd yn ôl—fe fyddai Lewis wedi bod yn fodlon mynd ar ei lw ei fod yn gwybod popeth oedd i'w wybod am Wil. Hen fachgen hyfryd oedd e, ond un â fawr o fynd yn perthyn iddo. Ond yn un i ddibynnu arno, serch hynny, yn barod bob amser i gefnogi ei gefnder, dim ond iddo ddwyn perswâd arno. Felly y bu gyda mater y gamlas. Ef oedd wedi cael y syniad gwreiddiol ac wedyn yn mynnu bod Wil yn cymryd rhan yn y fenter. Ond nawr roedd pethau wedi newid, diolch i Milbrew, yr hen ast wirion. I feddwl amdani hi'n rhoi ei siâr o'r busnes i gyd i William, a hynny'n ddiamod hefyd. Beth yn y byd a barodd iddi ymddwyn mor ffôl, a hithau'n gwybod yn iawn nad oedd gan Wil ddim clem ynglŷn â rhedeg busnes? Margaret oedd y tu ôl i'r peth; dyna'r unig eglurhad a allai ddal dŵr. Roedd hi wedi bod yn gweithio ar Milbrew ers misoedd ac erbyn hyn roedd gan yr hen fenyw feddwl go uchel ohoni.

Baglodd Lewis a chydiodd mewn wal i'w sadio ei hun. Ie, Margaret oedd y drwg yn y caws, a hi oedd yn gyfrifol am y newid yn Wil hefyd. Roedd digwyddiadau'r prynhawn yn profi hynny. Roedd yn dda iddo alw'n annisgwyl a'i dal hi fel yr oedd wedi'i wneud. Ond roedd wyneb ganddi, yn perswadio William i fynd ar daith i ardal y gweithiau. Lewis oedd yn trefnu pethau yno a neb arall. Roedd hi'n annog ei gŵr i droi yn erbyn ei gefnder, dyna beth oedd ei gêm hi. Ond roedd hi wedi gwneud uffern o gamgymeriad.

Roedd y sefyllfa'n hollol eglur iddo ar ôl cyfarfod y bore; dyna un peth da—bod Margaret ac yntau'n gwybod yn iawn beth oedd barn y naill am y llall. Gwenodd Lewis wrth gofio rhai o'r enwau yr oedd wedi'i galw hi, cyn digio eto wrth gofio'r hyn roedd hi wedi'i ddweud wrtho fe. Meddwyn da-i-ddim, analluog i drefnu ei fywyd ei hun ac yn anfodlon rhoi llonydd i bobl eraill, dyna beth ddywedodd hi. Wel, fe fyddai'n sylweddoli maint ei chamgymeriad cyn pen dim. Ysgubodd ton o hyder ac ynni drosto. Fe ddylai fod wedi mynnu ei bod hi'n tynnu ei geiriau'n ôl ar unwaith, ond doedd hi ddim yn rhy hwyr. Trodd ar ei sawdl a cherdded yn simsan braidd i gyfeiriad High Street.

V

Wel, roedd hi wedi'i gwneud hi'r tro hwn, meddyliodd Margaret. Fyddai Lewis byth yn maddau'r pethau yr oedd hi wedi eu dweud wrtho'r prynhawn hwnnw. Fe wnâi ei orau glas i droi William yn ei herbyn hefyd. Ai ffolineb oedd siarad mor agored tybed? Beth pe bai e'n cael ei sbarduno i ddweud y drefn amdani wrth William? Ar bwy fyddai Wil yn debygol o wrando—ar y cefnder yr oedd wedi bod mor agos ato dros y blynyddoedd, neu ar y wraig oedd wedi profi'n wahanol i'w ddisgwyliadau? Pe bai ganddi'r rhyddid i drefnu pethau ei hun, heb fod yn atebol i neb, fe fyddai'n gwneud llwyddiant o'r busnes, ond gyda phethau fel yr oedden nhw, doedd ganddi hi ddim dewis ond dibynnu ar William. Hyd yn hyn roedd hi wedi llwyddo i'w gadw at y penderfyniadau roedden nhw wedi'u gwneud ar y cyd, ond doedd hi ddim wedi bod yn hawdd. Efallai y byddai'n fwy hyderus ar ôl ei daith i ardal y gweithiau. Fe fyddai'n bwysig iddo ddal ei dir yn erbyn Lewis yn ystod cyfnod yr enedigaeth, pan na fyddai hi yno i'w ystyfnigo. Yr enedigaeth . . . a fyddai William yn derbyn y plentyn, neu a fyddai amheuon ganddo? A phe bai'n amau . . .

Doedd dim diben meddwl am hynny nawr. Dechreuodd Margaret ddiffodd y canhwyllau. Roedd cynnwrf wedi bod yn y dref drwy'r dydd er cof am fuddugoliaeth Trafalgar. Digon parchus fu'r gwasanaeth yn eglwys y Santes Fair, wrth gwrs, gyda phregeth yr archddiacon a thanysgrifiadau ar gyfer y gweddwon a'r plant amddifad, ond gwahanol iawn oedd y dathlwyr a grwydrai drwy'r strydoedd. Roedd rhai ohonyn nhw'n dod i lawr High Street ar hyn o bryd. Neidiodd Margaret wrth i rywun ddechrau curo ar y drws. Aeth Martha i'w agor.

'Gad i fi ddod mewn, damio di! Dw i'n mynd i weld Margaret ta beth wyt ti'n ddweud.'

'Cywilydd arnoch chi, Mr Lewis. Ddylech chi ddim bod yma, a chithe yn y fath gyflwr.'

Agorodd Margaret ddrws y parlwr a gwelodd fod Martha yn ceisio rhwystro Lewis rhag esgyn y stâr.

'Dyma bleser annisgwyl, ca'l dy weld ti eto mor fuan,' meddai'n hynaws. 'Wyt ti am ga'l trafodaeth arall ynglŷn â datblygiad ein cwmni ni?'

'Ein cwmni ni, myn diawl i! Martha, gad fi i fod!' Gwthiodd heibio i'r hen fenyw a sefyll o flaen Margaret. 'Fydde rhywun yn meddwl, o dy glywed ti, dy fod ti wedi dod â gwaddol sylweddol i Wil yn hytrach na bod yn ddyledus iddo fe am y dillad ro't ti'n 'u gwisgo i'w briodi e.'

'O, dw i'n gw'bod yn iawn nad oedd gen i ddim hawl i briodi i mewn i deulu Gethin,' atebodd Margaret, 'ond fe ragores i arnat ti, Lewis. Fe geisiest ti hefyd wella dy stad drwy briodi'n dda, ond methu wnest ti. Trueni mawr i Elizabeth Parry dy wrthod di, ond 'na fe, pwy fydde'n barod i ddiodde dy holl giamocs di, dwêd? Un peth yw cenhedlu plentyn siawns, ond rwy'n deall fod y boneddigion, hyd yn oed, yn anfodlon anwybyddu ymddygiad dyn sy'n methu gwneud darpari'eth deilwng ar gyfer 'i feistres a'r babi . . .'

Caeodd Margaret ei cheg yn sydyn. Safai Lewis yn stond gan rythu arni.

'Am beth yn union wyt ti'n sôn?' gofynnodd yn dawel.

Cymerodd Margaret gam yn ôl. Rhaid i fi beidio â dangos bod ofn arna i, meddyliodd, a beth bynnag, mae'n rhy hwyr i esgus na wn i ddim.

'Dw i'n sôn am Sara, wrth gwrs,' meddai. 'Oes gen ti gymaint o gariadon fel dy fod ti'n cael trafferth i'w cofio nhw?'

'Ti'n un dda i siarad. Does ond 'chydig fiso'dd ers i ti greu helynt yn y dre, wrth dreulio d'amser i gyd yng nghwmni Bromfield. A'r daith 'na i Landrindod—roedd 'na fwy i honna nag awydd ar dy ran i brofi dŵr y ffynnon, yn 'y marn i.'

Gwingodd Margaret gan fethu dod o hyd i ateb, ond aeth Lewis yn ei flaen heb roi cyfle iddi ddweud dim.

'Beth wedest ti gynne? Bod 'na duedd i weld yn chwith ar ddyn nad yw'n g'neud darpari'eth deilwng ar gyfer 'i feistres a'i blentyn? Beth oedd ystyr hynny?'

'Dwyt ti ddim yn disgw'l i fi gredu nad wyt ti'n gw'bod dim am fabi Sara?' gofynnodd Margaret yn ddirmygus.

'Babi Sara? Na, do'n i'n gw'bod dim, a ta beth, pam wyt ti'n tadogi'r plentyn—os oes 'na blentyn—arna i? Beth am y boi o'r theatr roedd hi'n ymwneud ag e?'

'Wyt ti'n gwadu i ti roi blaen dy fys arni, wyt ti?'

'Wedes i ddim o'r fath, ond roedd Hugh Pritchard wedi'i gweld hi gyda'r actorion 'na yng nghoed y Priordy. Ac fe ymosododd rhywun arni; roedd Wil yn argyhoeddedig o hynny.'

'O do, fe ymosododd rhywun arni, does dim dwywaith am hynny. Ond pam roedd hi yng nghoed y Priordy, Lewis? Nid i gwrdd ag un o'r actorion, os wyt ti'n gofyn i fi.' Edrychodd arno'n herfeiddiol. 'Dw i'n iawn, ydw i ddim? Fe aeth hi yno i gwrdd â ti. Falle 'i bod hi'n bwriadu dweud wrthot ti fod 'na blentyn ar y ffordd. Fe a'th ar ei llw wrtha i taw ti oedd tad y babi. Ond pan oedd hi yn y coedwig, fe welodd rhyw ddihiryn 'i gyfle a'i threisio hi. A beth wnest ti wedyn? Roeddet ti'n llawn cynllunie, yn edrych ymla'n at briodi Elizabeth Parry. Ddest ti ddim yn agos i holi am Sara. Roeddet ti'n fodlon rhoi'r bai am bopeth ar yr actor bondigrybwyll, a gadael i Sara wneud y gore galle hi heb unrhyw gymorth gen ti. Wnest ti ddim hyd yn oed ofyn shwt oedd hi, os cofia i'n iawn. Ofni i ryw sïon gyrraedd clustie boneddigaidd Miss Parry, debyg. Ond fe ddaeth i wybod am y cyfan wedi'r cwbwl.'

'Roedd Elizabeth yn gwybod hanes Sara? Dyna pam y trodd hi at Bromfield?'

Camodd Margaret yn ôl gan ddal yn dynn yn nrws y parlwr.

'Ti ddwedodd wrthi! Dy fai di oedd y cwbwl!'

Ceisiodd Lewis gydio ynddi, ond roedd Margaret yn rhy gyflym. Caeodd y drws yn glep a'i folltio, gan ei adael i'w daro'n wyllt.

vi

Oriau yn ddiweddarach arhosodd Lewis ger y bont a disgyn oddi ar ei geffyl. Pwysodd dros y canllaw gan syllu ar y tywyllwch oddi tano lle canai afon Wysg yn dawel. Doedd fawr o ddŵr yndddi ar ôl sbel o dywydd oer a sych. Lliniarai sisial yr afon ei gynddaredd, a dechreuodd feddwl am yr helyntion diweddar mewn ysbryd mwy hunanfeddiannol. Gorau oll i Margaret gau drws y parlwr mor gyflym. Pe bai wedi llwyddo i gydio ynddi, byddai wedi ei thagu; doedd ganddo ddim amheuaeth ynglŷn â hynny. A phe bai wedi gwneud hynny, fe fyddai hi wedi cael ei haeddiant. Ond wedyn, roedd yn rhaid ystyried Wil, a'r plentyn hefyd, Richard Humphrey bach. Trawodd Lewis gipolwg ar ei geffyl; roedd hwnnw'n tocio porfa brin y gaeaf. Cam â'r anifail fyddai ei gadw i sefyll yn stond ar noson mor oer, ond roedd am gael yr holl sefyllfa'n glir yn ei ben.

Margaret oedd wrth wraidd pob anffawd a ddaethai i'w ran ers y diwrnod yr aeth i Usk Place a chael bod Elizabeth wedi gadael. Ei bai hi oedd y cwbl—diwedd ei gyfeillgarwch ag Augustus Meyrick, ei briodas drychinebus, y sefyllfa ddiflas yn Henblas a'r enw drwg oedd ganddo yn y dre erbyn hyn. Milbrew hefyd—ni fyddai honno wedi colli ffydd ynddo pe na bai wedi ceisio anghofio'i anhapusrwydd yn y Dolphin. Ac i Margaret roedd y diolch am hyn oll. Pam roedd hi wedi gwneud y fath beth? Roedd e wedi bod yn fodlon ei derbyn yn wraig i Wil; doedd e erioed wedi edliw iddi ei thras isel, fel roedd Milbrew wedi gwneud droeon. I ddweud y gwir, roedd wedi bod yn ddigon hoff ohoni ar un adeg, ac wedi credu ei bod hi'n teimlo yr un fath ato ef. Pam yr oedd hi mor ddig? Ai dial roedd hi oherwydd iddo beidio â chynnig i'w phriodi? Caeodd llaw Lewis yn dynn ar ganllaw'r bont. Os dyna oedd ei gêm, roedd hi wedi mynd yn rhy bell. Pan glywai Wil yr hanes fe fyddai'n siŵr o gydymdeimlo'n llwyr â'i gefnder. Cofiodd iddo ddweud ambell beth eitha cas wrth yr hen Wil ar ôl darganfod ei fod wedi cael ysgraffau Milbrew i'w ddwylo, ond dŵr dan y bont oedd hynny mwyach. Deallai Wil yn iawn mai un byr ei dymer oedd Lewis, un oedd yn aml yn dweud mwy nag oedd yn ei feddwl. Dyna pam roedd e wedi bod yn sych braidd ynglŷn ag ymweliadau mynych Wil â Henblas i weld Amabel. Caredigrwydd cynhenid a dim byd arall oedd wrth wraidd yr ymweliadau, mae'n siŵr, ac efallai awydd ar ran Wil i dreulio rhywfaint o'i amser mewn cwmni hyfrytach na'r hyn a brofai gartref. Margaret a'i badau a'i llyfrau cownts!

Damio Margaret! Ond roedd hi wedi mynd dros ben llestri'r tro hwn. Wedi i Wil ddod i wybod y gwir amdani fe fyddai diwedd ar ei gallu i ddylanwadu arno. Fe fyddai Wil o blaid ei gefnder a châi Lewis yr awenau i'w ddwylo drachefn. Fyddai dim rhagor o feddwi ar ei ran, chwaith, na gohirio pan ddylai weithredu. Doedd Margaret ddim yn mynd i roi pen ar ei gynlluniau. Fe, a neb arall, fyddai'n rheoli yn y busnes ac yn Henblas. Fe fyddai'n mynnu bod Caroline yn gadael; byddai'n rhaid i Amabel ddod i ben hebddi. Fe fyddai popeth yn wahanol iawn o hyn ymlaen. Neidiodd Lewis i'w gyfrwy ac annog ei geffyl i drotian i lawr yr heol.

vii

Trodd Margaret yn aflonydd gan geisio'n aflwyddiannus i ddod o hyd i fan cysurus ar ei chlustog. Roedd hi wedi blino'n lân, ond methai â chysgu. Neidiodd ei meddwl o un pryder i'r llall. Beth wnaiff Lewis, nawr ei fod yn gwybod pam yr oedd e wedi colli Elizabeth Parry? Beth ddywed William ar ôl iddo glywed am weithgareddau ei wraig? A oedd modd ei berswadio fod triniaeth Lewis o Sara'n cyfiawnhau llythyr Margaret? Efallai—roedd e wedi bod yn eitha hoff o'r ferch. Ond beth oedd gan Lewis mewn golwg wrth sôn am Bromfield a'r daith i Landrindod? Wedi clywed rhywbeth oedd e? Roedd dynion yn brolio am gampau rhywiol ymhlith ei gilydd, a doedd Bromfield ddim yn un i ddal yn ôl pan oedd ganddo gyfle i ymffrostio.

Roedd hi wedi bod yn eistedd am oriau yn disgwyl i William ddychwelyd, yn rhedeg at y drws pan glywai sŵn traed y tu allan ac yn neidio bob tro y canai'r gloch. Ffolineb oedd ymddwyn felly. Doedd Wil ddim yn debyg o ymddangos am sbel ac erbyn y deuai byddai angen iddi wybod beth oedd hi'n mynd i ddweud wrtho. Ond anodd, os nad amhosibl, fyddai cyflwyno'r hanes mewn modd a fyddai'n dderbyniol yng ngolwg William—William, a oedd mor hoff o Lewis yn y bôn. A oedd rhywbeth, unrhyw beth o gwbl, a gadwai Lewis rhag dweud y cwbl wrth Wil? Rhyw fargen y medrai ei tharo? Nag oedd, wrth gwrs.

O'r diwedd llithrodd i gwsg anesmwyth, i gael ei dihuno cyn hir gan sŵn cnocio ar y drws. Meddyliodd yn ddryslyd mai Lewis oedd yno, yn awyddus i ddweud yr hanes wrth ei gefnder a chael ei gydymdeimlad.

Roedd yr ystafell wely'n dywyll a'r awyr yn oer. Clustfeiniodd. Daeth y cnocio eto ac wedyn llais Martha. Atebodd llais arall, llais cyfarwydd. Nid llais Lewis; na, Hugh Pritchard oedd yno. Beth yn y byd oedd wedi dod ag ef yn ôl mor hwyr? Cododd Margaret a thaflu siôl o'i chwmpas. Doedd Richard Humphrey ddim wedi deffro, diolch byth. Rhedodd i lawr y stâr. Roedd Martha a Hugh yn sefyll y tu mewn i'r drws, a rhywun arall ar y trothwy. Chwipiai gwynt llym Rhagfyr i'r tŷ gan beri iddi grynu.

'Martha, be sy?' gofynnodd. 'Pam wyt ti 'ma, Hugh. Y siop . . .?'

Trodd Martha i'w hwynebu ond ni ddywedodd ddim.

'Be sy?' holodd Margaret eto.

'Dewch i mewn i'r gegin i gynhesu,' ebe Martha. 'Chi'ch dau hefyd —rhaid 'ych bod chi wedi rhewi'n gorn.'

'Dyna beth oedd e, chi'n gweld,' meddai'r dyn dieithr. 'Y rhew. Popeth wedi rhewi'n glamp . . .'

'Arhoswch funud.' Gwthiodd Martha bawb i'r gegin gan roi Margaret i eistedd wrth y tân. 'Mae 'na ddamwain wedi bod,' meddai cyn oedi ac edrych yn apelgar ar Hugh.

'Mr Gethin . . . y rhew . . . mae'n beryglus weithie.' Llyncodd Hugh a chau ei geg.

Y rhew a'r heolydd slic a Lewis, fwy na thebyg, yn feddw shils . . .

'Ydy e wedi ca'l dolur mawr?' gofynnodd Margaret i Hugh.

Amneidiodd hwnnw.

'Wedi . . . marw?'

Amneidiodd eto a gosododd Martha ei braich ar ysgwyddau Margaret. Crynodd honno yn ei chadair. Ceisiodd yn ofer sylweddoli beth oedd goblygiadau'r digwyddiad. Roedd y dyn dieithr yn siarad, a throdd hi ato.

'Doedd e ddim ymhell iawn o Langynidr,' eglurodd. 'Ma' 'na dir corsog yno, ar bwys y gamlas, ond heno wrth gwrs roedd haenen o iâ drosto fe. Fe faglodd y ceffyl, fwy na thebyg, a Mr Gethin . . . wel, fe gafodd glatsien ar 'i ben, siŵr o fod. Roedd ganddo fe glais mawr ar 'i dalcen, a chyn iddo fe ddod ato'i hun fe . . . wel, fe foddodd. Fe ddaeth i lawr gyda llif y gamlas i'r llifddor.'

'Ond dw i ddim yn deall.' Edrychodd Margaret yn syn ar y dyn. 'Beth oedd e'n 'i wneud yn Llangynidr?'

'Ond Mrs Gethin, fe aeth i lawr i gwrdd â Harry Thomas, fe wyddoch chi hynny,' meddai Hugh Pritchard. 'Chi'n cofio, y dyn oedd wedi methu cyflenwi'r calch.'

'Y sioc yw e,' meddai Martha. 'Ma' fe i gyd yn ormod iddi hi, ac ma' hi 'di drysu. Dim syndod chwaith, a hithe wedi dihuno o'i chwsg i glywed fod 'i gŵr wedi mynd.'

'*William?*' Edrychodd Margaret yn anghrediniol arnynt. '*William* sy wedi boddi?'

'Y rhew oedd e,' dywedodd y dyn dieithr eto. 'Dyna beth oedd e, a'r noson mor dywyll hefyd; dim ond gole'r sêr i ddangos y ffordd. Ma'r lleuad yn codi'n hwyr heno, chi'n deall. Newydd 'neud nawr wrth i fi ddod i mewn i'r dre.'

'O'ch chi yno pan . . . o'ch chi wrth y llifddor?'

'Oeddwn.'

'Mae Bob Richards yn gweith'o ar y lanfa,' eglurodd Hugh. 'Un o 'B'ronddu yw e, ac yn nabod Mr Gethin yn iawn o ran 'i olwg. Fe ddaeth ar unwaith i chwilio amdana i.'

'Roedd hynny'n garedig iawn,' meddai Margaret yn fecanyddol.

'Ddim o gwbwl—y lleia allwn i 'neud,' meddai Bob Richards. 'Wel, mae'n well i fi fynd 'nôl.'

'Ddim heb ga'l rh'wbeth i'w fwyta,' ebe Margaret. 'Na, rwy'n mynnu. Wnewch chi ddim tarfu arna i. Rwy'n mynd lan llofft.'

Yn ôl yn ei hystafell ei hun, eisteddodd Margaret yn drwm ar y gwely. Ers y cweryl gyda Lewis roedd hi wedi ofni gweld William yn dychwelyd a nawr doedd e ddim yn mynd i ddychwelyd byth eto. Roedd hi'n methu credu'r peth. Fyddai neb wedi synnu dim pe bai Lewis, a oedd mor ddi-hid bob amser, wedi cael damwain, ond un pwyllog fu William erioed. A nawr doedd dim angen iddi chwilio am eglurhad derbyniol i'w gynnig iddo; dim angen iddi gyfiawnhau ei gweithredoedd i neb. Llifodd ton o euogrwydd drosti. Sut y gallai feddwl y fath beth, a'i gŵr newydd farw? William druan, mor amyneddgar, mor ystyriol, mor garedig, ac yntau erioed wedi cael ei haeddiant ganddi. Yn sydyn a dirybudd, dechreuodd Margaret feichio wylo.

21

i

Taflodd Margaret Gethin ei phen yn ôl gan lenwi ei hysgyfaint ag awel ffres y gwanwyn. Mor dda oedd bod allan unwaith eto ar ôl yr wythnosau a dreuliasai y tu mewn i furiau'r tŷ yn High Street. Ac roedd yn ddiwrnod mor braf, a blodau'r ddraenen ddu yn drwch ym mhobman a'r adar yn canu'n hyderus ar y coed a'r llwyni ar hyd y gamlas. Cofiodd Margaret y cyfnod diflas wedi geni Richard Humphrey, pan oedd hi wedi'i charcharu yn y tŷ gan ofynion y babi. Ond roedd popeth yn wahanol y tro hwn. Rhyngddyn nhw, fe fyddai Martha a'r famaeth yn gofalu am y babi newydd. Doedd Martha ddim wedi'i phlesio rhyw lawer gan benderfyniad Margaret i beidio â rhoi ei llaeth ei hun i'r plentyn, ond bellach roedd wrth ei bodd gan fod holl drefniadau'r tŷ yn ei dwylo. A hefyd, roedd hi'n dwlu ar y babi ac yn ceisio byth a beunydd i ddod o hyd i ryw awgrym o nodweddion William yn yr un fach. Enghraifft nodweddiadol o allu pobl i weld yr hyn maen nhw'n dymuno'i weld, meddyliodd Margaret, ond doedd dim modd gwadu'r ffaith mai cyfleus dros ben iddi hi oedd ymroddiad Martha i Elinor fach. Ac roedd Margaret wrth ei bodd bod yn ôl wrth ei gwaith ac yn benderfynol o ddyblu nifer y cwsmeriaid, a hynny mewn byr o dro. Gyda Lewis mor brysur yn adeiladu ym Mhen-dre, roedd yn dda ei bod ar gael i ofalu am yr holl fusnes cludo nwyddau.

Gwenodd dros ei hysgwydd ar Tom Pritchard, cefnder Hugh, a oedd yn marchogaeth y tu ôl iddi. 'Ddim yn hir nawr, Tom. Chwarter awr, ac fe fyddwn ni yng Nghrucywel.'

'Chi wedi blino, ma'am, rwy'n siŵr,' ebe Tom.

'Ddim o gwbwl. Fe allwn i fynd ymla'n am orie eto, ond welwn ni neb ry'n ni am weld yr amser 'ma o'r dydd, ac felly man a man inni ad'el gweddill y busnes tan fory.'

'Fel y mynnoch chi, ma'am.'

Gwenodd Margaret wrthi'i hun. Gŵr ifanc cwrtais iawn oedd Tom, yn fwy golygus na'i gefnder Hugh; ac er ei fod yn ei thrin â'r parch priodol bob amser, roedd yn ddigon amlwg iddi ei fod yn ei gweld hi'n ddeniadol. Edrychodd ar oleuadau Crucywel yn disgleirio yng ngwyll y gwanwyn. Roedden nhw'n aros yn y Beaufort; hwnnw oedd y gwesty gorau, a beth bynnag, roedd yn bryd iddi hi gladdu pob atgof am ei hymweliad blaenorol. Roedd hynny lai na blwyddyn yn ôl, a dyma hi'n awr, y peryglon a'r bygythiadau y tu ôl iddi, ei merch wedi'i geni'n ddiogel a siâr yn y busnes yn ei meddiant. Druan â William. Wrth iddi farchogaeth heibio i'r llifddor yn Llangynidr roedd y cof am y noson honno y gaeaf diwethaf yn fyw iawn. Aeth ymlaen cyn gynted ag y medrai, gan droi ei sylw at bethau eraill.

Cyraeddasant iard y Beaufort a daeth Tom Pritchard i gymryd awenau'r ceffyl. Cyffyrddodd yn ei llaw a gwrido. Gwenodd hithau arno cyn disgyn a cherdded i mewn i'r gwesty. Gŵr ifanc dymunol, a hithau â rheolaeth lwyr dros eu perthynas. Yn fodlon iawn ar ei byd, cerddodd Margaret i fyny'r stâr i'w siambr.

ii

Roedd Margaret yn parhau mewn hwyliau da wrth farchogaeth i gyfeiriad Gilwern y bore dilynol. Mor wahanol oedd ei theimladau ar y daith hon i'r rheini oedd wedi pwyso'n drwm arni ym mis Awst. A hithau'n llawn hyder, ni chafodd drafferth i lorio dadleuon llu o gyflenwyr lletchwith, nifer ohonynt wedi gobeithio elwa ar y ffaith eu bod nhw'n delio â menyw.

'Mae'n gynnar 'to,' sylwodd Margaret ar ôl y cyfarfod olaf. 'Beth am ga'l golwg fach ar yr ardal? Ry'ch chi'n cymryd diddordeb yn y draphont ddŵr, on'd y'ch chi? Yr un godododd Dadford yma yng Ngilwern?'

Roedd Tom yn amlwg wedi ei blesio wrth ei chlywed hi'n cyfeirio at sgwrs a gawsent rai wythnosau ynghynt. 'Fe fydda i'n falch o'r cyfle i'w gweld hi,' cytunodd, 'os y'ch chi'n siŵr bod 'da ni'r amser i sbario.'

'Dyna ni, 'te. Ewch chi mla'n i edrych arni.'

'Ond beth amdanoch chi, Mrs Gethin? Y'ch chi ddim am ddod 'da fi?'

'Nag ydw,' atebodd Margaret gan chwerthin. 'Does gen i ddim diddordeb mewn traphontydd dŵr a phethe tebyg. Fe a' i at y bythynnod draw acw a mofyn diferyn o ddŵr. Fe gewch chi ddod i chwilio amdana i wedi ichi ga'l digon ar y bont.'

'Mynd at y bythynnod?' Edrychodd Tom yn amheus arnyn nhw. 'Ma'n flin gen i, ond fydde hynny ddim yn ddoeth. Dydyn nhw fawr gwell na thylcie, hyd y gwela i.'

'Fe fydda i'n berffeth ddiogel,' meddai Margaret. 'Bant â chi nawr, a pheidiwch â bod yn rhy hir.'

'Na, fydda i ddim.'

Aeth Tom i ffwrdd, gan ddilyn rhediad y gamlas. Arhosodd Margaret iddo fynd o'r golwg; yna aeth i lawr i'r dramwe. Doedd hi ddim yn siŵr pam iddi benderfynu mynd i chwilio am Sara. Ai chwilfrydedd neu gydymdeimlad oedd wrth wraidd y peth, neu ryw awydd i ail-greu'n union y siwrnai arall honno?

Doedd golwg y bythynnod ddim wedi gwella o gwbl. Oedodd Margaret am funud cyn disgyn oddi ar ei cheffyl a mynd at ddrws hanner-agored cartre Sara. O'r tu mewn deuai sŵn babi'n llefain, ac oedodd eto. Plentyn Lewis oedd y babi hwnnw, yn ôl Sara. Efallai mai doethach fyddai cadw draw.

'Wel, ma'am, beth alla i wneud i chi?'

Safai menyw ar y trothwy, gan wenu'n eofn ar Margaret.

'Sara Rowlands,' meddai Margaret yn ansicr, 'ro'n i'n awyddus i'w gweld hi.'

'Chi 'di dod i'r lle anghywir 'te. Mae hi 'di mynd o'r fan hyn ers rhyw dri mis bellach, a'r un bach 'da hi.'

'Wedi mynd? I ble?'

'Lan fan 'co.' Pwyntiodd i gyfeiriad y bryn a godai'n serth uwch eu pennau. 'Roedd honna'n gw'bod yn iawn shwt i ofalu am 'i hunan. Fe rodoдd hi 'i bryd ar fachu Tal Probert, a llwyddo i'w berswadio fe taw hi oedd yr un i fagu 'i blant e ar ôl i'w wraig e farw ar enedig'eth y babi diwetha. A hynny gyda digonedd o ferched parchus yn barod i'w gymryd e, cofiwch chi, ac ynte â'i dyddyn 'i hunan lan ar y mynydd. Dyw e'n fawr o le—'chydig o ddefed ac ambell i fochyn—ond fe sy â'r mulod sy'n cario'r calch hefyd, a dyw e ddim yn g'neud yn ddrwg ar y cyfan. Roedd Sara'n lwcus i'w ga'l e.'

'A beth sy wedi digwydd i'w brodyr hi? Ydyn nhw wedi mynd hefyd?'

'Na, ma'n nhw o gwmpas o hyd. Dal breichie'i gilydd ma'n nhw yn y teulu 'na, er iddyn nhw gwympo mas bob hyn a hyn. Roedd 'na ffrae ofnadw ddiwedd y flwyddyn ddiwetha, a'r peth nesa o'n ni'n gw'bod oedd bod y ddau fachan wedi mynd, a hynny'n syth ar ôl i fabi Sara ga'l 'i eni. Rhyfedd, 'te? Wrth gwrs, roedd pawb yma'n meddwl 'u bod nhw wedi troseddu rywsut ac wedi dianc o'r ardal yn sydyn. Doedd Sara chwaith ddim yn gw'bod ble'r o'n nhw. Dyna pam roedd hi mor barod i dderbyn cynnig Tal Probert. Fydde hi byth 'di g'neud y fath beth oni bai bod 'i brodyr wedi mynd a'i gad'el hi. Fel wedes i, ro'n nhw'n glòs, y teulu 'na, ac er bod yr hen Tal yn dipyn o goncwest i Sara, fydde hi ddim 'di bod ag unrhyw beth i ddweud wrtho fe pe bai Owen a Sam ganddi o hyd. Ac wedyn fe ddaethon nhw'n ôl a ffindio bod 'u chwaer fach wedi priodi. Doedd hynny ddim yn 'u siwtio nhw o gwbwl, credwch chi fi, ond erbyn hynny roedd y peth wedi'i wneud, a dyw Sara, ta beth 'wedwch chi amdani, ddim yn un sy'n mynd yn ôl ar 'i gair.'

Erbyn hynny, roedd y babi'n sgrechen nerth ei ben ac aeth y fenyw i mewn ato. Cerddodd Margaret yn araf i lawr y dramwe gan arwain ei cheffyl. Roedd Sara wedi dod o hyd i gartre iddi hi ei hun a doedd dim angen iddi deimlo unrhyw euogrwydd yn ei chylch. Wrth gwrs, roedd y ferch wedi haeddu'r driniaeth a gafodd ganddi. Os dylai rhywun deimlo'n euog, Lewis oedd hwnnw. Eto, roedd Margaret yn dawelach ei meddwl ar ôl clywed yr hanes ac ysgafn oedd ei chamau wrthi iddi fynd yn ôl i gwrdd â Tom Pritchard.

iii

'Dim ond ni'n dau sy'n cael swper heno eto?' Edrychodd Lewis Gethin dros y ford at ei fodryb.

'Mae Amabel yn cymryd hoe fach,' eglurodd Milbrew. 'Mae hi wedi ca'l y syniad 'i bod hi'n cysgu'n well yn ystod y nos ar ôl bwyta swper ysgafn. Ond fel y gwyddost ti, dyw hi ddim yn bwyta digon i gadw dryw bach ar dir y byw, er i fi ddweud wrthi hi droeon bod angen digon o faeth arni hi, a hithe'n cario plentyn. Ac mae'n treulio gormod o amser yn 'i stafell hefyd, yn lle mynd mas i'r awyr iach a cherdded fel y dyle hi.' Edrychodd Milbrew yn chwilfrydig ar ei nai. 'Angen cwmni sy arni, Lewis, rhywun i siarad â hi a'i chadw hi mewn hwylie.'

'Mae hi wedi ca'l y'ch cwmni chi ers i chi ddod yn ôl o Abertawe— ac fel y gwyddoch chi, Modryb Milbrew, rwy'n ddiolchgar iawn i chi am ddod.'

'Allwn i ddim bod wedi gad'el Henblas heb neb. Ond i ddweud y gwir, Lewis, mae'r tŷ'n mynd â'm sylw i gyd. Mae'n fwy na gwaith un person i gael rhyw drefen ar bethe ar ôl giamocs y Caroline Rattenbury wirion 'na, cred ti fi.'

'Nid gwaith hawdd oedd ca'l gwared ar honno, cofiwch. Bendith i mi oedd y ffaith bod gwraig 'i brawd yn sâl a'i fod am iddi hi ddychwelyd i Fryste. A bendith arall i mi oedd 'ych parodrwydd i ddod yn ôl o Abertawe i Henblas. Ond pwy sy ar ga'l i fod yn gwmni i Amabel? Hunlle fydde ca'l Caroline yn ôl.'

'Paid ti â meddwl am y peth, Lewis, neu fydda i ar y goets gynta'n ôl i Abertawe.'

'Ond pwy arall sydd? Fe alle Margaret ddod draw, mae'n debyg, a'r plant gyda hi. Mae Hugh Pritchard ar ga'l i redeg y siop. Chi'n iawn,

Modryb Milbrew, fel arfer. Fe ddyle Margaret ddod draw at Amabel cyn gynted â phosib.'

Chwarddodd Milbrew. 'Dw i ddim 'di cwrdd â neb sy'n gallu cau ei lyged i'r gwirionedd gystal â ti, Lewis Gethin. Margaret, wir! Ma' honno wrth 'i bodd yn dweud y drefn wrth gyflenwyr ac yn dod o hyd i farchnado'dd newydd—a da hynny, gan dy fod ti lan ym Mhen-dre byth a beunydd.'

'Wel, ma' pethe'n llet'with braidd ym Mhen-dre ar hyn o bryd,' dywedodd Lewis. 'Ma'n rhaid imi dreulio tipyn o amser yno a ninne wedi cael shwt anlwc 'da'r adeiladu.'

'Hen stori,' meddai Milbrew, 'a ti'n gwybod yn iawn beth sy yn 'y meddwl i. Twlu arian i ffwrdd wyt ti ym Mhen-dre, yn 'y marn i, ac esgeuluso'r busnes addawol sy gen ti ar y gamlas. A weda i hyn wrthot ti hefyd, Lewis. Fe allet ti ddiolch i'r drefn fod gan Margaret ddawn annisgw'l yn y maes, o achos fel arall fe fyddet ti wedi ca'l mwy o gwynion o lawer gen i. Ond os wyt ti'n disgw'l i fi d'annog di i 'neud rh'wbeth a fydd yn ymyrryd â gofal Margaret dros ein buddianne ni ar y gamlas, rwyt ti ymhell ohoni hi. A ta beth, fydde Margaret ddim yn gwmni addas i Amabel. Yr hyn mae honna eisie yw rhywun i'w charco hi a g'neud ffws ohoni hi. Mae Margaret yn eitha tebyg i fi. Fydde ganddi hi fawr o amynedd, ac ar ben hynny . . .'

Tawodd Milbrew yn sydyn gan adael i Lewis gwpla'r frawddeg.

'Ar ben hynny,' meddai, 'poen i weddw William fydde clywed Amabel yn 'i beio'i hun dro ar ôl tro am farwol'eth ei diweddar ŵr. Dyna beth o'ch chi am ddweud, ontefe? Mae fy ngwraig yn 'i chyhuddo'i hun o achosi marwol'eth 'y nghefnder i. Ac fe foddodd William wrth ymgymryd â thasg yr o'n i wedi addo 'i g'neud, gan ad'el 'y nghyfnither-yng-nghyfreth annwyl yn weddw gyfoethog sy'n meddwl 'i bod hi'n gw'bod y cwbwl am bopeth. Dw i'n dweud wrthoch chi, Modryb Milbrew, pan gofia i am yr holl bethe y mae honna wedi'u g'neud . . .'

'Fydde'n ffitach i ti gofio am bethe wyt *ti* wedi'u g'neud,' meddai Milbrew'n sychlyd. 'Pe bait ti wedi ymddwyn yn ystyriol tuag at Amabel, fydde hithe ddim wedi troi at Wil am gysur. Wedyn fe fydde fe, fwy na thebyg, wedi cyrraedd Llangynidr mewn da bryd, yn hytrach na theithio yn y tywyllwch ar noson rewllyd fel y gwnaeth e. Ie, a phe bait ti wedi rhoi sylw digonol i'r busnes yn hytrach na chw'mpo mewn i fôr o fedd-dod a hunandosturi, dim ond siâr fechan yn y sgraffe fydde gan Margaret. Does dim diben i ti edrych yn gas arna i, 'machgen i. Rwy'n dweud y gwir, fel wyt ti'n gw'bod yn net. Ond dw i ddim am ffraeo â ti. Beth sy'n rhaid i ni 'i 'neud yw penderfynu ar y came nesa.'

'O'ch nabod chi, mae'r penderfyniad wedi'i 'neud yn barod,' meddai Lewis yn bwdlyd.

'O na. Ti ac Amabel sydd i benderfynu, ond mae gen i awgrym i ti 'i ystyried. Beth am wahodd Sophia, merch Tom Williams, i gadw cwmni i Amabel tan i'r plentyn ga'l 'i eni? Rhaid 'i bod hi'n unig yma, cofia. Gyda rhywun ar ga'l drwy'r amser i siarad â hi, fe fydd pethe'n gwella mewn byr o dro. Ac rwy'n dweud wrthot ti nawr, Lewis, os na lwyddwn ni i 'neud rh'wbeth, ma' 'na beryg iddi golli'r babi.'

'O'r gore, Modryb Milbrew, fe ddilyna i'ch cyngor chi.'

'Rwy'n falch clywed hynny. Fe 'wedodd Maria Williams wrtha i, pan o'n i yn Abertawe, fod Amabel a Sophia'n ffrindie penna. Ac mae Sophia'n ferch hwyliog iawn, yr union beth sydd 'i eisie ar Amabel druan. Fe gei di weld y byddan nhw'n clebran a chwerthin drwy'r dydd. Mae dy wraig yn ifanc iawn, rhaid i ti gofio 'ny, a dyw pethe ddim wedi bod yn hawdd iddi ers iddi hi ddod i Henblas. Dw i ddim am roi'r bai'n gyfan gwbwl ar d'ysgwydde di, Lewis; roedd nifer o ffactore wrth wraidd y drafferth, ond rhyngddyn nhw i gyd fe gafodd Amabel gyflwyniad anffodus iawn i'w chartre newydd. Fe fydd popeth yn wahanol unwaith y bydd y babi'n cyrraedd, ac yn y cyfamser fe fydd Sophia yma i'w chalonogi hi. Yr hyn sy raid iti 'neud nawr yw trefnu mynd i Abertawe i'w nôl hi.'

'Does gen i mo'r amser i 'neud y fath beth,' ebe Lewis yn ddiamynedd. 'Fe all Tom Williams anfon gwas 'da hi, mae'n siŵr.'

Edrychai Milbrew'n anfodlon ond ni ddywedodd ragor. Doedd hi ddim yn edifar ei bod wedi dychwelyd i Henblas ar ôl marwolaeth William ac ymadawiad Caroline Rattenbury, er i Lewis fod yn anodd ei drin drwy'r amser. Pe bai hi'n trio mynnu ei fod yn mynd i Abertawe, efallai y byddai'n newid ei feddwl ynglŷn ag ymweliad Sophia, ac wedyn beth fyddai'n digwydd ynglŷn ag Amabel? Roedd y ferch yn edrych yn rhyfedd iawn ar adegau. Wel, meddyliodd, does dim i'w wneud ond rhoi'n ffydd yn Sophia a disgwyl yn eiddgar am enedigaeth y babi.

iv

'Wel, wel, dyma olygfa hyfryd—ac annisgwyl, os ca i ddweud, Margaret!' Edrychodd Lewis yn sarhaus ar ei gyfnither-yng-nghyfraith a eisteddai wrth ffenest y parlwr. 'Y fam gariadus, yn cysegru ei hamser i gyd i'w phlentyn amddifad! Wyt ti 'di blino ar chwar'e 'da'r busnes? Wedi sylweddoli i ti fethu dod i ben ac yn llochesu tu ôl i dy ddyletswydde fel mam?'

Cynhyrfai Margaret wrth wrando arno. Doedd Lewis ddim wedi colli ei allu i'w chythruddo. Byddai'n rhaid iddi gymryd gofal wrth ymdrin ag e. Unrhyw arwydd ei bod hi'n gwamalu ac fe fyddai'n manteisio arno'n syth.

'Na, Lewis, dw i ddim wedi blino ar y busnes,' atebodd. 'Pam y dylwn i? Mae pob menter rwy'n ymwneud â hi'n ffynnu, ac roedd f'ymweliade ag ardal y gweithie'n hollol foddhaol. Fe fydd ychwaneg o nwydde'n ca'l 'u cario yn ein sgraffe ni yn y dyfodol, a pheth da yw hynny, yn ôl beth rwy'n clywed.'

'Be ti'n feddwl?'

'Sôn ydw i am dy drafferthion gyda'r tai ym Mhen-dre. Rwyt ti'n wynebu colledion sylweddol, on'd wyt ti?'

'Ti'n gwrando gormod ar glecan y dre, Margaret. A phwy sy'n dweud y storis 'ma wrthot ti? Paid â dweud dy fod ti 'di g'neud dy hun yn destun sbort drwy ddechre cymysgu gyda dynion busnes 'B'ronddu!'

'Nid fi sy'n destun sbort ymhlith gwŷr busnes y dre. Un arall o'n teulu sy'n llanw'r safle hwnnw.'

'Dyna beth ti'n feddwl, a tithe'n galifantan 'da'r llanc ifanc 'na, cefnder Hugh Pritchard? Bachan golygus, ac un sy'n gw'bod o ble y daw 'i fara menyn, dw i'n ame dim. Alla i ddychmygu'n iawn y pethe gwenieithus mae'n arllwys i dy glustie, a tithe'n mwynhau pob munud o ga'l dy ganmol gan ddyn sy flynyddoedd yn iau na ti.'

'Paid ti â meddwl bod pawb 'run fath â ti, Lewis. Dw i'n gweld Tom Pritchard yn gaffaeliad mawr, yn arbennig pan fydda i'n teithio i ardal y gweithie. Does neb arall i gadw cwmni i fi, wedi'r cwbwl. Neu wyt ti am gynnig?'

'Mae gen i bethe gwell i 'neud â f'amser,' atebodd Lewis, 'a hyd yn oed pe bai'r amser 'da fi . . .'

Torrodd Margaret ar ei draws. 'Wrth gwrs. Fe glywes gan Modryb Milbrew. Rwyt ti yma i gwrdd â Sophia Williams. Gobeith'o y bydd ei hymweliad yn datrys dy broblem di 'dag Amabel. Ta beth, fe fydd hi'n siŵr o wella unwaith y daw'r babi.'

'Dyna beth ma' pawb yn ddweud wrtha i. Rhaid cyfadde bod ca'l plant yn gweddu i ti, Margaret.'

Syllodd Lewis yn chwerw arni. Pa hawl oedd ganddi i edrych cystal, a hithau'n rhedeg o gwmpas y wlad yn hytrach nag aros gartre fel y dylai? Ac roedd hi'n harddach nag erioed. O'i chymharu hi ag Amabel . . . ond byddai'n well iddo beidio â meddwl am hynny. Cododd o'i gadair a chamu at Margaret.

'Beth am y babi?' holodd. 'Shwt ma' hi'n godde ca'l 'i hesgeuluso?'

'Dyw Elinor ddim yn ca'l 'i hesgeuluso,' meddai Margaret yn ddig. ''Drycha di arni hi ac fe weli di shwt mae hi'n prifio.'

'Mae'n edrych yn weddol, ond dw i ddim yn gweld unrhyw debygrwydd i William ynddi hi.'

'Dyw Richard Humphrey ddim yn debyg i William chwaith; y ddau'n cymryd ar f'ôl i.'

'Mae Richard yn debyg iawn i ti,' cytunodd Lewis, 'ond am honna —Elinor—mae hi'n dywyllach o lawer na ti. Gwallt brown sy 'da hi, a llygaid llwyd hyd y gwela i.'

'Wel, un tywyll oedd William,' meddai Margaret yn amddiffynnol. 'Mae Elinor yn gymysgiad o'r ddau ohonon ni.'

'Falle.' Gwenodd Lewis wrth weld iddo'i chythruddo. 'Mae'n gyfleus i ga'l gŵr wrth law ar adege. Cofia di hynny, a tithe'n wraig weddw. Dydd da i ti.'

V

Ychydig iawn o brofiadau sy'n rhagori ar ddadl go iawn, meddyliodd Lewis wrth iddo fynd at y Golden Lion. Ac roedd gan Margaret yr ysbryd herfeiddiol angenrheidiol ar gyfer y gwaith, er iddo ei threchu yn y diwedd. Croendenau iawn oedd hi ynglŷn â'r babi. Crychodd Lewis ei dalcen. Ai plentyn Bromfield oedd yr un fach, a'r cnaf wedi cael ei ffordd gyda Margaret yn ogystal â dwyn Elizabeth o dan ei drwyn? Roedd hyd yn oed meddwl am y peth yn ei hela'n gynddeiriog. Oni bai am ymyrraeth Bromfield, fe fyddai wedi llwyddo i berswadio Elizabeth i anghofio am ei berthynas â Sara. Ac oni bai am ymyrraeth Margaret . . . ond doedd dim i'w ennill drwy ail-fyw'r holl fusnes diflas. Roedd rhaid iddo ymdrin â'r sefyllfa fel ag yr oedd hi erbyn hyn. Gobeithio y byddai Milbrew yn cael ei phrofi'n iawn ynglŷn ag effaith ymweliad Sophy. Fe fyddai'n haws i bawb yn Henblas pe bai Amabel yn llawen ac yn fywiog, yn hytrach na'i bod mewn breuddwyd trist ac yn llefain byth a beunydd. Er i Milbrew ddatgan bod pob menyw yn ymddwyn yn rhyfedd tra mae'n cario plentyn, roedd ymddygiad Amabel yn odiach na'r rhelyw. Beth am yr adegau pan oedd hi'n edrych arno ef—ei gŵr—yn union fel pe na wyddai pwy oedd e? Ond dwli oedd y cwbl, penderfynodd Lewis. Pa gyfiawnhad oedd i holl gwynion Amabel? Roedd e wedi ei phriodi a dod â hi i Henblas, dyna'r cwbl. Doedd dim cadernid yn perthyn iddi, dyna oedd gwreiddyn y drwg. Trodd meddyliau Lewis unwaith eto at y cyfarfod yn High Street a dechreuodd wenu wrth ei wneud ei hun yn gysurus yn stafell goffi'r Golden Lion wrth aros am ddyfodiad y goets o Abertawe.

vi

Tynnodd Margaret ei chlogyn dros ei phen a chaeodd y drws yn dawel y tu ôl iddi. Doedd hi ddim am i Martha glywed a dechrau cwyno am ei ffolineb yn crwydro strydoedd Aberhonddu yn y tywyllwch. Roedd hi wedi blino ar ymddwyn yn bwyllog. Teimlai'n aflonydd ers i Lewis adael. Pwysodd ar ganllaw pont Llan-faes gan edrych i gyfeiriad hen dŷ Mary Hughes, ei modryb. Dim ond dwy flynedd oedd er iddi hi fyw yno hefyd, ond roedd y cyfnod yn ymddangos ymhell yn ôl yn y gorffennol. A'r blynyddoedd yn y Fenni hefyd—doedd ei chof amdanyn nhw ddim yn glir iawn. Roedd gormod wedi digwydd iddi yn ystod y ddwy flynedd ddiwethaf. Doedd gan Margaret Gethin fawr o ddim yn gyffredin â'r ferch ifanc wirion honno, Margaret Powell.

Dechreuodd ddringo at y castell. O'i blaen, safai'r tai hanner-gorffenedig yr oedd Lewis yn eu codi ym Mhen-dre. Pe bai'r cynllun hwnnw'n methu—a dyna fyddai'n digwydd yn ôl pob golwg—fe gâi holl sylw ac ynni Lewis eu cyfeirio eto at y busnes cludo, a byddai'n ceisio'i orau i gael gwared arni hi. Trodd ei phen a syllu i lawr ar y dre. Ni fyddai hithau'n gadael iddo ddylanwadu arni hi. Erbyn hyn, gwyddai lawn cystal ag yntau sut oedd rhedeg y busnes. Ar ben hynny, fe wyddai'n well na neb sut un oedd Lewis Gethin. Pe bai'n gadael iddo gael y gorau arni hi, fe fyddai'n haeddu colli popeth.

vii

Edrychodd Milbrew'n feddylgar ar Amabel. Doedd y ferch ddim yn dangos unrhyw ddiddordeb yn ymweliad Sophia Williams. Pwysodd yr hen fenyw ymlaen i brocio'r tân. Neidiodd y fflamau i fyny'r simdde, gan oleuo wyneb tenau a chorff chwyddedig Amabel. Arswydodd Milbrew wrth weld yr olwg bell oedd arni.
'Amabel!' meddai'n siarp. 'Amabel, wyt ti'n fy nghlywed i?'
'Beth? O, chi sydd yno, Modryb Milbrew.'
'Pwy arall? Rwy'n eistedd yma ers awr neu fwy, a tithe hefyd.'
'Ydyn ni wir?' Edrychodd Amabel o'i chwmpas. 'O, rydym yn y parlwr. Dw i ddim yn hoffi . . . mae'n well gen i beidio eistedd yn y parlwr.' Cododd yn drwsgl ar ei thraed. 'Fe a' i i'm hystafell wely. Rwy'n teimlo'n well yno, chi'n deall.'
'Eistedda di lawr wrth y tân,' meddai Milbrew yn bendant. 'Rwyt ti'n hela gormod o amser o lawer ar dy ben dy hun. Rhaid i ti wneud ymdrech heddiw, gyda Sophia'n dod i dy weld ti.'
'Sophia?' ailadroddodd Amabel yn ansicr. ' O ie, Sophy, rwy'n cofio nawr. Dywedodd Lewis rywbeth amdani.'
'Mae Lewis wedi mynd i Aberhonddu i gwrdd â hi,' eglurodd Milbrew mor amyneddgar ag y gallai.
'O. Ac fe ddaw e'n ôl gyda hi?'
'Wrth gwrs. I ble arall yr aiff e? Hwn yw ei gartref, wedi'r cwbl.'
Ni ddywedodd Amabel air arall ond roedd ei hanfodlonrwydd yn hollol amlwg. Gwyliodd Milbrew hi'n bryderus. Beth ddeuai ohoni? Roedd bai ar Lewis, fel roedd ei fodryb yn barod i gydnabod. Ni ddylai fod wedi priodi un fach eiddil, nerfus fel Amabel. Ond, ar y llaw arall, nid ef oedd yr unig ŵr i yfed mwy nag a ddylai neu i weiddi pan nad oedd pethau'n ei siwtio. Ai'r drafferth rhwng Milbrew ei hun a Caroline oedd wedi achosi i Amabel ddiflasu? Neu ynteu farwolaeth William oedd wrth wraidd y cwbl? Roedd hi wedi gwaethygu ers iddo fynd, doedd dim dwywaith am hynny, ac roedd hi'n ystyried mai ei bai hi oedd y ddamwain. Y fath ddwli! Roedd William yn ddigon atebol i ofalu amdano'i hun.

Cododd ei phen yn sydyn. 'Gwranda, Amabel, maen nhw'n dod. Dere nawr, i ti groesawu Sophia. Dy ffrind di yw hi, wedi'r cwbl.'

'Gwell gen i aros fan hyn.'

'Ond . . . o, g'na fel y mynnot ti. Fe a' i i gwrdd â nhw a dod â Sophia yma. Fe fyddi di'n well o lawer o gael ei chwmni, rwy'n siŵr.'

Awr yn ddiweddarach doedd Milbrew ddim mor ffyddiog. Siaradai Sophia fel pwll tro drwy gydol y pryd bwyd, tra eisteddai Amabel heb ddweud gair. Roedd Lewis yn amlwg yn fyr ei dymer ac ymdrechai Milbrew i gadw'r heddwch, er ei bod hi'n teimlo'n ddiamynedd hefyd. Roedd hi'n falch o weld y ddwy ferch ifanc yn gadael yr ystafell. Trodd ar unwaith at ei nai.

'Wel, Lewis, beth sydd gen ti i 'weud?'

'Beth sy gennych chi i 'weud, Modryb Milbrew? Y'ch chi'n dal i deimlo y bydd cwmni Sophy'n llesol i Amabel?'

'Braidd yn swil oedd Sophia, rwy'n siŵr,' meddai Milbrew. 'Mae hynny i'w ddisgw'l, wedi'r cwbwl, a hithe 'di gada'l ei chartre.'

'Swil?' Chwarddodd Lewis. 'Dyw swildod ddim yn perthyn i honna, credwch chi fi. Mae hi 'di siarad yn ddi-baid ers i fi gwrdd â hi. Rwy i wedi gorfod diodde gwrando arni'n parablu am y mynyddoedd rhamantus a'r tirlun garw ac wn i ddim pa sothach arall. Ond unwaith yn unig yr holodd hi am Amabel. Ches i fawr o amser i ateb, chwaith. Ac wedyn, ar ôl i ni gyrraedd yma—wel, fe welsoch chi shwt oedd hi'n ymddwyn. Beth o'ch chi'n feddwl?'

'I ddweud y gwir wrthyt ti, Lewis, ro'n i'n meddwl mai ti oedd yn mynd â holl sylw Sophia.'

'Chi'n llygad 'ych lle, fel arfer, Modryb Milbrew. A ble mae hynny'n gada'l 'ych cynllun chi?'

'Shwt o'n i i w'bod bod y ferch yn mynd i gymryd ffansi atat ti?' holodd Milbrew. 'O't ti ddim yn gw'bod hynny dy hun.'

'Wel . . .'

'Lewis Gethin, paid ti â dweud dy fod ti'n gw'bod shwt o'dd Sophia'n teimlo drwy'r amser!'

'Pan o'n i yn Abertawe fe wnaeth y ddwy ohonyn nhw, Sophy ac Amabel, ffws fawr ohono' i.'

'Ac fe gymeraist ti'r un berta er mwyn dod yn ôl i Aberhonddu â phriod fach ddeniadol, a rhoi taw ar yr holl sôn am dy siom 'da Elizabeth Parry. Ond Lewis, pam yn y byd y daethost ti â Sophia yma, a tithe'n gw'bod yn iawn beth o'dd 'i theimlade hi?'

'Do'n i ddim yn disgw'l y bydde hi'n teimlo'r un peth o hyd,' eglurodd Lewis yn amddiffynnol. 'Trio bachu gŵr oedd y ddwy ohonyn nhw yn Abertawe. Do'n i ddim yn disgw'l i Sophy ddiddori ynddo' i nawr 'mod i'n ŵr priod. Pam dyle'i hoffter hi ohono' i fod wedi para? Does fawr o gariad tuag ata i yn aros ym mynwes Amabel, mae hynny'n ddigon amlwg.'

'Dyw Sophia ddim wedi gweld cymaint ohonot ti ag y mae Amabel, druan. Rwyt ti 'di g'neud cawlach y tro 'ma, Lewis. Ac os wyt ti'n ystyried am funud gymryd mantes o'r sefyllfa i fflyrtan 'da Sophia, mae'n well iti roi'r gore i'r syniad nawr. Ydy hynny'n glir?'

'Does gen i ddim awydd i fflyrtan 'da hi,' meddai Lewis yn sarrug.

'Falle'n wir. Ond cymeriad yw'r ferch 'na, yn 'y marn i, a does dim dal beth wnaiff hi er mwyn ca'l ei ffordd 'i hunan.'

'All hi ddim g'neud llawer heb 'y nghydweithrediad i.'

'Ac rwyt tithe 'di penderfynu ymddwyn yn barchus. Mae'n well iti gadw draw oddi wrth y ddiod 'te,' meddai Milbrew'n sychlyd, 'achos unwaith rwyt ti wedi bod yn llyncu does dim dal arnat ti, fel ti'n gw'bod yn iawn. I ddweud y gwir, does dim dal arnat ti pan wyt ti'n sobor, chwaith. Fe ddylet ti fod wedi egluro wrtha i shwt o'dd pethe rhyngot ti a'r ferch 'na. Fyddwn i byth 'di cymell 'i hymweliad wedyn. Mae 'na adege, Lewis, pan wyt ti'n 'y ngorfodi i i ddod i'r casgliad iti ga'l dy eni'n ddim cwarter call.'

22

i

Eisteddai Sophia Williams yn y swyddfa yn High Street, yn siarad fel pwll tro ac yn llwyddo i godi gwrychyn Margaret, oedd yn ysu am fynd ymlaen â'i gwaith. Ni ddeallai pam oedd Lewis wedi dod â Sophia i Aberhonddu, beth bynnag. Doedd hi ddim am wastraffu amser yn cynnal sgwrs ddi-fudd gyda'r ferch. Yn Henblas, yn cadw cwmni i Amabel, y dylai fod. Doedd ganddi ddim busnes i galifantan yng nghwmni Lewis. Tawodd Sophia am funud er mwyn cael ei hanadl a manteisiodd Margaret ar ei chyfle.

'Shwt mae iechyd Amabel?' holodd.

'Gweddol. Mae'n blino tipyn, fel sydd i ddisgw'l a hithe yn y cyflwr y mae hi,' atebodd Sophia'n ddi-hid. 'Fe benderfynodd orffwys y pnawn 'ma, a chan fod Lewis yn dod i Aberhonddu fe ofynnes iddo ddod â fi gydag e. Mae Lewis mor garedig bob amser, ac mor gymwynasgar.'

'Fe fydde'n falch gw'bod 'ych bod chi'n rhoi enw da iddo fe, rwy'n siŵr.'

Doedd dim awgrym fod Sophia'n ymwybodol o'r sychder yn llais Margaret.

'Ma' fe'n olygus iawn hefyd, ac ma' ffordd mor ddymunol ganddo fe. Rwy'n cydnabod 'i fod e'n fyr 'i dymer ar adege, ond ma' cymaint o gyfrifoldebe ganddo fe druan. Dydyn ni'r merched ddim yn deall yr holl bwyse sy ar ysgwydde dyn pwysig fel Lewis. Rwy'n hoffi dyn sy'n hyderus, dyn sy'n gw'bod beth ma' fe eisie bob amser. Dy'ch chi ddim yn cytuno â fi, Margaret? Mae'n drueni mawr fod Amabel yn ca'l ei chyffroi bob tro ma' Lewis yn siarad yn siarp â hi, ond ro'n i'n ame taw fel 'ny y bydde hi o'r dechre. Ac fe ddangosodd hi mor glir beth oedd 'i theimlade hi at Lewis! Fe fyddwn i 'di cywilyddio, ond doedd neb yn gallu 'i pherswadio hi i ymddwyn yn wylaidd, fel y dyle merch 'neud bob amser. Ac o ganlyniad, doedd gan Lewis ddim dewis, fel dyn anrhydeddus, ond gofyn iddi 'i briodi e. Ofni'r gwaetha o'n i, ond wrth gwrs ro'n i'n nabod Lewis gymaint yn well nag Amabel. Fe fu'n byw 'da ni am flwyddyn cyn i'w dad e farw, wyddoch chi.'

'Fe fydd popeth yn haws ar ôl i'r babi gyrra'dd.'

'Falle. Ond yn y cyfamser mae Lewis, druan, eisie i rywun fod wrth 'i ochr e, rhywun y gall e ymddiried ynddo fe—neu ynddi hi.'

'Rhaid i ni obeith'o y daw e o hyd i berson felly,' meddai Margaret. 'Ond ry'ch chi, wrth gwrs, yma i fod yn gwmni i Amabel.'

Anwybyddodd Sophia sylw Margaret. Parhaodd i siarad yn hapus am Lewis tan i Tom Pritchard gyrraedd â bwndel o bapurau ar gyfer Margaret.

'Rhaid i chi f'esgusodi, Sophia,' meddai â chryn ryddhad. 'Os ewch chi i'r parlwr, fe ddaw Martha â chwpaned o siocled ichi. Galwade busnes, chi'n deall—mae'n annoeth 'u hesgeuluso nhw.'

'Rwy'n deall yn iawn,' meddai Sophia gan godi ar ei thraed. 'Fe ddywedodd Lewis rywbeth tebyg wrtha i pan oedden ni'n marchogaeth i Aberhonddu. A soniodd hefyd amdanoch chi, Margaret; dweud pa mor ddiwyd y'ch chi wedi bod ers marwol'eth 'y nghefnder William, druan. Does dim disgw'l i ferch ddeall y manylion i gyd, wrth gwrs, fel y dywedodd Lewis, ond ma' fe'n meddwl 'ch bod chi'n gwneud yn eitha da a chysidro.'

'Wel,' meddai Margaret ar ôl i'r drws gau y tu ôl i Sophia, 'rwy'n deall nawr pam y priododd Lewis Amabel. Fe welodd e hi yng nghwmni Sophia Williams, ac felly pwy all synnu 'i fod e 'di dod i'r casgliad 'i bod hi'n ymylu ar fod yn berffeth.'

Chwarddodd Tom Pritchard. 'Ma' ganddi hi feddwl uchel o Mr Lewis, on'd oes e?'

'A ti'n meddwl 'i fod e'n hoffi'r weniaith? Falle 'i fod e, ond shwt mae'n diodde 'i llais, a'i ffordd o siarad . . . ond busnes Lewis yw hynny. Mae hi 'di mynd nawr, diolch byth, a rhaid i ti a fi drefnu ein taith nesa i ardal y gweithie.'

'Ydyn ni'n mynd yn fuan, Mrs Gethin? Ro'n i wedi deall 'ych bod chi'n bwriadu gohirio am ychydig.'

'Fe feddylies i 'neud, ond yn y diwedd fe benderfynes fwrw ati. A, dyma fy nghefnder o'r diwedd. Wel, Lewis, shwt wyt ti heddi? Ti'n edrych yn fodlon iawn dy fyd, ond ma' gen ti reswm am hynny, on'd oes e?'

'Shwt yn y byd wyt ti'n gw'bod 'ny, Margaret? Newydd glywed gan John Harris ydw i fod diwedd ar y probleme ym Mhen-dre. Pan ges i 'i neges y bore 'ma, disgw'l yr o'n i y bydde fe'n 'y nghynghori i roi'r gore i'r lle.'

'Ond nid fel 'ny y bu?'

'Na, dim byd o'r fath. Ma' fe 'di ca'l trefn ar y mater o'r diwedd ac yn disgw'l i bopeth fynd fel wats o hyn ymla'n. Ond shwt o't ti'n gw'bod am y peth, Margaret?'

'Do'n i ddim. Cyfeirio'r o'n i at y preswylydd hyfryd newydd sy gen ti yn Henblas. Ma'r lle wedi bywiogi'n arw, rwy'n siŵr.'

'Mae Sophy'n siarad digon, os dyna sy'n dy feddwl di.'

'Ac yn siarad mor werthfawrogol amdanat ti. Rwyt ti'n arwr yn 'i golwg hi, Lewis, arwr nad yw'n g'neud dim byd o'i le. Profiad newydd i ti, mae'n siŵr.'

'Dyw pawb ddim yn cyfranogi o'r farn isel sy gen ti amdana i, Margaret.'

'Na, debyg iawn. Ond profiad newydd i fi yw dod o hyd i rywun sy â barn uchel amdanat ti. Gyda llaw, fe fydda i a Tom i ffwrdd am ryw ddau ddiwrnod, neu dri falle. Dw i ddim yn hapus ynglŷn â'r cyflenwad calch o Langynidr.'

'Llangynidr? Wyt ti'n bwriadu mynd yno? Does gen ti ddim syniad o'r hyn sy'n weddus, Margaret.'

'Does gan sentiment ddim lle ym myd busnes, Lewis. Rwyt ti wedi dweud hynny droeon.'

'Sentiment? O, sôn am William wyt ti. Nid at hynny'r o'n i'n cyfeirio, fel y gwyddost yn iawn. Rwy i 'di dy rybuddio di o'r bla'n. Ddylet ti ddim rhodianna . . .'

'O Lewis, rwyt ti wedi cyrraedd,' meddai Sophia, gan ruthro i'r ystafell. 'Ro'n i'n meddwl i fi glywed dy lais di. Ro'n i'n dechrau ofni dy fod ti wedi anghofio amdana i, a tithe wedi 'ngadael yma mor hir. Mae Margaret wedi bod yn garedig dros ben, ond ro'n i'n teimlo 'mod i'n niwsans iddi hi ac i Mr Pritchard.' Gwenodd Sophia ar Tom; roedd hwnnw'n edrych yn ddig ar Lewis.

'Fe adawn ni lonydd iddyn nhw 'te,' meddai Lewis yn sych. 'Margaret, paid ti â phoeni ynglŷn â'r calch. Fe a' i ynglŷn ag e yfory.'

ii

'Mae'r peth y tu hwnt i jôc, Modryb Milbrew,' dywedodd Margaret yn bendant. 'Alla i ddim cwrdd â chyflenwr na thrafod cludiant heb i Lewis ymyrryd. Mae'n amhosib i ni gario ymla'n os yw e'n mynnu ymddwyn fel hyn. Dyw'r cyflenwyr ddim yn gw'bod ble ma'n nhw'n sefyll, na'r cwsmeried chwaith, ac fe fyddwn ni'n siŵr o golli busnes ar ddiwedd y dydd. Ydy Lewis am ddinistrio'r busnes? Dyw e 'rioed wedi hoffi 'nghysylltiad i â'r cwmni, dw i'n gw'bod, ond ydy hynny'n rheswm dros danseilio'm holl ymdrechion i?'

'Does dim dal ar Lewis pan mae'r hiwmor gwyllt arno fe,' meddai Milbrew. 'Fe wyddost ti hynny gystal â fi, Mag.'

'Wel, be sy'n 'i hela fe'n wyllt ar hyn o bryd?' holodd Margaret yn ddiamynedd. 'Fe ddyle fe 'neud ymdrech i dawelu, gydag Amabel yn dod at 'i hamser. Ac wedi iddi hi ddod dros yr enedig'eth, fydd dim i'w rhwystro rhag anfon Sophia'n ôl i Abertawe, ac fe gewch chi i gyd heddwch yn Henblas.'

'Gobeith'o.' Roedd Milbrew yn amlwg wedi blino, ac edrychodd Margaret yn bryderus arni. 'Pryd wyt ti'n mynd bant eto?'

'Dydd Mawrth nesa.'

'A Tom Pritchard hefyd?'

'Wrth gwrs. Dw i ddim yn bwriadu mynd heb ddyn i'm hebrwng i.' Edrychodd Margaret yn feddylgar ar yr hen fenyw. 'Ydy Lewis wedi bod yn cwyno wrthych chi am Tom?'

'Fe wyddost yn iawn 'i fod e.'

'Ma' fe'n un da am fecso am yr hyn sy'n barchus.'

'Falle 'i fod e'n poeni ynglŷn â dy ddiogelwch di,' awgrymodd Milbrew.

'Ond dyna pam rwy'n mynd â Tom 'da fi—er mwyn teimlo'n ddiogel; ac os yw Lewis yn poeni amdana i, fe gaiff brofi hynny drwy roi taw ar yr holl storis maleisus ma' fe'n 'u lledu amdana i a Tom. Fydde neb wedi meddwl ddwywaith am y peth oni bai am Lewis. Mae Tom yn gefnder i Hugh, ac fe fu Hugh'n gweithio 'da William yn y siop o'r dechre bron. Roedd cyflogi rhywun o'r un teulu'n gam naturiol iawn i fi.'

'Oedd, roedd e'n ddigon naturiol,' cytunodd Milbrew.

'Wel 'te, mae Lewis yn ymddwyn yn llet'with ac yn afresymol—fel arfer.'

'Falle. Ond dyw e ddim yn esmwyth 'i feddwl ynglŷn â'r holl anghytuno sy rhyngoch chi'ch dau, wyddost ti, Margaret. Ac rwy'n credu fod 'na fodd datrys y broblem, er na fydd yr hyn sy gen i'n mynd i dy bleso di, falle.'

'Beth yw e?'

'Wel, fe ddylet ti a Lewis ymweld ag ardal y gweithie gyda'ch gilydd,' meddai Milbrew. 'Na, gwranda di arna i cyn i ti wrthod y syniad. Mae'r ddau ohonoch chi am i'r busnes lwyddo. Pam na ddylech chi weith'o ar y cyd er mwyn sicrhau hynny? Gan fod Lewis wedi bod mor brysur 'da'r adeiladu ym Mhen-dre, rwyt ti wedi ca'l rhwydd hynt i drefnu pethe'r gamlas. Ond o hyn ymla'n, fe fydd Lewis yn siŵr o roi mwy o sylw i'r fasnach gludo. Dyw hi ond yn synhwyrol i'r ddau ohonoch chi ddod i ryw fath o gytundeb.'

'Ond oes 'na obaith i ni 'neud hynny, chi'n meddwl?'

'Pam lai? Mae gennych chi nifer o fuddianne cyffredin.'

'Mae tipyn o ddrwgdeimlad rhyngon ni hefyd.'

'Hen hanes yw hynny. Y dyfodol sy'n bwysig nawr.'

'Ond ry'n ni'n dadle drwy'r amser am bob peth.'

'Does dim drwg yn hynny. Chi'n gyndyn eich ffyrdd, y ddau ohonoch chi, ac yn gallu ymddwyn yn fyrbwyll o bryd i'w gilydd. Fe fyddech chi'n well o drafod 'ych materion yn drylwyr.'

'Ond un i fynnu 'i ffordd yw Lewis.'
'Fe wnaiff hyd yn oed Lewis ddysgu yn y diwedd bod rhaid cymodi gyda phartner sy â'i meddwl 'i hunan. Rwyt ti'n gallu ymdopi â Lewis, Margaret, felly ystyria 'nghyngor i.'
'O'r gore, Modryb Milbrew. Ond beth am berswadio Lewis?'
'Gad ti Lewis i fi,' atebodd Milbrew'n hyderus.

iii

Syllai Sophia Williams yn chwerw ar Amabel, a eisteddai'n ddigysur ar sêt y ffenest, ei phen yn erbyn y gwydr a'i llygaid yn gwylio'r heol wag.

'Does dim diben i ti ddisgwyl am Lewis,' meddai Sophia'n ddiamynedd. 'Fydd e ddim 'nôl tan yfory ar y cynhara, fel y gwyddost yn iawn. Ac fe wnaiff y Margaret Gethin ddigywilydd yna ei gore glas i'w gadw'n hirach. Rwy'n synnu atat ti, Amabel, yn gadael iddo fynd bant gyda honna. Mae'n hollol amlwg shwt un yw hi! Fydd hi ddim yn gadael i'w chyfle fynd yn ofer. Y fath syniad, crwydro o gwmpas y wlad gyda dyn a'r un fenyw arall yn agos ati! A nid dyma'r tro cynta 'chwaith. Mae digon o sôn wedi bod amdani hi a'r llanc ifanc yna sy'n gweithio iddi. Ond os yw hi am wneud ffŵl ohoni'i hun gyda dyn sy flynyddoedd yn iau na hi, ei busnes hi yw hynny. Dyw'r naill na'r llall ohonyn nhw'n briod; ond mae Lewis yn ŵr i ti, Amabel, a dylet ti fod wedi protestio'n syth. Neu wyt ti'n ddigon gwirion i gytuno â Modryb Milbrew? Wyddost ti beth ddywedodd honno wrtha i? Dweud bod popeth yn iawn, gan eu bod nhw'n gefndryd trwy briodas a hefyd yn bartneriaid mewn busnes. Ydy hi'n credu'r fath ddwli? Wyt ti'n ei gredu?'

'Dw i ddim yn credu bod y berthynas sydd rhyngddyn nhw'n debyg o'u rhwystro rhag cwympo mewn cariad,' atebodd Amabel yn dawel.

'Wel, diolch byth am hynny! Rwy'n falch nad wyt ti wedi cael dy dwyllo, er nad cwympo mewn cariad fyddwn i'n galw'r hyn sy'n debygol o ddigwydd. Ond Amabel, pam na roddaist ti stop ar y cwbl? Ti yw gwraig Lewis—mae gen ti hawliau.'

'Does gen i ddim hawl ymyrryd.'

'Ond pam? Dw i ddim yn dy ddeall di, Amabel. Pe bai gen i ŵr fel Lewis, fe fyddwn i'n ymladd i'w gadw.'

'Gŵr fel Lewis.' Gwenodd Amabel. 'Wyt ti'n siŵr y byddet ti'n hapus gyda gŵr fel Lewis, Sophy? Un a briododd heb garu ei wraig, un a ddangosodd yn hollol amlwg ei fod wedi difaru gwneud hynny, un sy'n meddwi a gweiddi ac yn colli ei dymer o hyd?'

'Does dim un dyn sy'n berffaith,' meddai Sophia. 'Fe ddylet ti ddangos mwy o hyder, yn hytrach na chrynu bob tro mae'n siarad braidd yn siarp. Pe bai wedi 'mhriodi i . . .' Tawodd, gan ofni ei bod hi wedi dweud gormod, ond doedd Amabel ddim yn gwrando.

'Mae ambell i ddyn sy'n ymylu ar fod yn berffaith,' meddai.

'O? A beth sy'n nodweddu dyn felly?'

'Dyn tyner ac ystyriol a chariadus . . . Fe af fi i orffwys am ychydig, rwy'n credu, Sophy. Paid ti ag aros yn y tŷ. Cer allan i'r awyr iach; fe wneith fyd o les i ti.'

Cododd a symud at y gwely. Cerddodd Sophia at y drws. Taflodd gipolwg i gyfeiriad Amabel cyn gadael yr ystafell, a gweld ei bod hi'n tynnu llyfr o'r tu ôl i'w chlustog ac yn dechrau troi'r tudalennau.

iv

Un hirben oedd Modryb Milbrew, meddyliodd Margaret wrth iddi farchogaeth y tu ôl i Lewis ar hyd llwybr y gamlas. Pwy fyddai wedi disgwyl iddyn nhw gyd-dynnu mor arbennig o dda? Doedd dim un gair croes wedi bod rhyngddyn nhw ers iddyn nhw ddechrau ar eu ffordd i ardal y gweithiau. Roedden nhw wedi setlo eu materion busnes yn ddidrafferth hefyd. Ac, er mawr syndod i Margaret, bu'r sgwrs rhyngddyn nhw'n hawdd ac yn gyfeillgar drwy'r amser, er i'r awyrgylch fod yn bur annymunol cyn iddyn nhw adael Henblas. Doedd Tom Pritchard ddim wedi hoffi cael ei anfon yn ôl i Aberhonddu, ond doedd ei wyneb hir yn ddim o'i gymharu ag un Sophia. Fe chwarddodd Margaret yn sydyn wrth iddi ddwyn i gof yr olwg bwdlyd oedd ar y ferch, a throdd Lewis i edrych arni.

'Beth sy'n dy ddiddanu di?' holodd.

'O, dim byd o bwys. Meddwl o'n i am y derbyniad sy'n ein disgwyl ni yn Henblas.'

Cymylodd wyneb Lewis. 'Mae'n well i ni beid'o becso am hynny tan i ni gyrra'dd 'nôl,' dywedodd. 'Y peth pwysig nawr yw mwynhau'n hunen tra bod y cyfle 'da ni.' Edrychodd yn chwilfrydig ar Margaret. 'Rwyt ti *yn* mwynhau, on'd wyt ti?'

'Ydw, yn fawr iawn,' cyfaddefodd Margaret.

'Mae gen ti ddiddordeb gwirioneddol yn y busnes, on'd oes e?'

'Wrth gwrs. O't ti'n meddwl 'y mod i'n esgus er mwyn bod yn gwrtais?'

'Ddim yn union. Meddwl o'n i dy fod ti'n esgus er mwyn 'y nghythruddo i. Ac ro'n i wedi 'nghythruddo pan ddechreuest ti . . .'

'Ymyrryd?' awgrymodd Margaret.

'Roedd e'n ymddangos fel ymyrraeth i fi,' cyffesodd Lewis. 'Ro'n i'n siŵr taw gwneud pethe'n anodd i fi oedd dy fwriad. Ti 'di g'neud hynny o'r bla'n, wedi'r cwbwl, ac fe lwyddest yn arbennig o dda.'

'Doedd e ddim yn waeth na dy ffordd di o 'nhrin i.'

'Beth ti'n feddwl? O, rwyt ti'n ddig o hyd am 'y mod 'di mynd i ffwrdd i Abertawe? O'r gore, rwy'n cyfadde i fi ymddwyn yn anghyfrifol, ond wedi'r cwbwl, fuest ti fawr o dro yn ffindio cysur, do fe? Fe briodest ti Wil ychydig wythnose ar ôl i fi fynd. A ta beth, rwyt ti wedi dial arna i nawr, ac rwy'n credu y dylen ni anghofio am y cwbwl a dechrau o'r newydd. Mae'n buddianne ni'n cyd-fynd erbyn hyn, ac mae hynny'n rhoi boddhad mawr i fi. Mae'r ddau ddiwrnod diwetha 'ma wedi bod ymhlith y rhai hapusa rwy'n 'u cofio.'

Gwenodd Margaret arno. 'Ac i finne hefyd.'

'Wel, os felly, pam y dylen ni hastio'n ôl i 'B'ronddu? Mae'r tywydd yn braf ac rwy'n credu'n bod ni'n haeddu tipyn o wylie. Beth am farchog'eth ar draws y dyffryn i Langrwyne?'

'Pam lai?'

'Da iawn; dyna hynny wedi'i setlo. A chan nad oes hast arnon ni, beth am i ni ad'el y llwybr am 'chydig i'r ceffyle ga'l hoe fach? Ma' 'na ddrysni hyfryd draw 'co lle ma' 'na gysgod rhag gwres yr haul.'

Yn y drysni tyfai clychau gleision ym mhob man. Casglodd Margaret lond ei breichiau wrth i Lewis glymu'r ceffylau. Fe deimlai ymhell o'i bywyd bob dydd, fel pe na bai dim byd yn cysylltu'r ddau ddiwrnod yng nghwmni Lewis â digwyddiadau cyffredin bywyd beunyddiol. Teimlai fel petai mewn breuddwyd—y math o freuddwyd lle mae'n hawdd dychmygu'r hyn sy'n mynd i ddigwydd nesaf.

Fe ddaeth Lewis lan y tu ôl iddi a rhoi ei freichiau amdani. Os wyf am roi terfyn ar hyn, meddyliodd Margaret, rhaid i mi wneud hynny ar unwaith. Ond wedyn, dyna ddiwedd ar y cyfeillgarwch newydd rhyngom ni; a beth bynnag, roedd yn rhy hwyr yn barod. Symudodd dwylo Lewis at ei bronnau, a dechreuodd ddatod ei siaced. Pwysodd

Margaret yn ei erbyn wrth iddo dynnu'r got dros ei hysgwyddau a dechrau ei hanwesu.

V

'Modryb Milbrew!' Cochodd Margaret ryw fymryn wrth iddi godi i groesawu'r ymwelydd. 'Mae'n hyfryd 'ych gweld chi. Nid yn aml ry'ch chi'n dod i Aberhonddu.'

'Nid yn aml yr wyt ti yn 'B'ronddu, yn ôl yr hyn rwy'n 'i glywed,' atebodd Milbrew wrth eistedd. 'Rhodianna o gwmpas y cefn gwlad o hyd yr wyt ti'r dyddie hyn, medden nhw wrtha i yn y dre—gyda Lewis, wrth gwrs.'

'Eich syniad chi oedd e,' meddai Margaret, 'ac mae'r busnes yn elwa; fedrwch chi ddim gwadu hynny.'

'Fel 'ny rwy'n deall. Rwyt ti'n elwa hefyd, a barnu wrth yr olwg sy arnat ti. Dwyt ti 'rioed wedi edrych yn well.'

'Rwy'n mwynhau'r gwaith,' ebe Margaret. 'Do'n i byth yn hapus yn y tŷ drwy'r dydd.'

'Trueni mawr na fydde Amabel yn teimlo'r un fath,' cwynodd Milbrew. 'Fe ddylet ti ga'l gair 'da hi, Margaret. Dyw hi'n symud dim a does dim modd ei pherswadio hi i fynd allan. Aros yn 'i stafell o hyd, dyna beth mae'n wneud, yn sgriblan byth a beunydd mewn rhyw lyfyr sy ganddi hi.'

'O ie, Amabel . . . druan ohoni hi.'

'Wedi anghofio amdani, o't ti? Mae rhai ohonon ni'n becso am Amabel, wyddost ti, er bod ei gŵr yn dewis treulio'i amser i gyd gyda chymar sy'n fwy deniadol.'

'Ond dyw hi ddim eisie iddo fe dreulio'i amser gyda hi . . .' dechreuodd Margaret.

'Dyna stori Lewis, efe? Wel, ma' 'na elfen o wirionedd yn hynny, ond pwy sy ar fai? Roedd hi'n dwlu arno fe ar y dechre, ond dyw e ddim yn fater o syndod 'i bod hi wedi newid. Doedd Lewis erioed yn ystyriol iawn. Fe ddylet ti gofio hynny, 'merch i. Na,' wrth i Margaret agor ei cheg, 'dw i ddim yn mynd i ddweud rhagor. Mae gan y nai drwg 'na sy gen i'r ddawn i hudo merched, does dim modd gwadu hynny. Meddylia am Sophia Williams, sy'n hollol wirion ynglŷn â Lewis. O leia, pan mae e bant yn rhywle yn dy gwmni di, Margaret, dw i ddim yn gorfod diodde 'i gweld hi'n rhedeg ar 'i ôl e. Ond cofia

191

di, mae Sophia'n eiddigeddus ofnadwy ohonot ti, a synnwn i ddim nad yw hi'n un bigog iawn. Mae'n well i ti fod yn ofalus.'

'Pam y dylwn i fod?'

'Am nad oes dim byd y bydde'n siwtio Sophia'n well na gweld pawb yn y dre yn hel sgandal amdanat ti, ac fe fydde hi wrth 'i bodd yn creu storis blasus er mwyn dy bardduo di.'

'Pwy sy'n mynd i'w chredu hi? Mae gen i ffrindie da yn y dre erbyn hyn.'

'Ti sy'n gw'bod. Dw i 'di dweud fy nweud, ac mae'n bryd i fi fynd yn ôl i Henblas.'

vi

Cerddodd Margaret yn araf ar hyd High Street i gyfeiriad y Struet. Roedd y cymylau'n gwahanu, gan addo diwrnod braf. Nid bod y glaw yn debygol o'i rhwystro hi rhag mynd ar daith arall i weld rhai o'r cyflenwyr, ond câi fwy o bleser o'r gwaith pan oedd yr haul yn disgleirio. A chyda thywydd braf, roedd cyfle i oedi am ychydig mewn cae neu ddrysni ac anghofio am alwadau'r byd masnachol. Ai doethach fyddai manteisio ar y fath gyfle yn hytrach nag aros dros nos mewn gwesty? Camgymeriad, o edrych yn ôl, oedd y noson honno yng Nglangrwyne. Doedd hi ddim wedi gweld neb yr oedd hi'n ei nabod, ond mae'n siŵr bod un neu ddau yno oedd yn ei hadnabod hi—neu Lewis, wrth gwrs. Cofiodd eto'r awyrgylch yn siop Mrs Millington pan alwodd i archebu clogyn newydd. Doedd neb yn anghwrtais, ond atgas iddi oedd y distawrwydd sydyn wrth iddi fynd i mewn i'r stafell. Ac wedyn, a hithau'n edrych yn y drych, roedd hi wedi gweld mwy nag un yn syllu arni'n chwilfrydig. Roedd hi'n amlwg fod rhyw stori yn cael ei hadrodd yn y dre.

Cerddodd ymlaen. Doedd hi ddim yn awyddus i ddychwelyd i'r tŷ i wynebu anghymeradwyaeth Martha ac eiddigedd Tom Pritchard, nid ei bod hi'n bwriadu talu sylw iddyn nhw. Doedd hi ddim yn atebol i neb, ac os oedd hi am ei mwynhau ei hun, fe wnâi hi hynny. Cofiodd am ddigwyddiadau'r wythnos cynt ac anghofiodd am Martha, Tom a'r awyrgylch yn siop Mrs Millington. Roedd hi'n teimlo unwaith eto fel y ferch ifanc a gwrddasai â Lewis Gethin yn y Volunteers' Parade.

'Mrs Gethin! Mrs Gethin!' Trodd i weld Tom Pritchard yn rhedeg tuag ati. 'Mae 'na neges o Henblas,' meddai yntau, â'i wynt yn ei ddwrn. 'Fe ddaeth Josh Rees i'r tŷ i ddweud wrthoch chi, ar ôl iddo fynd am Dr Aubrey.'

'Dr Aubrey? Pam? Beth sy'n bod yn Henblas?'

'Mrs Gethin sy'n dost—Mrs Lewis Gethin. Mae'r babi'n dod yn rhy gynnar a doedd Meistres Milbrew ddim yn hoffi'r ffordd roedd pethe'n siapo.'

Y babi'n dod yn gynnar! Trodd Margaret a dechrau cerdded yn araf yn ôl tuag at High Street. Bu ymron iddi anghofio'r babi. Sut y byddai Lewis yn teimlo pe bai'n cael mab? A fyddai'n troi yn ôl at ei wraig ac yn ailgydio yn ei briodas? A beth am Amabel ei hun? Efallai y byddai hi'n ymddwyn yn wahanol tuag at Lewis ar ôl i'r plentyn gael ei eni. Doedd hi ddim yn deg, a Margaret ond wedi cael ychydig wythnosau o hapusrwydd. Fyddai dim taith gyda Lewis i ddisgwyl ymlaen ati yfory.

Fel petai'n darllen ei meddwl, gofynnodd Tom Pritchard, 'Y busnes oedd yn mynd â chi i Grucywel—fe fydd rhaid iddo aros nawr, debyg.'

'Wrth gwrs. Dere, Tom, does gennyn ni ddim amser i'w golli. Cer di ymla'n i ga'l y ceffyle'n barod. Fe awn ni i Henblas ar unwaith.'

Gorweddai Henblas yn dawel yng ngolau ola'r dydd wrth i geffylau Margaret a Tom drotian i mewn i'r iard.

'Mae'r doctor yma o hyd,' meddai Tom. ''I geffyl e sy draw fan 'co.'

'Fel 'ny rwy'n gweld.' Syllodd Margaret ar y tŷ. 'Tom, y ffenestri—'drycha.'

'Mae'r llenni wedi 'u tynnu. Ydy'r babi . . .'

'Dyna ti, 'te.' Safodd Milbrew wrth y drws. 'Ti'n garedig iawn, Margaret Gethin, yn sbario'r amser i ddod i holi, er nad wyt ti wedi brysio chwaith. Chest ti mo'm neges i?'

'Ro'n i oddi cartre pan alwodd Josh,' eglurodd Margaret, 'a methodd Tom ddod o hyd i fi'n syth.'

'Dyna'r stori, ie? Neu o't ti'n meddwl mai doethach ar dy ran di oedd peidio dangos gormod o ddiddordeb?'

'Pam y'ch chi mor ddig, Modryb Milbrew? Beth sy wedi digwydd? Ydy'r babi . . .?' Tawodd Margaret yn sydyn. O'r tŷ fe ddaeth cri babi newyddanedig.

'Fe ddyle'r babi fod yn iawn, yn ôl Dr Aubrey—merch fach. Ond Amabel druan . . .' Llanwyd llygaid Milbrew â dagrau annisgwyl. 'Ymladdodd hi ddim o gwbwl, er bod hynny i'w ddisgw'l, falle, ar ôl genedig'eth mor drafferthus. Ond rwy i wedi gweld digon o ferched sy wedi ca'l amser llawn mor galed yn dod dros y profiad yn rhyfeddol.

Rhaid iddyn nhw ddymuno gwella, serch hynny, ac yn fy marn i doedd Amabel ddim am fyw. Wel, gwell iti ddod mewn, gan dy fod ti yma. O'r braidd y byddi di'n cymryd y peth yn ysgafnach na'i gŵr, na'r groten oedd yn esgus bod yn ffrind iddi. Merch fach wirion oedd Amabel, a doedd dim asgwrn cefn yn perthyn iddi, ond roedd hi'n haeddu gwell na hyn.'

23

i

Rhyfedd sut oedd pethau'n diweddu, meddyliodd Lewis Gethin, wrth iddo eistedd ger y tân yn y parlwr yn Henblas. Edrychodd draw at Milbrew. Roedd hi wedi heneiddio. Tristwch iddi hi oedd marwolaeth Amabel—ac iddo yntau hefyd, wrth reswm. Doedd gan Milbrew ddim hawl awgrymu fel arall. O wrando arni hi, byddai rhywun yn casglu ei fod wedi cam-drin ei wraig. Doedden nhw ddim wedi cyd-dynnu'n arbennig, roedd rhaid iddo gyfaddef hynny, ond roedd peth o'r bai ar Amabel. Ni ddangosai fawr o hoffter ato ar ôl yr wythnosau cyntaf a hyd yn oed cyn hynny—wel, doedd dim cymhariaeth rhyngddi hi a Margaret. Gwenodd Lewis wrth iddo feddwl am honno. Trueni mawr eu bod wedi gorfod rhoi'r gorau i'w teithiau am sbel. Ond fe fyddai popeth yn iawn yn y pen draw. Fe fyddai'n rhaid iddyn nhw oedi, rhag i bobl barchus Aberhonddu gael gormod o ysgytiad. Ond wedyn . . . sut yn y byd roedd e wedi bod mor ffôl ynghynt â methu gwerthfawrogi Margaret a phopeth oedd ganddi i'w gynnig? Ond doedd dim i sefyll yn eu ffordd nawr, gyda Wil druan ac Amabel wedi mynd— digwyddiadau ofnadwy, wrth gwrs. Ond doedd dim bai arno fe, nac ar Margaret chwaith. Fydden nhw ddim yn aros yn hir iawn . . .

'Ti'n edrych yn fodlon iawn dy fyd,' meddai Milbrew.

'Na, dw i ddim yn fodlon iawn, ond does dim diben i fi esgus, oes e? Do'n i ac Amabel ddim yn gweddu i'n gilydd o gwbl. Rwy'n drist meddwl ei bod hi wedi'n gad'el ni fel y gwnaeth hi, ond doedd hi ddim yn gymar go iawn i fi a dw i ddim yn bwriadu ymddwyn fel pe bawn i wedi torri 'nghalon.'

'Mae hynny'n ddigon amlwg,' dywedodd ei fodryb. 'A beth am dy gynllunie di ar gyfer y dyfodol, Lewis?'

'Cynllunie?'

'Dyna beth 'wedes i. Mae'n gyfleus iawn i ti, on'd yw e? Amabel wedi mynd, a dim ond merch ar 'i hôl hi. Ac rwyt ti'n mo'yn mab, on'd wyt ti, Lewis? Fe aiff Henblas i fab William, fel mae pethe'n sefyll, yn unol â thelere ewyllys Humphrey. Wyt ti ddim am i hynny ddigwydd, wyt ti? Ond ar y llaw arall, fyddet ti'n dwlu ca'l dy ddwylo ar siâr Wil o'r fasnach gludo. A phwy sy wrth law i hwyluso pethe i ti? Y Margaret wirion 'na, gweddw a gwraig fusnes sy'n ymddwyn fel merch ifanc ddibrofiad. Fe sylwais i arni hi'n edrych arnat ti heddi, ac, o'r golwg dwp weles i ar 'i hwyneb hi, fe gasgles 'i bod hi'n barod i roi 'i hunan a'i holl eiddo i ti pryd y mynni di. Rwy i 'di siomi'n fawr ynddi hi.'

Oedodd Lewis am funud cyn ateb. Doedd dim i'w ennill wrth geisio twyllo Milbrew.

'Mae 'na ddadleuon cryf o blaid priodas rhwng Margaret a fi,' meddai wedyn. 'Mae'n olygus iawn ac yn eitha cysurus 'i byd. Does dim prinder dynion sy'n awyddus i'w phriodi, a beth ddigwyddith wedyn i'r arian a'r eiddo sy wedi dod iddi yn sgil 'i phriodas ag un o'n teulu ni? Does dim cyfyngiade arni o dan delere ewyllys Wil, cofiwch. Mae ganddi hi hawl absoliwt ar yr eiddo ac wedi iddi briodi fe aiff popeth i'w gŵr. Y'ch chi am i'r gŵr hwnnw ddod o deulu arall, teulu a fydd yn elwa ar ein llafur ni'r Gethiniaid? Nawr, pe bawn i'n priodi Margaret, fe fydde popeth yn syml ac yn glir. Ry'n ni'n rhannu'r un buddianne'n barod. Fe gâi fy merch, Frances, 'i magu gyda phlant Margaret. Fe fydde trefniant o'r fath er lles pawb. Ond does dim brys, wrth gwrs. Fe arhoswn ni tan ddiwedd cyfnod y galaru, er, gan fod yr holl beth y tu fewn i'r teulu, falle . . . ble y'ch chi'n mynd, Modryb Milbrew?'

'I weld dy ferch fach a sicrhau 'i bod hi'n ca'l pob gofal. Does dim dal ar Sophia; gwell iti 'i hela hi oddi 'ma cyn gynted â phosib, Lewis. Does gen i mo'r amynedd i eistedd fan hyn i wrando arnat ti'n cyfri dy fendithion a meddwl pa mor glyfar yr wyt ti. Ddylwn i ddim fod wedi awgrymu y dylet ti a Margaret fod gymaint yng nghwmni'ch gilydd, ond do'n i ddim yn disgw'l hyn. Ro'n i'n gw'bod shwt un o't ti, wrth gwrs, ond ro'n i dan yr argraff fod mwy o synnwyr cyffredin ganddi hi. Ac roedd Amabel yn fyw'r pryd hwnnw, ac yn rhwystr i'ch perthynas chi'ch dau. Ond alla i ddim g'neud dim am y peth nawr. Rhaid i mi fynd at yr un fach, druan.'

Roedd Milbrew'n iawn mewn un peth, meddyliodd Lewis wrth iddo arllwys rhagor o win i'w wydr. Fe fyddai'n falch dros ben pe bai modd iddo adennill rheolaeth dros y fasnach gludo. Ond nid honno oedd yr unig elfen o bwys yn y busnes, nac ychwaith yr un bwysicaf. Margaret ei hun oedd yn bennaf yn ei feddwl—dyna'r ffaith amdani. Mor hardd yr edrychai yn yr angladd! Roedd du'n gweddu iddi i'r dim; doedd dim un o'r menywod eraill i'w cymharu â hi. Edrychodd Lewis i galon goch y tân gan gofio'r tro diwethaf iddo ef a Margaret fod gyda'i gilydd. Dychmygodd ddod adre i Henblas a Margaret yn aros i'w groesawu. Ac wedi i Henblas ddod yn gyfrifoldeb iddi, fe fyddai'n rhoi'r gorau i'r holl nonsens ynglŷn â chymryd rhan yn y busnes. Doedd e ddim am wadu iddi wneud yn annisgwyl o dda, ond roedd yn amlwg taw rhywbeth i lenwi'r amser yn ystod ei phriodas anfoddhaol â Wil, druan, oedd y cwbl. Gwenodd Lewis. Fyddai dim angen y fath waith arni pan oedd yn briod ag e.

Arllwysodd ragor o win. Yr oedi cyn iddyn nhw briodi—a oedd modd ei hepgor? Dwli oedd e, wedi'r cwbl. Roedd Amabel wedi marw; doedd e'n ddim iddi hi pe bai e'n priodi eto yfory. Siglodd y botel wag cyn codi i agor un arall. Roedd popeth yn dawel lan llofft. Rhaid bod Milbrew wedi mynd i'w gwely. Fe wnaeth ei hun yn gysurus yn ei gadair a dechreuodd yfed eto. Fyddai neb yn edliw cysur y gwin iddo ar ddiwrnod angladd ei wraig. Ac am ei feddyliau—wel, efallai nad oedden nhw'n hollol addas ar gyfer yr achlysur, ond pwy oedd i wybod hynny?

Agorwyd drws y parlwr a throdd Lewis yn sydyn, gan golli peth o'r gwin. Milbrew oedd yno siŵr o fod, wedi dod i lawr i ddweud y drefn wrtho. Na, nid hi oedd yno. Doedd neb erioed wedi gweld Milbrew yn cerdded o gwmpas y tŷ yn ei phais, neu beth bynnag oedd y dilledyn gwyn tenau hwnnw. Na, Sophy oedd yno. Damio'r ferch, roedd wedi llwyr anghofio amdani.

'Be ti mo'yn 'te?' gofynnodd yn anghwrtais.

'Dim ond . . . siarad â ti, Lewis.'

'Siarad, ife? Dwyt ti ddim wedi gwisgo ar gyfer siarad, ferch. 'Drycha arnat ti, â dim byd dros d'ysgwydde a fawr ddim yn unman arall chwaith.'

'O'r gore, fe anghofiwn ni am siarad.' Cerddodd Sophia ar draws yr ystafell a phenliniodd wrth ochr Lewis. 'Fe wnewn ni beth bynnag a fynni di.'

'A beth yw hynny, ti'n meddwl?' Cydiodd Lewis ynddi er mwyn ei gwthio i ffwrdd. Teimlai'r cnawd twym, noeth yn feddal o dan ei fysedd a thywynnai golau'r tân yn ddeniadol ar wyneb y ferch. Siglodd Lewis ei ben mewn ymgais aflwyddiannus i glirio'i feddwl. Gwallgofrwydd fyddai ymwneud â Sophy, fe wyddai hynny'n iawn, ond ar ôl yfed cymaint o win, roedd yn anodd iawn gwrthod. 'Be ti'n w'bod am fy nymuniade i?' gofynnodd yn drwsgwl.

'Dim ond gobeith'o 'u bod nhw'n debyg i 'nyheade i,' meddai Sophia.

Fe ddaeth yn nes, gan gyffwrdd yn ei wyneb cyn rhoi ei breichiau amdano. Â'i chorff wedi'i wasgu yn ei erbyn, darganfu Lewis na fedrai ymddwyn yn bwyllog. Roedd Sophy yno gydag e—ac ni châi gyfle gyda Margaret am wythnosau lawer. A beth bynnag, doedd dim angen i neb wybod am y mater; a hyd yn oed pe deuai rhywun i wybod— wel, roedd hi'n rhy hwyr i bryderu am hynny mwyach.

ii

Eisteddai Hugh a Tom Pritchard ochr yn ochr, gan wylio Margaret Gethin yn gweithio ar ei chyfrifon. Un anodd dros ben i'w phlesio oedd Mrs Gethin a hithau wrth ei llyfr cowrnts, meddyliodd Tom, yn wahanol iawn i'r ddynes oedd yn gwmni mor ddifyr ar eu teithiau tu hwnt i ffiniau Aberhonddu—er nad oedd hi byth yn anghofio mai hi oedd y feistres ac mai ef oedd y gwas. Roedd Tom wedi mwynhau ei hun yn fawr yn ystod yr wythnosau diwethaf. Pwy fyddai wedi disgwyl i Lewis Gethin gadw mor gaeth at gonfensiynau galar? Chwarae teg iddo—efallai ei fod wedi hoffi ei wraig fach bert yn fwy nag a ddangosai ar yr wyneb. Ac roedd Margaret Gethin a Tom wedi dod i ben yn rhyfeddol o dda hebddo. Edrychodd yn chwilfrydig ar ei gefnder. Doedd Hugh ddim yn edrych yn hapus iawn, ond roedd hynny i'w ddisgwyl, mae'n debyg. Er i William Gethin fod ar goll yn trafod barilau o fenyn a llwythi o galch, roedd e wedi bod yn hollol gartrefol ymysg ei lyfrau. Doedd y siop ddim yn gwneud hanner cystal hebddo. Roedd prynwyr mewn siopau llyfrau, meddyliodd Tom, yn disgwyl i'r perchennog drafod y cyhoeddiadau diweddaraf gyda nhw, fel yr oedd William wedi'i wneud bob amser. A doedd Hugh, druan, ddim yn wybodus iawn eto. Gwneud colled yr oedd y siop erbyn hyn, mae'n siŵr, yn wahanol iawn i'r adran o fentrau'r teulu Gethin yr oedd e, Tom, yn rhan ohoni. Ond roedd ganddo ben da ar gyfer materion busnes, fel roedd Margaret Gethin ei hun yn cyfaddef . . .

'Dw i ddim yn or-fodlon ar y ffordd y mae'r busnes yn mynd,' datganodd Margaret, gan dorri ar draws myfyrdodau Tom. 'Rhaid i ni roi ystyri'eth ofalus i'n buddianne ni yn 'u crynswth. Mae rhai adranne sy'n llai na boddhaol, ond . . .' Edrychodd ar Hugh yn eistedd yn anesmwyth ar ymyl ei gadair. 'Fe feddylia i am y peth,' meddai. 'Dyna'r cyfan am heddi.'

Wedi i'r cefndryd adael y swyddfa, tynnodd Tom anadl ddofn. 'Diolch byth fod popeth drosodd am y tro,' meddai.

'Pam wyt ti'n becso?' holodd Hugh. 'Mae dy le di'n ddigon diogel.'

'Mae'n debygol ei fod e,' cyfaddefodd Tom. 'Mae Mrs Gethin yn fodlon iawn â'r cyflenwr newydd y des i o hyd iddo fe ym Mhont-y-pŵl.'

'Ac rwyt ti'n fodlon iawn am 'i bod hi wedi dy ganmol di. Dwyt ti ddim yn sylweddoli pa mor lwcus wyt ti. Mae Mrs Gethin yn cymryd y penderfyniade i gyd—does gen ti fawr o gyfrifoldeb go iawn. Dysgu'r gwaith o hyd ro'n i pan fu farw Mr William a nawr mae pawb yn gweld bai arna i am fy mod i'n brin o'r wybod'eth na chefes 'rioed gyfle i'w dysgu. Ie, gwena di a dweud 'mod i'n rhaffu esgusodion, ond fe gei di dy siâr o drafferthion, ma'n siŵr gen i, pan fydd Mr Lewis a'r feistres yn priodi.'

Fe aeth Hugh, gan adael Margaret i syllu'n syn ar y drws cilagored. Dyna beth oedd pobl yn ei ddweud felly—ei bod hi'n mynd i briodi â Lewis. Trodd ei hysgrifbin yn aflonydd rhwng ei dwylo. A oedd Lewis yn ymwybodol o'r sïon? Os oedd, beth oedd ei farn amdanyn nhw? Beth oedd ei barn hi? Roedd Amabel wedi marw'n fuan wedi iddi hi a Lewis ddechrau ar berthynas newydd; anodd oedd cyfarwyddo â'r sefyllfa. Ddwy flynedd yn ôl roedd hi wedi breuddwydio am fyw yn Henblas gyda Lewis, ond nawr . . . Na, rhaid oedd iddi beidio â meddwl am y peth eto. Rhaid oedd gweld Lewis a thrafod popeth gydag e. Roedd ganddyn nhw ddigonedd o amser ac roedd ganddi hi ddigonedd o faterion eraill yn gweiddi am ei sylw. Y siop lyfrau, er enghraifft; beth oedd hi'n mynd i wneud â hi? Doedd dim elw ynddi, a doedd hi ddim yn gallu fforddio tynnu arian o'r fasnach gludo ar ei chyfer hi. Rhaid fyddai iddi chwilio am gymorth profiadol i Hugh, neu werthu.

Tynnodd Margaret ei llaw dros wyneb y ddesg—desg William.

Teimlai'n euog. Brad, yn ei olwg ef, fyddai gwerthu'r siop lyfrau, ond . . . O'r pellter daeth sŵn y babi, Elinor, yn llefain. A hithau wedi pechu gymaint yn erbyn William, ffolineb fyddai petruso ynglŷn â'r siop. Cododd a gwisgo'i chlogyn. Aeth yn dawel at y drws. Deuai lleisiau o gyfeiriad y siop. Efallai y byddai Hugh yn gwella yn y pen draw. Roedd e'n gydwybodol iawn, ond doedd ganddo fawr o ddawn gyda llyfrau. Doedd e ddim yn ymddiddori digon ynddyn nhw. Un gwahanol iawn oedd Tom, yn dwlu ar bob manylyn o'r fasnach gludo. Roedd e i'w weld yn y pellter ar hyn o bryd, ar ei ffordd yn ôl i fasn y gamlas i gael golwg ar ysgraff oedd ar fin gadael am ardal y gweithiau â llwyth o fenyn a chaws. Mae'n dda bod y llwyth yn mynd heddiw, meddyliodd Margaret, a'r tywydd mor boeth. Gorau po gyntaf i'r caws a'r menyn gyrraedd pen y daith. Cymerodd gam i gyfeiriad y gamlas. Na, fe fyddai Tom yn iawn ar ei ben ei hun. Byddai'n well iddo gael cyfle i ddatblygu ei sgiliau. Fe fyddai dirprwy dibynadwy yn werth y byd iddi. Roedd y fasnach gludo mewn dwylo da; y flaenoriaeth iddi hi oedd dod i benderfyniad ynglŷn â'r siop lyfrau.

Cerddodd yn araf ar hyd y Struet. Roedd y ffaith y gwyddai hi lai am lyfrau na Hugh yn peri anhawster iddi. Yr hyn oedd ei angen arni hi oedd cyngor rhyw berson di-duedd, call, a wyddai'r cwbl amdanyn nhw. Arhosodd yn sydyn. Yn cerdded i lawr y stryd tuag ati hi oedd yr union ddyn at ei phwrpas.

'Pnawn da, Mr Jones,' meddai.

'Mrs Gethin!' Gwenodd Theophilus Jones arni. 'Shwt y'ch chi? Yn holliach, gobeithio? Mae'r tywydd braf wedi'ch temtio i fynd am dro, rwy'n gweld.'

'Nid y tywydd braf yn unig sy wedi fy hela i o'r tŷ,' eglurodd Margaret. 'Mae gen i broblem sy'n pwyso'n drwm arna i.'

'Mae'n flin iawn gen i glywed hynny, Mrs Gethin. Os alla i fod o unrhyw gymorth i chi . . .?'

'Chi'n garedig iawn, Mr Jones,' meddai Margaret, 'ac fe fyddwn i'n falch dros ben clywed 'ych barn chi ar y mater. O's gyda chi ychydig amser wrth law? Dewch yn ôl i'r tŷ gyda mi; fe gewch wydred o win tra 'mod i'n egluro'r cwbwl i chi.'

Wedi setlo'i gwestai'n gysurus yn y parlwr, aeth Margaret yn syth at graidd y mater.

'Fel y gwyddoch chi, Mr Jones, mae mentre busnes fy niweddar ŵr yn fy nwylo i erbyn hyn.'

'Ac rydych wedi'u meithrin yn llwyddiannus iawn, Mrs Gethin, os caf i ddweud.'

'Rwy i wedi ca'l peth llwyddiant,' cytunodd Margaret, 'ond mae 'na anawstere.'

'Debyg iawn, debyg iawn. Mae probleme i'w disgwyl pan mae dynes ifanc ac—os caf i ddweud—brydferth wrth y llyw. Byd dynion yw'r byd busnes fel arfer. Ond fel y dywedais ynghynt, yr ydych wedi g'neud yn rhagorol—er fy mod i'n sylweddoli y byddwch yn teimlo rhyddhad pan fydd un arall yn cario'ch cyfrifoldebe chi.'

'Dw i ddim yn 'ych deall chi nawr,' meddai Margaret.

'Mrs Gethin annwyl, doeddwn i ddim wedi bwriadu ymddangos yn chwilfrydig, ond gan eich bod chi wedi f'anrhydeddu trwy drafod eich sefyllfa gyda mi, fe gyfaddefaf i imi gael sgwrs hir yn ystod y bore gyda Mr John Harris.'

'Y cyfreithiwr?'

'Yn union. Cyfreithiwr eich diweddar ŵr—a'ch cefnder, Lewis Gethin.'

'A'm cyfreithiwr inne hefyd.'

'Wrth gwrs, wrth gwrs. Fe fydd hynny'n hwyluso'r trafodaethe, mae'n debyg.'

'Pa drafodaethe, Mr Jones?'

Edrychodd Theophilus Jones arni'n ofalus. 'Mrs Gethin, rhaid i mi ofyn am faddeuant. Rwy i wedi siarad yn rhy fuan, mae'n amlwg, ac yn wir, dim ond yn ddiweddar iawn y bu farw Mrs Lewis Gethin, druan. Fe ddylwn i fod wedi ymddwyn yn fwy pwyllog. Does gen i ddim esgus dros grybwyll . . .'

'Crybwyll beth, Mr Jones?'

'Y cysylltiad newydd sydd dan ystyriaeth rhwng dwy gangen y teulu Gethin.'

'Mr Harris soniodd am y cysylltiad hwnnw?'

'Ie. Fyddwn i byth wedi dweud gair ar y pwnc fel arall.' Dododd Theophilus Jones ei wydr ar y ford a chodi ar ei draed. 'Rhaid i mi ymddiheuro am f'ymyrraeth, Mrs Gethin.'

'Peidiwch â mynd, Mr Jones. Fe anghofiwn ni am ensyniadau Mr Harris a mynd at y broblem sy'n achos pryder i fi. Rwy'n awyddus i ga'l eich cyngor ynglŷn â'r siop lyfre.'

'Y siop lyfre? Creadigaeth wych Mr William Gethin?'

'Ei greadig'eth e oedd hi,' cytunodd Margaret, 'ac rwy'n gweld eisie'i wybod'eth e'n arw. Mae Hugh'n g'neud 'i ore, ond . . .'

'Does ganddo fe mo'r profiad na'r arbenigedd.'

'Yn union. Roedd gan fy ngŵr feddwl uchel ohono fe, a chyda William yn 'i hyfforddi fe, fe fydde Hugh, mae'n debyg, wedi datblygu i fod yn foddhaol iawn. Ond dan yr amgylchiade presennol, mae'r siop yn colli tir. A dydw i ddim yn gallu fforddio colledion, Mr Jones. Mae'n rhaid i fi ystyried dyfodol fy mhlant. Ond dydw i ddim am werthu siop William.'

'Rwy'n deall yn iawn, Mrs Gethin. Mae eich teimlade'n adlewyrchiad hyfryd o'ch cymeriad hynaws. Yn fy marn i, fe ddylech hysbysebu am berson addas i ymgymryd â rheolaeth y siop lyfre. Fe fyddwn i'n fodlon iawn eich cynghori chi ynglŷn â geiriad yr hysbyseb, a hefyd, os mynnwch chi, ynglŷn â dewis person cymwys.'

'Fe fyddwn i'n ddiolchgar dros ben, Mr Jones.'

'Dim o gwbwl. Roeddwn i'n edmygu'ch diweddar ŵr yn fawr, Mrs Gethin, ac rwy'n eich edmygu chithe hefyd am y ffordd rydych wedi ymgymryd â'ch dyletswydde newydd ar ôl ei farwolaeth.' Oedodd Theophilus Jones am ychydig. 'A hefyd, Mrs Gethin, er nad oes gen i hawl i ymyrryd, a gaf i'ch cynghori i beidio â newid eich amgylchiade personol heb roi ystyriaeth ddwys i'r mater. Rydych yn deall beth sydd gennyf, rwy'n siŵr. Nawr, dewch i ni feddwl am eiriad yr hysbyseb.'

24

i

'Paid â gyrru mor wyllt, Lewis,' gorchmynnodd Milbrew Griffiths. 'Rwy'n rhy hen o lawer i ga'l 'y nhampio lan a lawr fel hyn dim ond am dy fod ti mewn hwylie drwg. Arafa, wnei di? Does gen i ond ambell ddant ar ôl, ond mae'r rhai sy gen i wedi bod yn siglo yn fy mhen i ers i ni ad'el Aberhonddu. Pwy sy wedi tynnu blewyn o dy drwyn di, 'te? Margaret? Ddest ti o hyd iddi hi lawr wrth fasn y gamlas?'

'O do, fe ddes i o hyd iddi, yn cerdded o gwmpas fel pe bai hi'n berchen y lle a'i sgertie wedi'u tynnu dipyn yn uwch nag y dylen nhw fod.'

'Ma'r tir yn lleidiog iawn ar bwys y gamlas.'

Anwybyddodd Lewis y sylw. 'Roedd Tom Pritchard yno hefyd, yn rhedeg ar ôl Margaret fel oen swci ac yn edrych yn fodlon iawn ei fyd. Fe ddwedes i wrth Margaret 'y mod i'n awyddus i siarad â hi'n breifat, ac fe wrthododd! Rhy brysur, medde hi, i sbario'r amser i ga'l sgwrs 'da fi.'

'Mae hi *yn* brysur iawn ar hyn o bryd,' meddai Milbrew. 'Ar 'i ffordd i fasn y gamlas oedd hi pan alwes i yn High Street. Ro'n i'n lwcus cyrra'dd mewn pryd i'w gweld hi.'

'Mae Margaret yn rhoi gormod o bwyslais ar 'i rhan yn y busnes,' cwynodd Lewis. 'Y peth naturiol—a chwrtais—i'w wneud o'dd aros i siarad â chi, a chithe wedi dod bob cam o Henblas i alw arni hi.'

'Dw i'n gweld dim bai arni hi. Ni'n deall ein gilydd, Margaret a fi. A chware teg i'r ferch, dyw hi byth yn dal dig.'

'Ddim yn dal dig? Margaret? Dw i ddim yn nabod neb sy'n debyg iddi hi am gadw cwyn yn ffres yn 'i chof.'

'Wel, dw i ond yn cyffredinoli o'm profiad fy hun. Rwy i 'di siarad yn blaen iawn wrthi sawl gwaith, ond dyw hynny 'rioed wedi dod rhyngon ni. Ac rwyt tithe'n canu cân wahanol nawr, on'd wyt ti? Yr wythnos dd'wetha roedd Margaret yn ddigon o ryfeddod, mor ddeallus, gymaint o gaffaeliad yn y busnes ac uwchben dim, mor brydferth . . .'

'Mae hi *yn* ddeallus ac yn brydferth hefyd, ond yn fy marn i dyw gormod o annibyni'eth ddim yn gweddu i ferch. Mae Margaret yn rhy feistrolgar 'i ffordd, yn rhy benderfynol o'r hanner. Fe ges i siampl berffeth o'r fath ymddygiad heddi, fel y d'wedes i wrthoch chi. I feddwl 'i bod hi 'di gwrthod sbario pum munud i fi am fod materion busnes yn pwyso'n drwm arni hi! Mae'r peth yn chwerthinllyd.'

'Dw i ddim 'di sylwi arnat ti'n chwerthin.'

'Roedd gen i rywbeth arbennig i ddweud wrthi,' ebe Lewis.

'Oedd e wir? Wel, fe gei di dy gyfle cyn bo hir. Fe wahoddes i Margaret i ginio yn Henblas ddydd Mercher nesa, ac fe gytunodd hi ddod.'

'Mae'n dod i Henblas?'

'Dyna 'wedes i. Dim ond parti teuluol, wrth reswm, ag Amabel newydd farw—ti, fi, Margaret a Sophia. Fe gei di siarad â hi'n breifat pryd 'ny. Ac rwy'n gobeith'o y caiff fy ffydd i yn neallusrwydd a synnwyr cyffredin Margaret 'i chyfiawnhau.'

'Be mae hynny'n 'i olygu?'

'Dim byd arbennig. Lewis, dw i ddim am ddweud wrthyt ti eto. Arafa, bachan, neu yn y ffos y byddwn ni, a dy fai di fydd y cwbwl.'

ii

Symudodd Lewis yn aflonydd yn ei gadair. Roedd y lleill yn cymryd sut achau dros y pryd. A phryd anghysurus fu e hefyd, er i Milbrew a Margaret gadw rhyw fath o sgwrs i fynd ar amrywiaeth o bynciau. Dim ond yn anaml y siaradai Sophy. Roedd wedi sylwi arni'n gwylio pob symudiad o eiddo Margaret ac ef. Pam iddo fod mor wirion ag ymwneud â'r ferch? Edrychodd arni, gan ei chymharu'n anffafriol â Margaret. Roedd yn amhosibl gwadu iddo ymddwyn yn ffôl dros ben. Ond ei bai hi oedd y cyfan. Hi oedd wedi ei thaflu ei hun arno, gan ddewis adeg pan oedd e wedi goryfed ryw ychydig. Ac am yr achlysuron eraill, wel, Sophy oedd wedi dysgu'n rhy dda sut i fanteisio ar ei funudau gwan. Rhaid i fi gael gwared arni hi, meddyliodd, a hynny'n fuan. Ymhen rhyw fis fe ddylai fod yn bosibl datgan fy mod i a Margaret yn bwriadu priodi. Fe fydd ambell barchusyn yn codi'i ddwylo mewn arswyd, debyg iawn, ond dyw pobl ddim yn cofio'n hir. Erbyn yr amser hyn y flwyddyn nesaf, fe fydd pawb bron yn derbyn i Margaret fod yn feistres ar Henblas erioed.

'Lewis!' Trawodd Milbrew'r ford yn siarp er mwyn cael ei sylw. 'Beth sy'n bod arnat ti, fachgen, yn eiste 'na mewn breuddwyd? Rwyt ti am ga'l gair 'da Margaret, wyt ti ddim?'

Damio Modryb Milbrew, meddyliodd Lewis, wrth iddo weld golwg ddrwgdybus ar wyneb Sophy.

'Ydw,' meddai. 'Ma' 'na rywbeth y dylen ni 'i drafod; busnes, chi'n deall.'

'Ma'n well i chi fynd i'r llyfrgell 'te, ac fe fydd Sophia'n cadw cwmni i fi.'

'O'r gore.' Fe aeth Lewis i agor y drws i Margaret ac yna fe'i dilynodd o'r stafell. A ddylai grybwyll yn awr ei gynlluniau at y dyfodol, neu a fyddai'n ddoethach iddo aros tan ar ôl ymadawiad Sophy? Aros fyddai orau, mae'n debyg. Wedi'r cwbl, fe wyddai Margaret beth oedd ganddo mewn golwg. Pe bai'n gofyn iddi ei briodi, fe fyddai hithau'n siwr o sôn am y peth o flaen Sophy—digon naturiol fyddai trafod digwyddiad mor bwysig gyda gweddill y teulu—

ac wedyn fe fyddai stŵr yn sicr o godi. Sylweddolodd fod Margaret yn aros iddo ddechrau'r sgwrs a chwiliodd yn gyflym am rywbeth i'w ddweud.

'Rwyt ti wedi bod ym Mhont-y-pŵl gyda Tom Pritchard, rwy'n clywed,' dywedodd. 'Fe wyddost ti'n iawn nad 'w i'n hoffi i ti dreulio cymaint o amser yn 'i gwmni e.'

'Ac fe wyddost tithe 'y mod i'n teithio o gwmpas y wlad yn unol â galwade'r busnes. Gan nad wyt ti ar ga'l i ddod gyda fi, dw i ddim yn gweld pa hawl sy gen ti i gwyno am 'y mod yn mynd 'da Tom.'

'Wyt ti ddim yn gweld bod gen i hawl i feirniadu ymddygiad a all ddwyn gwarth ac anfri arnat ti? Rwy i 'di dweud bod pobol yn siarad amdanat ti a'r llanc bach ewn 'na ti'n 'i alw'n gynorthwy-ydd. A sôn am bethe felly, pam wyt ti wedi hysbysebu am gynorthwy-ydd i Hugh yn y siop lyfre?'

Edrychodd Margaret yn syn arno. 'Pam? Am 'i bod hi'n hollol amlwg bod angen cymorth ar Hugh. Rwyt ti wedi dweud cymaint â hynny dy hunan, sawl gwaith.'

'Ond pam gymerest ti gam o'r fath heb ymgynghori â fi?'

'Pam y dylwn i ymgynghori â ti? Fy musnes i yw'r siop lyfre.'

'Dy fusnes di, wir! Ti'n rhy annibynnol o lawer, Margaret.'

'Ac yn bwriadu aros yn annibynnol hefyd. Nawr, o's gen ti rywbeth arall i'w ddweud? Na? Gwell inni fynd yn ôl at Modryb Milbrew, 'te.'

Camodd Lewis rhwng Margaret a'r drws a chydiodd ynddi wrth iddi geisio gwthio heibio iddo.

'Ddes i ddim â ti fan hyn er mwyn ffraeo, Margaret. Na, paid â throi oddi wrtha i. Ma' hi 'di bod yn rhy hir ers i ni fod 'da'n gilydd. Dw i 'di gweld dy eisie di.'

'Mae gen ti ffordd od o ddangos hynny.'

'Mae'n well i fi drio ffordd arall, 'te. Ydy honna'n dy bleso di? Cyn bo hir fe fyddwn ni . . . Pwy yn y byd sydd yno nawr?'

Trodd Lewis i weld Sophia'n sefyll wrth y drws.

'Fe ges i fy hela gan Modryb Milbrew, i holi a o'ch chi 'di cwpla'ch sgwrs. Mae hi'n becso am Margaret, a hithe'n bwriadu mynd yn ôl i Aberhonddu. Mae'n bygwth glaw.'

'Mae'n well i ni ei throi hi, 'te,' ebe Lewis. 'Fe a' i gyda Margaret.'

'Wnei di ddim byd o'r fath,' meddai Margaret. 'Does dim angen, gan 'y mod wedi dod â gwas i gadw cwmni i fi. Fe af i ar fy ffordd ar ôl ffarwelio â Modryb Milbrew.'

iii

Ciliodd sŵn carnau'r ceffylau, ond doedd gan Lewis mo'r awydd lleiaf i fynd yn ôl i'r tŷ. Pam oedd e wedi bod mor feirniadol o Margaret? Doedd e ddim wedi bwriadu ymddwyn felly, er ei fod yn teimlo'n ddig o hyd oherwydd ei bod wedi gwrthod siarad ag e'n gynharach yn yr wythnos. Ond roedd e'n barod i faddau iddi, er ei fod yn dal i gofio sut oedd Tom Pritchard wedi gwylio'r cwbl, yn wên o glust i glust. A Sophy wedyn, yn dod i mewn i'r stafell pan oedd e a Margaret ar fin cymodi. Roedd hi'n aros ei chyfle i ddweud y drefn wrtho, siŵr o fod, ond fe ddylai fod yn bosibl defnyddio'r digwyddiad i'w hargyhoeddi nad oedd dyfodol iddi hi yn Henblas. Fe fyddai Sophy ddig yn haws ei thrin na Sophy gariadus. Ac os felly, efallai dylai fynd i'r tŷ a setlo'r cwbl.

iv

'A dyna shwt mae 'i deall hi, Lewis Gethin?' Safodd Sophia o'i flaen, ei llygaid yn fflachio. 'Rwy'n ddigon da i ti fynd â fi i'r gwely pan nad oes 'na ddim byd gwell ar gael, ond pan ma' priodas yn ca'l 'i styried, ma' gen ti gynlluniau eraill. Margaret Gethin hefyd! Rwy'n synnu atat ti, Lewis. O'r hyn rwy'n clywed, nid ti yw'r unig ddyn i fynd â'i ffansi hi.'

'Paid ti â siarad yn amharchus am Margaret!' gwaeddodd Lewis. 'A phaid â thrio rhoi'r bai i gyd arna i chwaith. Fyddwn i byth 'di meddwl amdanat ti oni bai dy fod ti wedi twlu dy hun arna i.'

'Lewis! Sophia! Be sy'n digwydd yma? Ro'n i'n gallu'ch clywed chi o'r llofft. Cywilydd arnoch chi, a chithe mewn tŷ galar. Wel, dwedwch r'wbeth. Rwy'n mynnu ca'l eglurhad.'

'Fe gewch chi un,' atebodd Sophia. 'Ma'ch nai annwyl 'di cymryd mantes ohono' i. Ma' fe 'di bod yn cysgu 'da fi ers diwrnod angladd Amabel.'

'Ydy hyn yn wir, Lewis?'

'Nid fi a fanteisiodd arni hi, ond ma'r hyn y ma'n 'i ddweud yn wir yn y bôn.'

'Oes gen ti ddim c'wilydd? Na dim synnwyr cyffredin, chwaith? Rwyt ti wedi g'neud un briodas anffodus yn barod a dyma ti ar y ffordd i 'neud yr un camgymeriad eto. A pham? Am fod gen ti'r cyfle a dim byd gwell i 'neud â'th amser! Dyna'r gwir, ynte fe?'

'Does gen i ddim bwriad priodi Sophy. Fyddech chi'n disgw'l i fi 'neud hynny, a hithe'n hollol barod i neidio i'r gwely gydag unrhyw un sy'n fodlon 'i derbyn hi? Roedd Amabel yn feddal ac yn wirion, ond roedd ganddi hi safone.'

'O'dd wir?' Dechreuodd Sophia chwerthin. 'Dyna beth wyt ti'n feddwl, Lewis! Wel, mae gen i ambell air o gyngor i ti. Paid â dewis Margaret Gethin, os wyt ti am i blentyn d'ail briodas fod yn blentyn i ti. A ma'n well i ti fod yn siŵr o hynny, o achos rwy'n ame'n fawr ai ti yw tad Frances fach.'

Cydiodd Lewis yn ei hysgwyddau a'i siglo. 'Rwy i 'di dy rybuddio di o'r bla'n! Paid ti â meiddio siarad fel 'na am Margaret.'

'Gad iddi hi fod, Lewis,' gorchmynnodd Milbrew. 'Dyw'r ferch ddim yn gw'bod be mae'n ddweud, a dyw hynny ddim yn syndod ar ôl y drini'eth mae hi 'di 'i dderbyn gen ti. Sophia, beth yw'r stori hon am Amabel?'

'Rwy'n gw'bod yn iawn beth rwy'n ddweud. Ro'ch chi'n meddwl fod Amabel yn un fach ffôl, on'd o'ch chi? A finne hefyd—am sbel. Fe lwyddodd hi i'n twyllo ni i gyd.'

Symudodd yn sydyn at y drws cyn iddynt gael cyfle i'w rhwystro a rhedodd i fyny'r grisiau.

'Beth ti'n feddwl sy 'da hi?' gofynnodd Milbrew.

'Dim syniad. Rhyw ddwli, siŵr o fod.'

'Dim rhyfedd 'i bod hi wedi'i chyffroi,' meddai Milbrew yn grac. 'Sh, mae'n dod yn ôl.'

''Na ti.' Gwthiodd Sophia lyfr i ddwylo Lewis. 'Darllena'r rhan hon.'

'Llawysgrifen Amabel yw hon.'

'Rwy'n gw'bod 'ny. Cer yn dy fla'n. Darllena.'

'Ond mae 'na dudalenne ar dudalenne, a'r sgrifen mor fân . . .'

'A phob gair yn werth ei ddarllen, rwy'n addo hynny i ti,' meddai Sophia. 'Fe fues i'n ystyried distrywio'r llyfr, ond yn y pen draw fe benderfynais 'i gadw fe. Fe ddyle'r gwirionedd fod yn hysbys i bawb.'

'Y gwirionedd? Am beth wyt ti'n sôn, ferch?' holodd Milbrew, ond torrodd Lewis ar ei thraws.

'William! Mae Amabel 'di sgrifennu 'i bod hi a William . . . a'r plentyn wedyn . . .'

Tawodd, wedi'i syfrdanu'n llwyr ac edrychodd oddi wrth Milbrew at Sophia.

'Ti sy'n siarad dwli nawr,' meddai Milbrew yn ddiamynedd. 'Dwêd wrtha i'n blaen, Lewis—beth mae Amabel wedi'i sgrifennu yn y llyfyr 'na?'

'Mae'n ddigon plaen,' atebodd Lewis. 'Ar ôl iddi hi fod yn Henblas am 'chydig wythnose'n unig, fe ddechreuodd 'y ngwraig annwyl gario mla'n 'da'r cefnder oedd yn debyg i frawd i fi. Ac ar ben hynny, roedd hi'n credu mai William oedd tad Frances.'

'William?' Eisteddodd Milbrew yn sydyn. 'Alla i ddim credu'r peth.'

'Na?' Cerddodd Lewis yn ôl ac ymlaen ar draws y parlwr. 'Ond mae mor amlwg wedi i ddyn ddechre meddwl. Ro'n nhw'n byw ym mhocedi 'i gilydd, yn trafod barddoni'eth ac yn darllen ac yn profi bob math o blesere eraill o dan ein trwyne ni. Does ryfedd i'w farwolaeth e fod yn gymaint o 'sgytwad iddi. Ymweld â hi a barodd iddo fe fod mor hwyr. Roedd hi'n teimlo'n gyfrifol am farwol'eth 'i chariad a thad 'i phlentyn.'

'Druan ohoni,' sibrydodd Milbrew.

'Druan ohoni—does gennych chi ddim byd arall i ddweud ar y pwnc? Fy ngwraig i oedd hi. A William wedyn . . .'

'Dyna ddigon, Lewis. Maen nhw 'di mynd, y ddau ohonyn nhw, a rhaid i ni wynebu'r sefyllfa.'

'Sefyllfa hynod let'with hefyd,' meddai Sophia'n dawel. 'Beth ddywed pobol Aberhonddu wedi iddyn nhw ddeall i Lewis Gethin ga'l 'i dwyllo gan 'i wraig a'i gefnder? A beth am Margaret, a hithe'n debygol o fod yn llysfam i blentyn siawns 'i ddiweddar ŵr? Menyw falch yw Margaret; fydd y sefyllfa ddim wrth ei bodd hi.'

'Os wyt ti'n trio ca'l Margaret allan o'r ffordd drwy ledu'r stori hon . . .'

'Ca'l Margaret allan o'r ffordd? Er mwyn dy ga'l di fel gŵr—dyna beth ti'n feddwl? Does dim peryg o hynny, Lewis Gethin. Fe fues i'n ffôl. Fe argyhoeddes i fy hunan dy fod ti'n ddyn o gymeriad oedd wedi priodi'r wraig anghywir. Roeddet ti'n anhapus 'dag Amabel—wel, ro'n i'n iawn ynglŷn â hynny o leia—ac ro'n i'n awyddus i dy gysuro di. Ond ar ôl heno rwy'n dy weld ti fel yr wyt ti, a dw i ddim am gael dim byd i wneud â ti byth eto.' Cerddodd at y drws. 'Ro'n i'n breuddwydio am ein priodas ni, Lewis, ond erbyn hyn mae gen i rywbeth arall i edrych ymla'n ato fe. Fe fydda i'n mwynhau gwrando ar y sïon wrth iddyn nhw ledu drwy Aberhonddu.' Gwenodd arno. 'Nos da, Lewis, Modryb Milbrew. Cysgwch yn dawel.'

V

'Os gwelwch chi'n dda, Mr Lewis, fe fydd Meistres Milbrew yma cyn hir,' ebe Jane Rees gan syllu'n chwilfrydig ar Lewis.

'Da iawn.' Caeodd y drws y tu ôl i Jane a cherddodd Lewis at y ffenest. Sut ar y ddaear roedd e'n mynd i ddianc o'r fagl hon? Ffieiddiai wrth gofio am ddigwyddiadau'r noson cynt. Ar ôl iddi adael y parlwr, roedd Sophia wedi dechrau sgrechian a gweiddi. Roedd y babi, Frances, wedi dihuno a hithau wedi dechrau sgrechian hefyd. Chafodd neb yn Henblas fawr o gwsg. A beth fyddai'n debygol o ddigwydd y bore yma? Agorwyd y drws eto a daeth Milbrew i mewn.

'Wel?' holodd Lewis. 'Shwt mae pethe'n awr?'

'Mae hi 'di tawelu rywfaint. Lwcus fod gen i lodnwm wrth law. Dw i ddim yn ei ddefnyddio fe'n aml, ond mae'n werth 'i ga'l ar adege fel hyn.' Llusgodd ei hun draw at y tân ac eistedd yn flinedig.

'Ewch ymla'n,' anogodd Lewis. 'Beth arall 'wedodd hi? Beth ma' hi'n bwriadu g'neud?'

'Be ma' *hi*'n bwriadu g'neud? Dy le di yw penderfynu, hyd y gwela i.'

'Fe 'wedodd hi'n ddigon plaen neithiwr nad oedd hi am ga'l dim byd i 'neud â fi.'

'Dyw hynny ddim yn syndod, a thithe'n cario ymla'n 'da Margaret o fla'n 'i llygaid hi, ac wedyn yn 'i sarhau hi. Fe gollodd 'i thymer. Fe fyddwn i 'di twlu'r pocer atat ti, ac wedi 'i dwymo yn y tân cyn g'neud.'

''Rhoswch funud, Modryb Milbrew,' meddai Lewis. 'Dweud y'ch chi fod Sophy'n canu cân arall y bore 'ma? Dw i ddim yn credu'r peth.'

'Pam wyt ti'n synnu? 'Styria 'i sefyllfa hi am foment, yn lle meddwl am dy gyfleustra di dy hunan bob amser. Fe gymerest ti fantes ohoni hi. Na,' wrth i Lewis ddechrau protestio, 'dw i ddim am glywed d'esgusodion. Dyn profiadol wyt ti, a hithe'n ferch ifanc, ramantus. Roedd hi'n meddwl, siŵr o fod, taw arwydd o dy gariad di tuag ati hi oedd d'awydd di i gysgu 'da hi. Doedd hi ddim i w'bod dy fod ti'n un i achub ar bob cyfle sy'n cynnig 'i hun heb feddwl fawr ddim am y canlyniade.'

'Dyna ddigon o'ch pregethu chi, Modryb Milbrew. Dewch i ni ga'l popeth yn glir. Ydy Sophy'n disgw'l i fi 'i phriodi hi?'

'Mae'n gobeith'o y gwnei di. A chofia di, Lewis, dyw hi ddim yn hollol dwp. Mae ganddi gardie i'w chware ac mae'n gw'bod hynny'n iawn.'

'Pa gardie? Merch ddibriod yw hi. Dyw hi byth yn mynd i dynnu gwarth ar 'i henw da 'i hun.'

'Does dim dal beth wnaiff hi os byddi di'n 'i hwpo hi'n rhy bell. Ac nid 'i phrofiad hi yw'r unig stori sy ganddi i'w hadrodd chwaith.'

'Y dwli 'na am William ac Amabel,' meddai Lewis yn ddirmygus. 'Does neb yn mynd i gredu'r stori honno.'

'Paid ti â dibynnu ar hynny. Mae 'na bobol yn Aberhonddu fydde'n barod i gredu unrhyw sgandal flasus.'

'Modryb Milbrew, y'ch chi'n f'annog i i briodi'r ferch? Wel? Ry'ch chi wedi dweud eich barn yn ddiflewyn-ar-dafod hyd yn hyn. Dewch i fi glywed y cwbwl.'

'Dyw hynny ddim mor hawdd,' meddai Milbrew. 'Fe ddylet ti 'i phriodi hi, ond dw i ddim am dy weld ti'n ymgymryd unwaith eto â phriodas anhapus. Fe wnest ti fywyd Amabel yn uffern ar y ddaear ac mae'n siŵr y byddet ti'n trin Sophia yn yr un ffordd; ac ar yr un pryd, mae'n debyg y bydde'r fferm a'r busnes a phopeth arall yn mynd i'r gwellt.'

'Wel 'te, ry'n ni'n unfryd ynghylch hynny,' meddai Lewis mewn rhyddhad. 'Rhaid i Sophy fynd yn ôl i Abertawe cyn iddi ga'l y cyfle i hel clecs . . .'

'Dw i ddim wedi cwpla. Oes gen ti ddim ymdeimlad o gyfrifoldeb, Lewis? Mae'n bosib fod Sophia'n cario dy blentyn di.' Ni ddywedodd Lewis air ac aeth Milbrew yn ei blaen. 'Os nag yw hi'n disgw'l, fe wna i 'ngorau i'w pherswadio hi i fynd adre heb greu unrhyw helynt yma. Ond os yw hi *yn* disgw'l, Lewis, fe fydd yn rhaid i ti 'i phriodi hi'n ddi-oed. Os gwrthodi di, fe adrodda i'r stori i gyd—am dy drini'eth o Sophia, perthynas William ac Amabel, y cwbwl. Ac ni fydd gen ti ddim siawns i ga'l Margaret wedyn. Wel? Ydy hi'n fargen?'

'Does gen i fawr o ddewis,' meddai Lewis.

'Dyna ni 'te. Rhaid i ni aros i weld beth sy'n digwydd. Ac yn y cyfamser, Lewis, rwy'n disgw'l iti ymddwyn yn gwrtais at Sophia.'

'Fe wna i 'ngore.'

'Ac fe dria i ddwyn perswâd arni hi. Rwy'n d'annog di i gadw draw o Henblas gymaint ag y gelli di. Pam na ei di i ardal y gweithie? Rhaid bod 'na r'wbeth defnyddiol i ti 'neud yno. Fe siarada i â Sophia ac fe obeithiwn ni am y gore. A chofia di, Lewis, mae'n bosib y bydd y stori hon ynglŷn â William ac Amabel yn lledu hyd yn oed heb help Sophia. Allen nhw byth fod wedi cwrdd heb i neb 'u gweld nhw.'

'Os cwrddon nhw.'

'O, dyna d'agwedd di'r bore 'ma, ife? Roeddet ti'n canu cân wahanol neithiwr.'

'Ond . . .'

'Dere, Lewis, roeddet ti'n cwyno o hyd am 'u cyfarfodydd mynych.'

'Wel 'te, pam nad oes dim sôn wedi bod yn barod?'

'Ni fydde'r ola i glywed sïon ar y pwnc,' meddai Milbrew. 'Ma'n well iti ddisgw'l rhywfaint o glecan, ond gyda lwc chaiff y stori mo'i lledu gan aelod o'r teulu.' Cododd ar ei thraed. 'Rwy'n mynd i ga'l hoe fach. Roedd digwyddiade neithiwr yn ormod i fenyw o f'oedran i. Meddylia di am beth dd'wedes i, Lewis, ac yn y dyfodol, tria ystyried y canlyniade cyn i ti ruthro i bethe fel tarw'n hela buwch.'

25

i

'Mae nifer y sgraffe ar y gamlas yn tyfu o wythnos i wythnos,' meddai Tom Pritchard wrth iddo wylio'r badau'n symud yn araf drwy'r dŵr brown.

'Ti'n llygad dy le,' cytunodd Margaret Gethin. 'Fe glywes i ddoe fod Mr Frere yn elwa'n dda ar y galw cynyddol am haearn sy wedi dod yn sgil y rhyfel, ac ma' fe'n ystyried codi tramwe newydd i ateb y twf yn 'i gynnyrch e. Ac wedyn, wrth gwrs, fe fydd angen rhagor o weithwyr arno fe, a bydd angen bwyd arnyn nhw. Lwcus fod gen ti'r ddawn o ffindio cyflenwyr dibynadwy, Tom. Mae'r un newydd yng Ngilwern yn werth y byd.'

Gwridodd Tom wrth glywed y clod. 'Rwy'n falch iawn 'ych bod chi wedi ca'l 'ych pleso, Mrs Gethin. Fe 'wedodd Mr Lewis fod gennyn ni ddigonedd o gyflenwyr eisoes.'

'O, paid â chymryd sylw ohono fe. Dw i ddim yn gw'bod beth sy'n bod ar Lewis y dyddie 'ma. Ma' fe ar yr hewl o hyd, ac yn gweld bai ym mhobman. Dyw e byth yn g'neud dim byd adeiladol. Mae'n dda, Tom, ein bod ni'n dau'n rhoi ein holl sylw i'r busnes. Fydde 'na fawr o lewyrch ar bethe 'sen ni'n dibynnu ar ymdrechion Lewis.'

Am ychydig, marchogodd Margaret ymlaen heb ddweud rhagor. Doedd dim modd gwadu bod Lewis wedi bod yn anhydrin tu hwnt yn ddiweddar, yn bachu ar bob cyfle i'w chyffroi ac yn ymyrryd o hyd yn ei chynlluniau ar gyfer y fasnach gludo. Mor wahanol oedd eu perthynas cyn i Amabel farw. Ond roedd ei cholli hi wedi bod yn sioc iddo, wrth gwrs, er i'r briodas fod yn un anhapus. Byddai'n rhaid iddi hi gofio hynny wrth farnu Lewis.

'Mae bai arna i am ddweud yr hyn wedes i am fy nghefnder, Tom,' meddai Margaret. 'Dyw pethe ddim yn hawdd iawn iddo fe ar hyn o bryd. Dewch i ni hastio er mwyn cyrraedd y lanfa yng Ngilwern cyn i'r calch ga'l ei lwytho i'n sgraff ni.'

Mae'n rhy feddal o lawer ynglŷn â'r hen Lewis yna, meddyliodd Tom wrth iddo farchogaeth y tu ôl i Margaret. Mae'n ei thrin hi fel baw ar adegau, a hithau heb ŵr i'w hamddiffyn.

Ar ôl iddynt fynd heibio i'r tro yn y gamlas, daeth y lanfa i'r golwg yn y pellter.

'Gwranda!' meddai Margaret yn sydyn. 'Beth sy'n digwydd, 'wedet ti, Tom?'

'Dadl fawr, o'r hyn rwy'n glywed.'

'Llais Lewis yw hwnna. Do'n i ddim yn disgw'l 'i weld e. Beth mae e'n wneud yng Ngilwern, tybed?'

'Creu trafferth, siŵr o fod,' meddai Tom dan ei anadl.

Wrth iddyn nhw fynd yn eu blaen, gwelsant gart llawn calch yn sefyll wrth y lanfa; yn y gamlas yr oedd ysgraff wag, werdd, â'r enw 'Gethin' wedi'i beintio ar ei hochr, yn aros i gael ei llwytho. Safai'r ysgraffwyr ar lan y gamlas yn gwylio'r olygfa o'u blaen. Rhyngddynt a pherchennog y cart safai Lewis, yn amlwg mewn tymer wyllt.

'Lewis!' Disgynnodd Margaret oddi ar ei cheffyl gan roi'r awenau i Tom. 'Lewis, be sy'n digwydd yma? Beth sy'n bod?'

'Ti'n gofyn i fi be sy'n bod? Wyt ti ddim yn cofio'n sgwrs ni echdoe? Fe ddyle hyd yn oed fenyw gofio beth ga's 'i ddweud lai na dau ddiwrnod yn ôl. Dyw hynny ddim yn ormod i'w ddisgw'l. Wedes i wrthot ti'n blaen fod gennyn ni hen ddigon o galch wedi'i storio yn 'B'ronddu i ddiwallu anghenion ein cwsmeried am wythnose. A beth wy'n ffindio pan wy'n cyrra'dd yma? Y dyn yna,' gan chwifio'i law i gyfeiriad perchennog y cert, 'yn dod â chalch o'r odynne a sgraff wag yn barod i'w gludo fe. A phwy yw e, ta beth? Ofynnes *i* erio'd iddo fe ddod yn gyflenwr i ni.'

'Tal Probert yw 'i enw fe,' meddai Tom, 'a fi drefnodd iddo fe ddod â chalch i ni.'

'Ro'n i'n meddwl! A phryd wyt ti'n bwriadu cymryd y cwmni drosodd yn gyfan gwbl, os caf i ofyn? Ac nid y busnes yn unig, chwaith. Ma' 'na uchelgais arall gen ti, on'd oes e? Bachan wyt ti sy'n benderfynol o achub ar 'i gyfle. Wel, os wyt ti'n disgw'l gwella dy stad drwy briodi . . .'

'Dyna ddigon, Lewis! Dilyn 'y nghyfarwyddiade i wna'th Tom. Fi bia'r sgraff hon a fi sy'n penderfynu pa ddefnydd sy'n ca'l 'i 'neud ohoni hi.'

'D'ysgraff di, wedest ti? Rwyt ti'n hawlio'r cwbwl erbyn hyn, on'd wyt ti?'

'Fi yw perchennog y siâr fwya yn y cwmni ac mae'r ysgraff hon, fel y byddet ti'n gw'bod pe bait ti wedi mynd i'r drafferth o edrych arni'n ofalus, yn un a brynwyd ag arian Modryb Milbrew. Roedd hi'n eiddo i William a nawr mae'n eiddo i fi. Ac fe fyddwn i'n falch iawn dy weld ti'n rhoi'r gore i ymyrryd â materion sy ddim yn fusnes i ti, Lewis.'

'Ddim yn fusnes i fi? Fy syniad i oedd yr holl beth! Fi oedd yr un i ddwyn perswâd ar Modryb Milbrew. Fi ddaeth o hyd i'r sgraffe a'r cyflenwyr gwreiddiol. A wedyn fe weithies i fel ffŵl i roi'r holl fenter ar 'i thraed. Pwy wyt ti i ddweud nad yw'r mater hwn yn fusnes i fi? Beth wyt ti'n gw'bod, o ddifri, am redeg menter debyg i hon? Bai Milbrew yw hyn i gyd, yn mynnu trosglwyddo'i buddianne hi i gyd i Wil. Ac oni bai i Wil fod mor ddi-glem â chw'mpo mewn i'r gamlas, gartre yn magu dy fabi a gofalu am dy dŷ y byddet ti, yn hytrach na chrwydro o gwmpas y wlad gyda'r llanc 'na, yn difetha'r busnes ac wn i ddim beth arall.'

'Peid'wch chi â siarad fel 'na â Mrs Gethin!' Gollyngodd Tom Pritchard ei afael ar ffrwynau'r ceffylau a chamu'n fygythiol at Lewis.

'Gwyliwch beth y'ch chi'n 'neud!' gwaeddodd Margaret wrth iddi weld ei cheffyl yn symud yn ôl a bwrw yn erbyn Lewis. Diflannodd hwnnw dan ddŵr lleidiog y gamlas, ond yn fuan iawn fe ailymddangosodd ac estynnodd Tal Probert, y certiwr, ei law i'w dynnu i fyny'r bancyn.

'Gad i hyn fod yn wers i ti,' meddai Margaret. 'Na, Lewis,' wrth iddo droi ar Tom, 'does dim ymladd i fod. Dim ond dilyn fy ngorchmynion i oedd Tom, a dyw e ddim wedi cyffwrdd â ti â chymaint â bla'n 'i fys. Cer di i sychu dy hun, cyn i ti oeri. Mae'r awel yn ddigon ffres, er bod yr haul yn disgleirio.' Trodd at Tal Probert. 'Ewch ymla'n â'r llwytho. Mae'r sgraff hon wedi bod yn gorwedd yn segur yn rhy hir o lawer. Fe fyddwn i'n ddiolchgar iawn pe baech chi'n cwpla'r gwaith mor gyflym ag sy'n bosib.'

ii

Teimlai pob diwrnod fel mis, meddyliodd Lewis wrth iddo farchogaeth yn araf tuag at Henblas. Doedd ganddo mo'r awydd lleiaf i fynd yno, er iddo fod yn absennol am wythnos gyfan. Tybed a fyddai gan Milbrew unrhyw newyddion ynglŷn â Sophy erbyn hyn; rhywbeth a fyddai'n rhoi terfyn ar yr ansicrwydd parhaus a barai iddo gynddeiriogi a cholli arno'i hun. Cofiodd â chryn ddiflastod am y digwyddiadau wrth y lanfa yng Ngilwern. Ni fyddai'n gwella'i safle yng ngolwg Margaret wrth ymddwyn mewn ffordd mor wirion. Byddai'n rhaid iddo droedio'n ofalus, er ei bod hi wedi bod yn hollol anystyriol o'i deimladau ef. Pam oedd hi'n mynnu bod mor annibynnol? Pam oedd hi'n rhoi cymaint o gyfrifoldeb i Tom Pritchard, y diawl bach digywilydd fel ag yr oedd e, a'i obeithion haerllug am wneud ei ffortiwn drwy berswadio Margaret i'w briodi?

'Ond fe gaiff 'i siomi,' addawodd Lewis iddo'i hun. 'Dim ond i fi ga'l gwared ar Sophy, ac fe fydda i'n ôl ar yr hen delere 'da Margaret mewn byr o dro. Fydd ganddi hi mo'r amser i'w sbario i Tom bach wedyn. Beth ŵyr e am fenywod ac am yr hyn sy'n 'u plesio nhw?'

Tynnodd ar yr awenau ac arhosodd y ceffyl. Roedd Henblas i'w weld yn y pellter. Gyda lwc, dychwelyd i gael ei groesawu gan Margaret fyddai ymhen ychydig fisoedd. Ond sut fyddai'n teimlo pe bai Sophy, yn hytrach na Margaret, yn aros amdano? Ac os oedd hi'n disgwyl ei blentyn, fe wnâi Milbrew ei orau i sicrhau eu bod nhw'n priodi. A fyddai'n gallu herio'r hen fenyw? Sut y byddai Margaret yn ymateb i'r wybodaeth ei fod wedi mynd o'i breichiau hi i freichiau Sophy? Sut y byddai hi'n cymryd y stori am garwriaeth rhwng ei diweddar ŵr hi a'i ddiweddar wraig ef? Pwy a ŵyr? Byddai'n rhaid iddo obeithio na fyddai hi byth yn clywed y cwbl. Fe farchogodd ymlaen yn araf at y tŷ.

'Chi'n ôl o'r diwedd 'te, meistr.' Daeth Josh Rees ato a chymryd awenau'r ceffyl. 'Gawsoch chi siwrne dda?'

'Gweddol. Beth yw'r hanes fan hyn, Josh?'

'Dim byd arbennig. Pethe'n mynd ymla'n fel arfer ar y ffarm.'

'Ac yn y tŷ?'

'O, mae 'na newyddion yno. Mae Miss Sophia wedi mynd yn ôl i Abertawe. Trueni i chi 'i cholli hi, Mr Lewis. Dim ond ddoe aeth hi.'

Syllodd Lewis arno'n syn am funud cyn troi a brysio i'r tŷ. Eisteddai Milbrew yn ei chadair arferol yn y parlwr.

'Beth sy 'di digwydd?' holodd Lewis, a'i wynt yn ei ddwrn. 'Ma' hi 'di mynd, yn ôl Josh. Ydy popeth yn iawn?'

'Dyw hi ddim yn disgw'l plentyn, os dyna rwyt ti'n 'i alw'n "iawn".'

'Beth arall?' Taflodd Lewis ei hun i'r gadair gyferbyn â Milbrew. 'Mae'r wythnose diwetha wedi bod yn hunlle, ond nawr fe alla i ddechre cynllunio ar gyfer y dyfodol.'

'Rwyt ti wedi bod yn g'neud hynny ers i Amabel farw,' meddai Milbrew. 'Camgymeriad anffodus ond dibwys yn y bôn fu dy berthynas 'da Sophia. Fel 'ny rwyt ti'n gweld y peth—ydw i'n iawn?'

'Roedd e'n anffodus iawn,' meddai Lewis yn ofalus, 'ac rwy'n llawn edifeirwch.'

'Dim ond am dy fod ti wedi ofni'r canlyniade. Nawr mae e drosodd, anghofi di am y cwbwl. Rwy'n dy nabod ti, Lewis Gethin. Wel, fe addawes i ddwyn perswâd ar Sophia i fynd yn dawel, pe na bai hi'n disgw'l, ac fe gadwes i at 'y ngair. Ma' hi 'di mynd yn ôl i Abertawe, ac wedi addo na fydd hi byth yn dweud gair am ddigwyddiade cywilyddus y misoedd diwetha. Rwy'n gobeith'o 'i bod hi 'di dysgu digon o'i phrofiade i ymatal rhag ymddiried eto mewn dyn diegwyddor.'

'Dy'n ni ddim yn gweld y mater yn yr un goleuni,' meddai Lewis. 'Rwy'n awgrymu ein bod yn peid'o trafod ymhellach. O hyn ymla'n fe wna i bob ymdrech i fod yn weithgar, yn rhinweddol ac yn barchus a chyn bo hir fe fyddwch chi wedi anghofio i fi erio'd ymddwyn yn wahanol.'

'Ac mae Margaret yn mynd i dy helpu di i newid, ydy hi?'

'Wrth gwrs. Fe fydd Henblas yn wahanol iawn pan fydd hi yma—er i chi 'neud 'ych gore bob amser, Modryb Milbrew, dw i ddim am awgrymu fel arall. Ond gyda Margaret . . .'

'Ydy popeth wedi'i setlo rhyngoch chi felly?'

'Na, weda i mo hynny. Dw i ddim wedi gallu siarad yn hollol agored eto, gan mai newydd farw y mae Amabel . . .'

'A Sophia yn Henblas o hyd.'

'Yn union. Ond does dim rheswm dros i fi ymatal nawr.'

'A does dim amheu'eth ynglŷn ag ateb Margaret?'

'Wel, ddylwn i ddim ymffrostio, wrth gwrs, na chymryd Margaret yn ganiataol, ond i ddweud y gwir, Modryb Milbrew, rwy'n disgw'l ca'l Margaret yma yn Henblas cyn pen deufis.'

iii

Pam yn y byd oedd rhaid i Margaret ymddwyn mor lletchwith? Roedd hi'n ddigon i wylltio dyn, ond doedd e ddim am ei chroesi ar hyn o bryd. Y peth pwysig oedd ei pherswadio i adael Aberhonddu cyn gynted â phosibl. Gyda sïon yn cylchdroi yn y dre ac yn cynyddu fel pelen eira, ei flaenoriaeth ef oedd setlo popeth gyda'i gyfnither-yng-nghyfraith cyn iddi glywed gormod. Rhoddodd Lewis y gorau i gerdded yn aflonydd o gwmpas y parlwr yn High Street a dod i eistedd gyferbyn â hi.

'Dere ymla'n, Margaret,' meddai. 'Rwy i 'di cyfadde imi ymddwyn yn afresymol yng Ngilwern, ac wedi ymddiheuro hefyd. Dw i ddim yn gwadu dy hawl di i gymryd penderfyniade ar faterion busnes, er 'y mod i'n dal i gredu y dylet ti roi peth ystyri'eth i 'nheimlade i.'

'Dy deimlade di? Beth ti'n feddwl?'

'Ti'n gw'bod yn iawn shwt wy'n ymateb bob tro rwy'n gweld Mr Pritchard bach yn cymryd fy lle i wrth dy ochor di. Na,' wrth i Margaret ddechrau protestio, 'dw i ddim yn g'neud ensyniade ynglŷn â dy berthynas ag e. Dweud ydw i 'y mod i am deithio drwy'r cefn gwlad 'da ti. Mae gormod o amser wedi mynd heibio ers i ni 'neud hynny, ac felly ro'n i am gynnig ein bod ni'n mynd ar ryw wibdaith fach, dim ond ni'n dau. Mae'r tywydd yn braf a fe wnaiff newid awyr les i ni.'

'Gwibdaith bleser, ti'n feddwl? Nid busnes? Dw i ddim yn credu . . .'

'Y bydde hynny'n barchus. Dyna beth o't ti'n mynd i ddweud? Ond pam lai? Yr hyn oedd gen i mewn golwg oedd taith i'r Fenni. Ma' 'na heidie o resyme da dros i ni fynd yno. Fe allen ni aros dros nos a dod yn ôl yn llawn storis am gyflenwyr newydd a'r twf yn y fasnach gludo ac wn i ddim beth arall. Fydde neb yn gweld dim byd o'i le yn y fath siwrne. Be ti'n ddweud?'

'Mae'n swnio'n ddengar dros ben,' cyfaddefodd Margaret. 'Ond fydde hynny'n ddoeth ar ein rhan ni? Mae pobol yn barod i hel clecs bob amser, fel rwyt ti wedi f'atgoffa i sawl gwaith.'

'Ond os yw'r busnes yn mynd i ehangu fel rwyt ti am iddo fe wneud, fe fydde'n beth da i bobol gyfarwyddo â'n gweld ni'n teithio gyda'n gilydd.'

'Do'n i ddim yn meddwl fod gen ti olwg fawr ar 'y nghynllunie i ar gyfer y dyfodol. Fe roist ti dy farn am fenywod sy'n ymyrryd ym materion busnes yn ddigon clir ar y lanfa yng Ngilwern . . .'

'Margaret, wnei di anghofio beth dd'wedes i yng Ngilwern? Rwy i wedi ymddiheuro droeon a pheth angharedig yw taflu 'ngeirie byrbwyll i'n ôl ata i fel 'na.'

'Mae'n flin gen i. Do'n i ddim o ddifri. Ma' dy syniad am wibdaith yn hyfryd. Pryd o't ti'n meddwl mynd?'

'Cyn gynted ag sy'n bosib. Pam y dylen ni oedi? Mae'r tywydd yn braf a does dim probleme gartre gennym ni ar hyn o bryd. Os arhoswn ni tan yr wythnos nesa, falle y cawn ni fellt a tharane neu sgraffe'n mynd ar goll neu gyflenwyr yn ein twyllo ni, neu fe ddaw llu o bethe eraill i'n rhwystro ni. A hefyd . . .'

'A hefyd?'

'Rwy'n gweld yr amser yn hir iawn ers i ni fod ar ein penne'n hunen. Be ti'n feddwl?'

'Falle dy fod ti'n iawn.' Gwenodd Margaret arno. 'Dyna ni 'te, mae hwnna wedi'i drefnu. Ond mae yfory braidd yn fuan. Mae gen i ambell beth i'w setlo yma cyn i ni fynd.'

'Drennydd 'te? Ti'n cytuno?'

'Ydw,' atebodd Margaret, 'rwy'n cytuno.'

26

i

Daeth yr heulwen drwy hollt fechan yn y caeadau gan greu patrymau ar y wal ac ar ddillad y gwely. Symudodd yn araf hyd nes cyrraedd wyneb Margaret, gan beri iddi ymestyn ac agor ei llygaid. Am eiliad fe ddrysodd wrth weld y golau yn dod o ochr anghywir yr ystafell ond cofiodd wedyn ei bod hi yn y Fenni, yng ngwesty'r Angel. Roedd hi ar ei phen ei hun yn y gwely. Rhaid bod Lewis wedi mynd yn ôl i'w ystafell tra oedd hi'n cysgu. Gwenodd Margaret wrth feddwl ei fod wedi gwneud y fath ymdrech i ymddwyn yn weddus. Doedd e ddim wedi bod yn weddus iawn y noson cynt. Ond doethach, efallai, fyddai troedio'n ofalus, er ei bod yn amau eu gallu i gadw'r berthynas yn gyfrinach yn hir iawn. Pe bydden nhw'n treulio nosweithiau yng nghwmni ei gilydd yn aml, fe fyddai rhywun yn sylwi'n hwyr neu'n hwyrach. Pwysodd Margaret yn ôl ar y gobenyddion, gan gofio digwyddiadau'r noson flaenorol. Fe dynnodd anadl ddofn foddhaus. Bellach, roedd Lewis a hithau'n rhydd i fwynhau eu perthynas—a'i bwriad hi oedd gwneud hynny i'r eithaf.

Cododd a dechrau gwisgo. Roedd gormod o ynni ynddi i oedi yn ei gwely ar fore mor braf. Trueni, serch hynny, fod Lewis wedi mynd yn ôl i'w ystafell, a hithau mor fywiog. Ond amhosibl fyddai mynd i chwilio amdano a'r morynion wrth eu gwaith yn barod. Wel, fe ddeuai digon o gyfleoedd eraill.

Aeth i lawr y stâr ac allan i awyr ffres y bore cynnar. Penderfynodd osgoi canol y dre drwy gerdded yn gyflym i fyny'r lôn fach wrth ochr yr Angel tuag at hen dŷ ei rhieni. Edrychai Flannel Street yn eithaf bywiog er gwaethaf cyflwr adfeiliedig rhai o'r anheddau. Safodd yn stond o flaen ei hen gartref. Roedd y craciau yn y welydd, y tyllau yn y to a'r simdde sigledig yn brawf o'i gyflwr bregus. Tu fewn, fel y gwyddai'n iawn, fe fyddai'r awyrgylch yn oer ac yn llaith, hyd yn oed ar ddiwrnod o haf. Trigai chwilod yn y muriau; deuent allan yn y tywyllwch a rhedent yn ôl i'w nythod pan ddeuai goleuni. Crynodd Margaret wrth gofio'r achlysuron pan ddamsganai ar y chwilod yn y tywyllwch, gan eu clywed yn crensian o dan ei thraed noeth. Cofiodd ei mam yn ei chynghori i briodi Joseph Edwards. Yma, mewn tŷ tebyg i hwn, y byddai wedi byw drwy gydol ei hoes pe bai wedi gwneud hynny. Doedd ei bywyd ddim wedi bod yn fêl i gyd yn Aberhonddu, ond yn y diwedd roedd popeth wedi cwympo i'w le.

Cefnodd Margaret ar Flannel Street gan gerdded tuag at y dolydd a ffiniai ag afon Wysg. Ar y chwith safai'r castell. O'i blaen gwelai grychydd yn hedfan yn isel ar draws y dŵr. Gwlychwyd eu sgertiau gan y glaswellt llaith. Brefai'r buchod yn dawel a chwaraeai grŵp o blant yn nŵr bas yr afon.

'Margaret! Margaret, arhosa amdana i.'

Trodd i weld Lewis yn brysio ar draws y cae. Eisteddodd ar hen foncyff i aros amdano.

'Beth yn y byd wyt ti'n 'neud yma a hithe mor fore?' holodd, gan chwilio am anadl. 'Oni bai i un o'r morynion sylwi arnat ti'n gad'el y gwesty a'i bod wedi dweud wrtha i i ba gyfeiriad yr est ti, fydde gen i mo'r syniad lleia ble i chwilio amdanat ti.'

'Gan fod y diwrnod mor braf, fe ges 'y nhemtio i fynd am dro,' eglurodd Margaret.

'Ond pam na arhosest ti i fi?'

'Do'n i ddim yn gw'bod pryd o't ti'n debygol o ddeffro.'

'Ond ddylet ti ddim fod wedi mynd heb ddweud wrtha i,' meddai Lewis yn ddig.

'Pam lai? Rwy'n gw'bod fy ffordd o gwmpas y Fenni yn well na ti, wedi'r cwbwl.'

'Falle, ond . . .' Oedodd Lewis ac ymdrechodd i siarad yn fwy pwyllog. 'Rhywsut, ar ôl neithiwr, ro'n i'n disgw'l dy ffindio di yn dy stafell, yn aros amdana i.' Edrychodd yn apelgar arni. 'Ti'n gw'bod yn iawn be sy gen i i' ddweud, Margaret. Rhaid i ni ga'l nosweithie eraill tebyg i neith'wr. Rwyt ti'n teimlo'r un fath, on'd wyt ti?'

'Ydw.'

'Wel, 'te, gan ein bod ni wedi cytuno ar hynny, dw i ddim yn gweld unrhyw rinwedd mewn cadw'r peth yn dawel, nac mewn oedi chwaith.'

Edrychodd Margaret arno. 'Ddim rhinwedd mewn cadw'r peth yn dawel? Dw i ddim yn deall. Dwyt ti 'rioed yn awgrymu ein bod ni'n cyhoeddi'r cwbwl i'r byd?'

'Wrth bawb sy â diddordeb. Pam lai? Fe 'wedan nhw'n bod ni'n frysiog braidd, debyg iawn, ond beth yw'r ots? Pam y dylen ni ystyried barn pobol eraill?'

'Lewis,' meddai Margaret yn araf ac yn ofalus, 'dw i ddim yn siŵr 'mod i'n dy ddeall di. Wnei di egluro beth yn union rwyt ti'n 'i gynnig?'

'Ond dyna'n union beth wy'n 'wneud,' atebodd yntau. 'Rwy'n cynnig dy briodi di. Dere ymla'n, Margaret, paid ag esgus na wyddet ti ddim beth oedd gen i mewn golwg. Ond os wyt ti'n mynnu ca'l popeth yn blaen ac yn glir, fe gydymffurfia i â'r confensiyne. Annwyl Margaret, wnei di 'mhriodi i?'

Edrychodd Margaret i fyw ei lygaid. 'Na wnaf, Lewis,' meddai.

Syllodd Lewis yn hurt arni. 'Beth 'wedest ti?'

'Wna i ddim dy briodi di.'

'Ond pam lai? Er mwyn Duw, Margaret, ro'n i'n disgw'l, o gofio'r ffordd yr wyt ti wedi bod yn ymddwyn, y byddet ti'n neidio at y cyfle. Na, dw i ddim yn golygu hynny'n union, ond mae gen i bob rheswm dros feddwl dy fod ti . . . wel, dy fod ti'n hoff iawn ohono' i.'

'Rwy'n hoff iawn ohonot ti,' cytunodd Margaret, 'ond peth arall yn hollol yw dy briodi di.'

'Ond . . .'

'Lewis, rwy'n gw'bod o brofiad dy fod ti'n ffindio nifer go lew o fenywod yn ddeniadol. Dyw e ddim fel arfer yn d'arwain di at yr allor, ydy e?'

'Milbrew sy wrth wraidd hwn i gyd,' meddai Lewis. 'Fe addawodd hi gadw'n dawel am yr holl beth. Ond doedd hi ddim am i ni briodi a phan sylweddolodd hi dy fod ti'n mynd i 'nerbyn i, fe ddywedodd hi'r cwbwl wrthot ti. Dyna'r gwir, ontefe? Ganddi hi y cest ti'r holl hanes am 'y mherthynas i â Sophy? Pan wela i Milbrew . . .'

'Dyna ddigon, Lewis,' meddai Margaret yn sarrug. 'Chlywes i 'run gair gan Milbrew, er nad yw dy berthynas di â Sophia'n peri unrhyw syndod i fi.'

'Ond doedd hi'n golygu dim i fi! Paid â gad'el iddi hi ddod rhyngon ni!'

'Rhaid i fi ddweud y gwir wrthot ti, Lewis. Does gan Sophia a Sara ac wn i ddim pwy arall fawr ddim i' wneud â'r ffaith 'y mod i'n gwrthod dy briodi di.'

'Ond pam wyt ti'n gwrthod, 'te? Dwi ddim yn deall.'

'Dw i ddim eisie bod yn briod, dyna'r cwbwl.'

'Ond neithiwr . . .'

'Does gan ddigwyddiade neithiwr ddim i 'neud â'r peth. Dwyt ti ddim wedi gofyn i fi dy briodi di am ein bod ni wedi rhannu gwely, er rwy'n cydnabod i'r profiad fod yn bleserus tu hwnt. Ond rhywbeth arall sy wedi troi'r fantol . . .'

'Beth wyt ti'n feddwl? Fyddwn i byth yn ystyried priodi menyw heb deimlo'n gariadus tuag ati hi.'

'Na fyddet ti, wir? A chan dy fod ti'n teimlo'n gariadus tuag ata i, fe fyddet ti'n hollol fodlon fy mhriodi i pa faint bynnag o waddol fydde'n dod 'da fi? Dweud yr wyt ti mai amherthnasol yw'r ffaith 'y mod i'n berchen y siâr fwya ym masnach gludo'r teulu Gethin? Paid â thwyllo dy hun, Lewis—a phaid â cheisio 'nhwyllo inne. Rhesyme solet, ariangar, sy wrth wraidd dy gynnig di. Does gan dy deimlade cariadus di ddim i' wneud â'r peth.'

'O'r gore 'te, gan dy fod ti'n mynnu cymryd y fath agwedd, dere i ni ga'l trafod 'y nghynnig i o safbwynt busnes. Fel gwraig i fi, ti fydde meistres Henblas. Rwy'n cofio adeg pan fydde'r syniad hwnnw'n tynnu dŵr o dy ddannedd di.'

'Digon gwir. Ond cofia di, Lewis, y pryd hwnnw ro'n i'n ddigon ifanc a ffôl i gredu dy fod ti'n 'y ngharu i. Wna i mo'r un camgymeriad eto. Ro'n i'n dy garu di, Lewis, a ches i fawr o foddhad o'r peth. Rwy'n reit hoff ohonot ti o hyd, ond wna i byth dy briodi di. Beth oedd dy gynllunie di ar 'y nghyfer i? Eistedd gartre yn Henblas ro'n i i fod, debyg iawn, i aros amdanat ti'n dychwelyd o redeg y busnes neu i'th groesawu wedi i ti ddilyn trywydd rhyw blesere eraill. Yno y byddwn i, yn ca'l plentyn bob blwyddyn ac yn gorfod teimlo'n ddiolchgar bob tro y cawn i ryw fymryn o dy sylw di.'

'Dyna beth ddyle menyw wneud,' meddai Lewis. 'Ti sy ar fai yn dymuno ca'l rhywbeth gwahanol. Does gen ti ddim calon, dim teimlade go iawn . . .'

'Falle 'mod i heb galon, ond mae gen i feddwl, Lewis, ac rwy'n bwriadu 'i ddefnyddio hefyd. Mae'n hollol amlwg taw dy fwriad di oedd cymryd yr awene o 'nwylo i ac anwybyddu fy nymuniade i'n llwyr. Meddylia shwt wyt ti wedi ymddwyn yn ddiweddar. Er dy fod ti'n awyddus i ga'l ateb cadarnhaol i dy gynnig di, rwyt ti wedi methu ymatal rhag cwyno bob tro y cymeres i hyd yn oed gam bach heb dy ganiatâd di.'

'G'neud 'y ngore i d'atal di rhag g'neud camgymeriade ro'n i.'

'Wnes i ddim camgymeriade; dyna pam i ti gynddeiriogi gymaint. Fe ges i bregeth gen ti'r bore 'ma am ad'el y gwesty heb ofyn i ti ymlaen llaw. Meddylia am y peth, Lewis, a minne wedi ca'l rhyddid llwyr i drefnu 'mywyd ers chwe mis a mwy. Beth wnaeth i ti feddwl 'y mod i'n fodlon bod yn garcharor unwaith eto, a hynny gyda cheidwad llymach o lawer na fu'r hen William, druan, erioed?'

'Doedd dim sôn am garchar na dim byd fel 'ny neithiwr,' ebe Lewis yn ddig. 'Ro't ti'n ddigon hapus yn 'y nghwmni i'r pryd hwnnw. I feddwl dy fod ti wedi ymddwyn felly, a tithe heb unrhyw fwriad i 'mhriodi i! Mae'r peth yn warthus. Oes gen ti ddim cywilydd, Margaret? Fe allwn i fod wedi bod yn rhannu 'ngwely gydag un o buteinied y Dolphin.'

'Dyna ddigon, Lewis. Dw i ddim am glywed am dy gampe carwriaethol di, diolch yn fawr. Mae'n well i ti ddechre chwilio am feistres arall i Henblas. Mae angen etifedd arnat ti hefyd, cofia, neu wyt ti'n fodlon meddwl am Richard Humphrey'n d'olynu di? Dyna'r drefn yn ôl telere ewyllys dy dad, fel y gwyddost ti. Falle y bydda i'n feistres ar y lle wedi'r cwbwl, yn fam i Richard. Na, Lewis, cadw di draw! Fe fydda i'n sgrechen os cyffyrddi di â fi â blaen dy fys.'

'Ddof i byth yn agos atat ti o'm gwirfodd! Fe ddylwn i fod wedi sylwi ynghynt taw hwren wyt ti. Does gen i ddim byd arall i' ddweud wrthot ti.'

Trodd Lewis a cherdded yn gyflym ar draws y cae. Arhosodd Margaret yn y fan a'r lle, gan wylio'r afon yn rhedeg yn llyfn rhwng ei glannau. Byddai angen iddi oedi i Lewis bacio'i fagiau a gadael yr Angel; wedyn, fe allai hi gasglu ei phethau'i hun yn hamddenol.

A beth am y dyfodol? A fyddai Lewis yn gwerthu ei siâr e o ysgraffau'r gamlas? Na, cynllunio i gael gafael ar ei badau hi, hynny fyddai ei fwriad ef, mae'n siŵr. Rywbryd, efallai, fe fyddai modd cytuno ar delerau cyfeillgar a chydweithio eto.

Cododd ar ei thraed a dechrau cerdded yn araf at y gwesty. Amhosibl oedd iddi rag-weld ei dyfodol, ond o leiaf fe fyddai'n ei wynebu yn eofn, heb ddibynnu ar neb ond arni hi ei hunan. Cofiodd yn sydyn am ryw eiriau o eiddo William. Roedd hi wedi bod yn cwyno ei fod e'n orymroddgar yn y siop lyfrau ac yn esgeuluso agweddau mwy proffidiol y busnes. 'Mae'n bwysig iawn,' dywedasai, 'penderfynu beth sy'n cyfri fwya yn d'olwg a chadw dogn mor sylweddol â phosib o'th amser ar 'i gyfer e. Fel arall, fe fyddi di'n gwastraffu dy fywyd.' Ar y pryd, roedd hi wedi teimlo'n ddig ac wedi anghofio'r sylw. Ond nawr atseiniai geiriau William yn ei phen. Doedd hi ddim wedi bod yn hawdd gwrthod Lewis, a thrwy hynny, mae'n debyg, ei golli fel cyfaill—ac fel cariad hefyd. Ond can mil gwell yn ei golwg oedd y rhyddid i drefnu ei bywyd fel y mynnai; eilbeth oedd yr hoffter—y serch—a deimlai tuag ato. Diau ei fod ef yn ystyried mai gwadu ei greddf fel menyw yr oedd hi; ond fe fedrai hi ddygymod â hynny.